Кружево

ДЖЕЙН КИДДЕР

Падший АНГЕЛ

Роман

МОСКВА
"ЭКСМО-ПРЕСС"
1999

УДК 820(73)
ББК 84(7 США)
К 38

Jane KIDDER
PASSION'S GIFT

Перевод с английского *Е. Алексеева* и *О. Мельник*

Разработка серийного оформления
художника *И. Саукова*

Серия основана в 1998 году

Киддер Д.

К 38 Падший ангел: Роман / Пер. с англ. Е. С. Алексеева и О. К. Мельник. — М.: Изд-во ЭКСМО-Пресс, 1999. — 432 с. (Серия «Кружево»).

ISBN 5-04-004097-0

Натан Уэллесли, самый известный рейнджер Техаса, гроза бандитов, впервые в жизни по-настоящему влюбился. Влюбился в женщину, с которой провел одну восхитительную ночь и которая наутро выставила его за дверь, заявив, что эта ночь была нелепой ошибкой. Целый год Натан вспоминал красавицу Элис, а когда судьба вновь свела их вместе — Натан получил задание охранять ее от бандитов, — он узнал, что у Элис родился сын и что все соседи считают ее падшей женщиной...

УДК 820(73)
ББК 84(7 США)

ISBN 5-04-004097-0

1.
Март 1879 года

— Элис, быстрей иди сюда! Элис!

От неожиданности Элис Грэхем едва не выронила ложку, которой она помешивала еду в кастрюле. Бросив взгляд в окно, она увидела, как ее младший брат Том спрыгивает с лошади. По выражению его лица молодая женщина поняла, что что-то стряслось.

— В чем дело, Том? — выбежав на крыльцо, встревоженно спросила она.

— Сюда кто-то едет, а я не хочу, чтобы меня здесь видели!

Элис в замешательстве уставилась на брата:

— Кто сюда едет?

— Не знаю, — выдохнул Том и показал назад, на ореховую рощу. — Вон между деревьями мелькает лошадь. Видишь? Каурая...

Элис посмотрела в ту сторону, куда показывал ее брат, и в самом деле увидела всадника. Повернувшись к брату, она с испугом спросила:

— Том, так кто же это?

— Не знаю, — повторил Том и опустил голову, явно избегая взгляда сестры.

— Тогда почему ты не хочешь с ним встречаться? — удивилась она.

Том угрюмо молчал, переминаясь с ноги на ногу.

— У тебя опять неприятности, да? — скорее утверждая, чем спрашивая, осведомилась Элис. Голос у нее дрожал.

Том кивнул. На его лице был написан такой ужас, что Элис схватилась за голову:

— О господи! Значит, это серьезно?!

Не сводя глаз с ореховой рощи, Том опять кивнул.

— Серьезно, — подтвердил он, — но сейчас у меня нет времени объясняться с тобой. Постарайся как можно быстрее отделаться от этого парня. По-моему, он из полиции, и, если он меня найдет, я пропал. Я пока отсижусь в сарае, а, когда он уедет, ты меня позовешь.

Элис смотрела на брата расширенными от страха глазами. Прежде чем она успела задать ему следующий вопрос, Том подбежал к своей лошади, схватил ее под уздцы и быстро повел по двору.

Элис дождалась, пока за братом закрылись ворота сарая, а затем вернулась в дом и принялась хлопотать у плиты. Во что же впутался ее братец на сей раз? Конечно, у него и прежде бывали нелады с законом — то стащит что-нибудь из местной лавки, то нарисует с приятелями голого человечка на воротах достопочтенной вдовы... Миссис Грин ужасно злилась на ребят... До сих пор эти мальчишеские выходки не вызывали у Элис серьезного беспокойства, однако сейчас он, кажется, совершил настоящее преступление. При одной мысли об этом у Элис по спине пробежали мурашки.

— Ох, Джо! — простонала она, глядя на портрет молодого человека, стоявший на столике у стены. — Если бы ты был здесь! Если бы Том мог поговорить с тобой, у него все было бы по-другому...

Как всегда, когда Элис думала о своем умершем муже, у нее на глазах выступили слезы. Она подняла руку к лицу, чтобы смахнуть их, когда раздался стук в дверь. Женщина вздрогнула, а затем подбежала к окну и чуть отодвинула муслиновую занавеску. Она не сомневалась в том, что мужчина, стоявший на крыльце, был тем, кого так испугался Том. Каурую лошадь он оставил у забора, небрежно закинув поводья на коновязь.

Поправив выбившуюся из прически прядку волос и несколько раз глубоко вздохнув, чтобы успокоиться, Элис открыла дверь.

— Добрый вечер, мэм. Ваш муж дома? — поздоровавшись, вежливо спросил мужчина.

Элис молча смотрела на незнакомца. Она расслышала вопрос и понимала, что ей надо ответить, но у нее не было сил открыть рот.

— Н-нет, — наконец выдавила она, тщетно пытаясь отвести взгляд от лица светловолосого Адониса, внезапно возникшего перед ней. — Его... нет.

Незнакомец вдруг смутился. Он кашлянул, прочищая горло, и уточнил:

— Но он скоро вернется?..

— Нет, — ответила Элис и покачала головой.

Заметив, что ответ не устроил незнакомца, она пояснила:

— Мой муж умер, сэр.

На красивом лице мужчины вспыхнул румянец смущения.

— Я... — запинаясь, проговорил он, — прошу прощения, мэм. Я не хотел...

Элис решила помочь ему выйти из затруднительного положения:

— Вам что-то нужно, сэр?

Незнакомец вздохнул с облегчением и улыбнулся.

— О да, — ответил он. — Меня зовут Натан Уэллесли. По пути в Остин я собирался заночевать в Биксби, но, видимо, не успею добраться туда до грозы. Проезжая мимо вашего дома, я решил попроситься к вам на ночлег. Вы позволите мне переночевать в вашем сарае?

— Нет! — неожиданно громко и резко воскликнула Элис.

— Вы не разрешаете мне переночевать в сарае? — удивился незнакомец.

— Извините, но это... это невозможно, — уже тише сказала Элис.

— Ну что ж... — медленно произнес Натан. — Нет так нет. Но, может быть, вы хотя бы подскажете мне, как добраться до ближайшей фермы. Может, там я смогу переночевать.

Элис прикусила губу. Она понимала, что ее немотивированный отказ показался странным мужчине, путешествующему по огромным пустынным пространствам штата Техас, жители которого никогда никому не отказывали в гостеприимстве. Но не могла же она позволить этому незнакомцу ночевать в сарае, в котором прятался Том!

— Прошу прощения, но вам нельзя здесь оставаться, — борясь с собой, повторила Элис.

Натан кивнул, и на его лице появилось выражение нетерпения.

— Я все понял. Но я спросил, как мне добраться до другой фермы. Минут через десять разразится гроза, и мне бы хотелось переждать ее под чьей-нибудь крышей.

В подтверждение его слов вдалеке послышались глухие раскаты грома.

— Мне очень жаль, но поблизости нет ни одной фермы, — вздрогнув при звуке грома, сказала Элис.

— Но, мэм, что же мне делать?

— Моя фамилия Грэхем, сэр. Миссис Элис Грэхем, — представилась Элис, опуская глаза.

— Послушайте, миссис Грэхем, я понимаю, что вам не хочется пускать на ферму незнакомого мужчину, но уверяю вас, что меня вы можете не опасаться. — Из нагрудного кармана своей клетчатой рубашки Натан извлек кожаный бумажник, раскрыл его и показал Элис полицейский значок. — Я — капитан Натан Уэллесли, техасский рейнджер.

У Элис сердце замерло в груди. Она судорожно вздохнула. С каждой минутой ситуация осложнялась. Она не сомневалась, что представитель знаменитого отряда техасских блюстителей закона был последним человеком, с которым хотел бы сейчас встретиться ее брат Том.

— Вот видите, вам совершенно нечего бояться, — словно издали долетали до Элис слова капитана. — Я не собираюсь причинять вам неудобств, — продолжал он, — мне просто нужно где-то переждать грозу. Обещаю вам, что уеду до восхода солнца.

Элис чувствовала себя загнанной в угол. Если она будет и дальше настаивать на том, чтобы он уехал, рейнджер может заподозрить, что она от него что-то скрывает.

— Нет, в сарае нельзя, — повторила она, — там... там протекает крыша, и вы промокнете.

— Тогда, может, под навесом? — настаивал Натан.

— Нет-нет, для вас и лошади там слишком мало места, — проговорила Элис и вдруг заявила: — Я думаю, что удобнее всего вам будет в доме.

— В доме? — искренне изумился капитан. — Вы приглашаете меня в свой дом? Вы уверены, что я вам не помешаю?

К горлу подступил ком, и Элис судорожно сглотнула.

— Вы же сами сказали, что мне нечего бояться, — смущенно напомнила она.

Лицо Натана вдруг преобразилось. Никогда еще Элис не видела такой ослепительной улыбки.

— Совершенно нечего, мэм, — заверил ее капитан Уэллесли. — Обещаю вам не мешать.

Элис попыталась ответить улыбкой на его искреннее заверение, но у нее ничего не получилось. Отступив на шаг, она молча пропустила его в дом.

2.

— Хотите еще жаркого, мистер Уэллесли?

Натан поднял глаза на женщину, которая нервно теребила передник, неуверенно поглядывая на своего гостя.

— С удовольствием, — улыбнулся он и протянул Элис пустую тарелку. — Вы замечательно готовите.

Принимая у него из рук тарелку, молодая женщина заставила себя вежливо улыбнуться.

— Спасибо, — смущенно ответила она.

Пока Элис возилась у плиты, накладывая ему вторую порцию жаркого, Натан задумчиво смотрел на нее. Почему она так нервничает? С тех пор как он переступил порог ее дома, она еще ни разу не присела, все время хлопотала на кухне, пододвигала гостю стакан с водой, поправляла скатерть... Неужели ее столь волновало присутствие незнакомца в доме? Может, с тех пор как умер ее муж, ни один мужчина не делил с ней трапезу?

Размышления Натана прервал крик боли. Резко обернувшись, он увидел, что по пальцам у Элис стекает густая подливка. Вскочив со стула, Натан бросился к женщине.

— Боже мой, миссис Грэхем, вы сильно обожглись? — забеспокоился он.

— Нет-нет, что вы, — быстро ответила Элис, откладывая на стол большую поварешку. — Я такая неуклюжая...

Недолго думая, Натан подтолкнул Элис к тазу и сунул ее обожженную руку в холодную воду.

— Сейчас вам станет легче, — сказал он.

— Ничего страшного, правда, — заверила его Элис, высвобождая свою ошпаренную руку из крепких пальцев мужчины. — Извините, я разлила подливку...

— Не стоит извиняться. Сядьте и дайте мне взглянуть на ожог, — с сочувствием проговорил Натан.

— Не надо. — Элис энергично затрясла головой. — Со мной все в порядке. Кажется, в кладовке еще осталось немного вишневого пирога. Хотите кусочек?

Натан не сводил с женщины внимательного взгляда. Он не мог понять, почему она так странно ведет себя.

— Миссис Грэхем, может, вы хотите, чтобы я ушел? — наконец спросил он.

«Да, да, да!» — хотелось вскричать Элис, но вместо этого она сказала:

— Ну что вы, конечно, нет. — Она старалась говорить непринужденно.

«Держи себя в руках, не то он заподозрит неладное!» — предостерег ее внутренний голос, и Элис спросила:

— ...Почему вы так решили?

— Ну... — Натан замялся. — По-моему, я вас смущаю.

— Смущаете?.. — растерялась Элис.

— Мне кажется, вы очень волнуетесь, — пояснил он.

— О, — натянуто засмеялась Элис, лихорадочно пытаясь придумать объяснение своему странному возбуждению. — Это все из-за погоды. Я... Я не люблю грозу.

Не успела она договорить, как воздух сотряс ужасный грохот, от которого в маленьком домике зазвенели все окна. От неожиданности Элис подпрыгнула.

— Разве вы не знаете, что гром не может причинить вреда? — участливо спросил Натан.

— Конечно, знаю, но мне от этого не легче, — прошептала она.

Натан шагнул к ней и протянул руку, желая защитить и утешить ее, но Элис с расширенными от страха глазами отступила назад. Рука мужчины повисла в воздухе. Да что же с ней происходит? Она явно боится его и ведет себя так, словно он собирается причинить ей боль.

— Вы располагайтесь поудобней и отдыхайте, а я пока приготовлю вам постель в гостиной, — предложила Элис, избегая взгляда Натана.

Как она ни старалась, ей не удавалось справиться со своим беспокойством. К тому же она действительно была смущена: мужчины красивее Натана Уэллесли она в жизни не видела. Высокий, стройный, атлетического сложения молодой человек, рельефные мышцы которого вырисовывались под рубашкой, мог произвести впечатление на любую женщину. Штаны для верховой езды из толстой хлопчатобумажной ткани плотно облегали его стройные узкие бедра. А глаза! У него были синие глаза, опушенные густыми длинными ресницами, которым могла позавидовать любая девушка. Прямой нос и красиво очерченный рот с полными красными губами притягивали взгляд. Выгоревшие на солнце немного длинноватые светлые волосы нисколько не портили общего приятного впечатления — напротив, они необъяснимым образом подчеркивали мужественность Натана. Но рейнджер, казалось, не обращал внимания на свою внешность или скорее всего не придавал ей значения.

— Не беспокойтесь, пожалуйста, — остановил он Элис. — Я накроюсь одеялом и прекрасно отдохну здесь на полу. Мне не привыкать.

— Никакого беспокойства, — заверила его молодая женщина, обрадовавшись возможности уйти под благовидным предлогом. — Это займет у меня несколько минут.

И прежде чем Натан успел возразить, она быстро повернулась и скрылась за одной из дверей, ведущих в глубь дома.

Некоторое время рейнджер задумчиво смотрел ей вслед, затем подошел к окну и выглянул во двор. Дождь заливал стекло и мешал смотреть, но Натану вдруг показалось, что сквозь потоки воды он различает свет фонаря, горевшего в сарае. Вглядываясь в темноту, он подумал, что неосмотрительно оставленный в сарае горящий фонарь может стать причиной пожара. Подойдя к двери, за которой исчезла Элис, он крикнул:

— Миссис Грэхем! Я пойду проверю ваш сарай. Кажется, там горит фонарь, и я боюсь, как бы не случился пожар.

По другую сторону двери Элис прижала руки к груди. Неужели Том так глуп, что зажег фонарь? А если так, то как она объяснит это слишком зоркому рейнджеру?

Молясь, чтобы лицо не выдало ее испуга, Элис рывком распахнула дверь.

— Да что вы, капитан, это совсем ни к чему. — Она перевела дух. — Я всегда во время грозы оставляю в сарае зажженный фонарь. Это успокаивает животных.

— Должен заметить, что вы поступаете не слишком умно, — покачал головой Натан. — Все-таки я пойду и потушу его. А с животными все будет в порядке.

— Нет! — внезапно вскричала Элис, но, увидев расширившиеся от удивления глаза Натана, поспешно добавила: — Не стоит беспокоиться. Я давно так поступаю. Фонарь висит в безопасном месте. Право, из-за такого пустяка не стоит выходить из дома в грозу.

— Миссис Грэхем...

Элис отчаянно искала предлог, который позволил бы ей задержать в доме упрямого рейнджера. Она заставила себя улыбнуться, надеясь, что улыбка у нее получилась достаточно непринужденной.

— Я прошу вас, капитан, не оставляйте меня одну. Я ужасно боюсь грозы. Может... может, мы лучше присядем на диван и... и поболтаем немножко? Я никогда не была знакома с рейнджером... У вас, наверное, очень интересная служба.

От удивления брови Натана взметнулись вверх. Он был поражен, услышав это неожиданное предложение. Что же здесь происходит, черт возьми? Всего несколько минут назад эта женщина вела себя так, будто она боится находиться с ним в одной комнате, а теперь она предлагает ему посидеть с ней на диване и «немножко поболтать»!

— Я с большим удовольствием расскажу вам о рейнджерах, но сначала все-таки проверю сарай...

— Да бросьте, — неожиданно хихикнула Элис, взяла Натана под руку и повела к небольшому диванчику. — Я уже говорила, что беспокоиться не о чем. Из-за фонаря не стоит мокнуть под дождем.

Женщина тряхнула головой, и Натан ощутил свежий нежный запах, исходивший от ее волос цвета светлого меда. Ноздри капитана затрепетали, и он еще раз вдохнул этот пьянящий аромат. Окинув женщину внимательным взглядом, Натан вновь, как тогда на пороге дома, поразился ее красоте. Элис Грэхем напомнила ему изящную куклу, которую из Дрездена привезли его сестренке Пауле. Глаза цвета морской волны притягивали взор, а маленький вздернутый носик и упрямый подбородок говорили о силе характера этой странной женщины больше, чем могли бы рассказать слова.

Заинтригованный внезапной переменой в ее настроении, Натан позволил усадить себя на диван.

— Так что же вы хотели узнать о рейнджерах, миссис Грэхем? — спросил он, повернувшись к Элис.

В ответ она лучезарно улыбнулась, довольная, что смогла отвлечь его от мыслей о фонаре, горевшем в сарае.

— Я не столько хочу узнать о рейнджерах, сколько о вас, капитан, — неожиданно заявила женщина. — О вас лично.

Ей было совершенно все равно, что он подумает о ней. Элис не заботилась о том, что он может превратно понять ее. Главное, не дать ему вспомнить о фонаре. Похоже, ей это удалось.

— Ну, хорошо... — протянул Натан. — А что бы вы хотели узнать обо мне?

Элис не успела ответить, как страшный грохот расколол воздух и вспышка молнии осветила окна. Втянув голову в плечи и обхватив себя руками, женщина вжалась в спинку дивана. На ее лице застыло выражение неподдельного ужаса.

— Боже мой, да вы действительно боитесь грозы! — воскликнул Натан, страстно желая успокоить смертельно напуганную женщину. Повинуясь этому желанию, он взял ее за руку. Тихонько вскрикнув, Элис отдернула руку и подула на пальцы: прикосновение Натана причинило ей боль. — К тому же вы сильно обожглись... — Не дожидаясь ответа, капитан поднялся с дивана, подошел к кухонному столу и взял бутылку с растительным маслом. Вернувшись к Элис, Натан присел на корточки, вылил себе на ладонь немножко масла и осторожно смазал им обожженную кожу на руке у женщины.

У нее была удивительно белая и нежная кожа, несмотря на тяжелый труд на ранчо. Видимо, Элис находила время, чтобы следить за собой, хотя ей, молодой вдове, наверное, бывало нелегко. Впрочем, возможно, у нее в городе был любовник... Глядя на ее изящную фигурку и красивое лицо, Натан думал о том, что в Биксби многие мужчины были бы не прочь занять место ее умершего мужа.

— Вам лучше? — спросил он, продолжая смазывать маслом обожженные пальцы Элис.

— Да, — еле слышно ответила она.

Элис понимала, что не стоит больше позволять рейнджеру прикасаться к ней, но у женщины не было сил высвободить руку из его ладоней. Ее вдруг охватила странная истома, бороться с которой Элис не могла. С тех пор как умер Джо — почти три года назад, — ни один мужчина не прикасался к ней. Конечно, она зря пригласила этого незнакомца присесть на диванчик рядом с ней, но на дворе бушевала гроза, а она так беспокоилась за Тома, что поддержка любого человека была ей необходима как воздух. К тому же незнакомец оказался внимательным, заботливым...

Элис казалось, что все это ей только снится, а во сне и не такое возможно.

Тем временем Натан наслаждался покоем. Он отдыхал и чувствовал, как силы медленно возвращаются к нему. Посмотрев на Элис, он вдруг заметил странный блеск в ее зеленых глазах, услышал, как она тихонько вздохнула, откинулась назад и прислонила голову к диванной подушке, — и в то же мгновение ощутил растущее желание.

Когда яркая вспышка молнии озарила комнату, он придвинулся к молодой женщине, но раздавшийся затем оглушительный раскат грома едва не лишил Элис чувств: вся дрожа, она вжалась в угол дивана и расширенными от страха глазами уставилась в окно.

— Господи! Какой ужас! — вскричала она, обхватив себя руками. — Когда все это кончится?!

Натан медленно поднялся с дивана, подошел к окну и выглянул во двор.

— Уже скоро, — заверил он Элис. — Туча сейчас прямо над нами... — Он бросил короткий взгляд в сторону сарая и нахмурился. — Не нравится мне этот фонарь, как бы беды не случилось...

Последние слова Натана заглушил мощный раскат грома.

Элис вздрогнула, зажмурилась и закрыла лицо руками.

Мгновенно забыв про фонарь, Натан бросился к Элис.

— Ну что вы... Все хорошо... — зашептал он, прижимая женщину к груди. — Сейчас все кончится...

Элис, найдя укрытие в объятиях этого красивого сильного мужчины, вдруг ощутила, как страх куда-то исчезает. На нее наконец-то снизошел покой. Натан излучал силу, от него исходили умиротворяющие запахи травы, лошадей и кожаной конской сбруи... Это были знакомые, совершенно безопасные запахи. Они внушали доверие...

Не осознавая того, что она делает, Элис обняла Натана за плечи и теснее прижалась к его широкой груди.

— Я... я ужасно боюсь грозы! — прошептала она.

— Почему? — тоже шепотом осведомился Натан. —

С вами ничего не случится. От грозы только много шума...

— Неправда! — внезапно вскричала женщина. — Мой муж погиб в такую же грозу. Он вел лошадей с пастбища домой, когда в него ударила молния. Он погиб на месте...

Натан ошеломленно уставился на Элис. Он не ожидал такого откровения. Теперь он понимал, почему она вела себя так странно. Но он здесь, рядом с ней, и он утешит и защитит ее!

— Он укрылся под деревом, — продолжала женщина, всхлипывая. — Он выжидал, когда кончится дождь, и...

Натан приподнял ей голову за подбородок и заглянул в глаза. У него сердце сжалось, когда он увидел боль в этих прекрасных, полных слез очах.

— Тише, милая, — прошептал он, вытирая пальцами слезы с ее щек. — Не надо больше об этом.

Элис не заметила, что он назвал ее милой. Глядя ему в глаза, она видела в них безграничную нежность. Его низкий голос звучал успокаивающе... Как же давно никто не смотрел так на Элис. Как давно она была совсем одна...

Натан и не думал целовать ее до того самого мгновения, когда его губы коснулись мягких губ Элис. Он хотел было отстраниться, но вдруг почувствовал, что губы женщины дрогнули, отвечая на его поцелуй. Крепче прижав Элис к себе, он раздвинул языком ее податливые губы и проник в открывшийся ему навстречу нежный рот.

Целуя Элис, Натан протянул руку к золотистым волосам женщины, освобождая их от шпилек и заколок. Волосы, до сих пор затянутые в тугой узел, медовой волной упали Элис на плечи, и Натан спрятал в них лицо, вдыхая сладкий аромат.

Когда губы Натана оторвались от ее губ, Элис разочарованно вздохнула и потянулась к мужчине, требуя нового поцелуя.

От этого ее движения волна желания прошла по телу Натана. Он снова припал к ее губам, однако теперь в его поцелуе было больше страсти, чем нежности и сочувствия. Дыхание Натана участилось, его губы стали требовательны, а тело напряглось.

Он посадил Элис к себе на колени и осторожно коснулся губами ее шеи, в то время как его рука, проникнув под платье, дотронулась до нежной кожи на груди женщины. К удивлению Натана, Элис не стала возражать, наоборот, она обняла его покрепче и принялась массировать ему спину, легкими движениями снимая усталость и напряжение, накопившиеся за день, проведенный в седле.

Новая вспышка яркого света озарила комнату, а затем раздался оглушительный раскат грома. Элис вздрогнула от испуга и впилась ногтями в спину Натана. Он открыл глаза и посмотрел на женщину, которую держал в объятиях. Однако, прежде чем он нашел слова утешения, выражение страха исчезло с ее лица, уступив место страстному призыву. В зеленых глазах Элис он увидел желание. Наслаждаясь вкусом ее губ, Натан все еще сдерживал себя, не давая страсти одержать над ним победу, но теперь Элис сама положила конец его сомнениям. Обвив руками шею Натана, она всем телом прильнула к нему.

— Пожалуйста... — прошептала она, — пожалуйста, не уходи... Не оставляй меня одну...

— Не бойся, дорогая, — убаюкивая ее, как маленького ребенка, Натан успокаивал Элис. — Я тебя не оставлю...

Его губы скользнули вниз по шее женщины, и все ее тело напряглось в ожидании наслаждения.

— Ты так хорошо пахнешь, — бормотал Натан, нащупывая и расстегивая мелкие пуговицы на ее платье. — Так чудесно пахнешь...

Он накрыл ладонью упругую грудь Элис и большим пальцем погладил затвердевший сосок. Женщина тихонько вздохнула и еще крепче прижалась к его груди, когда комната внезапно погрузилась в кромешную тьму. Керосиновая лампа на столе мигнула и погасла. Элис вскрикнула от испуга, но почти сразу же забыла обо всем, полностью предаваясь приятным ощущениям, которые доставляли ей ласки Натана. Осыпая поцелуями грудь женщины, он наконец припал губами к розовому бутону, заставляя Элис застонать от наслаждения.

Лаская женщину, Натан не заметил, когда Элис расстегнула его рубашку, и, только ощутив мягкое прикосновение ее языка к своей груди, он понял, что она хочет его не меньше, чем он ее. Возбуждающая ласка и сознание того, что женщина готова отдаться ему, разожгли в теле Натана настоящий пожар.

Он упал навзничь, увлекая ее за собой. Сбросив одежду, они прильнули друг к другу, и губы их слились в страстном поцелуе.

Пламя страсти разгоралось все сильнее. Тишину в темной комнате нарушали лишь хриплые стоны наслаждения и прерывистое дыхание. Руки Натана нетерпеливо блуждали по телу Элис, исследуя сокровенные места женского тела.

Прохладная рука Элис вдруг опустились вниз, и тонкие пальцы сомкнулись вокруг набухшей плоти мужчины. Замерев на мгновение, Натан покрепче обнял Элис и вместе с ней перекатился на диване. Оказавшись над женщиной, он приподнялся на руках, давая Элис последнюю возможность оттолкнуть его, но тут же вздохнул с облегчением, чувствуя, что она расслабилась и обхватила ногами его бедра.

Склонившись над ней, он жадно накрыл губами маленький рот Элис и прижал женщину к себе так, чтобы она почувствовала его, Натана, желание. Медленно, очень медленно губы мужчины приблизились к ее груди, коснулись соска, теплый язык раз за разом заскользил вокруг твердой ягодки на вершине великолепного холмика, и зубы легонько сжались, покусывая нежную кожу. Элис едва не задохнулась от удовольствия. Теснее прижавшись к Натану, чувствуя между своих ног его напряженную плоть, она задвигала бедрами, извиваясь и приподнимаясь навстречу мужчине. Просунув руки под ягодицы Элис, Натан заставил ее замереть, а потом одним резким толчком погрузился в теплое влажное лоно.

Элис выгнулась назад, давая Натану возможность глубже проникнуть в нее, а потом задвигалась, доставляя любовнику несказанное удовольствие. Поднимаясь на вершину блаженства, Натан почувствовал, как его тело сотрясают волны наслаждения, и в тот же миг услышал сладострастный крик Элис...

Вожделенной вершины они достигли одновременно и теперь, прерывисто дыша, медленно приходили в себя.

В окна тихо стучал дождь. Гроза прошла...

Натан лег на бок, крепко прижал к себе Элис и уткнулся лицом в ее великолепные волосы. Поцеловав ее в висок, он пробормотал что-то нежное и почти сразу уснул. В блаженном забытьи он не видел слез, которые катились по щекам Элис.

3.

Элис лежала в кровати, мрачно глядя в окно на серое, ненастное небо. Шел уже девятый час. Обычно она вставала по утрам часа на два раньше. Однако сегодняшний день трудно было назвать обычным, и она никак не могла заставить себя подняться с постели.

Сквозь тонкую стену спальни Элис слышала, как ходит в гостиной Натан Уэллесли, как стучат его тяжелые башмаки по деревянному полу.

«Ну почему он медлит? — думала женщина. — Он

сказал, что уедет на рассвете, так почему же он еще здесь?»

Впрочем, Элис прекрасно понимала — почему, но не желала признаться себе в этом. Просто он ждет ее. Неужели ему не ясно, что меньше всего сейчас ей хотелось бы встретиться с ним?

Как она могла допустить, чтобы вчера ночью случилось такое?! Как?! После смерти Джо Элис ни разу не позволила ни одному мужчине даже поцеловать себя. Так как же она разрешила этому незнакомцу так вести себя с ней? И почему даже не пыталась сопротивляться?! Почему? Почему? Почему?

Всю ночь Элис пролежала без сна, изводя себя этими вопросами. И каждый раз, когда она вновь задавала их себе, тоненький внутренний голосок ехидно отвечал: «Потому что ты сама этого хотела».

— Нет, нет, я не хотела этого, — отчаянно простонала Элис, прижав кулаки к глазам. Ни одна уважающая себя женщина не захотела бы, чтобы такое случилось. Чтобы совершенно незнакомый мужчина так смотрел на нее... Чтобы так прикасался к ней... Чтобы заставил ее испытать блаженство — невероятное, сказочное, доселе неведомое... Нет, нет, ни одна порядочная женщина не пожелала бы такого...

Однако самым ужасным было то, что в глубине души Элис знала: она-то как раз хотела этого. Очень хотела! Ей было приятно внимание этого мужчины. Более того, она сама подтолкнула его к краю пропасти, а потом бросилась в его объятия, как уличная девка. Ни одна порядочная женщина не стала бы вести себя так!

— Это было просто временное помешательство, — в тысячный раз сказала себе Элис, пытаясь заглушить чувство вины и стыда. — Все из-за грозы. Из-за того, что в сарае прятался Том. Из-за темноты, которая наступила, когда погасла керосиновая лампа.

Элис чувствовала себя совершенно несчастной. Она закрыла глаза и уткнулась лицом в подушку.

— Это самое настоящее помешательство. Временное помешательство. Такое может случиться с каждым...

Но это случилось не с каждым, а с ней одной. С Элис Грэхем. И теперь ей надо встать, как ни в чем не бывало выйти из комнаты — и жить дальше, до конца своих дней помня о том, что она способна броситься незнакомому мужчине на шею и стонать от наслаждения в его объятиях.

Из груди Элис вырвался сдавленный стон, она перевернулась на кровати, которую когда-то делила с Джо, и накрыла голову подушкой, страстно желая оказаться вместе с ним в могиле.

Джо. Ее муж, любимый, которого она потеряла три года назад. Что бы он подумал о ней, если бы знал, до чего она докатилась? Он был бы возмущен... Потрясен... Растерян...

И хотя образ Джо уже стал тускнеть в памяти Элис, она никогда не забудет его доброту, мягкий голос, нежные прикосновения. Ни разу за два года, что они были женаты, он не занимался с ней любовью так, как Натан Уэллесли прошлой ночью. Их взаимоотношения с Джо были чем-то вроде нежной близости, им было просто хорошо вместе. Но даже в самые интимные моменты Джо никогда не выказывал такой горячности и страсти, как Натан, да и Элис никогда раньше не испытывала такого пьянящего восторга, от которого можно было сойти с ума. Сейчас Элис казалась себе человеком, который привык к чинным, размеренным трапезам и вдруг попал на буйный, разгульный пир... Но Элис никогда не считала себя обжорой. Во всяком случае, до сих пор.

Теперь же она поняла, что если попадет на такое пиршество, то набросится на угощение с жадностью распутной девки, и это неожиданное открытие повергло женщину в ужас.

Единственное, что можно было сделать в такой ситуации, — это попытаться все забыть. Все уже в прошлом. Это была чудовищная ошибка, но теперь все позади, и ей надо постараться выкинуть этот случай из головы и никогда больше о нем не вспоминать. В конце концов, никто никогда об этом не узнает. Свидетелей не было, а Натана Уэллесли она больше никогда не увидит. Каждый человек имеет право на ошибку, разве нет?

Она опять услышала, как Натан прошел мимо двери ее спальни. Если бы он только поскорее уехал! Тогда было бы легче все забыть. Однако она понимала: он не покинет этот дом, пока не поговорит с ней. Элис стало ясно, что оттягивать неприятный момент больше нельзя. Поэтому, тяжело вздохнув, она отбросила одеяло, спустила ноги и встала с постели. Легкая боль внизу живота заставила женщину вздрогнуть. Ну вот, даже ее собственное тело упорно напоминает ей о вчерашнем!

Тяжело ступая, Элис подошла к умывальнику и налила воды в фаянсовый таз. Подняв голову, она пристально посмотрела на себя в зеркало и удивилась, что выглядит совершенно так же, как вчера. Ну, может быть, у нее сегодня немного усталый вид, но в остальном — все как всегда. Поразительно, но пережитое потрясение никак не сказалось на ее внешности!

— А ты ожидала, что у тебя все будет написано на лбу? — спросила Элис свое отражение. Она покачала головой, удивляясь собственной глупости, потом быстро умылась и оделась.

Некоторое время ушло на то, чтобы привести в порядок волосы. Они были растрепаны и взлохмачены, и это тоже напомнило ей о вчерашнем. Как только она дотронулась щеткой до спутанных кудрей, у нее в ушах зазвучал шепот Натана:

— Твои волосы прекрасны. Тебе надо носить их распущенными...

Дернув с досады непокорный локон, Элис собрала волосы в тугой пучок. Она проследила за тем, чтобы ни одна прядка, даже самая маленькая, не выбилась из гладкой прически.

Торопливый туалет Элис был закончен. Она глубоко вздохнула, одернула юбку своего серого платья с длинными рукавами и высоким воротничком и открыла дверь спальни.

Как она и думала, он был тут. Стоял у окна и хмуро смотрел на серое, ненастное небо. Заслышав ее шаги, он обернулся, и на короткий миг их взгляды встретились.

— Доброе утро, — негромко сказал Натан. Элис почувствовала, как звук его голоса обволакивает ее, словно густая патока.

Не доверяя своему голосу, Элис предпочла не отвечать, а ограничилась лишь коротким кивком. Она направилась к плите и принялась сосредоточенно разжигать огонь.

— Меня удивляет, что вы еще не уехали, — проговорила она, вороша пылающие угли.

Натан непонимающе вскинул брови.

— Я ждал вас, чтобы поговорить, — промолвил он.

Элис сжала зубы, чтобы не закричать. Справившись с собой, она повернулась к Натану.

— Нам не о чем говорить, капитан Уэллесли, — решительно заявила женщина. — Было бы просто прекрасно, если бы вы немедленно покинули этот дом.

С минуту Натан подозрительно смотрел на нее, потом опять отвернулся к окну. Все утро он ждал этого момента, гадая, какой же будет их встреча с Элис. Теперь он знал это. Натан вздохнул и вновь заговорил, тщательно подбирая слова.

— Я знаю, что все случившееся этой ночью не является для вас обычным делом, — произнес он, все еще стоя к ней спиной. — Я хочу, чтобы вы знали, что и для меня тоже.

Он осторожно посмотрел через плечо, гадая, как она воспримет его слова. Оказалось, никак. Она стояла у плиты совершенно неподвижно, будто окаменев.

— Я просто не хочу, чтобы вы подумали, что я...

— Хотите поесть перед уходом? — безжизненным тоном осведомилась Элис.

Натан резко повернулся к ней, удивленный и раздосадованный тем, как равнодушно она его прервала.

— Нет, — медленно сказал он. — Я не хочу есть. Я хочу поговорить с вами о...

— Если вы не голодны, то я была бы вам очень признательна, если бы вы ушли. У меня по утрам уйма дел, а я и так припозднилась.

Натана начинала злить ее грубость. Было совершенно ясно, что она не желает его слушать, но он упрямо пытался сказать ей то, что хотел. Что должен был сказать.

— Мне кажется, Элис, что, если бы мы поговорили, нам обоим стало бы легче.

Она не отвечала, и он подумал, что она решила наконец выслушать его.

— Для меня очень важно, чтобы вы поняли, что я не...

К его изумлению, Элис вдруг метнулась к двери и распахнула ее настежь.

— Прощайте, капитан Уэллесли, — выпалила женщина.

У Натана отвисла челюсть.

— Элис... — растерянно пробормотал он.

— Я сказала, прощайте, сэр.

Несколько секунд он не мог вымолвить ни слова, потом пришел в себя, схватил свою шляпу и выскочил из дома.

— Прощайте, миссис Грэхем. И спасибо вам за ваше *потрясающее гостеприимство*.

Он услышал, как она тихонько ахнула, и тут же пожалел о своих последних словах. Но он был слишком зол, чтобы извиняться. Даже не взглянув на нее, он подбежал к коновязи, быстро оседлал своего коня, взлетел в седло и вихрем умчался прочь.

— Будь ты проклята, — бормотал он, пока конь нес его по дороге в Биксби. — Будь ты проклята за то, что подарила мне самую прекрасную ночь в моей жизни!

— Том! Том, ты здесь? — позвала Элис и, с трудом открыв тяжелые ворота сарая, заглянула внутрь. Там было темно.

— Я здесь, Элис, — ответил из мрака ее брат.

Облегченно вздохнув, Элис пошла на его голос.

— Ты что это творишь, Элис, какого черта? — возмущенно заговорил Том.

Элис почувствовала, что лицо ее начинает гореть от стыда.

— О чем это ты, Том? — тихо спросила она.

— Я видел, как этот незнакомец, черт бы его побрал, вошел в дом. Я вынужден был мерзнуть в этом проклятом сарае всю ночь. Чуть не околел от холода! Почему ты не избавилась от него вчера, как я тебе сказал?

— Том, он — техасский рейнджер, — выдохнула Элис.

— Что?! — У Тома чуть глаза не вылезли из орбит. — Боже правый, я самый невезучий человек в мире! — Он покачал головой, снял с крючка на стене мешок и направился в небольшую кладовку, где хранились запасы корма.

— Том, что происходит? — взволнованно спросила Элис. — От кого ты прячешься?

— Я тебе сейчас все объясню, — мрачно проговорил Том, выходя из кладовки с мешком овса, — только сначала ты мне расскажи про этого рейнджера. Что ему здесь понадобилось?

Элис взяла тяжелую корзину и пошла к стойлу.

— Ничего. Он ехал в Биксби, но, когда увидел, что собирается гроза, решил остановиться здесь на ночлег.

— И ты позволила ему улечься в доме?

— А что мне оставалось делать? — вспылила Элис. — Может, мне надо было пустить его в сарай к тебе?

— Да нет, — смутился Том. — Но, Элис, ведь ты разрешила совершенно незнакомому мужчине провести ночь рядом с тобой... — Вдруг он прищурился и подозрительно посмотрел на сестру. — Ничего ведь не случилось, правда?

«Случилось, еще как случилось! — хотела сказать Элис. — Причем такое, что я не смогу забыть этого позора до конца своих дней!»

— Он не воспользовался моей беззащитностью, если ты это имеешь в виду, — произнесла она спокойным тоном, стараясь не выдать чувства вины, которое терзало ее сердце.

— Ну что ж, рад это слышать, — пробурчал Том. — А как его зовут?

— Уэллесли, — коротко ответила сестра.

— *Натан* Уэллесли? — Том с ужасом уставился на нее.

— Да, — удивленно кивнула Элис. — Ты слышал о нем?

— О да. Каждый, кто хоть раз в жизни слышал о техасских рейнджерах, знает, кто такой Натан Уэллесли! Его имя гремит по всему штату! Он служит в Пограничном батальоне, но больше известен как командир отряда, который поймал Сэма Басса.

Элис охнула от изумления. Живя на своей маленькой ферме, она была оторвана от мира и почти не знала о том, что происходит вокруг. Но даже она слышала о дерзком захвате банды Сэма Басса. И сделали это техасские рейнджеры. А Натан Уэллесли был их командиром...

— Элис, а тебе не показалось, что он кого-то ищет? — осторожно осведомился Том.

— Да вроде бы нет, — задумчиво проговорила Элис, бросая охапку сена в кормушку. — По-моему, он просто проезжал мимо. Он сказал, что держит путь в Остин.

— Похоже на правду, — кивнул Том. — У них там штаб. Я надеюсь, ты не сказала ему о том, что я здесь?

Элис подошла поближе к брату и внимательно посмотрела на него:

— Том, скажи мне, в чем дело? Что происходит?

— Так сказала или нет? — настойчиво переспросил юноша.

— Нет, не сказала. Более того, я с большим трудом удержала его в доме. Этот Уэллесли просто рвался в сарай, потому что у тебя хватило ума зажечь фонарь. Он решил, что от фонаря может начаться пожар, и хотел пойти потушить ее.

Том смутился. Он понимал, как глупо было зажигать фонарь, но так трясся от страха, что не смог сидеть в кромешной тьме.

— Как же тебе удалось удержать его? — спросил он, виновато потупившись.

Элис с трудом сглотнула, понимая, что никогда и ни за что не признается брату, каким образом ей удалось это сделать.

— Я... Я сказала ему, что часто оставляю зажженный фонарь, особенно во время грозы, чтобы успокоить животных.

— И он этому поверил? — хмуро спросил Том.

— А почему бы ему не поверить? — пожала плечами Элис и направилась к следующей кормушке.

— Потому что это полная чушь! Никто никогда не оставляет горящий фонарь в сарае, если только не хочет поджечь хозяйственные постройки.

— Он сказал мне то же самое, — буркнула Элис, запирая ворота сарая и отряхивая руки. — Ну ладно, Том. Хватит о капитане Уэллесли. Давай лучше поговорим о тебе. Почему ты прячешься и в какую передрягу угодил на этот раз?

Плечи Тома поникли.

— Все так запуталось, что я даже не знаю, с чего начать.

Элис взяла его за руку, подвела к куче сена, сваленного в дальнем углу сарая, села сама и усадила брата рядом.

— А что, если начать с самого начала? — предложила она.

Том тоскливо вздохнул, сжал коленями руки и мрачно уставился в землю.

— Вчера в Биксби ограбили банк, — бесцветным голосом сказал он.

— Да что ты говоришь! — вскинулась Элис. — Кто-нибудь пострадал?

— Не думаю... Во всяком случае, из городских — никто.

— И то хорошо. А кто это сделал? Их нашли?

Том молчал так долго, что Элис начала терять терпение. Потом он заговорил, но так тихо, что Элис пришлось наклониться, чтобы расслышать его слова.

— Грабителей было четверо... И я был одним из них...

Элис схватилась за сердце, ей вдруг стало дурно. Женщине показалось, что она вот-вот потеряет сознание.

— О боже, Том! — простонала она. — Зачем, ну зачем ты ввязался в это грязное дело? Ведь ты же не преступник!

— Я сделал это ради тебя! — заявил юноша.

— Ради меня?! — вскричала Элис, потрясенно глядя на брата. — Господи, мне-то это зачем?

— Элис, да ты только оглянись вокруг! — возбужденно заговорил Том. — Дом разваливается, сарай протекает и скоро рухнет, половина земли невозделанна, вся ферма приходит в упадок! Нам срочно нужны деньги, иначе мы скоро останемся на развалинах! А эти ребята предложили мне две сотни долларов только за то, чтобы я подержал их лошадей!

Несколько минут Элис смотрела в пространство, пытаясь осмыслить слова брата.

— Значит, в самом ограблении ты не участвовал? — наконец спросила она, с надеждой глядя на Тома.

— Нет, я только держал лошадей, клянусь тебе, — заверил он ее.

— Тебя кто-нибудь видел? — продолжала она.

— Не знаю... — замялся Том. — Не думаю, но все произошло так глупо... Я не уверен. Все случилось слишком быстро...

Элис тяжело вздохнула, снова взяла Тома за руку и, строго глядя на него, произнесла:

— Расскажи мне, как все произошло. Подробно! Ничего не упуская!

— Ну... — промямлил Том, — я стоял на улице и держал лошадей, как мы и договаривались. Парни вошли в банк, а через минуту выскочили обратно. С добычей. Росас... это их главарь... бросил мне сумки с деньгами, и мы все вскочили на лошадей. Но тут на крыльцо выбежал старый Кроули, банковский управляющий, и стал вопить, что банк ограбили, и палить из револьвера, как сумасшедший. Ну кто мог предположить, что у этого старого чудака есть револьвер?

— А потом? — поторопила Элис брата.

— А потом все пошло наперекосяк, — уныло вздохнул Том. — К банку со всех сторон стали сбегаться люди. Я не знаю точно, но там начался какой-то содом. Мужчины размахивали ружьями, женщины визжали, лошади чуть не спятили... А я так перепугался, что удрал домой.

— А остальные?

— Они рванули в разные стороны. Не знаю, куда они потом подались, но одного из них, по-моему, подстрелили.

От одной мысли о том, что брат был на волосок от смерти, сердце Элис чуть не разорвалось. Однако она понимала, что надо держать себя в руках. Сделав несколько глубоких вдохов, она шепотом спросила:

— А что с деньгами?

— Они спрятаны под той кучей соломы. — Том махнул рукой, показывая в противоположный угол сарая.

— Ты хочешь сказать, что они все еще у тебя?!

— Ну да, у меня. А что мне было делать? — растерянно проговорил юноша. — Росас бросил мне сумки еще до того, как началась стрельба. Не мог же я их выбросить!

— Конечно, мог! — Элис в отчаянии заломила руки. — Это было бы самым разумным выходом из положения!

— Знаешь, когда вокруг засвистели пули, мне было не до того, чтобы размышлять, что разумно, а что нет.

— Да, наверное, — вздохнула Элис. — По-моему, единственное, что ты сейчас можешь сделать, это отнести деньги обратно в банк. Если ты покаешься, то суд, возможно, окажет тебе снисхождение.

Том подскочил и возмущенно уставился на сестру:

— Ты что, совсем спятила? Как я могу вернуть деньги? Ведь Росас придет за ними, и если у меня их не будет, то моя песенка спета!

Элис тоже вскочила и вперила в брата яростный взор. Глаза ее сверкали от гнева.

— Не будь дураком, Том! Это единственное, что может тебя спасти! У тебя просто нет другого выхода! И нечего бояться этих бандитов — закон защитит тебя.

— О да, конечно, — саркастически фыркнул Том. — Но сперва меня посадят в тюрьму. Потом, лет эдак через десять — или когда там я выйду на волю, — Росас или кто-нибудь из его парней в отместку пришьет меня.

— Но, Том...

— Нет, Элис, нечего и говорить об этом. Я не собираюсь возвращать деньги в банк.

— А что же ты собираешься с ними делать?

— Возьму эти сумки и попытаюсь разыскать остальных. Я отдам им деньги, как и договаривались. И если мне повезет, то я сумею убедить их в том, что не собирался их обмануть. Тогда, может быть, я уйду от них живым. Не думаю, что кто-нибудь из городских меня видел, потому что они погнались за Росасом, а он ускакал совсем в другую сторону. Если мне только удастся избавиться от этих денег, то, думаю, все будет в порядке.

Элис без сил опустилась на сено. Последние сутки походили на кошмарный сон... Кажется, страшнее был только день смерти Джо. Почему, ну почему ее вечно преследуют беды и несчастья? Почему ее жизнь не может стать тихой и спокойной — хотя бы для разнообразия? Хотя бы ненадолго?!

— Ты ведь не выдашь меня, а, сестричка? — спросил Том, с надеждой глядя на Элис.

Молодая женщина посмотрела брату в лицо — и увидела в его голубых глазах отчаяние и страх. Сердце ее болезненно сжалось.

— Нет, Том, я не собираюсь выдавать тебя, — дрогнувшим голосом проговорила Элис. — Ты — мой младший братишка, и потому я не сделаю этого. Но ты должен сдаться сам. По-моему, ты совершишь величайшую ошибку в своей жизни, если возьмешь эти деньги и убежишь.

— Черт возьми, Элис, ты не понимаешь, — простонал Том. — Эти парни — не те добропорядочные, богобоязненные люди, с которыми ты привыкла иметь дело. Они настоящие бандиты — и за пару долларов пристрелят меня не моргнув глазом!

— Но, Том, если они такие ужасные, как же ты мог связаться с ними?!

— Это длинная история, — прошептал Том, опустив глаза. — И вряд ли она тебе понравится.

Увидев на лице брата раскаяние, Элис поморщилась. Да, теперь Том явно презирает себя. Но, господи, он ведь так молод! Ему всего семнадцать! Как же убедить его, что спастись он может, лишь сдавшись властям!

— Том, не убегай, пожалуйста, — умоляла она. — Ты только будешь громоздить одну ошибку на другую. А кроме того, ты подумал о том, что я буду без тебя делать? У меня не хватит сил одной тянуть эту ферму. Если ты чистосердечно признаешься во всем, то я уверена...

— Элис, у меня больше нет времени на разговоры, — перебил ее Том. — Я сказал, что не собираюсь сдаваться, и точка. А теперь скажи, ты поможешь мне или нет?

— Помогу! — выдохнула она.

Том подошел к большой куче соломы и, опустившись на колени, принялся ее разгребать. Наконец он вытащил две битком набитые седельные сумки.

— Мне нужна еда. Хотя бы на неделю. Я не знаю, куда подались остальные после перестрелки, но мы договорились встретиться у Миллерова обрыва. Впрочем... Вряд ли они там появятся. Скорее всего они рванули к границе. А потому трудно сказать, сколько мне понадобится времени, чтобы их найти.

Элис с трудом поднялась на ноги. Под грузом навалившихся тревог и забот плечи ее поникли.

— Хорошо, — устало сказала она, — я пойду соберу тебе еду. Тебе надо что-нибудь еще?

— Нет, — ответил Том, выводя свою лошадь из сарая. — Этого хватит.

Элис кивнула, пошла в дом и наполнила большую сумку хлебом, вяленым мясом, сыром и яблоками. Она старалась думать только о том, что делает. Она понимала, что стоит ей начать размышлять обо всех событиях этих суток, как она расплачется и вряд ли скоро успокоится.

Она вышла на крыльцо, отдала брату сумку с едой, потом крепко обняла его.

— Пожалуйста, Том, будь осторожен, — тихо попросила юношу Элис. — И если сможешь, дай о себе знать.

— Не думаю, что мне удастся прислать тебе весточку. — Том покачал головой. — Но я постараюсь вернуться, как только уляжется вся эта суматоха.

Элис кивнула, отступила на шаг и быстро заморгала, пытаясь удержать набежавшие слезы.

— Я люблю тебя, Том, — прошептала она.

— Я тоже люблю тебя, Элис. Не волнуйся за меня. Все будет хорошо, вот увидишь.

Элис почувствовала, что не может больше вымолвить и слова, поэтому только кивнула и заставила себя улыбнуться.

Том вскочил в седло, потом приподнялся на стременах и внимательно огляделся вокруг. Убедившись, что поблизости не видно ни одной живой души, он хлестнул коня и помчался по дороге, вздымая клубы пыли.

Элис смотрела ему вслед, пока он не скрылся из виду. Потом с тяжелым вздохом опустилась на ступеньку крыльца и дала наконец волю слезам.

Никогда еще ей не было так одиноко.

4.

— Натан Уэллесли, рад видеть тебя, мой мальчик, очень рад!

Натан улыбнулся и с удовольствием пожал руку своему командиру:

— Спасибо, майор Джонс. Поверьте, я тоже рад,

что приехал. Мне уже стало казаться, что я никогда больше не увижу нашего штаба.

— Честно говоря, мы тоже уже почти не надеялись встретить тебя здесь, — улыбнулся майор. — Садись и устраивайся поудобней.

Майор Джон Б. Джонс был невысок и держался немного застенчиво; однако человек этот уже стал живой легендой Техаса. Майор Джонс создал Пограничный батальон, сумев собрать в него самых лучших, самых отважных бойцов. Майор славился тем, что суждения его всегда были справедливы, приказы — разумны, а дела и поступки — решительны и благородны. Все, кто его знал, доверяли ему безгранично. Натан почитал за честь служить под началом этого незаурядного человека. Впрочем, так же думали все солдаты в батальоне.

Сейчас, сидя в плюшевом кресле в кабинете майора, Натан ломал голову над тем, почему этот уважаемый человек пригласил его побеседовать с глазу на глаз. Майор не имел привычки секретничать ни с кем из рейнджеров, и потому Натана просто распирало от любопытства.

Джонс уселся в кресло за массивный письменный стол, отхлебнул глоток из своей неизменной чашки кофе и устремил на Натана взгляд внимательных темных глаз:

— Прежде всего я хотел поблагодарить тебя. С делом Боба Эллиса ты справился блестяще! Я горжусь тобой, а губернатор, прочитав твой отчет по этому делу, решил, что тебя стоит особо отметить в приказе.

Натан польщенно улыбнулся. Майор был скуп на похвалы, и слова благодарности от него можно было услышать нечасто.

— Спасибо, сэр, но, по-моему, это лишнее. Я просто выполнял свой долг.

— Ну что ж, капитан, — одобрительно кивнул Джонс, — как бы то ни было, ты прекрасно поработал, и я очень доволен тобой.

Улыбка Натана стала еще шире.

— А теперь, когда дело Боба Эллиса сдано в архив, готов ли ты к выполнению нового задания? Есть одно необычное дело — и, по-моему, как раз для тебя.

Натан мгновенно стал серьезным, заинтригованный словечком «необычное».

— Да, я готов, майор! Чем могу быть полезен?

— Ты помнишь прошлогоднее ограбление банка в Биксби?

— Ну конечно! Еще бы мне его забыть! Я был тогда просто в бешенстве — меня же в тот момент, как назло, не было в городе.

— Да-да, — кивнул Джонс. — По-моему, ты заночевал тогда на какой-то ферме... Укрылся от грозы, верно?

На Натана нахлынули воспоминания. Дождь, маленький домик, гром и молнии, Элис. Сколько же раз он вспоминал эту ночь за прошедший год? И сколько раз проклинал себя за то, что не может ее забыть?

— Да, — сдержанно подтвердил Натан. — Я так и не заехал в Биксби в тот раз. Отправился прямо в Остин, поэтому узнал об ограблении только здесь, в штабе. Да, скверно получилось... Очень скверно. Если бы я оказался тогда в Биксби, то уж, конечно, не дал бы подлецам удрать! Их поймали?

— Нет. И раскрыть дело по горячим следам не удалось. А теперь прошло уже больше года... Мы считаем, что бандиты сумели удрать в Мексику и до сих пор там отсиживаются.

— А деньги? — с интересом спросил Натан. — Их нашли?

— Да, и как раз об этом я хотел с тобой поговорить, — медленно произнес майор. — Похоже, что один из членов этой банды фактически не участвовал в ограблении. Совсем молодой парнишка, лет семнадцати-восемнадцати... Он просто держал лошадей. Но в конце концов деньги оказались у него.

— Вы его схватили? — вскинул брови Натан.

— Нет, — покачал головой майор. — Он сам нам сдался. Все это время он скрывался в маленьком городке недалеко от границы. А на прошлой неделе вдруг взял да и явился к нам. Просто вошел в дверь, сказал, как его зовут, и признался, что ему надоело играть в кошки-мышки. А потом отдал нам сумку с деньгами. Вот такая удивительная история.

— Да уж! — согласился Натан. — А как его зовут?

— Том Карлайл. Ты когда-нибудь слышал о нем?

Натан молча покачал головой.

— Я тоже не слышал. А когда мы допросили его, я понял, что он, в общем-то, не преступник. Просто по недомыслию связался с Росасом, ну а тот втянул его в это грязное дело.

Натан с интересом взглянул на майора:

— Так это банда Росаса ограбила банк?

— Да. А поскольку мы поняли, что парнишка — не член шайки, то решили заключить с ним некое соглашение.

— Соглашение? — удивленно переспросил Натан. — Какое соглашение?

— Ну, мы считаем, что в банде знают: деньги до сих пор у Карлайла, — принялся объяснять майор. — Поэтому мы договорились: если парень поможет нам схватить грабителей, то мы отпустим его с миром.

— Схватить грабителей? Это как же?

— А для этого как раз и понадобишься ты. У этого парня есть старшая сестра, вдова. Она одна живет на ферме недалеко от Биксби. Мы хотим распустить слухи, будто деньги у нее. Возможно, бандиты попытаются забрать их, тут-то мы подлецов и накроем!

— Фью-у, — присвистнул Натан. — Опасная затея! Она может стоить женщине жизни. А как на это смотрит сама вдова? Она согласна нам помочь?

— Да, правда, пришлось на нее нажать.

— Нажать?

Джонс кивнул:

— Когда мы попытались с ней потолковать в первый раз, она нас выставила за дверь. Но потом Карлайл проговорился на допросе, что после ограбления он всю ночь прятался в ее сарае, а наутро она помогла ему бежать.

Натан понимающе усмехнулся:

— И вы сказали ей, что если она не согласится нам помочь, то ее будут судить как соучастницу.

— Вот именно.

— И она согласилась?

— Неохотно.

Натан откинулся на спинку кресла, обдумывая слова майора.

— А какую роль во всем этом должен играть я? — спросил он после небольшой паузы.

— Да в том-то и дело, что главную. Все должно храниться в строжайшей тайне. Нам нужен на ранчо свой человек, который и вдову сможет защитить, и бандитов засечь. Ясно, что никто не справится с этим лучше тебя. Мы знаем, что ты вырос на ферме в Колорадо, поэтому, наверное, умеешь чинить заборы, косить сено, ну и все такое. Нам неизвестно, сколько времени уйдет на то, чтобы заманить Росаса в нашу западню, но, когда он заглотнет наживку, на ферме должен быть наш человек — причем такой, который не вызовет у Росаса ни малейших подозрений.

Натан отчаянно пытался скрыть свое разочарование — впрочем, безуспешно.

— Вы хотите сказать, что мне придется изображать наемного рабочего на ферме? — кисло осведомился он.

— На ранчо, — поправил его майор. Его губы дрогнули, когда он понял, что Натан считает черную работу на ферме унизительной для себя. — Я же говорил тебе, что задание необычное.

— Да уж, необычное, — протянул Натан. — Сэр, вы действительно считаете, что нам нужен на этом ранчо свой человек? Может, нам просто куда-нибудь на время увезти вдову, а самим наблюдать за фермой и ждать бандитов?

— Не получится, — покачал головой майор. — Если они поймут, что женщины на ферме нет, то сразу заподозрят неладное. По-видимому, эта вдова живет на ранчо уже много лет, и ее отъезд насторожит бандитов. Они решат, что она сбежала с деньгами, и кинутся разыскивать ее, а на ранчо и не сунутся. Так какой же смысл сидеть там в засаде?

Натан медленно кивнул, тщетно пытаясь придумать что-нибудь еще.

— Да, наверное, вы правы, — наконец уныло признал он. — Скажите хотя бы, сколько мне придется торчать на этом ранчо?

Майор облегченно вздохнул, поняв, что Натан согласен отправиться на ферму. Впрочем, Джонс тут же попытался скрыть свою радость и серьезно посмотрел Натану в глаза:

— Я и правда не знаю, Нат. Слухи о деньгах мы, конечно, распустим, но торопиться тут нельзя. К тому же Росас, судя по всему, в Мексике, так что пока эти слухи дойдут до него, немало воды утечет. Может, ему расскажут обо всем через неделю, может, через месяц... А может, он забился в такую нору, что дружки его и за полгода не разыщут.

Тяжко вздохнув, Натан вытащил из кармана записную книжку и карандаш.

— Ну хорошо, майор, как мне найти это ранчо?

— Оно в пяти милях от Биксби. Я сам точно не знаю, как до него добраться, но думаю, что ты можешь остановиться в городе и порасспросить людей. Биксби — маленький городок, поэтому скорее всего любой покажет тебе дорогу. А ты объяснишь всем, что едешь наниматься на работу. И когда поселишься на ранчо, это никого не удивит. Все с самого начала будет выглядеть правдоподобно.

Натан кивнул.

— Между прочим, — продолжал майор, — тебе неплохо бы на время сменить имя. В Биксби ты бандитов не ловил, и в лицо тебя там не знают, но имя капитана Уэллесли, конечно, слышали.

— И как же меня будут звать? — осведомился Натан.

— Нат Уэллс, — ухмыльнулся майор. — Похоже на твое настоящее имя, так что тебе будет легко привыкнуть, но звучит по-другому и подозрений возбудить не должно.

— Ага, значит, Нат Уэллс? — Натан с улыбкой занес имя в свою записную книжку. — Вроде ничего. А фамилия вдовы — Карлайл?

— Нет. Так зовут ее брата. А вдову зовут... Подожди-ка, сейчас взгляну... Я где-то записал... — Джонс принялся рыться в ворохе бумаг на столе, пока не нашел нужную. — Ага, вот она. Ее зовут Грэхем. Элис Грэхем.

Карандаш выскользнул у Натана из рук и со стуком упал на пол. Капитан быстро нагнулся, чтобы поднять его, надеясь, что не выдал своего изумления. Но когда он снова выпрямился, ему стало ясно, что от острого взгляда майора ничего не укрылось.

— Что-то не так, Натан? — осторожно спросил Джонс.

— Нет-нет, все в порядке, я просто уронил карандаш.

— Я не об этом. Я о сестре Карлайла. Почему ее имя так поразило тебя? Ты ее знаешь?

— Не то чтобы знаю... — нерешительно ответил Натан.

— Не то чтобы знаешь, но?..

— Ну, я встречался с ней.

— Когда?

— В прошлом году, когда ехал в Остин. Это у нее на ранчо я заночевал во время грозы.

— Ах, вот оно что... — Майор взял карандаш и стал задумчиво грызть его кончик. — Значит, ты был на ранчо как раз в тот день, когда ее братец участвовал в ограблении?

Натан вспомнил горящий в сарае фонарь.

— Ну да, — проговорил он, сдерживая нахлынувшую ярость. — Похоже на то.

— А какая она из себя? — полюбопытствовал майор.

Натан с трудом сглотнул, вспомнив прекрасные глаза Элис, со страстью глядевшие на него из темноты.

— Не уродка, но ничего особенного, — солгал он. — Что-то вроде скромненькой школьной учительницы. Этакая серая мышка... испугалась грозы. Дрожала как осиновый лист...

— Ты серьезно думаешь, что она дрожала из-за грозы? — приподнял брови майор. — А может, она волновалась за брата?

«Конечно, волновалась, — подумал Натан. — Поэтому и не пускала меня в сарай».

— Право, не знаю, сэр, — вслух произнес он. — Если ее и тревожило что-то, кроме непогоды, то она искусно скрывала это.

Пожав плечами, Джонс бросил карандаш на стол.

— Что ж... Теперь это уже не важно. Главное, что она согласилась нам помочь.

В душе у Натана поднялась такая буря чувств, что он почти не слышал последних слов майора.

Элис стала заниматься с ним любовью, чтобы отвлечь его от мыслей о сарае. И это ей удалось — он и думать забыл о горящем фонаре! Теперь понятно, почему она так старалась побыстрей выпроводить его на следующее утро. Ее ждал брат. А может, в сарае прятался кто-нибудь еще? Может, она связана с кем-нибудь из банды Росаса и он ждал ее в этом проклятом сарае всю ночь, гадая, почему же она не идет?

— Нат, ты слышишь меня? — спросил майор.

Голос начальника вернул Натана к действительности.

— Простите, майор, что вы сказали?

— Я спрашиваю, может, ты решил отказаться от этого дела? Ведь теперь ты знаешь, с кем тебе придется работать... И, похоже, у тебя есть возражения...

— Нет, сэр, — быстро ответил Натан. — Никаких возражений.

Каким же идиотом он был, целый год вспоминая о той ночи... И о той женщине... Он-то считал, что между ними произошло что-то особенное... Невероятное... Волшебное... Нет, у него нет никаких возражений. Он возьмется за это дело. И чем скорее он сможет высказать вдове Грэхем все, что о ней думает, тем лучше!

— Хорошо, — кивнул майор Джонс. — Тогда тебе не стоит терять времени. Я даю тебе неделю, чтобы добраться до ранчо и устроиться там. А через неделю мы пустим слух о деньгах и будем ждать бандитов.

— А вы не думаете, что Росас может появиться на ранчо лишь через несколько месяцев? — спросил Натан, с тревогой глядя на майора.

— Да нет, не думаю, — ответил Джонс, гадая, почему Натан так торопится поскорей закончить это дело. — Но наверняка сказать трудно.

— Вдова знает, что я скоро приеду?

— Что именно ты?

Натан кивнул.

— Нет. Ей известно лишь то, что под видом нового работника к ней на ранчо прибудет рейнджер. Но имени твоего мы ей не называли. — Джонс замолчал, пристально вглядываясь Натану в лицо. Майор хотел понять, как отнесется молодой человек к его словам. Ничего настораживающего Джонс не заметил и все же никак не мог отделаться от ощущения, что что-то здесь не так. — Натан, скажи мне, ты правда не против заняться этим делом? Я уже говорил, что уверен: никто не справится с ним лучше тебя. Но если есть какие-то обстоятельства... Ну, может, что-то произошло между тобой и этой Грэхем...

— Между нами ничего не произошло, — перебил его Натан. — И я готов взяться за это дело.

— Ты совершенно уверен?

— Да! — твердо заявил капитан. — Как мы будем поддерживать связь?

И опять черные глаза майора изучающе уставились на Натана. Пауза в разговоре явно затянулась, но, к удивлению Натана, вопросов ему майор больше не задавал. Вместо этого он ответил:

— Твоими связными будут Уилл Джонсон и Ред Хиллард. Я уже отправил их в Биксби. Хиллард служит на телеграфе, а Джонсон — в платной конюшне.

— Отлично, — одобрил Натан. — И телеграф, и конюшня — настоящие рассадники слухов и сплетен.

— На это мы и рассчитывали, — улыбнулся Джонс. Он почувствовал непонятное облегчение от того, что разговор снова пошел о делах. — Мне бы хотелось, чтобы кто-то из наших нанялся работать в салун, но пока это сложно. А жаль. Уж оттуда-то слухи распространяются с молниеносной быстротой. Но, может, тебе удастся заглядывать туда почаще, чтобы знать, что творится в округе. Ты ведь любишь пиво?

— Только в интересах дела, сэр, — улыбнулся Натан.

Джонс поднялся, его улыбка стала еще шире.

— Разумеется, только в интересах дела.

Капитан тоже встал.

— Удачи, Нат, — пожелал майор, пожимая Натану руку. — Держи связь через Хилларда. Он будет телеграфировать мне.

— Слушаюсь, сэр, — щелкнул каблуками Натан.

Он развернулся и пошел к двери, но тут майор окликнул его:

— Будь поосторожней с этой вдовой. Часто именно такие серенькие мышки и бывают самыми опасными.

Натан кивнул, его губы растянулись в ухмылке:

— Я понял, майор, но вы не беспокойтесь, я глаз с нее не спущу.

5.

«То еще местечко», — подумал Натан, проезжая на своем скакуне по главной улице Биксби и внимательно оглядывая пыльную, в рытвинах и колдобинах улицу. Он старался делать это незаметно: ему не хотелось возбуждать подозрения, выказывая слишком явный интерес ко всему вокруг, но рейнджеру действительно необходимо было знать этот городок как свои пять пальцев. И чем скорее Натан изучит его, тем лучше! Слева капитан увидел магазин, телеграф, где работал Ред Хиллард, и невыразительное строение, на котором красовалась вывеска: «Эзра Бэнкс, доктор медицины». Взглянув направо, Натан заметил захудалый постоялый двор, два салуна и злосчастный банк Биксби. Натан не обнаружил ничего похожего на платные конюшни, в которых должен был служить Уилл Джонсон, но, по-видимому, они находились где-то дальше, на окраине городка.

Остановив коня, Натан спешился и поднялся по деревянным ступенькам в магазин. Открыв дверь, молодой человек услышал, как над головой у него нежно зазвенел маленький колокольчик. Натан вошел и огляделся. Все, кто был в магазине, тут же с любопытством уставились на него. Он услышал, как принялись перешептываться местные матроны, строя догадки, к кому мог приехать этот незнакомец.

Стянув с головы шляпу, Натан громко сообщил:

— Меня зовут Нат Уэллс. Я хотел бы узнать, где живут Грэхемы.

Шепот мгновенно стих, но Натан и бровью не повел. Пусть все видят, что ему ни до чего нет дела.

Невысокий человечек в очках, который стоял за длинным прилавком, оглядел толпу, собравшуюся у Натана за спиной, и негромко сказал:

— Вдова Грэхем живет в пяти милях к западу от города.

— Это прямо по дороге? — уточнил Натан.

Человечек кивнул. Он открыл было рот, чтобы сказать что-то еще, но тут же быстро закрыл его и отвернулся.

Странное поведение хозяина магазина удивило Натана. Он решил, что не стоит на этом заканчивать беседу.

— Я ее новый работник, — пояснил он. — Она наняла меня на лето.

За спиной у Натана вновь оживленно зашушукались, а потом он вдруг ясно услышал, как одна из женщин прошипела:

— Ну, конечно. Очередной мужчина.

Натан почувствовал, что кто-то дергает его за рукав, и обернулся. Рядом с ним стоял человек в одеянии священника.

— Вы будете жить на ранчо, молодой человек, или вам показать дорогу к постоялому двору?

Любопытство Натана все возрастало. Тесный магазинчик уже гудел, как растревоженный улей, и Натан кожей чувствовал неодобрительные взгляды горожан. Он не мог взять в толк, почему они так возмущенно смотрят на него. Что он такого сказал?

— Нет, спасибо, — ответил Натан с заискивающей улыбкой. — Мне не нужна комната. Когда миссис Грэхем нанимала меня, речь вроде бы шла о том, что я смогу ночевать на ферме.

И снова послышался голос все той же женщины:

— Ну, а как же! Никто и не сомневался!

К удивлению Натана, священник неожиданно повернулся туда, откуда раздавался голос, и строго сказал:

— Лилиан, прекратите, пожалуйста! Обойдемся без ваших колкостей!

Натан не утерпел и тоже обернулся. Он увидел женщину средних лет, к которой обращался священник.

Она была тучной, с красным злым лицом, которое, по-видимому, не отличалось красотой и в дни ее молодости. Волосы женщины были гладко зачесаны назад и стянуты на затылке в тугой узел, а слишком пышная грудь вздымалась от возмущения.

— Простите меня, преподобный отец, — отозвалась почтенная дама, хотя в ее тоне не было ни капли раскаяния, — но я говорю то, что думаю.

— Лилиан... — В голосе священника зазвучали предупреждающие нотки.

Надменно кивнув большой головой, женщина схватила за руку девочку, стоявшую рядом с ней.

— Пойдем, Люси, — громко сказала она, — мы не можем покорно выслушивать несправедливые упреки! Ведь все знают, что я говорю правду.

Она гордо прошествовала к выходу, прекрасно понимая, что взгляды всех присутствующих прикованы к ней. Подойдя к двери и взявшись за ручку, она решила, что последнее слово должно все-таки остаться за ней.

— Всем известно, кто такая эта миссис Грэхем! — выпалила толстуха. — И вы, преподобный отец, окажете этому молодому человеку большую услугу, если объясните ему, с кем он связался. — Она многозначительно помолчала. — Разве что он уже все знает — и именно поэтому нанялся к ней на ранчо.

— Миссис Андервуд! — закричал священник. — Я не позволю вам...

Окинув всех торжествующим взглядом, Лилиан Андервуд распахнула дверь.

— До свидания! — провозгласила толстуха, легко заглушив последние слова священника. Затем она вышла и с грохотом захлопнула за собой дверь. Несколько секунд тишину нарушало лишь жалобное позвякивание колокольчика.

Натан был настолько поражен той перепалкой, свидетелем которой только что стал, что никак не мог собраться с мыслями. Но тут к нему повернулся священник.

— Простите нас, мистер... — сказал он.

— Уэллс. Нат Уэллс, — поспешил еще раз представиться Натан.

— Простите нас, мистер Уэллс. Как вы могли заметить, чувства, которые питают к миссис Грэхем наши дамы, трудно назвать добрыми. Я пытаюсь призвать своих прихожанок к христианскому милосердию, но иногда это бывает довольно сложно.

Натан покачал головой. У него было ощущение, что он угодил прямиком в кипящий котел.

— Послушайте, преподобный отец, я приехал на лето, чтобы помочь леди управиться с делами, вот и все. Я ее даже ни разу не видел!

— Даже если бы и увидели — никогда бы не подумали, что... — вступил в разговор хозяин магазина. — Вот потому-то мы и были так поражены...

— А по-моему, вы все ужасно злые, — тоненьким голоском сказала молодая симпатичная женщина, стоявшая в дальнем углу магазина. — Миссис Грэхем может жить как хочет. А вас это совершенно не касается!

— Вот именно! — подхватил огромный мужчина с пятидесятифунтовым мешком муки на плече. — Мало ли что в жизни бывает! Не она первая, не она последняя.

— Очень надеюсь, что последняя, во всяком случае, у нас, в Биксби, — проскрипела худая пожилая женщина. — А если нет, то, боюсь, разговоры о нас пойдут по всему Техасу.

— Ну все, хватит! — вдруг взревел священник. Его громоподобный голос мгновенно заставил замолчать всех, кто был в магазине. — Я не желаю больше слышать ни единого слова! — Он обвел гневным взглядом толпу, и многие старые сплетницы смущенно потупились. — Давайте не будем забывать, что господь учил нас не судить, но прощать. «Кто из вас без греха, пусть первым бросит в нее камень», — сказал Иисус.

— Хм!

— К вам, мисс Диксон, это тоже относится! — Священник бросил на пожилую даму испепеляющий взгляд. — Ну, сэр, вы хотите узнать что-нибудь еще? — обратился он к Натану.

— Нет, — пробормотал Натан. — Кажется, я все уже понял.

— Да уж! — Священнику явно было стыдно за своих прихожан. — Я очень надеюсь, что вы неглупый молодой человек и не станете верить сплетням.

— Разумеется, — кивнул Натан. Он направился к двери, стараясь не смотреть на перекошенные, злые лица. — Спасибо, что объяснили, как добраться до ранчо.

— Пожалуйста, сын мой. И добро пожаловать в Биксби! — попрощался священник с Натаном.

«Что, ради всего святого, она такое натворила? — недоумевал Натан. — Почему на нее взъелся весь город?»

Снова и снова он задавал себе этот вопрос, пока ехал по пыльной дороге к ферме Элис. Может, все в городе знают, что ее брат принимал участие в ограблении банка, а она помогла ему бежать? Может, поэтому они так возненавидели ее?

Однако Натан тут же сообразил, что это чушь. Ни одна живая душа в городе не знала о том, что Том Карлайл якшался с бандитами. Даже властям это стало известно лишь несколько дней назад, когда парень сам пришел с повинной! Натан был уверен, что люди майора Джонса проговориться не могли. Они прекрасно понимали, что даже одно вскользь брошенное слово может свести на нет все их усилия и спугнуть Росаса.

«Нет, тут дело в другом, — думал Натан. — Похоже,

что-то натворила сама Элис, и жители Биксби дружно решили, что прощения ей нет и быть не может. Но чем же она провинилась перед ними?!»

Натан даже представить себе не мог, что же такое она наделала. Выехав четыре дня назад из Остина, он неотступно думал о той ночи, которую провел с Элис... Она лежала тогда в его объятиях, и они любили друг друга. Конечно, он теперь знал, что она просто пыталась удержать его в доме и спасти прятавшегося в сарае брата. И все же Натан не мог поверить, что такие ночи для Элис — обычное дело. Ведь сначала она показалась ему весьма сдержанной особой. А потом вдруг приоткрыла чувственную сторону своей натуры... Разумеется, такие взрывы страсти не могли понравиться старым клушам с поджатыми губами вроде этой мисс Диксон. Но при чем тут мисс Диксон? О пылкости Элис знал лишь Натан. Как об этом могли пронюхать горожане? Разве что, конечно...

Натан пустил коня шагом и глубоко задумался: «Неужели Элис ведет себя так со всеми мужчинами и в городе прекрасно знают об этом?!»

— Не верю! — сказал он вслух, резко тряхнув головой. Элис была слишком напугана, слишком взволнована, слишком нерешительна для женщины, привыкшей к таким приключениям. А наутро она даже глаз не подняла! Нет, распутные вдовушки так себя не ведут. И особы, продающие любовь за деньги, тоже. Господи, она ведь даже видеть его больше не хотела! Никогда!

Нет. Натан сердцем чувствовал: Элис — порядочная женщина! Так почему же ее осуждает весь город? Может, дело просто в том, что она живет одна и не слишком любезна с соседками? Или редко ходит в церковь? Или отказалась выйти замуж за какого-нибудь достойного человека — и тот с горя уехал куда глаза глядят? Да мало ли почему старые сплетницы могут перемывать кости молодой вдове! Вот только что-то уж слишком зло они это делают! Натан сам видел, какая ярость полыхала в глазах у горожан, когда речь зашла об Элис.

— Хватит об этом думать, — твердо сказал он себе. — Это не твое дело. От тебя требуется лишь одно — защитить ее, когда бандиты появятся на ферме. Ты получил приказ и должен его выполнить. Такая уж у тебя служба. И чувства тут вовсе ни при чем. А значит, и переживать нечего.

Натан очень надеялся, что в его отношениях с Элис Грэхем не будет ничего личного. Может, она его даже не узнает. Ему было бы намного легче провести на ее ферме несколько недель, если бы ни он, ни она просто не вспоминали о той ночи... И говорили бы только о делах.

— А почему бы и нет? — пробормотал он. — В конце концов, все это уже быльем поросло... И если она еще помнит об этом, то скорее всего тоже хочет забыть, как и я. Когда я приеду на ранчо, я буду вести себя с ней так же, как с любой другой женщиной, которую мне поручили защищать, и тогда все будет в порядке.

Он вздохнул и снова пустил лошадь рысью. Да, решение он принял неплохое. Еще бы теперь его выполнить...

6.

Натан ехал по пыльной дороге к ферме Грэхемов, скользя взглядом по обветшалым строениям и поваленным заборам. Было совершенно очевидно, что Элис не истратила ни цента из добытых братом денег, чтобы привести хозяйство в порядок. Ферма выглядела еще более запущенной, чем в прошлом году. Глаз радовала лишь клумба перед домом...

Натан спешился, забросил поводья на коновязь и пригляделся к ступенькам крыльца, опасаясь, как бы они под ним не подломились. В конце концов он пожал плечами и осторожно шагнул на первую ступеньку.

«Ну как же можно доводить хозяйство до такого состояния? — раздраженно подумал он. — Она могла, по крайней мере, нанять кого-нибудь, чтобы ей починили крыльцо, пока она не убилась, свалившись с него».

Он нахмурился, поймав себя на этих мыслях.

— Не твое собачье дело, в каком состоянии находится хозяйство, — сказал он себе. — Делай свое дело и помалкивай.

Осторожно ступая по скрипящим доскам, Натан подошел к двери и постучал, заметив мимоходом, что верхняя петля сломана.

Почти сразу же ветхая дверь со скрипом отворилась, и впервые за пятнадцать месяцев Натан взглянул в бирюзовые глаза женщины, которую отчаянно старался забыть. Волна чувств захлестнула его, и он на миг лишился дара речи.

В ней появилось что-то новое, что-то такое, чего не было прежде. Это было трудно уловить... Никто, пожалуй, ничего бы и не заметил. Но Натану, который долгие месяцы хранил в памяти ее образ, перемены эти сразу бросились в глаза. Она стала как-то мягче, ее фигура приобрела более округлые очертания, а ее пышная грудь так и рвалась наружу из поношенного платья.

Впрочем, когда Элис увидела Натана, вся мягкость ее мгновенно улетучилась.

— Вы! — закричала женщина. — Что вам здесь надо?

Натан посуровел.

— Меня послали власти штата Техас, чтобы защитить вас, — ответил он не терпящим возражений тоном.

— В таком случае можете убираться туда, откуда пришли. Мне вы тут не нужны.

Она попыталась захлопнуть дверь у него перед

носом, но Натан успел просунуть ногу в щель, не давая двери закрыться.

— Черт, подождите минутку, — рявкнул он. — Вы же прекрасно знали, что к вам на ранчо должны прислать рейнджера!

— Да, знала, — прошипела Элис, все еще пытаясь закрыть дверь. — Но если бы мне сказали, что это будете вы, я бы никогда в жизни не согласилась!

Окончательно разозлившись, Натан ухватился за дверь двумя руками и сильно рванул ее. Элис выпустила дверную ручку и невольно отступила назад.

Воспользовавшись замешательством женщины, Натан вошел в дом.

— У вас нет выбора, леди! — мрачно заявил молодой человек.

Он обежал глазами бедно обставленную комнату, задержав взгляд на небольшом диванчике в углу. Несмотря на весь свой гнев, Натан не мог справиться с нахлынувшими воспоминаниями. Да, все случилось на этом самом диванчике... Голос Натана невольно смягчился:

— Чтобы вы знали, миссис Грэхем, я не просил посылать меня к вам. Но раз уж я здесь, нам, по-моему, не стоит ссориться. Давайте постараемся держать себя в руках!

— Идите к черту! — Элис, похоже, не собиралась налаживать отношения. — Я не намерена терпеть здесь ваше присутствие! Убирайтесь!

— И не подумаю, — сухо заявил Натан.

Его спокойствие окончательно вывело Элис из себя. Всхлипнув, она подскочила к Натану и забарабанила кулачками ему в грудь.

— Ох, как же вы мне отвратительны! — кричала женщина. — Я вас ненавижу! Я хочу, чтобы вы убрались отсюда!

— Прекратите! — заорал Натан, схватив ее за руки. — Прекратите сейчас же!

Элис вырвалась и отступила назад, прижимая дрожащие пальцы к губам.

— Ну почему именно вы? — горестно причитала она, не вытирая слез, которые катились у нее по щекам. — Ведь в штате сотни рейнджеров. Почему они прислали именно вас?

— Думаю, что по иронии судьбы, — пробормотал Натан. Он нагнулся и поднял с пола шляпу, которая слетела у него с головы во время перепалки. — Поверьте, — тихо проговорил он, глядя Элис в глаза, — я не больше вашего радуюсь тому, что оказался здесь.

— Но тогда почему вы согласились приехать сюда?! Вы же могли отказаться, и тогда они прислали бы кого-нибудь другого.

Натан молчал. Этот самый вопрос он задавал себе сотни раз... И искал на него ответ с той минуты, как выехал из Остина. Отчаянно искал... Но так и не нашел.

— Послушайте, так получилось — и тут уж ничего не поделаешь, — со вздохом произнес Натан. — Майор решил, что сейчас мое место здесь. А потому, может, вы мне скажете, где я могу расположиться?

Элис пронзила Натана грозным взглядом. Нет, каков наглец! Он, наверное, думает, что она смирится с его чертовым приездом! Но он ошибается. Очень ошибается! Она пошлет телеграмму этому майору Джонсу и потребует, чтобы Натана Уэллесли заменили другим рейнджером. Любым другим. Она не позволит мистеру Уэллесли жить у нее на ранчо!

— *Пока* можете сложить свои вещи в сарае, — сказала Элис, подчеркнув первое слово.

— А вы что, починили там крышу? — осведомился Натан.

Элис поджала губы. Он явно напоминал ей о своем первом визите сюда.

— В июне почти не бывает дождей, и поверьте, вы не задержитесь здесь надолго. Ну а пару ночей можно провести и в сарае. Не сомневаюсь, что вам будет там совсем не плохо.

Она не скрывала своей враждебности. Но Натан не собирался отступать.

— Хотите отделаться от меня? — прогремел он. — И не мечтайте! Вы, наверное, думаете, что осчастливили майора, согласившись нам помочь? Но я не советовал бы вам задирать нос слишком высоко. Гордиться-то вам нечем! По-моему, вам еще крупно повезло, что вы до сих пор не в тюрьме. Поэтому не стоит рассчитывать на то, что майор Джонс будет потакать всем вашим капризам!

— Я согласилась вам помочь? — фыркнула Элис. — Я ни на что не соглашалась, капитан! Два ваших прихвостня вломились ко мне три недели назад, объявили, что я — преступница, которую разыскивают власти, и любезно предложили выбирать: либо я превращаюсь в приманку для бандитов, либо отправляюсь в тюрьму. Ну и что мне оставалось делать?

— Вы же сами сказали, что выбор у вас был, — пожал плечами Натан. — Вы могли пойти в тюрьму.

— Что?! — возмущенно закричала женщина. — Вы думаете, что я собираюсь гнить в тюрьме за преступление, которого не совершала? Вы в своем уме?

Натан внимательно посмотрел на нее:

— Вы и вправду считаете, что ни в чем не виноваты?

— Конечно! Я знать не знала ни о каком ограблении! Мой брат приехал сюда за несколько минут до вас. И когда увидел, что вы приближаетесь к дому, юркнул в сарай, а меня попросил не пускать вас туда и ничего вам не говорить. Да он и не знал, кто вы такой. Но объяснить мне, в чем дело, брат так и не успел.

— И вас это не насторожило? — с легкой насмешкой спросил Натан.

— Разумеется, насторожило! — сердито ответила Элис. — Но он ведь мой брат. А что бы вы сделали на моем месте? Как поступили бы, если бы в беду попал ваш брат?

Этот вопрос застал Натана врасплох. А действительно, как бы он повел себя, если бы один из его шестерых братьев впутался в скверную историю и попросил бы его помочь? Тут и думать не о чем! Конечно, Натан бросился бы на выручку. Как Элис...

— Послушайте, миссис Грэхем, — тихо проговорил Натан. — Я здесь не для того, чтобы решать, виновны вы или нет. Я здесь для того, чтобы защитить вас, если дружки вашего брата явятся сюда за деньгами. Вот и все. Так, может, вы мне наконец скажете, протекает крыша в сарае или нет?

Элис вздохнула, решив, что искать сочувствия у этого упрямого, самоуверенного мужчины совершенно бесполезно. Нечего и надеяться на то, что он сможет ее понять!

— Да, сарай все еще протекает, — ядовито сообщила женщина. — Вот вы и займитесь этим, пока болтаетесь тут без дела!

— Заняться? Чем?

— Починкой крыши. В конце концов, вы ведь как бы нанялись ко мне на работу?

Глаза Натана полыхнули недобрым огнем. Он шагнул к Элис — и оказался так близко, что она почувствовала его дыхание на своем лице.

— Давайте-ка кое-что выясним прямо сейчас, леди. Вы правы. Я *как бы* нанялся к вам на работу. Именно «как бы». Я здесь не для того, чтобы чинить ваши заборы, латать крыши или пахать землю. Я могу чем-то таким заняться, если это понадобится для дела. Для *моего* дела. И я сам буду решать, *когда, где* и *как* мне работать. Вы ни о чем не будете меня просить. И не ждите, что я стану помогать вам на ферме. И вообще, чем меньше мы будем с вами видеться, тем лучше. Для нас обоих. Вы меня поняли?

Женщина открыла было рот, чтобы сказать в ответ

очередную колкость, но не успела издать ни звука. Вместо этого в доме послышался какой-то странный писк. И доносился он из спальни Элис.

— Что это? — спросил Натан, повернувшись на звук.

— Где?

Натан схватился за оружие и уставился на дверь спальни.

— Вы прекрасно знаете где, — сурово произнес он. — Кто там у вас в спальне?

— Там никого нет! — с излишней горячностью заверила его Элис. — И не смейте входить туда!

Она рванулась к двери в спальню и загородила ее своим телом.

— Я не позволю вам входить в мою спальню!

Натан помедлил, не зная, стоит ли отшвырнуть женщину с дороги и войти в соседнюю комнату. Было совершенно ясно, что Элис там кого-то прячет. Но ему ужасно не хотелось причинять ей боль.

— Кого вы там прячете? — настаивал он.

— Я же говорю вам — там нет никого, — взволнованно произнесла Элис. — Это... Это моя кошка. Она недавно принесла котят, их писк вы и слышали. Они проголодались и зовут свою мать.

Натан сделал к ней еще шаг и опять остановился. Он прекрасно понимал, что она лжет. Но ему было ясно и то, что человек, который прячется за дверью, слышит каждое их слово и, стало быть, готов в любой момент встретиться с Натаном лицом к лицу. Это вполне может быть один из бандитов Росаса или еще какой-нибудь сомнительный тип. Откуда Натану знать, с каким сбродом якшается Элис? И совсем не исключено, что, распахнув дверь, Натан тут же получит пулю в лоб. Риск был слишком велик, и Натан счел за лучшее отступить. Надо подождать. Сейчас он пойдет в сарай, а через полчаса внезапно ворвется в комнату и осмотрит ее. Пусть негодяй пока расслабится: это поможет Натану захватить его врасплох. Капитан глубоко вздохнул и выдавил из себя улыбку.

— Просто котята, да? — миролюбиво спросил он.

— Да, — кивнула Элис. — Четыре маленьких котенка. Такие пискливые! Я буду просто счастлива, когда они подрастут и их можно будет выпустить во двор.

— Да-да, конечно. Ну что ж, пойду в сарай, отнесу туда свои вещи. У вас там найдется свободное стойло для моего коня?

— Они почти все свободны, — равнодушно ответила женщина. — Выбирайте любое.

Натан пошел к двери.

— Капитан Уэллесли! — окликнула его Элис.

— Да? — обернулся он.

— Ужин будет готов часов в пять.

— Спасибо, — удивленно приподнял брови Натан. — Я вам очень признателен.

— Я принесу вашу тарелку к сараю, — торопливо добавила Элис.

— К сараю? Вы хотите, чтобы я ел в сарае?

Элис пожала плечами, с трудом скрывая победную улыбку.

— Вы же сами сказали, капитан, что чем меньше мы будем видеться, тем лучше. Для нас обоих!

Возмущенно фыркнув, Натан нахлобучил на голову шляпу и вышел из дома.

Через несколько минут Натан сердито мерил шагами сарай, куда уже успел принести свое одеяло и седельные сумки.

— Лживая стерва, — пробормотал он. — Неужели она думает, что я поверил ее россказням про кошку с котятами?

Он в четвертый раз подошел к воротам сарая и выглянул наружу. Из дома никто не выходил, значит, тот, кого она прячет, все еще с ней.

Натан вздохнул и покачал головой. Просто удивительно, что с ним происходит в присутствии этой женщины! А ведь он считал себя человеком с твердым характером. Если бы он был тряпкой — разве стал бы отважным стражем порядка и грозой бандитов? А эта Элис Грэхем продолжает его дурачить. Он мог бы поклясться, что ночь, которую они провели вместе, была для нее такой же чудесной, незабываемой, волшебной, как и для него. Но теперь, после того, что он слышал в городе, после того, как понял, что она кого-то прячет в своей спальне, он вынужден был признать, что ошибался на ее счет... Жестоко ошибался.

Это горькое открытие и тревожило, и бесило Натана. Тревожило, ибо он теперь знал: миловидное личико и соблазнительная фигурка могут так одурманить его, что притупится даже обостренное чувство опасности, которое столько раз спасало ему жизнь. Ведь брат Элис мог той ночью пробраться в дом и всадить Натану нож в спину, пока он занимался с прелестной вдовушкой любовью. Ему просто повезло, что этого не случилось...

И он начинал беситься, когда думал, сколько раз лежал ночами под необъятным техасским небом и без конца вспоминал каждый миг того сказочного вечера. Эти воспоминания заставляли Натана блаженно улыбаться и задаваться вопросом, что же такого особенного в этой женщине? Что делает ее единственной и неповторимой?

Рейнджеры были истинными героями Техаса. Не нашлось бы, наверное, ни одной молоденькой девушки, сердце которой не было бы покорено рассказами об их подвигах. Громкая слава вкупе с поразительной красотой и галантным обхождением позволяли Натану легко очаровывать женщин. В конце концов любовные связи слились для него в череду приятных, не слишком обременительных приключений.

Он не упускал ни одной возможности развлечься, так что скоро потерял счет своим победам. Но Элис

Грэхем отличалась от всех его прежних любовниц — этих безликих, давно забытых женщин. Ее он забыть не мог — так же как и ночь, которую она провела в его объятиях.

Именно поэтому Натан не мог смириться с горькой правдой, которая открылась ему сегодня. Женщина, с ненавистью смотревшая на него и зло бросившая ему в лицо обидные слова, была совсем не той мягкой, смущенно улыбающейся Элис, которую он помнил. Узнав настоящую Элис Грэхем, Натан почувствовал себя обманутым, как ребенок, которому сказали, что никакого Санта-Клауса не существует. Давно капитан Уэллесли не чувствовал себя таким подавленным.

С тяжелым вздохом он посмотрел на часы. Он просидел в сарае уже двадцать минут. Элис наверняка решила, что в дом капитан в ближайшее время не вернется.

Натан осторожно прокрался по двору и поднялся на скрипучее крыльцо. Уходя из дома, он нарочно не стал захлопывать дверь и сейчас удовлетворенно хмыкнул, обнаружив, что она по-прежнему приоткрыта. Проскользнув внутрь, Натан остановился и прислушался, держа револьвер наготове. Из спальни доносился голос Элис. Тихо ступая, Натан пересек комнату и подобрался к притворенной двери спальни. Тут он наконец расслышал, что именно говорит Элис, и глаза его сузились от гнева.

— Не беспокойся, милый, уж я как-нибудь сумею выставить его отсюда, — журчала женщина. — Клянусь, что не позволю ему причинить тебе зла. Не знаю как, но постараюсь от него избавиться.

Натан рывком распахнул дверь и, вскинув револьвер, резким движением взвел курок. Глазами рейнджер искал собеседника Элис.

— Ни с места! — гаркнул капитан. — Не двигаться, а то...

Слова замерли у него на устах, когда он увидел

Элис, сидящую в кресле-качалке со светловолосым младенцем на руках.

— Не стреляйте! — закричала женщина, вскочив на ноги и в ужасе прижимая к себе ребенка. — Бога ради, не стреляйте!

— О господи! — только и смог вымолвить Натан. Опустив руку с револьвером, он замер на месте. — Но что, черт возьми...

— Убирайтесь отсюда! — прошипела пришедшая в себя Элис. — Да как вы смеете?!

Ребенок расплакался. Еще бы! Ему было так уютно в материнских объятиях — и вдруг его стиснули, подняли, напугали... С трудом перекрикивая оглушительный рев, Натан громко вопросил:

— Откуда тут взялся ребенок?

— Не ваше дело! — огрызнулась Элис, пытаясь успокоить малыша. — Сейчас же убирайтесь из моей спальни!

Натан хотел было уйти, но словно прирос к полу. Рейнджер уставился на ребенка, не веря своим глазам.

— Откуда тут взялся ребенок? — снова спросил он.

— А вы не знаете, откуда берутся дети? — насмешливо фыркнула Элис. Она почувствовала, что успокаивается. Весь ее гнев куда-то пропал.

Как ни был ошеломлен Натан, ехидный ответ Элис заставил его улыбнуться.

— Так это его писк я слышал полчаса назад? — осведомился молодой человек.

— Да, — нетерпеливо кивнула женщина. — А теперь, когда вы во всем разобрались, пожалуйста, уйдите из моей комнаты.

Натан стоял как столб.

— Чей это ребенок?

У Элис вырвался вздох, больше похожий на всхлип. Повернувшись к Натану спиной, чтобы скрыть волнение и страх, она сухо ответила:

— Мой.

— Ну, это я уже понял, — сказал молодой человек, лихорадочно пытаясь определить возраст ребенка и точно вспомнить, когда он, Натан, был здесь в прошлом году.

«Март. Это было в марте, — пронеслось в голове у Натана. — Четырнадцать, нет, пятнадцать месяцев назад».

— Сколько ему? — спросил он, не в силах оторвать взгляд от малыша.

Элис на секунду закрыла глаза, а потом повернулась к Натану лицом.

— Почти восемь месяцев, — спокойно ответила она.

«Восемь и девять будет семнадцать, — сосчитал он про себя. — Она забеременела семнадцать месяцев назад».

Натан облегченно вздохнул и еще раз взглянул на ребенка.

— Значит, вы были в положении, когда погиб ваш муж?

Элис изумленно уставилась на Натана. Ее муж? Джо погиб почти четыре года назад. С чего это капитан Уэллесли взял, что отец ребенка — Джо? Потом ее вдруг осенило, что она не говорила Натану, когда потеряла мужа. И Элис энергично закивала головой.

— Да-да, вот именно. — Она еще раз утвердительно кивнула.

— А как зовут малыша? — спросил Натан, подходя поближе. Он протянул ребенку палец, и тот попытался схватить его своими маленькими пухленькими ручонками.

Элис отшатнулась от мужчины и крепче прижала сына к себе, словно испугалась, что Натан отнимет его у нее.

— А вам какое дело?

— Вы не хотите сказать мне его имя? — удивленно спросил Натан.

Элис начала терять терпение.

— Его зовут Колин, — процедила она сквозь зубы. — А теперь, пожалуйста, оставьте меня в покое! Я не знаю, ну сколько можно просить? Вы выяснили все, что хотели, а теперь этому малышу надо поесть и поспать. Пожалуйста, уйдите, мне надо остаться одной.

— Ну да, конечно, — кивнул Натан. Он вдруг почувствовал себя полным дураком. — Послушайте, миссис Грэхем, я прошу прощения за то, что здесь устроил. Я думал...

— Я знаю, что вы думали, капитан, — перебила его Элис. — Нет нужды объяснять.

— Что ж... Тогда я пошел обратно в сарай.

Элис кивнула, усаживаясь в кресло-качалку.

— Закройте, пожалуйста, дверь, когда будете уходить.

Растерянно улыбаясь, Натан вышел и осторожно притворил за собой дверь.

Элис сидела неподвижно, пока не услышала, как заскрипели ступени крыльца. Тогда она откинулась на спинку кресла и протяжно вздохнула. Глядя на своего сына, женщина недоуменно покачала головой.

— Как он не догадался, увидев тебя? — прошептала она. — Ты ведь просто его копия!

7.

«Ребенок. У нее появился ребенок, — думал Натан. — Теперь понятно, почему она так изменилась!»

А он, Натан, выставил себя полным идиотом, когда начал искать у нее в спальне мужчину. Любой дурак бы понял, что мужчина не может пищать! Вот Элис и говорила что-то о маленьких котятах. Ну а он-то почему вдруг решил, что этот тоненький голосок принадлежит матерому бандиту?

— Потому что тебе очень хотелось думать о ней

плохо, вот почему, — пробормотал Натан вслух — и вдруг проникся отвращением к самому себе. Он покачал головой, сел на кучу сена и привалился спиной к стене сарая.

Ребенок. Восьмимесячный малыш. Так, значит, в ту ночь она уже была беременна. И мальчик этот — сын человека, который был ее мужем. Она любила его. А теперь он лежит в скромной могиле за ее домом. Бедняга... Он так и не увидел своего сына. А может, даже не знал, что тот должен появиться на свет.

«Ей крепко досталось, — продолжал размышлять Натан. — Смерть мужа, ребенок, которого надо поднимать на ноги ей одной, братец, сам ввязавшийся в скверное дело и втянувший туда же ее...»

Натан вздохнул. И снова, как ни противился он этому наваждению, перед глазами у него возник образ Элис. Долгие месяцы Натан носил его в сердце, но сейчас замотал головой, пытаясь отогнать пленительное видение. Натану так хотелось, чтобы она ему разонравилась, что он готов был встать на сторону горожан, возненавидевших ее. Он готов был поверить любым грязным сплетням, любым слухам.

Но, черт возьми, он не мог этого сделать. Он убеждал себя, что вся ее болтовня о сестринской любви — чистая ложь... И понимал, что не может не верить этой женщине.

«Это мой брат. Что бы вы сделали, если бы ваш брат попал в беду и попросил вас помочь?» — всплыли в памяти ее слова. Да, Элис солгала, предала, соблазнила его, Натана, но все это ради спасения брата.

«Что бы вы сделали, если бы это был ваш брат?»

— То же, что и ты, милая. Несмотря ни на что. — С тяжелым вздохом Натан выплюнул соломинку, которую задумчиво жевал, и попытался поудобнее устроиться на своей «постели». — Вы знаете, майор Джонс, а ведь она права, — пробормотал он, закрывая глаза. —

В штате сотни рейнджеров, которые прекрасно справились бы с этим делом. Так почему же вы выбрали именно меня?..

Натан вздрогнул и проснулся, недоуменно оглядываясь. Он не мог понять, что же его разбудило. Он почувствовал, что замерз, и поплотнее завернулся в грубое одеяло. Шел дождь. Не легкий теплый летний дождичек, а настоящий ливень — затяжной и холодный. И, похоже, зарядил он на всю ночь.

Недовольно нахмурившись, Натан посмотрел на протекающую крышу.

— В июне редко идут дожди, — передразнил он Элис, — вам будет хорошо в сарае.

Натан с трудом нашел местечко, где с потолка не капало, но из всех щелей и дыр отчаянно дуло. По сараю гулял пронизывающий ветер, щедро орошая пол и стены ледяной моросью. Было сыро и холодно, и Натан в сотый раз проклял тот час, когда отправился на эту чертову ферму.

Давно капитану Уэллесли не приходилось так плохо! Даже когда ему случалось ночевать под открытым небом, он мог, по крайней мере, развести костер и согреться. Здесь же, в старом полуразрушенном сарае, об этом нечего было и думать.

— Так, с меня хватит, — сказал он, откидывая промокшее одеяло и вскакивая на ноги. — Я сегодня сплю в доме, нравится ей это или нет.

Распахнув пинком ворота сарая, Натан шагнул в промозглую ночь. На него тут же обрушились потоки холодной воды. Он втянул голову в плечи и, скользя по раскисшей земле, вздрагивая от попадающих за шиворот капель и ругаясь на чем свет стоит, направился через двор к дому. Натан взбежал на крыльцо, судорожно хватаясь за прогнившие перила, остановился перед входом, встряхнулся, как мокрый пес, и уже собрался было постучать, как вдруг, к его немалому удивлению, дверь приоткрылась.

— Что вам нужно? — обеспокоенно спросила Элис.

— Какой-нибудь сухой угол. Я не могу спать в луже!

Элис с сомнением посмотрела на Натана, словно прикидывая, можно ли ему доверять.

— Ну же, миссис Грэхем! Я весь промок! Я могу спать на полу в гостиной. У этого сарая не крыша, а решето!

— Здесь ненамного лучше, — тихо сказала Элис, открывая дверь пошире.

Натан вошел в дом, огляделся и с изумлением увидел десятки расставленных повсюду кастрюль, мисок и тазов. В одни вода падала тяжелыми каплями, в другие — текла струйками.

— Кошмар! — рявкнул Натан, повернувшись к Элис. — Какого черта вы не почините крышу?

— Не чертыхайтесь здесь, капитан Уэллесли, — холодно произнесла женщина. — Вообще-то это не ваше дело, но я не могу починить крышу, потому что у меня нет на это денег. Вы удовлетворены?

Натану стало стыдно.

— Извините, — пробормотал он. — Это, конечно же, не мое дело.

Они стояли в маленькой комнате лицом к лицу и пристально смотрели друг на друга. Оба вспоминали ту дождливую ночь, которую провели вместе. Элис первая очнулась от наваждения, когда увидела, что взгляд Натана скользнул по тому самому диванчику...

— Я иду спать, — сухо объявила женщина и повернулась к двери.

— Там у вас тоже течет? — спросил Натан.

Не оборачиваясь, она молча кивнула.

— А ваш ребенок не промокнет?

Она резко повернулась и гневно уставилась на него:

— Конечно, мой ребенок не промокнет! Неужели

вы думаете, что я буду сидеть и смотреть, как на него льется вода?

— Я совсем не то имел в виду... — растерялся Натан.

— А что вы имели в виду? — ледяным тоном спросила женщина.

— Я... Черт, я и сам не знаю! — взорвался Натан и вдруг тихо предложил: — Может, я могу вам чем-нибудь помочь?

— Мне ничего не надо. Спокойной ночи, капитан Уэллесли. — Элис снова направилась в спальню, и опять голос Натана остановил ее:

— Там у вас сильно течет?

Элис всплеснула руками. Ну что он пристал?! Спрашивает, спрашивает... Что ему надо? Ищет повод, чтобы зайти к ней в спальню?

— А вам-то что? — не слишком любезно осведомилась женщина, скептически глянув на него через плечо.

— Не надо злиться, миссис Грэхем, — со вздохом проговорил Натан. — Просто мне показалось, что вы ночевали здесь, и я поинтересовался, не потому ли, что в вашей спальне течет еще сильней.

— Да, я ночевала здесь, но вовсе не поэтому. Мне просто надо выливать воду из тазов и мисок, пока не потекло через край. Вот и все. Теперь вы удовлетворены?

Несмотря на ее явную грубость, сердце Натана дрогнуло от жалости. Элис всю ночь не смыкала глаз, спасая свой маленький домик от потопа. И это после того, как она целый день крутилась по хозяйству и возилась с малышом.

— Идите-ка вы спать, — тихо сказал Натан. — Я буду выливать воду из мисок.

— Не надо! — резко ответила Элис. — Вы вчера ясно дали понять, что не собираетесь помогать мне. Так что давайте оставим все, как есть.

— Это не совсем то, что я сказал. — Голос Натана

зазвучал жестче. — Я объяснил, что буду помогать вам, когда сочту нужным. Сейчас я предлагаю вам свою помощь. Почему бы вам не проявить немного благоразумия и не согласиться?

— Потому что я не хочу ничем быть вам обязанной, — отрезала Элис. — А теперь, пожалуйста, оставьте миски в покое! Я вылью из них воду утром.

Взбешенный Натан сжал кулаки.

— Прекрасно! Если вам так хочется, пожалуйста, продолжайте в том же духе!

Схватив со стула свое одеяло, он нашел на полу сухое местечко и бросил одеяло туда.

— Капитан Уэллесли, я бы не хотела, чтобы вы...

— Спокойной ночи, миссис Грэхем.

Не промолвив больше ни слова, Элис повернулась и ушла к себе в спальню, хлопнув дверью чуть громче, чем позволяли приличия.

На следующее утро Элис проснулась еще до рассвета. Но когда она торопливо вышла из спальни, закалывая шпильками волосы, Натана уже не было.

Она быстро оглядела комнату, ожидая увидеть лужи, однако пол был сухой. А ведь она просила Натана не трогать миски и тазы! Но он, разумеется, не послушался и сделал так, как считал нужным.

— Вот ведь упрямец! — пробормотала Элис и начала собирать пустые кастрюли и миски. — Если я прошу его что-нибудь сделать, он отвечает отказом. А если я ему что-то запрещаю, он, конечно же, поступает мне наперекор. — Покачав головой, она сложила посуду в большой таз и начала ее мыть. И тут на губах у нее заиграла лукавая улыбка. — А ведь это мысль! Пожалуй, если сказать ему, что я счастлива лицезреть его в своем доме, он вылетит отсюда пулей! Ха! По-моему, стоит попробовать!

Она складывала вымытые миски и кастрюли в

шкаф, когда сверху до нее донесся какой-то стук. Подхватив ребенка на руки, Элис выбежала во двор. Ей пришлось отойти довольно далеко от дома, чтобы разглядеть, что происходит на крыше.

К своему полному изумлению, она увидела там Натана, который прибивал что-то похожее на новую кровельную дранку.

— Капитан Уэллесли, что вы там делаете? — крикнула Элис.

Натан положил молоток себе на колено и глянул вниз. Боже, как же она хороша! Солнце играло в ее золотых волосах, превращая их в сияющий нимб. Элис была похожа на ангела, который спустился с небес, неся какой-то счастливой семье драгоценный дар — ребенка, тоже казавшегося вылитым ангелочком.

— Капитан! — еще громче и требовательнее закричала Элис. — Что вы там делаете, я вас спрашиваю?!

— А вы как думаете? — вопросом на вопрос ответил Натан. Романтические образы испарились, и он видел теперь перед собой просто очень красивую женщину. — Я чиню вашу крышу.

— Но... Как? У меня же не было дранки. По крайней мере, я так думала. Вы нашли ее в сарае?

— Нет.

Элис смотрела на красавца, сидевшего на коньке крыши ее дома.

— Но... Тогда откуда?..

— Я съездил утром в город и купил ее, — пробормотал Натан.

— Что? Я вас не слышу.

— Я говорю, что съездил утром в город и купил дранку!

На лице у Элис было написано изумление.

— И где же вы ее купили? — осведомилась она.

— В магазине Ричмана.

У Элис глаза полезли на лоб. У Ричмана! Интересно, как это Натан умудрился купить что-то для нее у

Ричмана? Ей давно закрыли там кредит, и мистер Ричман никогда не согласился бы отпустить дранку в долг. Он мог продать ее только за наличные...

— И как же вы расплатились с Ричманом? — скептически поинтересовалась женщина.

Натан сделал вид, что не слышит вопроса. Он взял молоток и принялся сосредоточенно прибивать очередную дощечку.

— Капитан Уэллесли! — повысила голос Элис.

Обреченно вздохнув, Натан опять отложил молоток:

— Да, миссис Грэхем?

— Я спрашиваю, как вы расплатились за новую дранку?

Натан немного помедлил, а затем, пожав плечами, сказал:

— Вы находитесь под защитой властей штата Техас.

Элис была озадачена. Она не могла понять, при чем тут власти.

— Ну и?..

— Ну и... — Натан вбил очередной гвоздь, пытаясь выиграть время.

— Может, вы мне все-таки объясните, — настаивала Элис, — какое отношение техасские власти имеют к починке моей крыши?

Мужчина сжал в зубах несколько гвоздей, надеясь, что невнятный ответ удовлетворит Элис и ему, Натану, не придется лгать.

— Дело в том, — проговорил он сквозь стиснутые зубы, — что за дранку заплатило правительство.

— Что вы сказали? Я не поняла ни слова, выньте изо рта гвозди!

Почувствовав, что его прижали к стенке, Натан выплюнул гвозди в ладонь и проревел:

— Я говорю, что за дранку заплатило правительство!

У Элис отвисла челюсть.

— Правительство? — выдохнула она. — Ага. Они

это сделали только потому, что я согласилась им помочь?

— Да, — кивнул Натан и отвернулся, сделав вид, что ищет нужный гвоздь. Рейнджер надеялся, что Элис не заметит его виноватых глаз.

— Это очень мило с их стороны, — проговорила Элис.

— Да, очень мило, — пробормотал Натан, страстно желая, чтобы она поскорее вернулась в дом. В любую минуту она могла сообразить, что все эти россказни о щедрости властей просто нелепы. Тогда она снова пристанет к нему с расспросами, и ему придется или врать дальше, или признаться в том, что он заплатил за дранку из своего кармана. А уж об этом Натану хотелось оповещать Элис меньше всего. — И еще милее было бы, если бы ты ушла отсюда, — сквозь зубы процедил он. Ему казалось, что он произнес это совсем тихо, но, взглянув вниз, он по выражению ее лица понял: она все отлично слышала.

— Прекрасно, — фыркнула женщина. — Я ухожу, чтобы не мешать вам работать.

Шурша юбками, она направилась в дом.

Первым желанием Натана было спрыгнуть с крыши, догнать Элис и сказать ей, что он не хотел ее обидеть. Но как растолковать ей, что он тут вытворяет, если Натан не может объяснить этого даже самому себе?

Он провел рядом с ней почти сутки, но так и не понял, чем же она не угодила своим соседям? Поехав сегодня в город, Натан надеялся поболтать с людьми и разузнать об Элис побольше. Каково же было его разочарование, когда он застал в магазине лишь осторожного, немногословного хозяина. Натан рассчитывал наконец понять, почему Элис кажется ему ангелом, а всем остальным — исчадием ада? Но больше всего Натан хотел услышать что-нибудь такое, что помогло бы ему избавиться от влечения к этой женщине. Он не желал, не желал, не желал привязываться к ней!

«Как только закончу крышу, поеду повидаюсь с Редом, — решил Натан. — Может, он что-то знает».

И молодой человек вновь яростно застучал молотком, не в первый раз спрашивая себя, почему, собственно, он чинит крышу дома, а не сарая, в котором ему еще жить и жить?

Он потряс головой, отгоняя ответ, который напрашивался сам собой. Нет, посмотреть правде в глаза Натан был еще явно не готов. И признать очевидное — тоже.

8.

Натан вошел в крошечное помещение городского телеграфа и с деланным равнодушием кивнул своему товарищу Реду Хилларду.

— Мне надо отправить телеграмму.

— Да, сэр, — ответил Ред, подавая бланк пожилой женщине, стоящей рядом с конторкой. — Для этого мы тут и сидим.

Натан полез в карман и достал скомканный клочок бумаги. Расправив, он положил его на конторку перед Редом.

Ред бросил на бумажку быстрый взгляд. Колокольчик над дверью звякнул, возвещая о приходе очередного посетителя.

«*Надо поговорить. Есть ли здесь укромное местечко?*»

Ред посмотрел на Натана:

— Да, сэр. Это можно. Я закроюсь на обед через пятнадцать минут. Постараюсь отправить это до перерыва.

— Сколько я вам должен? — спросил Натан.

— Восемьдесят пять центов.

Натан опять полез в карман, достал мелочь, бросил ее на конторку и повернулся к двери.

— Спасибо, сэр, — сказал Ред ему в спину.

Натан коротко кивнул и вышел на улицу. Свернув на Мэйн-стрит, он с видом праздного гуляки неторопливо зашагал вперед, глазея то на витрины, то на городских матрон, важно шествующих с сумками в руках.

Через двадцать минут он повернул обратно, уже составив первое впечатление о Биксби. В окошке телеграфа Натан увидел объявление: *«Закрыто на час»*. Тогда он обогнул маленькое здание и постучал в заднюю дверь.

— Нат! — ухмыльнулся Ред, открывая дверь. — Давай заходи.

Натан улыбнулся в ответ и вошел в маленькую темную комнатку, которая считалась сейчас домом Реда.

— Рад тебя видеть! — Ред подвинул Натану один из двух стульев, стоявших возле стола. — У меня есть немного отвратительного виски. Хочешь выпить?

— Нет, спасибо. Я к тебе ненадолго. По-моему, никто не видел, как я входил сюда, но... Не хочется возбуждать лишних подозрений.

Ред кивнул и сел на другой стул.

— Я чертовски рад, что ты выбрался сюда, Нат. Честно говоря, мы с Уиллом не понимаем, собирается ли майор Джонс вообще когда-нибудь заканчивать это дело.

— А вы давно тут? — спросил Натан.

— Слишком давно! — воскликнул Ред. — Я — уже больше месяца. Уилл приехал около трех недель назад. Знал бы ты, Нат, как я ненавижу торчать в таких вот маленьких вонючих городках! Тут же спятить можно!

— Так тебе, значит, не нравится Биксби, да? — усмехнулся Натан.

Ред встал, подошел к полке и взял бутылку и два стакана. Вернувшись к столу, Ред откупорил бутылку и плеснул в стаканы виски.

— Да уж... — мрачно проговорил он. — Знаешь, я много чего повидал в жизни. Но, по-моему, этот городишко даже хуже, чем Пратт, а я ведь думал, что ничего хуже Пратта быть не может.

— Пратт? — переспросил Натан. — А где это?

— Дыра, где я торчал в прошлом году. Помнишь дело Фарра?

— Ну еще бы, — хохотнул Натан. — Такая глушь, что сначала ты не смог найти его на карте, а потом потратил два дня, чтобы до него добраться.

— Да-да, он самый.

Подняв стакан с выпивкой, от которой он минуту назад отказался, Натан сделал большой глоток.

— Ты прав, Ред. Это виски — редкое дерьмо.

— Я же тебе говорил, — пожал плечами Ред. — Но здесь, в Биксби, по крайней мере, есть салун, где можно пропустить стаканчик, хотя выпивка, наверное, тоже так себе... В той дыре не было даже этого.

Натан сделал еще глоток, сморщился и поставил стакан на стол.

— Ну а как наши дела? Джонс что-нибудь узнал про банду?

— Пока нет, — покачал головой Ред.

— А Уилл сумел что-нибудь разнюхать в городе?

— По-моему, тоже нет. Ограбление произошло уже давно, и обсуждать его всем наскучило. Сколько можно? Все уже говорено-переговорено. Сейчас всех куда больше интересует твоя веселая вдовушка. О ней и болтают.

Брови Натана взлетели вверх.

— Ты имеешь в виду Элис Грэхем? — уточнил он.

— Да вроде других веселых вдовушек в округе больше нет, — хихикнул Ред. — Ну-ка, сознавайся, Нат, ты уже попался в ее сети?

Натан снова плеснул себе в стакан дрянного виски, досадуя на себя за то, что дружеское подкалывание задело его за живое.

— Как же, попался! — фыркнул Натан. — Она же колючая, как еж.

— Да что ты! — искренне удивился Ред. — А я слышал про нее совсем другое.

Натан, прищурившись, посмотрел на Реда.

— Вообще-то именно об этом я и хотел с тобой поговорить. Ну... О репутации миссис Грэхем. Почему ее называют «веселой вдовушкой»? Я слышал в городе разное... Видимо, то же, что и ты. Но я никак не могу взять в толк, что же она такого натворила? Чем заслужила такое прозвище?

Ред откинулся на спинку стула и скептически посмотрел на Натана:

— Чем?! Думаю, незаконнорожденного ребенка вполне достаточно.

Натан чуть не выронил стакан:

— Незаконнорожденного? Ты о чем?

— А ты как думаешь? О ее ребенке, конечно! Похоже, в городе никто не знает, от кого она родила.

Натан непонимающе уставился на Реда:

— Подожди, но ведь она сама сказала мне, что отец ребенка — ее муж... Что она была уже беременна, когда он погиб!

Ред громко расхохотался.

— Ну, значит, это была самая долгая беременность в мире! — весело заявил он. — Потому что, если верить кумушкам Биксби, со дня смерти мистера Грэхема прошло уже четыре года!

У Натана отвисла челюсть. Он ошеломленно уставился на Реда, пытаясь осознать услышанное. Наконец Натан сглотнул и хрипло спросил:

— Четыре года?!

— Ну да, четыре года, — кивнул Ред. — Я слышал, что его убило упавшее во время грозы дерево. И точно помню: эта старая ворона, мисс Диксон, говорила, что это случилось четыре года назад!

— Молния, — еле слышно прошептал Натан.

— Что?

— Ее мужа убило молнией.

— Не важно, — пожал плечами Ред. — В общем, бедняга погиб в грозу. А вдова сказала, что отец ребенка — ее муж?

Натан молча кивнул.

— Как ты думаешь, почему она солгала тебе? — спросил Ред. — Может, от смущения, — сам же ответил он на свой вопрос. Потянувшись к Натану, Ред хлопнул его по руке. — Я полагаю, что, увидев такого красавца, как ты, вдовушка сразу захотела тебе понравиться. Вот и прикинулась порядочной женщиной. Ты ведь не похож на человека, любящего распутных бабенок.

— Нет... Дело тут не во мне, — пробормотал Натан. — Она почти со мной не разговаривает, и, по-моему, ей совершенно наплевать, что я о ней думаю.

— А мне кажется, ты ошибаешься, — стоял на своем Ред. — Ни одна женщина на свете, какой бы развратницей она ни была, не захочет, чтобы понравившийся ей мужчина считал ее гулящей девкой.

— Миссис Грэхем не гулящая девка! — прорычал Натан. Его горячность явно удивила Реда.

— Ну, дружище, не в капусте же она нашла своего ребенка! — примирительно проговорил он. — Она живет одна уже четыре года. И думаю, что разок или два она все-таки согрешила.

Натан с трудом подавил ярость, клокотавшую у него в душе, и вскочил на ноги.

— Мне пора, — отрывисто бросил он. — Спасибо за выпивку.

— Куда это ты заторопился? — изумился Ред. — Мне надо вернуться на этот проклятый телеграф еще только через двадцать минут. Сядь, поболтаем еще.

— Нет, — покачал головой Натан. — Мне еще коечто надо сделать. Скажи Уиллу, чтобы держал ухо востро, а я постараюсь встретиться с одним из вас на следующей неделе.

— Ну что ж, — вздохнул Ред, — иди. Если я узнаю

что-нибудь важное, пошлю к тебе мальчишку с запиской.

Натан кивнул и шагнул к двери.

— Эй, Нат, — окликнул его Ред. — Ты там поосторожней с этой вдовушкой, слышишь?

— Ага, Ред, слышу, — без улыбки отозвался Натан.

«Она просто лживая шлюшка». Эти оскорбительные слова крутились у Натана в голове, пока он скакал по пыльной дороге.

«Ты для нее ничего не значишь. И та ночь для нее ничего не значит. Очевидно, она занимается этим с каждым мужчиной, который заезжает на ранчо. И, конечно же, она выставила тебя из дома на следующее утро только потому, что ты не заплатил ей за услуги».

Рассвирепев от собственных мыслей, Натан с такой силой натянул поводья, что несчастный конь присел на задние ноги. Натан спешился, набросил поводья на ветку стоящего рядом дерева и упал на землю.

Эта женщина предала его, отвергла, обманула, так почему же он не может заставить замолчать тоненький голосок, звучащий в душе и упорно уговаривающий его не судить Элис слишком строго? Натану по-прежнему кажется, что никакая она не распутница. Нет! Что-то тут явно не так! Если бы он только знал — что! Тогда стало бы понятно, почему она решилась завести незаконнорожденного ребенка.

Но почему Элис лгала ему, утверждая, что отец ребенка — ее муж? Неужели она надеялась, что Натан не узнает того, о чем судачит весь город? Почему она решила, что капитану Уэллесли не расскажут о ее позоре?

Натан долго смотрел на травы, стелющиеся под ветром до самого горизонта. Должна быть какая-то причина. Должна быть! И единственная возможность узнать правду — это спросить у Элис.

Приняв решение, Натан поднялся, вскочил на коня и погнал его к ферме Элис.

— Пора вывести вас на чистую воду, миссис врушка, — пробормотал рейнджер. — И, клянусь, я это сделаю.

Элис дома не было. Натан обшарил всю ферму, но напрасно. На миг его охватил ужас. Но Натан напомнил себе, что он — не зеленый юнец, а зрелый мужчина, обстрелянный солдат и опытный следопыт. А потому, взяв себя в руки, он начал рассуждать. И решил взглянуть на случившееся глазами рейнджера. Склонившись над землей, Натан принялся изучать следы. Однако ничто не говорило о том, что возле дома побывало несколько лошадей. Значит, Элис никто не похищал. Возможно, она сама решила исчезнуть.

Заслонив глаза от солнца, низко стоящего над горизонтом, Натан внимательно осмотрелся вокруг. Ничего. Только бескрайняя прерия...

Он вошел в дом и заглянул в спальню Элис. Вроде бы все на месте. Щетка для волос перед зеркалом, халат на крючке, аккуратная стопочка детских пеленок на столике в углу. Если бы Элис решила сбежать, то обязательно взяла бы с собой пеленки! И снова его охватил страх. А вдруг что-то заставило ее скрыться — и она умчалась с ребенком на руках, не взяв даже самого необходимого?

Натан стоял посреди спальни, думая, что же теперь делать, когда услышал громкий скрип входной двери. Он почувствовал, как у него отлегло от сердца, вышел в гостиную и спросил:

— Где вы были?

Элис усаживала Колина на одеяло возле очага. Она удивленно взглянула на Натана, но, увидев его сердитое лицо, тоже посуровела.

— Думаю, что вас это совершенно не касается.

— А мне плевать, что вы там думаете! — загремел Натан. — Или вы сейчас же скажете мне, где вас носило, или...

— Или что? — перебила его Элис. — Что вы будете делать, если я ничего вам не скажу, капитан? Может, ударите меня?

Натан стал красным, как рак.

— Ударить вас? Конечно же, я вас не ударю!

— Ох, ну слава богу! — саркастически заметила Элис.

— Послушайте, просто объясните мне, где вы были, вот и все.

Секунду Элис молча смотрела на него, потом пожала плечами.

— Я была в гостях у друга, — проговорила она.

— Кто этот друг? — резко спросил Натан.

— Какая разница? — удивленно взглянула на него Элис. — Просто друг.

— Есть разница, — сурово произнес рейнджер. — Как зовут этого друга?

Элис прекрасно понимала, как глупо скрывать от Натана, что она была у своей соседки Линн Поттер. Но женщина видела, что он ее в чем-то подозревает, и это бесило ее. Она повернулась к нему спиной и начала со стуком переставлять чашки на полке.

— Это человек, которого я хорошо знаю. Имя вам ничего не скажет.

Натан поймал себя на том, что любуется округлившейся фигурой Элис, и быстро отвел глаза.

— Если имя мне ничего не скажет, то почему его надо скрывать от меня?

— Потому что вас это не касается.

— Послушайте, леди, пока я охраняю вас, меня касается все, что вы делаете. Поэтому я спрашиваю еще раз... по-хорошему. Как зовут вашего друга?

Металлические нотки в голосе Натана почти напугали Элис. Однако она не собиралась сдаваться:

— Я не просила вас приезжать сюда, капитан, и я не нуждаюсь в вашей защите. Тем не менее вы здесь, лезете в мои дела и допрашиваете меня, как преступницу. Так вот, к вашему сведению, я не преступница и отказываюсь отвечать на ваши вопросы.

Натан помолчал, тщательно подбирая слова. Когда он наконец заговорил, голос его звучал чуть хрипло:

— А вот тут вы ошибаетесь, миссис Грэхем. Вы — преступница. Вы прятали грабителя, а потом помогли ему бежать, зная, что его разыскивают власти. Так что вам лучше бы вести себя потише да помнить: если бы не мягкие законы штата Техас, гнить бы вам сейчас в темной камере какой-нибудь вонючей тюрьмы. А по мне, так вам вместе с вашим братцем-бандитом там самое место.

От этих слов Элис сжалась и обхватила себя руками, словно пытаясь защититься от его ярости.

— Я хочу, чтобы вы ушли, — прошептала она. — Уйдите в сарай, в прерию, куда угодно, только оставьте меня в покое! Вы не имеете права находиться в моем доме. Ни малейшего!

— Нет, имею! — загремел Натан, окончательно выйдя из себя. — Власти Техаса прислали меня сюда, чтобы защищать вас!

— Защищать меня! — пронзительно вскрикнула Элис, и глаза ее наполнились слезами. — Вы пока еще не сделали ничего, что хоть отдаленно напоминало бы защиту! Вы только и делаете, что угрожаете, изводите и пугаете меня!

Как ни зол был Натан, но ее последние слова поразили его. Он отступил назад, внимательно глядя на нее.

— Пугаю вас? Что я сделал такого, что могло вас напугать?

— Лучше скажите, чего вы не сделали! Вы кричите на меня, угрожаете мне, устраиваете мне допросы... Следите за мной... Вы свирепо смотрите на меня, вы осуждаете меня, вы... Да ладно, не важно...

Она нагнулась и подхватила с пола ребенка, который оглушительно орал, напуганный их громкими голосами.

— Смотрите, что вы наделали! — горестно прошептала Элис. По щекам у нее градом катились слезы. — Из-за вас Колин опять плачет!

Всхлипывая, она пронеслась мимо Натана в свою спальню и захлопнула дверь.

Натан стоял как столб, недоумевая, почему такой простой вопрос вдруг вызвал такой тарарам. Потом молодой человек тихо чертыхнулся, повернулся на каблуках и поплелся в свое промозглое жилище — в полуразвалившийся сарай.

— Ну, успокойся, мой маленький, — уговаривала ребенка Элис, сидя в кресле-качалке и ласково поглаживая Колина по спинке. — Мама больше не позволит этому противному дядьке пугать тебя. Засыпай, а утром все будет хорошо.

Она улыбнулась своему сынишке — светловолосому голубоглазому мальчугану, который был так похож на своего отца.

Досадуя на то, что сходство между Натаном Уэллесли и ее сыном просто бросалось в глаза, Элис поцеловала Колина и уложила его в кроватку.

Приглушив свет лампы, стоявшей на тумбочке, Элис юркнула в свою постель, повернулась на бок и стала смотреть в окно на полную луну.

— Господи, ну пусть он уедет! — взмолилась женщина. Перед ее глазами возникло лицо Натана. Она не могла понять, как у столь отвратительного человека может быть такое красивое лицо. — Если бы той ночью он не прикинулся таким милым, то ничего бы, наверное, не случилось — жила бы ты тихо-мирно, — сказала она себе.

Но чем больше Элис думала о той ночи, тем сильнее трепетала... И вскоре все ее тело охватила сладостная дрожь. Женщина вспоминала руки Натана — такие сильные... Его поцелуи — такие страстные... Его голос — такой глубокий и волнующий... Неужели она действительно сожалеет, что замирала тогда в его объятиях? И что той сумасшедшей ночью обрела бесценное сокровище? Сожалеет о том, что у нее есть теперь ее прекрасный любимый малыш?

— Конечно же, нет, — прошептала Элис, нежно улыбаясь спящему сынишке. — Но, хоть он и подарил мне тебя, я успокоюсь только тогда, когда он уедет!

9.

Элис стояла с Колином на руках перед дверью маленького аккуратного домика.

— Линн! — негромко позвала женщина. — Линн! Это я, Элис.

Краем глаза она увидела, что занавеска на окне чуть шевельнулась. А в следующий миг дверь открылась и на пороге появилась Линн Поттер.

— Доброе утро, Элис. Как поживаешь? — приветливо встретила ее подруга.

— Прекрасно, дорогая. А ты? — Элис улыбнулась в ответ.

— Да вроде бы неплохо. Я только что испекла лепешки, они еще горячие. Хочешь?

Элис кивнула и вошла в чистенькую комнату.

— И ты еще спрашиваешь?! Когда это я отказывалась от твоих лепешек?! В жизни не пробовала ничего вкуснее.

Линн улыбнулась. Улыбка получилась кривой, так как губы женщины рассекали шрамы, но Элис их не замечала. Она давно уже привыкла к обезображенному лицу подруги, и оно казалось ей милым и добрым.

— Сегодня годовщина, — негромко сказала Линн, входя в просторную светлую кухню.

— Какая годовщина? — спросила Элис, прекрасно понимая, что имеет в виду Линн.

— Пожара. Это было ровно год назад... Целый год нет со мной Джонатана и Изабель. — Линн закрыла глаза, и Элис беспомощно смотрела, как из-под ресниц подруги катятся слезы. — Целый год прошел с того дня, как... это случилось. — И Линн провела рукой по своему изуродованному шрамами лицу.

— Милая моя, хорошая, — прошептала Элис, обняв подругу, — постарайся не думать об этом. Не изводи себя, не надо. Ну прошу тебя...

— Знаю, что не надо, — всхлипнула Линн. — Но как я могу заставить себя не думать? В тот день я потеряла все. И из-за чего? Из-за какого-то разлившегося керосина!

— Не говори так. Ты потеряла не все, — убеждала ее Элис. — У тебя остались твои воспоминания... Твои друзья, которые любят тебя.

— Ох, Элис, ты же сама знаешь, что это неправда. Ни один человек в городе не рискнет посмотреть мне в лицо.

— Ну что ты выдумываешь, Линн?! Если бы ты решилась как-нибудь поехать со мной в город, ты увидела бы, что люди относятся к тебе так же, как и раньше. Единственный человек, которому не дает покоя твоя внешность, — это ты сама. Все прекрасно знают, что произошло, и никто не собирается обсуждать твои шрамы. Друзьям важна ты сама, а не твое лицо.

— Я понимаю, ты хочешь меня утешить... Но я-то знаю, что на самом деле все не так. Я видела, с каким ужасом смотрят на меня люди. Видела, как они отворачиваются, чтобы я не заметила, что им противно... А ведь подумать только, я была так хороша, что молодые люди дрались за право проводить меня из церкви! А с чем я осталась теперь? Мой муж и моя дочь погибли, а я похожа на чудовище. Иногда я жалею, что не умерла вместе с ними.

— Прекрати, Линн! — горячо запротестовала Элис. — Я не желаю этого слышать! — Увидев, как страдает ее подруга, Элис заговорила мягче: — Ты должна справиться с этим. Ты просто обязана снова научиться жить среди людей. Ты не можешь провести всю оставшуюся жизнь, запершись в этом доме и общаясь только со мной. Это просто... ненормально!

— Ненормально! — передразнила ее Линн. — Если бы я знала, что теперь нормально, а что — нет...

Тут Колин вдруг требовательно завопил, пытаясь обратить на себя внимание поглощенных беседой женщин. Элис дала Линн носовой платок и с улыбкой заявила:

— Я скажу тебе, что нормально. Нормально — это возиться с таким вот малышом. Если ты займешься им, я заварю чай и принесу лепешки.

Прерывисто вздохнув, Линн кивнула и прижала к себе Колина. Она улыбнулась ребенку, изо всех сил стараясь справиться со своим горем.

— Знаешь, Элис, из всех детей, которых мне доводилось видеть, твой Колин — самый красивый.

— Должна признаться, мне он тоже нравится, — ответила Элис, с любовью глядя на сына. — Впрочем, каждая мать, наверное, считает своего ребенка самым чудесным созданием на свете.

— Знаешь, он очень похож на тебя, — с нежностью проговорила Линн.

Элис быстро повернулась к буфету.

«Да нет же, не на меня, — про себя возразила она. — У Колина тоже светлые волосы, но глаза у него голубые, и если бы ты увидела его отца, то сразу бы поняла, на кого похож мой сын».

А вслух она сказала:

— Считаю это комплиментом.

— Нет, в самом деле он очень красивый. Он напоминает мне ангела на витраже в церкви.

Элис рассмеялась и, ставя на стол чашки и тарелку с теплыми лепешками, заметила:

— Может, личико у него и ангельское, но ведет он себя как настоящий чертенок! Он такой непоседа, что у меня порой просто руки опускаются.

— А может, у него зубки режутся? — предположила Линн. — Попробуй смазывать ему десны бренди, иногда это помогает.

— Бренди? Ребенку?!

— Ничего страшного. Я все время успокаивала так Изабель...

Вспомнив о дочери, Линн опять помрачнела. Элис села и, стараясь говорить беззаботно, быстро спросила:

— Ну расскажи мне, чем ты тут занималась? Я ведь не видела тебя почти неделю.

Линн смахнула со щеки слезинку и крепче прижала к себе Колина.

— Неужели только неделю? — качая головой, произнесла она. — А мне показалось, что тебя не было целую вечность. Я уже начала беспокоиться, не случилось ли чего.

— Прости. Я не хотела тебя волновать. Просто... было трудно вырваться.

Линн вопросительно подняла брови:

— Трудно? Почему?

— Да все этот ужасный рейнджер! — раздраженно воскликнула Элис. — Он следит за каждым моим шагом, и если мне удается на пару часов улизнуть, он дожидается меня и начинает изводить бесконечными расспросами. Где я была да с кем я была!..

— Элис, я уверена, что он просто исполняет свой долг, — пыталась успокоить подругу Линн.

— Долг! — презрительно фыркнула Элис. — Не думаю, что его долг — шарить в моей спальне!

— Что? — не поверила своим ушам Линн. — Он это делал?

— Ну... Может, и не шарил... — с сомнением протянула Элис. — Но когда я последний раз вернулась домой, он был в моей спальне.

— Какой ужас! — всплеснула руками Линн. — А что он там искал, как ты думаешь?

— Понятия не имею! И расспрашивать его об этом не собираюсь!

— Как мне тебя жалко! В последние годы тебе и так пришлось несладко, а тут еще это... Должно быть, ты здорово намучилась с этим рейнджером. А он и правда так ужасен? Он что, грубиян неотесанный, урод?

При последних словах подруги губы Элис дрогнули.

— Нет, — честно ответила она. — Он не урод. И неотесанным грубияном его не назовешь. Наоборот, он почти всегда отменно вежлив, и, я уверена, многие женщины посчитали бы его... хм... красивым.

Линн подозрительно посмотрела на подругу, потом отхлебнула чая.

— Похоже, совершенно кошмарный тип, — хитро сказала она.

Элис бросила на нее сердитый взгляд.

— Да, кошмарный! Он такой шумный, такой навязчивый, он просто с ума меня сводит!

Линн взяла Элис за руку.

— Прости меня. Я не хотела тебя дразнить. Просто ты сама себе противоречишь. То ты говоришь, что он несносный наглец, то — что он вежливый и красивый.

— Ну, наверное, в нем всего понемножку, — пожала плечами Элис. — Иногда он вполне терпим, а иногда просто ужасен.

— А где он спит? — небрежно осведомилась Линн.

Элис вытаращила на нее глаза. Ну и вопросик!

— Как где? В сарае, конечно!

— В этой протекающей развалюхе? Теперь понятно, почему он иногда раздражен.

— А где я, по-твоему, должна была его поселить? Не в комнате же Тома!

— Да уж, об этом и говорить нечего.

— Конечно, нечего! Что скажут люди, если узнают, что он ночует в доме? И так уже, наверное, пошли слухи, что одинокая женщина наняла работника. — Она глянула на Колина, который задремал на руках у Линн. — Особенно если эта женщина — я...

Линн с симпатией посмотрела на подругу. Она понимала, что Элис права. И хотя Линн давно гадала, кто же отец Колина, она никогда не задавала этого вопроса Элис. Линн знала: если Элис захочет с ней поделиться, то все расскажет сама.

В отличие от сплетниц Биксби Линн никогда не осуждала Элис. Они были близкими подругами, и Линн очень ценила то участие, с которым Элис к ней относилась.

— В общем, — продолжила Элис, — он вовсе не из тех мужчин, с которыми приятно жить на одном ранчо.

— Правда? Послушать тебя, так он просто чудовище!

— Да нет, никакое он не чудовище.... Он просто слишком большой. Слишком мужественный. Слишком... ну, я не знаю, слишком *какой-то*...

Линн задумчиво посмотрела на Элис, потом спросила:

— Элис, ты увлечена этим мужчиной?

— Увлечена? — вскинулась Элис. — Какая ерунда! С чего ты взяла?

— Ну, не знаю, мне так показалось. Ты слишком волнуешься, когда говоришь о нем, и взгляд у тебя становится каким-то странным.

— Уверяю тебя, я совершенно им не увлечена. И вообще он не в моем вкусе. Говорю же тебе, он шумный, назойливый...

— Большой, мужественный и красивый, — закончила за нее Линн.

Элис вскочила и начала нервно убирать со стола.

Чашки и блюдца звенели, когда она ставила их в большой таз для мытья посуды.

— Я не увлечена им, — настаивала она, злясь на то, что у нее дрожат руки. — Я просто пыталась объяснить тебе, что он за человек. Тебе надо встретиться с ним, тогда ты все поймешь сама.

— Нет, милая. Знакомиться с ним я не собираюсь, — спокойно проговорила Линн.

— А вот он, кажется, собирается. И, боюсь, запросто может к тебе нагрянуть.

— Что ты имеешь в виду? — встревоженно спросила Линн.

— Он спрашивал меня о тебе. В прошлый раз, когда я вернулась от тебя домой, он потребовал, чтобы я объяснила, где была и что делала. Когда я сказала, что навещала друга, он захотел знать, как этого друга зовут.

— О боже! — Линн в ужасе закрыла лицо дрожащими руками. — Я не хочу, чтобы он меня видел!

— Не волнуйся, я ничего ему не сказала, — попыталась успокоить подругу Элис.

— Он знает, что мне известно, кто он на самом деле?

— Нет, — покачала головой Элис, возвращаясь к столу. — Этот майор Джонс заставил меня пообещать, что я никому ничего не скажу. Иначе бандиты «не клюнут на приманку», как он выразился. Не очень-то приятно быть приманкой, ну да ладно... Наверное, я и впрямь должна была молчать как рыба, но надо же мне было поделиться хоть с кем-то!

— Не беспокойся, Элис. Я никому ничего не скажу.

— Я знаю и ценю это, — заверила ее Элис, а потом добавила: — Может, не такой уж он и плохой... В конце концов, он починил мне крышу дома, хотя никто его не заставлял...

Линн поставила чашку на стол и с изумлением воззрилась на Элис:

— Он починил крышу твоего дома?

Элис кивнула.

— А крышу сарая он тоже починил?

— Нет.

— Значит, он прежде подумал о тебе, а потом уж о себе.

Элис заерзала в кресле.

— Только, пожалуйста, Линн, не придумывай бог весть чего. Я признаю, капитан и впрямь сделал доброе дело, но это единственное доброе дело за все то время, что он торчит у меня на ранчо.

— Он на самом деле надоедает тебе?

Элис кивнула:

— Он надоедает мне тем, что все время задает вопросы.

— Вопросы? Какие?

— Разные. Я знаю, что он мне не верит. Боюсь, он думает, что, когда я бываю у тебя, я встречаюсь с кем-то из грабителей или что-то в этом роде. Поэтому я не удивлюсь, если он станет следить за мной и в один прекрасный день вломится сюда.

Линн в ужасе прижала руки к груди:

— А вдруг он сегодня за тобой поехал?

— Нет, это я знаю точно. Он поехал в город, что-то ему там нужно. Слава богу, что он довольно часто ездит в город. Это единственное время, когда я могу расслабиться и быть самой собой. Думаю, мне лучше вернуться домой, пока он не приехал и не обнаружил, что меня нет. Иначе остаток дня мне придется отбиваться от его назойливых вопросов.

Линн понимающе кивнула:

— Я бы хотела, чтобы ты мне кое-что сшила, если будет время.

Элис благодарно улыбнулась. Когда-то она была лучшей портнихой в Биксби. Она могла сшить все, что угодно, и менее способные к шитью женщины делали ей заказы. Но с тех пор, как появился Колин, отношение горожан к ней изменилось. Теперь только Линн пользовалась иногда ее услугами. Элис знала, что Линн и сама умела держать в руках иголку с ниткой, поэтому она была особенно благодарна подруге за заказы, хотя они приносили ей сущие гроши.

— Новое платье, Линн? Целый год ты ходила в трауре, теперь можно надеть что-нибудь поярче.

— Нет, Элис, — твердо сказала Линн, — мне не нужно новое платье. Я просто хотела, чтобы ты мне переделала старые брюки.

Элис рассмеялась. Линн с удовольствием слушала мелодичные звуки, которые за последний год слышала так редко.

— Опять ты со своими брюками! Ты совсем переметнулась в стан мужчин, Линн Поттер!

— А я тебе говорю, попробуй носить брюки. Намного удобней, когда работаешь. А то вечно приходится воевать с этими платьями да нижними юбками. Кроме того, кто тебя увидит? Никто ничего и не узнает.

— Боюсь, что ко мне это уже не относится.

— Ну да, конечно, я и забыла. Но когда все это закончится и твой телохранитель уберется, ты обязательно должна попробовать.

Пока женщины шли к двери, Линн достала из шкафа сложенные брюки и отдала их Элис.

— Ты ведь скоро опять навестишь меня, правда?

— Как только смогу выбраться. Тебе в городе что-нибудь нужно?

— Нет, — покачала головой Линн. — Того, что ты мне привезла в прошлый раз, хватит надолго.

Они вышли во двор. Элис села на коня и потянулась, чтобы забрать спящего ребенка.

— Счастливо тебе, дорогая, — сказала она, с улыбкой глядя на Линн. — И постарайся не грустить.

— Я, конечно, постараюсь, — покачала головой Линн, — но просить меня не грустить — это все равно что просить ветер не дуть. Тебе тоже счастливо, и поаккуратней там с мистером Большим, Мужественным и Красивым. Лучше держаться от него подальше.

Элис поудобней устроила Колина на коленях и тронула лошадь.

— Об этом не беспокойся. Чем дальше я от этого человека, тем мне спокойней.

10.

— Где, черт возьми, вы были?

Элис сверху вниз смотрела на человека, который бесцеремонно схватил ее лошадь под уздцы и сверлил всадницу грозным взглядом.

— Я вам уже говорила, — ответила она ледяным тоном. — Это не ваше дело.

Резким движением Элис вырвала поводья у Натана из рук и пустила лошадь к сараю.

— Чтоб вам провалиться! — взревел Натан, тряся рукой, которая горела от рывка Элис.

Элис даже не оглянулась. Она на коне влетела в сарай, едва не лишившись головы. В самый последний момент женщина успела пригнуться. Почему, ну почему он приехал из города раньше ее? Теперь он до самой ночи будет изводить ее своими расспросами.

Она остановила коня прямо перед стойлом, не обращая внимания на крики Натана, пока тот не появился у нее за спиной.

— Вы что, совсем спятили? — Он был взбешен. — Разве вы не знаете, как опасно заезжать на лошади в сарай? А если она испугается, встанет на дыбы, сбросит вас? Да вы же убьетесь!

Элис хранила молчание. Он, безусловно, прав. Ни один человек в здравом уме не станет гарцевать по сараю верхом на лошади, какой бы смирной та ни была. Элис не могла понять, что на нее нашло. Разве что Натан так разозлил ее, что она уже просто ничего не соображала.

— Не пойму, почему это вас так волнует, — зло ответила женщина и, чтобы скрыть смущение, принялась старательно отряхивать юбку. — Если я убьюсь, то вам не надо будет торчать здесь и охранять меня от бандитов. Думаю, возможность вырваться отсюда не слишком бы вас огорчила.

— Ради бога, заткнитесь. И дайте мне ребенка.

Элис изумленно уставилась на рейнджера, пораженная не столько его грубостью, сколько тем, что он и впрямь протянул руки, чтобы забрать у нее Колина. Раньше Натан не проявлял к ребенку ни малейшего интереса, поэтому сейчас Элис побоялась доверить ему малыша. Крепче прижав к себе сына, она коротко ответила:

— Нет.

— Что значит «нет»? — разозлился Натан. — Давайте сюда ребенка и слезайте с лошади. В сарае это непросто сделать и без младенца на руках.

— Я прекрасно справлюсь, — надменно заявила Элис и собралась перекинуть ногу через седло.

— О господи! — Натан подхватил женщину за талию и снял с лошади. — Вы самая упрямая, бестолковая, вредная... — Он поставил Элис на землю.

Все еще крепко прижимая Колина к груди, Элис бросила на Натана свирепый взгляд.

— Кто бы говорил! На себя посмотрите!

— Вы хоть представляете себе, как опасно ездить верхом с ребенком на руках? Какая-нибудь ямка или кочка, и...

— Прошу прощения, — перебила его Элис. — Хочу, чтобы вы знали: я отлично держусь в седле, и нигде этот ребенок не будет в большей безопасности, чем у меня на руках.

Натан с сомнением посмотрел на нее.

— Ни одна женщина на свете не способна хорошо

держаться в седле, — заявил он. — А уж с ребенком на руках...

— Да что вы? — ехидно глянула на него Элис. — Ну, вы-то, конечно, ездите верхом как бог.

Натан позволил себе снисходительно улыбнуться.

— Вы, наверное, слышали, что говорят о техасских рейнджерах?

— Не слышала и слышать не желаю!

Но Натан, не обращая внимания на слова Элис, продолжал:

— Настоящий рейнджер сидит в седле, как мексиканец, читает следы, как индеец, стреляет, как снайпер, и сражается, как черт.

Элис презрительно фыркнула, и Натан понял, *что* она на самом деле думает обо всех рейнджерах вообще и о капитане Уэллесли в частности.

— Вы довольно высокого мнения о себе, не правда ли, капитан? — ядовито осведомилась женщина.

— Это отнюдь не мое мнение, миссис Грэхем, — спокойно ответил Натан. — Так говорят все вокруг. — И, пока Элис не отпустила очередную колкость, быстро добавил: — А почему бы вам не сделать что-нибудь вроде заплечного мешка для малыша?

— Заплечного мешка? — удивилась Элис.

— Ну да. Вроде тех, какие носят индейцы. Вы сажаете ребенка в этот мешок себе за спину, тогда у вас обе руки свободны, и вы легко управляетесь с лошадью.

Некоторое время Элис раздумывала над словами Натана, потом спросила:

— А из чего можно сделать такой мешок? Он же должен быть очень прочным.

— Индейцы шьют их из шкур и кожи.

— Ах, к сожалению, шкуры у меня все вышли, да и кожи нет, — с притворным огорчением сказала Элис. Она повернулась к лошади и попыталась расседлать ее одной рукой, другой по-прежнему прижимая к себе Колина.

— Так, давайте-ка я расседлаю ее, — решительно произнес Натан и шагнул к Элис.

Она нетерпеливо вздохнула:

— Капитан Уэллесли, целый год я справлялась со всеми делами без посторонней помощи! Уверяю вас, я сама прекрасно могу расседлать лошадь.

Не обращая на нее внимания, Натан снял с лошади седло и бросил его в угол. Элис поймала себя на том, что, глядя на Натана, она с чисто женским удовольствием любуется игрой крепких мускулов под тонкой тканью рубашки.

Натан накинул на седло попону и повернулся к Элис, отряхивая руки.

— Вы накормили утром лошадь или так торопились, что начисто забыли об этом? — сварливо поинтересовался он.

Все восхищение Элис мгновенно испарилось.

— Конечно, я накормила ее еще до того, как вы изволили продрать глаза!

Натан смущенно потупился. Он не спал, когда Элис рано утром пришла в сарай, полураздетая, в накинутой на плечи шали, с распущенными волосами. Натан лежал под одеялом, притворяясь спящим и безуспешно борясь с охватившим его желанием. Первые лучи солнца пробивались сквозь щели, озаряя Элис мягким светом. Под тонкой тканью рубашки угадывались пленительные контуры ее тела.

— Стало быть, накормили?.. — пробормотал рейнджер. — Ну, значит, вы сделали сегодня хоть что-то путное...

Элис устремила на него тяжелый взгляд.

— Если я правильно поняла майора Джонса, вы, сэр, здесь не для того, чтобы учить меня жить! — отчеканила она. — Вы здесь для того, чтобы в случае нужды защитить меня от бандитов. А теперь, если вы позволите, я бы хотела пойти в дом и покормить сына.

Натан сглотнул, тщетно стараясь отогнать от себя

мысли о том, *как* она будет кормить ребенка. Досадуя на свое разыгравшееся воображение, он сказал:

— Как только вы закончите... Ну, кормить... я бы хотел поговорить с вами о том, где вы были сегодня утром.

— Извините, но у меня нет времени на разговоры, — отрезала Элис. — У меня куча дел.

— Найдите время, миссис Грэхем.

Элис через плечо бросила на рейнджера уничтожающий взгляд.

— Прошу вас, капитан! Мне надо заняться ребенком, убраться в доме, приготовить ужин. У меня действительно нет времени, чтобы отвечать на ваши бесконечные вопросы. Уверяю вас, я навещала того же самого друга, что и в прошлый раз. Вот и все. К вашей охоте за бандитами это не имеет никакого отношения!

— А как же зовут этого друга?

Элис нахмурилась, с трудом подавляя раздражение.

— Я уже говорила вам, капитан, но могу повторить еще раз: *это не ваше дело!*

Не дожидаясь ответа, Элис вихрем пронеслась по двору и взлетела на крыльцо. Она не обратила никакого внимания на слова Натана, крикнувшего ей вслед:

— Кормите ребенка быстрей, леди. Через час я приду, чтобы поговорить с вами.

До самого вечера Элис хлопотала по хозяйству, то и дело поглядывая на маленькие часы, украшавшие каминную полку. Раздраженно покусывая губу, женщина ждала Натана. Однако он так и не пришел. С каждой минутой на душе у Элис становилось все тревожнее. Она понимала, что тяжелого разговора не избежать, поэтому ей хотелось поскорее покончить с этим неприятным делом.

Но когда пришло время ужинать, все волнение Элис вдруг исчезло, уступив место бешенству. Как он посмел так с ней обойтись? Сам настаивал на этом разговоре, но и не подумал явиться! Она сердито переворачивала жарящиеся на сковородке гренки. «Хорошо, — сердито думала женщина, — пусть будет так». Он, наверное, рассчитывал, что за это время она остынет, так вот пусть и он маленько охолонет — в сарае без ужина!

Элис подкрепилась в одиночестве гренками с беконом, прибралась в кухне, уложила Колина спать и занялась брюками Линн. Натан все еще не давал о себе знать.

«Да куда же он запропастился?» — подумала она и тут же решила, что он, наверное, сидит в сарае и посмеивается над ней. Однако когда она пошла в сарай, чтобы накормить скотину, Натана там не было.

— Да какое мне, в конце концов, дело? — бормотала Элис себе под нос, втыкая иголку в толстую ткань брюк. — Может, он поехал в город и развлекается сейчас с какой-нибудь девкой.

Почему-то мысль эта разозлила Элис еще больше, и она, фыркнув с досадой, отбросила свое шитье прочь.

Несколько долгих минут женщина сидела, пытаясь понять, что же привело ее в такое раздражение.

— Я должна радоваться, что он не пришел, — говорила она себе, но вместо того, чтобы успокоиться, волновалась все больше и больше.

«А вдруг с ним что-нибудь случилось? А что, если бандиты учуяли ловушку и напали на Натана? — проносилось у нее в голове. — И он лежит сейчас где-нибудь мертвый или тяжело раненный? Кто же ее защитит, если преступники надумают вломиться к ней в дом?»

Эти мысли довели Элис чуть не до истерики. Она вскочила с кресла и заметалась по комнате. Дважды бедняжка подбегала к своей спальне и, приоткрыв дверь, вглядывалась в полумрак, проверяя, спит ли Колин. Было уже больше девяти вечера — время, когда ни один порядочный мужчина не зайдет к приличной женщине.

Элис приникла к окну, надеясь увидеть в сарае свет. И тут вдруг со двора в окно заглянул мужчина! Элис пронзительно вскрикнула, отскочила от окна, зажав руками рот, и метнулась к двери, чтобы запереть ее на засов. Но дверь с грохотом распахнулась, и в комнату ворвался Натан с «кольтом» в руке.

— Не стреляйте! — закричала Элис. — Это я!

Натан опустил револьвер.

— Боже правый! — прорычал он. — Почему вы кричали? Я думал, что на вас напали бандиты!

Элис не могла вымолвить ни слова. Когда она наконец справилась с собой и заговорила, голос ее все еще дрожал от страха и гнева:

— Ну почему вы всегда врываетесь ко мне в дом с вашим огромным «кольтом» и целитесь прямо в меня?!

— Потому, — сердито ответил Натан, — что в доме у вас постоянно творится что-то странное. То плачет невесть откуда взявшийся ребенок, то вы вопите на всю округу... Неизвестно почему... — Он снова окинул взглядом комнату и, не заметив ничего подозрительного, раздраженно пожал плечами. — Ну и что же вас так взбудоражило?

— Меня — с вашего позволения — «взбудоражило» то, что вы шатались ночью возле моей двери! — гневно сверкая глазами, выпалила Элис.

— Во-первых, еще не ночь, — парировал Натан, — а во-вторых, я — с вашего позволения — не «шатался»!

— А что же вы тогда делали?

— Я принес вот это — и хотел вам отдать. — Он протянул ей холщовую сумку.

— Что это? — с опаской осведомилась женщина.

— Если вы перестанете сердиться на меня, я, так и быть, все вам объясню.

— А меня это совершенно не интересует, — надменно заявила Элис и, отвернувшись к столу, принялась вытирать посуду.

Некоторое время Натан молча изучал спину Элис, а потом спросил:

— А кстати, зачем вы выглядывали в окно?

— Затем, что я испугалась.

— Испугались? Чего? Вас встревожили какие-то звуки? Голоса? Шаги?

— Нет, — покачала она головой. — Я испугалась, потому что... Потому что вы обещали прийти поговорить со мной, а сами так и не явились.

Натан смотрел на нее как на умалишенную.

— Вас не было в сарае, когда я ходила туда кормить скотину, и я подумала, что с вами что-то стряслось.

Натан был удивлен и раздосадован одновременно, когда понял, какое удовольствие доставили ему ее слова.

— Неужели вас огорчила бы моя смерть? — спросил он.

— Конечно, огорчила бы! — с жаром ответила Элис. — Я ведь тут у вас приманка, и если с вами что-нибудь случится, то кто же будет защищать меня от бандитов?!

— Понятно. — Натан сразу помрачнел. — Ну что ж, я, как видите, цел и невредим, а в сарае меня не было потому, что я ездил в город за подтяжками.

— За подтяжками? — изумилась Элис. — Вы специально ездили в город за подтяжками? А зачем они вам?

— Вот для этого, — показал он ей холщовую сумку, и Элис заметила, что к ней и впрямь прикреплена пара подтяжек.

— Да что же это? — не могла больше сдержать любопытства женщина.

— Это для ребенка.

— Для ребенка?

— Ага, — кивнул Натан. — Увидев, сколь легкомысленно вы носитесь верхом с ребенком на руках, я решил сделать вам заплечный мешок.

— Я езжу очень осторожно, — сжав зубы, процедила Элис. Опять он ее ругает!

— Ну ладно, — уступил Натан, — возможно, «легкомысленно» — не совсем верное слово. Однако все нормальные женщины почему-то прекрасно чувствуют себя в повозках... Но если уж вам так хочется ездить верхом, то, думаю, с этим вам будет удобнее.

Он подошел к ней и протянул странную сумку. Элис выхватила ее у него из рук, стараясь, чтобы их пальцы не соприкоснулись. Она подошла к лампе и внимательно рассмотрела сумку. В днище были прорезаны две дырки, а к верхнему краю крепились подтяжки.

— И что мне с ней делать? Положить туда Колина и таскать, как мешок картошки?

Натан нахмурился и шагнул к Элис.

— Давайте я покажу вам, как пользоваться этим мешком.

Элис послушно отдала ему сумку.

— Повернитесь и поднимите руки, — распорядился он.

Элис послушно вскинула руки, и Натан надел сумку ей на спину, превратив холщовую торбу в удобный заплечный мешок.

— Видите, как все просто, — с довольной ухмылкой проговорил рейнджер. — Теперь вам надо только посадить туда ребенка, продев ножки в дырки на дне, и закрепить мешок у себя на спине. А можно носить его на груди, если вам так больше нравится. Тогда малыш все время будет у вас на глазах...

Элис отчаянно крутила головой, пытаясь заглянуть себе за спину.

— Отлично! Прекрасная мысль! — с искренним восхищением проговорила наконец женщина. — И очень мило с вашей стороны, что вы сделали его для меня.

Натан широко улыбнулся, и улыбка эта, словно солнце, озарила все его лицо. У Элис перехватило дыхание. Она не видела улыбки грозного капитана Уэллесли с той давней ночи, что они провели вместе. Элис почти забыла, каким он становится красивым, когда улыбается.

Женщина медленно стянула с плеч мешок и положила его на стол.

— Хотите есть? — мягко спросила она.

— Я голоден как волк! — весело откликнулся Натан.

— У меня осталось от ужина несколько гренков, и я могу поджарить вам бекон...

— Это было бы просто замечательно.

Натан отстегнул кобуру, снял ее и повесил на спинку стула, потом сел за стол.

Элис быстро повернулась к плите. Как видно, капитан Уэллесли собирался сегодня поужинать в доме. Конечно, она, Элис, может вручить ему тарелку бекона и указать на дверь. Но женщине почему-то не хотелось этого делать. В конце концов, он целый день возился с этим мешком для Колина...

— А я думала, что вы хотели днем снова изводить меня расспросами.

— Хотел, — кивнул Натан, изучая затылок Элис.

— Но не стали, — продолжила она, все еще стоя к Натану спиной.

— Не стал, — опять согласился он.

Элис вздохнула и повернулась к нему лицом.

— А почему? — мрачно осведомилась она.

По губам Натана пробежала чуть заметная улыбка.

— Я решил, что это бессмысленно. Вы бы опять заявили мне, что навещали друга, так какой же смысл спрашивать?

— Но я действительно навещала друга! — возмущенно вскричала Элис.

— А как этого друга зовут, вы мне все равно не скажете.

— Верно. — Она опять отвернулась.

— Но почему вы так упорно скрываете от меня его

имя? — Элис не успела открыть рта, как Натан ответил за нее: — Знаю, знаю, это не мое дело.

— Вот именно, — сурово кивнула женщина.

Натан вздохнул и покачал головой. Его взгляд скользнул по куску коричневой ткани, небрежно брошенной на столик возле кресла.

— Если честно, миссис Грэхем, то я хотел бы знать лишь одно: этот ваш «друг» — мужчина или женщина? — Натан снова покосился на ткань. Ему стало любопытно, что же это такое, и он подошел к столику и развернул шитье Элис.

— Это женщина, — тем временем пробормотала Элис, решив, что ничего не случится, если она скажет ему такую малость.

Натан не отвечал, и она повернулась посмотреть, в чем же дело. У нее упало сердце, когда она увидела, что он держит в руках брюки Линн и не сводит с нее, Элис, гневного взгляда.

— Что вы говорите? — иронически протянул рейнджер. — Но тогда чье же это? — Он со злостью швырнул брюки на столик. — Вы вообще способны хоть раз в жизни сказать правду, леди? Или только и делаете, что врете, врете, врете?! — Мужчина резко шагнул к Элис и, схватив ее за руки, притянул к себе так близко, что она почувствовала его дыхание на своем лице. — Кого вы покрываете? — рявкнул он.

— Никого! — прошептала потрясенная Элис, пытаясь ослабить его железную хватку. — Это брюки моей подруги, она носит их, когда работает у себя на ферме!

— Ну конечно! — процедил Натан сквозь зубы. — А я по воскресеньям надеваю в церковь панталоны моей младшей сестренки.

Неожиданно Элис рванулась в сторону и высвободилась из его могучих рук.

— Мне плевать, верите вы мне или нет, — выкрикнула она. — Я говорю правду!

Натан набрал в грудь побольше воздуха и с шумом

выдохнул. Он вдруг понял, что просто ревнует Элис. Поэтому так и разъярился!

— Ну ладно, — сказал он, стараясь не повышать голоса, — давайте предположим, что сейчас в порядке исключения вы говорите правду. И что же вы делаете с этими *женскими* брюками?

— Я их зашиваю. У них разорвана правая брючина.

— Да? А что, ваша подруга сама не может зашить себе брюки?

— Наверное, может. Но я — хорошая портниха. Раньше я обшивала многих дам из Биксби и, кстати, неплохо зарабатывала. Но теперь я этим почти не занимаюсь.

Натан понимал, что сейчас она говорит правду. Накануне он тайно встречался с Уиллом Джонсоном и долго донимал его вопросами об Элис. Натан узнал, что раньше услугами Элис пользовались многие дамы Биксби, но после того, как она родила внебрачного ребенка, к ней обращаются лишь считанные единицы. Однако история о безымянной подруге, которая носит у себя на ферме мужские штаны, казалась Натану не слишком правдоподобной.

— Извините, миссис Грэхем, я вам не верю.

— Но это же правда! — закричала Элис и выхватила у него брюки Линн.

— Ваша правда, леди, слишком похожа на ложь.

— Да как вы смеете! — вспыхнула Элис. — Какое вы имеете право врываться ко мне в дом и обвинять меня во лжи?

— Имею, потому что вы лгунья.

— Нет, я не лгунья!

— Ну что ж, хорошо, — произнес Натан со зловещим спокойствием, — тогда скажите мне, пожалуйста, еще раз, кто отец Колина?

Элис в ужасе схватилась за горло и отступила назад. «Он знает! Боже, он все-таки узнал», — пронеслось у нее в голове. Наверное, одна из обитательниц Биксби сочла своим христианским долгом предупредить красавца-ковбоя о позорном прошлом его нынешней хозяйки. Закрыв глаза, чтобы не встречаться взглядом с Натаном, Элис прохрипела:

— Вон из моего дома. Убирайтесь немедленно.

Натан задохнулся от возмущения:

— Нет, леди, вы меня просто восхищаете! Господи, ну почему майор не послал к вам кого-нибудь другого! Лучше бы я отправился в одиночку воевать с индейцами! Лучше бы... Да все, что угодно — лишь бы не иметь дела с вами!

И, схватив свою кобуру, он выскочил из дома, при этом так хлопнув дверью, что с потолка посыпалась штукатурка.

11.

Следующие несколько дней прошли спокойно. Элис хлопотала по хозяйству, возилась с Колином, работала на своем маленьком огородике, ухаживала за цветами, которые пышно цвели под окнами.

Она почти не сталкивалась с Натаном, что после их последней ссоры ее даже радовало. Элис беспокоило лишь то, что теперь, узнав, что Колин не может быть сыном ее покойного мужа, Натан догадается, кто настоящий отец малыша. Женщина решила, что, если Натан опять заведет разговор об этом, она придумает историю о пылкой, но несчастной любви.

Элис терпеть не могла лжи, однако рассудила, что лучше уж соврать, чем допустить, чтобы Натан узнал правду. Элис по-прежнему старалась, чтобы их с Натаном не видели вместе. Женщина боялась окончательно подорвать свою репутацию. Да и давать городским кумушкам повод для новых сплетен Элис не хотелось.

Три раза в день она относила поднос с едой к воротам сарая, ставила его на землю и быстро убегала обратно в дом. Натан больше не возвращал ей еду. Он просто оставлял пустые миски у порога своего временного пристанища, а Элис их потом забирала.

Она никак не могла взять в толк, что он делает целыми днями в этом проклятом сарае? Но выяснять этого женщина не стала. Она вообще предпочитала не приближаться к сараю без нужды.

А Натан умирал со скуки. Он никак не мог придумать, чем бы ему заняться. Наконец однажды ночью, растянувшись на своем соломенном ложе и глядя сквозь дыры в крыше на звездное небо, он решил заняться починкой этой самой крыши.

«Мне надо хоть ненадолго вырваться отсюда, — подумал он. — Поеду-ка я завтра в город, куплю еще дранки и приведу наконец в порядок эту крышу. — Он еще раз окинул внимательным взглядом огромные дыры, зиявшие в потолке, и тяжко вздохнул. — О боже, ну и работка!»

Натан повернулся на другой бок и закрыл глаза, пытаясь заснуть.

— Ну давайте же, бандиты проклятые, шевелитесь! — пробормотал он в темноту. — Приезжайте за своими денежками! И тогда я смогу наконец убраться отсюда.

На следующее утро Элис встала еще до рассвета. Она уже четыре дня безвылазно сидела на ранчо, поэтому так же, как и Натан, мечтала увидеть хоть что-то, кроме своего двора.

Она быстро переделала все утренние дела и решила, что, как только Колин проснется и поест, она посадит его в заплечный мешок и отправится к Линн. День, проведенный с подругой, не обещал никаких особых радостей, но это все-таки лучше, чем сидеть одной в четырех стенах. Кроме того, она узнает, не нужно ли Линн чего, и тогда у нее, Элис, появится повод съездить на следующий день в город.

Обычно Элис не слишком рвалась в Биксби. Кому приятно, когда люди, бывшие прежде твоими добрыми знакомыми, теперь, едва завидев тебя, спешат перейти на другую сторону улицы? Но сейчас поездка в город давала Элис возможность провести большую часть дня вдали от Натана.

В пятый раз за последние полчаса женщина подошла к двери своей спальни и заглянула внутрь. Увидев, что Колин смотрит на нее из своей колыбельки, Элис заулыбалась и поспешила к сыну.

Она взяла воркующего малыша на руки и крепко прижала к груди.

— Давай-ка, милый, завтракать и одеваться. Мы с тобой поедем сегодня в гости.

Колин серьезно посмотрел на мать, как будто понял, о чем она говорит, потом потянулся и крепко ухватил ее за прядь волос, выбившуюся из тугой прически.

— Ах ты, чертенок, — засмеялась Элис, осторожно вытягивая свой локон из детского кулачка.

Она вернулась в гостиную, села в свое любимое кресло-качалку, расстегнула пуговицы на платье и блаженно заулыбалась, когда Колин жадно приник к ее груди.

*

Натан тоже поднялся рано. Он плохо спал ночью, возможно, из-за того, что предыдущие три дня провел в отупляющей полудреме.

«Нет, так действительно можно спятить», — решил он. Починка крыши уже казалась ему самым восхитительным занятием на свете, и Натан с нетерпением ждал утра, чтобы побыстрей отправиться в город за дранкой. Неужели неделю назад он, Натан, искренне считал, что терпеть не может работу на ферме?!

Он быстро накормил своего коня, оседлал его и вывел из сарая. Рейнджер уже собрался было вскочить в седло, но потом подумал, что надо бы предупредить

Элис, чтобы она не хлопотала понапрасну и не готовила ему завтрак.

Солнце только-только вставало. Натан с сомнением посмотрел на дом и подумал, что Элис еще, наверное, не проснулась. Ему совершенно не хотелось будить ее: ведь тогда она может подойти к двери в своей полупрозрачной рубашке... Это зрелище уже стоило ему однажды трех бессонных ночей. И сейчас ему совсем ни к чему снова видеть ее в таком наряде, а то воображение у него опять разыграется...

Несколько минут он стоял посреди двора, задумчиво глядя на дом и теребя в руках поводья. Потом, пожав плечами, поднялся на крыльцо и заглянул в окно. Он решил, что если не увидит Элис в кухне, то оставит ей записку.

В кухне Элис не было. Натан углядел ее в комнате. Женщина сидела с обнаженной грудью в кресле-качалке и кормила сына. Натан так резко отпрянул от окна, что чуть не свалился с крыльца.

«Боже правый, да она же почти голая! — промелькнуло у Натана в голове. — Спасибо еще, что она меня не видела, а то обвинила бы в том, что я подсматриваю за ней!»

Судорожно вздохнув, Натан потер лицо руками. Однако образ полуобнаженной Элис все равно стоял у него перед глазами.

Эта грудь. Прекрасная пышная грудь... Его пальцы слишком хорошо помнили мягкость и упругость этой груди, губы — ее вкус.

С трудом соображая, что делает, Натан опять поднялся на крыльцо и приник к окну, не в силах отвести глаз от прекрасной полуобнаженной женщины. Она закончила кормить Колина и теперь склонилась над ним, щекоча ему толстенький животик. Малыш блаженно улыбался.

Элис не застегнулась, и Натан видел восхитительные полушария ее грудей каждый раз, когда она наклонялась над сыном.

Наконец она выпрямилась и повернулась к окну, представ перед остолбеневшим Натаном во всей своей красе. Ему потребовалась вся его сила воли, чтобы заставить себя спрыгнуть с крыльца. Он почти бегом направился к своему коню, то и дело поправляя брюки, которые стали вдруг ужасно тесными.

— Ты только посмотри на себя, — вполголоса пытался урезонить себя Натан. — Ты похотлив, как жеребец. И главное, с чего? Увидел, как мать кормит своего ребенка! Ты совсем рехнулся!

Однако он прекрасно понимал, что судит себя слишком строго. Его возбудил вовсе не вид Элис, кормящей сына. Просто ее обнаженная грудь сразу напомнила Натану о том, о чем он тщетно пытался забыть. Но увы! Тут ему не помогла даже его железная воля.

Натан никак не мог избавиться от чувства вины. Их связывала только страсть, и их взаимоотношения в последние дни лишь подтверждали это. Элис не скрывала своей неприязни к нему, поэтому нечего было и надеяться на что-то другое.

«Не приставай к ней со своим завтраком, — сказал он себе. — Садись на коня и быстро сматывайся отсюда, а то опять сваляешь дурака!»

Натан с досадой посмотрел на свои брюки, понимая, что в таком состоянии поездка верхом вряд ли доставит ему большое удовольствие. Однако деваться было некуда, поэтому он стиснул зубы и взобрался в седло. В конце концов, до города всего каких-то пять миль, можно и потерпеть. А если он пробудет в Биксби хотя бы до полудня, то потом можно будет пойти в салун и снять одну из девочек. Проще всего забыть о женщине, заменив ее другой. Клин, так сказать, клином...

Натан проехал не больше двух миль, когда вдруг вспомнил, что не взял бумажника. Нет бумажника — нет денег. Что же делать? Поворачивать обратно? Натан прикидывал, отпустит ли ему Ричман дранку в долг, но тут же понял, что рассчитывать на это не приходится. В городе его не знают, он нанялся лишь на лето, недавно появился, скоро исчезнет... С чего это Ричман должен ему верить?

— Черт, — выругался Натан, поворачивая коня, — если бы я мог назвать свое настоящее имя!

Впервые за время службы Натану пришлось жить под вымышленным именем, и только теперь он понял, как удобно быть капитаном Уэллесли. Никто не знал Ната Уэллса, зато фамилия Уэллесли была не менее известной, чем Вандербильт или Рокфеллер, и открывала двери многих контор, банков и магазинов, куда простым смертным вход был заказан. И вот теперь Натан вынужден возвращаться за бумажником, вместо того чтобы просто выписать торговцу чек.

Ругнувшись сквозь зубы, рейнджер понесся вскачь по пыльной дороге обратно к ферме. Уже почти подъехав к дому, он вдруг заметил вдалеке Элис верхом на лошади и с Колином на спине.

— Интересно, куда это она собралась? — пробормотал Натан себе под нос. — Стоит мне отвернуться, как она норовит улизнуть...

Он следил за ней взглядом, пока она скакала по полю, и пытался определить, куда же она едет. Что-то в ее силуэте было странным, но Натан никак не мог понять, что именно. Наконец сообразил — большая сумка, приторочённая к седлу. Было видно, что она чем-то набита. Может быть, еда? Одежда? Или *оружие*?

Эта мысль заставила Натана стиснуть зубы. В одном можно было не сомневаться — Элис кому-то что-то везет. Прикрыв глаза рукой от солнца, Натан продолжал смотреть ей вслед. Расстояние между ними увеличивалось, и Натан понял, что вот-вот потеряет женщину из виду. Тут рейнджер сообразил, что у него появилась возможность выяснить, к кому это она вечно ездит. Похоже, Натан наконец познакомится с этим таинственным другом! И молодой человек поскакал вслед за Элис. Оглядевшись вокруг, он понял, что спрятаться тут негде, значит, придется держаться на приличном расстоянии, иначе Элис его скоро заметит.

Вокруг шелестела под ветром высокая трава. Натан знал, что в ней полно перепелиных гнезд. И вдруг тишина взорвалась птичьим гомоном, захлопали десятки маленьких крыльев... Наверное, конь Натана потревожил выводок, и теперь птицы спешили отогнать врагов прочь. Лошадь испугалась и встала на дыбы. Это произошло так неожиданно, что Натан, не успев и глазом моргнуть, оказался на земле, где и был атакован стайкой отчаянно кричащих птиц.

Ехавшая в сотне ярдов впереди Элис услышала этот шум и гам и оглянулась, ища глазами койота или рысь. Но вместо этого она увидела Натана Уэллесли, сидящего в траве и с проклятьями вытряхивающего из волос перья и пух.

«Какого черта... Чтоб ему лопнуть, он следил за мной!»

Элис была в такой ярости, что не обратила внимания на опасность, которая грозила ее телохранителю, — Натана мог затоптать его собственный напуганный конь. Она погнала свою кобылу в спасительную ореховую рощу. Пригибаясь, чтобы ветки не хлестали по лицу, Элис заехала в лесок, потом остановила лошадь и обернулась.

Натан уже был на ногах. Он держал поводья и старался успокоить своего фыркающего пританцовывающего коня.

Краем глаза Элис уловила на другом конце поля какое-то движение. Вглядевшись пристальнее, она поняла, что это шляпа Натана, которую ветер быстро гнал прочь.

— Ой, Колин, ты только посмотри! — со смехом воскликнула женщина. — Похоже, капитан Уэллесли потерял свой любимый «стетсон»! Ветер сегодня довольно сильный, так что капитан не скоро поймает свою шляпу.

Хихикая, Элис повернула лошадь к дому. Проехав полмили, женщина опять обратилась к сыну:

— Нет, ты только подумай, каков умник! Улизнул на заре из сарая и все утро где-то прятался. Надеялся, что я поверю, будто он уехал, и сама куда-нибудь отправлюсь, а он станет за мной следить. — Она лицемерно вздохнула. — Жаль, что он не силен в слежке!

В прекрасном расположении духа Элис добралась до дома, но, когда она въехала в ворота, настроение у нее упало. Кто знает, когда она теперь сможет навестить Линн? А скоро вернется Натан, и ей опять придется сиднем сидеть в доме, чтобы поменьше сталкиваться со своим «защитником».

— Черт бы его побрал! — в сердцах воскликнула женщина. — Ну неужели он не может не совать нос в мои дела?!

Но тут ее губы тронула улыбка. Элис вспомнила, как лучший техасский рэйнджер, отважный герой, гроза бандитов, сидел в траве и отбивался от птичек, которые заставили его свалиться с лошади. Это было зрелище, ради которого можно было пожертвовать визитом к Линн!

Элис еще была в сарае, когда появился Натан, ведя под уздцы свою лошадь и слегка прихрамывая на левую ногу.

— Хорошо покатались, капитан? — спросила Элис. В ее глазах заискрился смех, когда она увидела перепелиное перышко, застрявшее у Натана в волосах. — Должна заметить, что вы блестяще показали свое умение «скакать на лошади, как мексиканец, и читать следы, как индеец». Похоже, стреляете и сражаетесь вы столь же мастерски.

Натан укоризненно посмотрел на женщину, удивляясь, что у нее хватает наглости поддразнивать его. Он и так достаточно унижен!

— Куда вы направлялись? — требовательно спросил он.

— Я собиралась немного покататься верхом, прямо как вы, — весело ответила Элис. — Если бы я знала, что вы поедете в ту же сторону, то непременно предупредила бы вас об этих ужасных птицах. — Она поцокала языком. — До чего же надоедливые создания, правда?

— Перестаньте, леди, — прорычал Натан. Шагнув к Элис, он выхватил у нее сумку. — Что у вас здесь?

— Ничего. — Элис мгновенно стала серьезной. — Просто разные мелочи, которые я везла... кое-кому.

Она попыталась забрать у него сумку, но он отстранился, положил сумку себе на колени и стал развязывать шнурок, которым она была стянута. Справившись с узлом, Натан вытряхнул содержимое сумки на пол, с минуту смотрел на образовавшуюся кучу, а потом перевел непонимающий взгляд на Элис. Рейнджер был почти уверен, что найдет оружие, но вместо него увидел несколько книг, буханку хлеба, какую-то одежду и несколько банок, наполненных чем-то густым и темным. Натан взял одну банку в руки и мрачно спросил:

— Что это?

— Черничный джем, — ответила Элис, уперев руки в боки и глядя на Натана сверху вниз. — И не разбейте банку! Их трудно достать.

— Черничный джем! — воскликнул ошарашенный Натан. — Кому, черт возьми, вы везли черничный джем?

— Моему другу!

Натан выудил из кучи вещей заштопанные брюки Линн.

— Тому самому другу, которому принадлежат и эти штаны? Вы говорили, что она не умеет шить. А готовить она тоже не умеет?

— Конечно же, умеет! Джем — это просто маленький подарок.

— А это? — Натан поднял с пола что-то похожее на небольшое одеяло. — Вы боитесь, как бы она не замерзла? — Он произнес слово «она» с таким видом, что было ясно: рейнджер ни на миг не поверил, что речь идет о женщине.

— Это стеганое одеяло, которое я делаю. Хотела немного поработать в гостях — не болтать же просто так! — Элис выхватила одеяло у Натана из рук. — Отдайте, пока вы его не запачкали.

Натан смерил ее ледяным взглядом:

— Вы опять лжете.

— О! — Элис обошла его и направилась к воротам сарая. — Вы противный, гадкий, гнусный...

— Ага, вы мне тоже очень нравитесь, — проскрежетал Натан, поднимаясь на ноги и шагая за ней.

Элис выскочила из ворот сарая и, приподняв широкие юбки, быстро пошла к дому. К ее разочарованию, Натан двинулся следом. Она резко толкнула входную дверь и повернулась, намереваясь захлопнуть ее у него перед носом. Но силы были неравны, и в последующий миг Элис стояла лицом к лицу с этим ужасным человеком.

— Не смейте убегать, когда я с вами разговариваю! — прогремел Натан.

— Не смейте указывать мне, что делать! — не осталась в долгу Элис. — Вон из моего дома! Убирайтесь!

— Я уберусь, когда сочту нужным, черт возьми!

— Не чертыхайтесь тут, вы, наглец! — Элис повернулась, намереваясь запереться от него у себя в спальне, но опять Натан оказался проворнее. Он схватил Элис за руку и развернул лицом к себе. Резкое движение и громкие голоса напугали Колина, и он расплакался.

— Говорю вам, я не закончил разговор! — заорал Натан. — А теперь отвечайте, куда вы направлялись, и не вздумайте опять морочить мне голову дурацкими байками о вашей несуществующей подруге. Вы кому-то везли вещи, и я желаю знать, кому именно!

Колин завопил громче.

— Заткнитесь и оставьте меня в покое! — прошипела Элис и попыталась вырваться и убежать в спальню.

— Скажите, куда вы собирались ехать, и тогда я... Боже, этот ребенок ревет, как пароходная сирена! Он когда-нибудь замолчит?

Не задумываясь о том, что делает, Натан шагнул к Элис, вытащил Колина из заплечного мешка, пронес над головой у матери и принялся качать на руках.

— Ну, теперь помолчи немного, — сказал Натан мальчику, поглаживая его по пушистой головке. — От вас двоих слишком много шума.

К их удивлению, Колин тут же успокоился. Натан ошарашенно посмотрел на малыша, а потом перевел взгляд на Элис, которая стояла с открытым от изумления ртом.

— Что вы сделали с моим ребенком? — наконец смогла выговорить она. — Отдайте мне его сейчас же, пока не наставили ему синяков!

— Да ничего я с ним не делал, — сказал Натан, и довольная ухмылка расползлась по его лицу. — И не собираюсь ставить ему никаких синяков! По-моему, он прекрасно себя чувствует. — Игриво потеребив Колина, Натан обхватил его затылок своей большой рукой и, наклонившись к малышу, спросил: — Ты ведь в полном порядке, дружок, правда?

Вместо ответа Колин ухватил прядь волос Натана и тянул до тех пор, пока Натан почти уткнулся лицом ему в животик.

— Эй, ну-ка, отпусти, — попросил Натан, осторожно выпутывая свои волосы из маленького кулачка. Освободившись, мужчина поцеловал этот кулачок и сказал: — Давай-ка, приятель, веди себя хорошо, пока я разговариваю с твоей мамой.

Элис была потрясена. Никогда она не видела ничего более естественного и прекрасного, чем эта пара — ее, Элис, крошка-сын и этот совершенно посторонний мужчина!

«Но он ведь не чужой Колину! — вдруг пронеслось у нее в голове. — Он же его отец! Что же удивительного в том, что они так хорошо понимают друг друга?»

— Отдайте мне ребенка, — решительно проговорила Элис и протянула руки к малышу.

Натана смутила странная настойчивость женщины.

— Что это с вами, миссис Грэхем? — удивленно спросил он. — Почему мне нельзя его подержать? Я люблю детей... Всегда любил. Кроме того, мальчишке полезно иногда для разнообразия пообщаться с мужчиной, чтобы не держаться потом всю жизнь за материнскую юбку.

Внезапно Элис охватил дикий, животный страх. Она не хотела, чтобы Натан Уэллесли дотрагивался до ее ребенка, не желала, чтобы он играл с ним! Колин принадлежит ей, и только ей одной! Глубоко вздохнув, чтобы успокоиться, женщина повторила:

— Отдайте мне моего ребенка. Пожалуйста.

Натан подозрительно посмотрел на нее, потом сокрушенно покачал головой и отдал ей малыша.

Элис схватила Колина, прижала к себе и поцеловала в мягкую щечку.

— Спасибо, — тихо произнесла женщина. — А теперь я была бы вам очень признательна, если бы вы ушли. Мне больше нечего вам сказать о том, куда я направлялась сегодня утром. Я собиралась туда, где бываю обычно. И сколько бы вы ни мучили меня расспросами, я не скажу вам, к кому езжу. Так что вам лучше смириться с этим.

Натан пожал могучими плечами и пошел к двери.

— Не думайте, что это наш последний разговор, миссис Грэхем!

— До свидания, капитан Уэллесли.

Взявшись за ручку двери, Натан на миг остановился.

— Кстати, если вы не заметили, малыш весь мокрый. — Он выразительно посмотрел на Колина, который опять начал хныкать. — Возможно, если вы переоденете его, он будет поспокойнее.

С этими словами рейнджер исчез за дверью.

12.

— Какой прекрасный день, не правда ли?

Элис, пропалывавшая свои цветы, оторвала взгляд от клумбы, поднялась с колен и отряхнула руки.

— Да, — ответила она, — действительно прекрасный.

— Я сейчас еду в Биксби, чтобы купить заступ. Может, вам что-нибудь нужно в городе?

Это еще что такое? Элис удивленно воззрилась на Натана. Уже сколько раз он ездил в город, но до сих пор никогда не спрашивал, не надо ли ей чего-нибудь купить. Похоже, с того вечера, как Натан подержал на руках Колина, отношение этого человека к Элис чуть-чуть изменилось. Казалось, что в тот день он увидел в ней не преступницу, а просто женщину. Он перестал расспрашивать ее об отце малыша, и за это Элис была очень благодарна капитану.

— Спасибо за предложение, но мне пока вроде бы ничего не нужно, — слегка растерянно проговорила женщина.

— А как насчет кленового сиропа? — хитро поглядев на нее, осведомился Натан. — Мне до чертиков надоели блинчики с одним только жженым сахаром.

Элис сердито поджала губы.

— Вы уж извините, капитан, если моя стряпня вам не по нраву, — холодно произнесла она. — К сожалению, кленовый сироп — это роскошь, которую я не могу себе позволить.

— Зато я могу, — быстро возразил Натан. — И я не говорил, что ваша стряпня мне не по нраву. Я просто сказал, что блинчики гораздо вкуснее с кленовым сиропом.

Элис пожала плечами и отвернулась к своим цветам.

— Ну тогда, если хотите, купите немного, — буркнула она.

— А вы любите кленовый сироп, миссис Грэхем?

Элис вздохнула. Ну что он привязался к ней с этим сиропом? Похоже, капитану Уэллесли просто хочется поговорить.

— Да, люблю, — призналась она.

— Ну тогда я тем более должен его купить! — весело заявил Натан. — Думаю, что Колину он тоже понравится.

Колин в это время сидел на одеяле и с упоением сосал свой палец.

— Дети в этом возрасте блинов не едят, — насмешливо сказала Элис.

— Разве? — удивился Натан. — А я думал, что восьми-девятимесячные малыши уже едят почти то же, что и взрослые.

Элис чуть не брякнула, что Колину только шесть месяцев, но вспомнила, с кем она разговаривает, и прикусила язык.

— М-м-м... Дело в том, что у него немножко запаздывают зубки, поэтому ему еще трудно жевать.

Натан посмотрел на малыша, который ответил ему широкой беззубой улыбкой.

— Вы правы, — рассмеялся Натан. — Похоже, кусаться ему еще рановато.

— Да-да, — рассеянно кивнула Элис, мечтая, чтобы рейнджер наконец уехал.

Вдруг в доме раздался страшный грохот, а потом истошный вопль перепуганной насмерть кошки.

— О господи! — воскликнула Элис. — Что там такое? Наверное, Мирна что-то свалила.

К изумлению Натана, она сунула Колина ему в руки и бегом кинулась к крыльцу.

— Кто это — Мирна? — крикнул Натан ей вслед.

— Моя старая ненормальная кошка, — ответила она, не оборачиваясь. Распахнув починенную дверь, Элис влетела в дом, и из груди у нее вырвался горестный стон. На полу лежали осколки большой вазы.

— О нет, только не это! — в отчаянии прошептала женщина, пытаясь сложить их вместе.

— Это была ваша любимая ваза? — с сочувствием спросил Натан, который следом за Элис вбежал в комнату.

— Да, — кивнула она. — Это был свадебный подарок родителей моего мужа. Много лет она украшала их дом. Бабушка Джо привезла ее с собой из Европы. — Сокрушенно покачав головой, Элис подняла на Натана полные слез глаза. — А теперь ее нет...

Женщина была так огорчена, что даже не обратила внимания на Колина, уютно устроившегося у Натана на руках. Потом до нее вдруг дошло, где сидит ее ребенок.

— Почему вы держите Колина? — взволнованно спросила она.

— Почему я его держу? — изумился Натан. — Потому что вы мне его дали.

— Я? — искренне удивилась Элис.

— Ну да, — кивнул Натан. — Когда услышали грохот.

Элис ужаснулась: неужели звон бьющегося стекла мог настолько напугать ее, что она отдала своего ребенка в чужие руки?!

— Простите, — смущенно сказала женщина. — Видимо, я просто потеряла голову... Давайте его сюда. — Она стремительно шагнула к Натану и вцепилась в сына.

Натан с явной неохотой отдал ей малыша.

— Будьте осторожны, — предупредил рейнджер. — Не наступите на осколки.

Элис кивнула и пошла к себе в спальню.

— Я только положу Колина в кроватку, а потом приду и все уберу.

— Не беспокойтесь, я уберу, — сказал Натан.

Элис через плечо посмотрела на него. К ее удивлению, Натан собирал осколки вазы.

— Не надо, капитан, — бросила она. — Я могу...

Натан метнул на нее сердитый взгляд:

— Занимайтесь ребенком, миссис Грэхем. А с уборкой я уж как-нибудь справлюсь. Поверьте, мне уже приходилось выносить из дома битое стекло.

Элис открыла было рот, чтобы возразить, но потом передумала и прошла в спальню.

Натан аккуратно собрал все черепки и внимательно их рассмотрел. Ваза разбилась на четыре части, и если бы не крошечный кусочек, отколовшийся от ободка и отлетевший неведомо куда, ее вполне можно было бы склеить.

— Нужен клей, — вслух произнес Натан. Он собрал все кусочки, отнес их в сарай и осторожно сложил там на свое соломенное ложе.

Потом он вывел своего коня во двор и впряг в старенькую повозку Элис. Взобравшись на козлы, Натан подкатил к дому и прокричал:

— Миссис Грэхем! Я уезжаю!

Элис появилась на пороге, вытирая платком покрасневшие глаза.

— Вы в порядке? — тихо спросил Натан.

— Да, — кивнула она. — Я просто расстроилась из-за вазы. Это была одна из последних дорогих вещей в моем доме.

— Что вы хотите этим сказать? — удивленно посмотрел на нее Натан.

— Я хочу этим сказать, — вздохнула Элис, — что все дорогие вещи мне пришлось продать.

— Продать? Зачем?

Элис гордо вскинула голову, с вызовом глядя на Натана.

— Чтобы не умереть с голоду, капитан Уэллесли, вот зачем.

И, не дав Натану раскрыть рта, она повернулась и ушла в дом.

Но Натан не считал, что разговор закончен, поэтому спрыгнул с козел и пошел вслед за Элис. Женщина выжидающе посмотрела на него.

— У вас ко мне еще какое-то дело? — холодно осведомилась она.

— Что вам пришлось продать?.. Только не говорите, что меня это не касается.

«Однако за это время он неплохо меня изучил», — подумала Элис. Она ведь именно так хотела ему ответить. Но вместо этого сказала:

— Ничего особенного. Разные безделушки.

— Какие безделушки?

— Ну, просто безделушки, — пожала плечами женщина. — Кое-какие украшения... Почему вы меня об этом спрашиваете?

Натан, казалось, не слышал ее последних слов.

— Какие именно безделушки? — настаивал он.

— Кое-какое серебро, маленькая хрустальная птичка, которую мне подарил отец...

— Что еще?

— Капитан, мне бы не хотелось... говорить об этом...

— Что еще?

Элис так тяжко вздохнула, что у Натана защемило сердце.

— Бабушкино кольцо с бриллиантом, — наконец с горечью произнесла она.

Натан кивнул, добавив кольцо к списку, который составлял в уме.

— Кому вы его продали?

— Мистеру Ричману.

— И что он с ним сделал?

— По-моему, вы собирались ехать в город, — сердито напомнила рейнджеру Элис.

— Собирался, — кивнул Натан. — Так что мистер Ричман сделал с вашими вещами?

— Откуда я знаю? — закричала Элис, и глаза ее вновь наполнились слезами. Она вдруг поняла, как много потеряла за эти годы. — Да какая разница? Наверное, продал кому-нибудь.

Натан резко повернулся и пошел к двери.

— Я поехал, — бросил он через плечо. — Вы уверены, что, кроме кленового сиропа, вам ничего не надо?

— Мне не надо и кленового сиропа, — фыркнула Элис. — Это вам он нужен.

— Вы правы. Увидимся.

Натан вышел, взобрался на козлы, хлестнул лошадь поводьями и покатил по пыльной дороге.

Элис смотрела ему вслед, пока он не скрылся из виду, и гадала, почему капитан столь странно вел себя сегодня утром. Так ни до чего и не додумавшись, она пожала плечами и вошла в дом. Глянув на то место, где недавно стояла ваза, Элис грустно прошептала:

— Вот и еще одной вещи не стало.

— Доброе утро, мистер Уэллс. Чем могу быть полезен?

Натан улыбнулся Ричману, удивляясь про себя, с чего это торговец вдруг стал таким приветливым.

— Да вот хочу кое-что у вас купить. Во-первых, мне нужен заступ.

Брови Ричмана поползли вверх.

— Это, знаете ли, довольно дорогая вещь, — сообщил он, с сомнением глядя на Натана.

Поняв, на что намекает хозяин магазина, Натан зло стиснул зубы.

— Не беспокойтесь, — процедил он, — у меня есть деньги.

У Ричмана хватило ума прикусить язык и прикинуться смущенным. Он кивнул и выскользнул из-за прилавка. Подойдя к сложенным в углу лопатам, он вытащил из кучи заступ и показал его Натану.

— А вы все еще работаете у вдовы Грэхем? — осведомился торговец.

— Ага, — кивнул Натан.

— Похоже, дел там невпроворот, — задумчиво протянул Ричман.

— Скучать не приходится, — пожал плечами молодой человек.

Ричман прислонил заступ к прилавку.

— Желаете что-нибудь еще?

— Да. Кусок бекона и большую бутыль кленового сиропа.

— Любите плотно позавтракать, а? — ухмыльнулся торговец.

Натан заходил в этот магазин уже раз пять или шесть, но никогда еще Ричман не был столь разговорчив. Натан гадал, почему это Ричман вдруг подобрел? Скорее всего потому, что убедился: Натан за все платит наличными и ничего не просит отпустить в долг. Мысленно пожав плечами, Натан ответил:

— Люблю блинчики — на завтрак, на ужин, когда угодно.

Ричман поставил на прилавок большую бутыль кленового сиропа.

— Это будет стоить шесть долларов, — предупредил торговец. — Вы уверены, что вам нужна именно большая бутыль?

— Да, я беру ее, и мне нужно кое-что еще.

Глаза Ричмана чуть не вылезли из орбит. Кто бы мог подумать, что этот бродяга вдруг примется сорить деньгами! Торговец широко улыбнулся, становясь с каждой минутой все любезнее.

— Да, сэр. Что еще?

— Кольцо, — сказал Натан, постаравшись произнести это как можно более небрежным тоном.

У Ричмана отвисла челюсть.

— Кольцо? Какое кольцо?

— Мне бы хотелось с бриллиантом, если у вас найдется такое.

— Кольцо с бриллиантом! — Ричман чуть не задохнулся. — Понятно.

— Так есть у вас такое кольцо или нет?

— Сейчас, сейчас, дайте подумать... Ага! Будьте добры, пройдите сюда, к ювелирному отделу.

Натан прошел вслед за Ричманом в дальний угол магазина, где в небольшой витрине были выставлены украшения. Молодой человек изо всех сил старался напустить на себя вид скучающего безразличия. На самом же деле Натан окинул витрину цепким взглядом, сразу заметив единственную стоящую вещь — золотое кольцо с филигранной резьбой, украшенное довольно крупным бриллиантом.

— Боюсь, что у меня не слишком большой выбор драгоценностей, — извиняющимся тоном произнес Ричман, незаметно стирая рукавом пыль с витрины. — Честно говоря, я могу предложить вам лишь это кольцо. — Торговец показал на тот самый перстень, который уже приметил Натан. — Не сочтите меня бестактным, но для кого вы его покупаете, мистер Уэллс? Наверное, для любимой девушки, да?

— Нет, не для девушки, — холодно ответил Натан.

— Нет? — удивился Ричман. — А для кого же?

— Это... для моей матери. Скоро у нее день рождения, и я хотел подарить ей что-нибудь особенное.

Ричман молча смотрел на Натана, решая, что лучше: взять у него деньги и отдать кольцо или объяснить, что это совсем неподходящий подарок для матери. После недолгой внутренней борьбы торговец сказал:

— Знаете, мистер Уэллс, это кольцо все-таки скорее обручальное. Матерям такие дарить не принято... Может, вам лучше взять вон ту брошь?

Натан покачал головой:

— Я хочу кольцо с бриллиантом.

— Но, мистер Уэллс...

Натан закатил глаза и повторил:

— Я хочу кольцо с бриллиантом, мистер Ричман.

— Как скажете. — Проворными пальцами Ричман вынул кольцо из бархатного футляра и положил на витрину перед Натаном. — Это действительно замечательная вещица.

— А где вы его взяли?

— Уверяю вас, — с видом оскорбленной невинности воскликнул Ричман, — оно попало ко мне абсолютно законным путем!

— Я в этом нисколько не сомневаюсь, — заверил его Натан. — Мне просто интересно, почему такая изящная вещь продается тут, у вас, а не в большом ювелирном магазине.

Ричман понял, что Натан действительно ни в чем его не подозревает, поэтому со вздохом ответил:

— Мне уступила его одна леди. Она переживала в ту пору не лучшие времена, вот и...

— Понятно, — перебил его Натан. — Что ж, кто-то теряет, а кто-то находит... Я беру это кольцо.

Ричман опять уставился на него округлившимися от изумления глазами.

— А вы не хотите сначала узнать, сколько оно стоит? Это самая дорогая вещь в моем магазине.

Натан про себя выругался. Разве можно быть таким неосторожным!

— О, да, конечно, — поспешно проговорил он. — Так сколько вы за него хотите?

— Пятьдесят долларов, — провозгласил Ричман, становясь вдруг очень серьезным.

Пятьдесят долларов! Натан знал, что кольцо это стоит по меньшей мере в десять раз дороже. Если Ричман готов продать его за пятьдесят долларов, то какую же мизерную сумму он заплатил за него Элис?

— Фью-у! — присвистнул Натан, притворяясь потрясенным. — Это большие деньги!

— Вот именно! — строго произнес Ричман и закрыл витрину.

Натан теребил нижнюю губу, всем своим видом показывая, что принимает трудное решение.

— Знаете, мистер Ричман, я все-таки возьму его, — проговорил наконец молодой человек. — Видит бог, моя мать этого заслуживает!

От изумления Ричман чуть не сел на пол, и Натан, глядя на ошарашенного торговца, едва не расхохотался.

— Так вы его берете?! — не веря своим ушам, переспросил хозяин магазина.

— Да, — решительно кивнул молодой человек.

Хирам Ричман был вне себя от радости. Он ведь даже не надеялся продать это кольцо. Ну кто в Биксби купит такую дорогую вещь? Торговец согласился взять кольцо у Элис лишь по одной-единственной причине: он прекрасно знал, что отдать долг ей больше нечем. И потом, этот бриллиант в витрине придавал провинциальному магазинчику некоторую респектабельность...

Ричман и Натан вернулись к деревянному прилавку, на который торговец осторожно положил кольцо.

— Если вы минутку подождете, я подсчитаю, сколько вы мне должны, — деловито произнес хозяин магазина. — Если, конечно, вам больше ничего не нужно.

— Нужно, — заявил Натан.

И секунды две-три с интересом наблюдал, как глаза у мистера Ричмана снова лезут на лоб.

— Да? — почти беззвучно прошептал торговец.

— Мне надо немного клея, — пояснил Натан. — Я разбил вазу и хотел бы ее восстановить.

Услышав столь скромную просьбу, Ричман не смог

скрыть своего разочарования. Он прошел к полке и достал маленькую бутылочку.

— Вот, пожалуйста. Этот клей подойдет.

Затем торговец вооружился карандашом, придвинул к себе клочок бумаги и погрузился в подсчеты.

— Так, это будет... — Он сложил цифры в столбик. — Это будет пятьдесят шесть долларов пятьдесят центов. — Ричман затаил дыхание, не веря, что Натан действительно готов выложить такую кучу денег. Пятьдесят шесть долларов! Это же трехдневная выручка его, Хирама Ричмана, магазина! Неужели этот бродяга так богат?!

Но торговец беспокоился напрасно. Натан вытащил из кармана бумажник и отвернулся, чтобы Ричман не заметил, что бумажник этот туго набит деньгами. Молодой человек достал шестьдесят долларов и протянул их Ричману.

Хирам расплылся в довольной улыбке.

— Упакуйте кольцо как следует, — сказал Натан. — Мне его далеко везти.

— О, не беспокойтесь, мистер Уэллс! — затараторил Ричман. — У меня есть прелестная маленькая коробочка, в ней ваше кольцо будет лежать, как птенчик в гнездышке! Довезете его в целости и сохранности куда угодно!

Натан кивнул и, услышав, как звякнул колокольчик над входной дверью, повернулся посмотреть, кто пришел. Увидев же на пороге Лилиан Андервуд, молодой человек насторожился. А миссис Андервуд вплыла в магазин, словно военный корабль в гавань. К туго перетянутому корсетом животу сия почтенная дама прижимала хозяйственную сумку. Скользнув равнодушным взглядом по Натану, Лилиан проследовала к столику с лентами.

— Доброе утро, миссис Андервуд, — обратился к

ней Ричман. Его голос звенел от радости, и казалось, что торговец вот-вот пустится в пляс.

— Доброе, — буркнула Лилиан. — Мои платья уже прибыли из Далласа?

— Вполне возможно. Я еще не успел разобрать коробки, которые доставили вчера.

— Может, вы займетесь этим сейчас? — раздраженно проговорила женщина. — У меня нынче много дел, и мне некогда бегать к вам по двадцать раз на дню.

— Сию минуту, вот только упакую кольцо мистера Уэллса.

— Кольцо? — Лилиан резко обернулась и уставилась на Ричмана. — Какое кольцо? — Она перевела недоверчивый взгляд на Натана. — Не хотите же вы сказать, что купили кольцо с бриллиантом?

— Вот именно, он его купил! — опередил Натана Ричман.

— Что? — Миссис Андервуд не верила своим ушам. — Бриллиантовое кольцо? Но как, скажите на милость... То есть на какие... — Она не могла больше вымолвить ни слова, лишь беззвучно шевелила губами. Наконец Лилиан совладала с собой: — Должно быть, вы здорово влюбились, молодой человек, если потратили двухмесячный заработок на такую бесполезную вещь!

— Это для его матери, — пояснил Ричман.

Лилиан метнула на торговца красноречивый взгляд, без слов говоривший о том, что ее россказнями об обожаемой мамочке не проведешь. Потом миссис Андервуд подошла к витрине, чтобы удостовериться, что кольца там нет.

— Миссис Андервуд сама давно положила глаз на это кольцо, — доверительно шепнул Натану Ричман.

Натан понимающе кивнул и стал собирать свои покупки.

— Спасибо за помощь, мистер Ричман, — вежливо

сказал он торговцу. — Думаю, что моя матушка будет в восторге.

— Пожалуйста, пожалуйста, мистер Уэллс, — радостно заулыбался Ричман. — Всегда к вашим услугам.

Натан вышел за дверь, а Ричман повернулся к Лилиан Андервуд, сверлившей его злобным взглядом.

— И как же он расплатился за кольцо? — мрачно осведомилась почтенная дама. — Надеюсь, вы не сваляли дурака и не поверили ему в долг? В противном случае вы не получите ни цента! Плакали, плакали ваши денежки!

— О, прошу вас, миссис Андервуд! Я все-таки не настолько глуп! Мистер Уэллс заплатил наличными. Выложил полсотни и, должен вам заметить, даже глазом не моргнул!

Лилиан задумалась:

— А как вы полагаете, откуда у него столько денег? И кому, по-вашему, он подарит это кольцо?

— Ну, вы же слышали, — пожал плечами Хирам. — Он сказал, что покупает его для своей матери.

— Чушь! — презрительно скривилась миссис Андервуд. — Кто это дарит матери бриллиантовое кольцо? А знаете, что я думаю? — Хирам помотал головой: — Я думаю, что кольцо — это плата.

— Плата? — удивился хозяин магазина. — Кому? За что?

— А вы как думаете, кому? — фыркнула Лилиан. — Конечно, этой Элис Грэхем. И, по-моему, вам не надо объяснять, за что.

Ричман наконец понял, куда клонит миссис Андервуд.

— Это, знаете ли, очень серьезное обвинение, — медленно произнес он. — И мне кажется, у вас нет никаких оснований говорить такое о миссис Грэхем.

— Нет оснований? — взвилась Лилиан. — Да вы что?! Весь город знает, кто она такая! А этот молодой человек — конечно же, ее очередной дружок!

— Ну, этого мы не знаем, — покачал головой Ричман. — Так чего же болтать попусту?

Но Лилиан уже невозможно было остановить.

— И знаете, что я вам еще скажу? — возбужденно спросила она и, не дожидаясь ответа, выпалила: — Думаю, что деньги эти — краденые! Откуда это у нищего ковбоя такое богатство? Одно из двух: или выиграл в карты, или украл! Возможно даже, этот человек и ограбил в прошлом году с дружками наш банк! А теперь тратит *наши* денежки на женщин вроде этой Грэхем!

— Помилуйте, миссис Андервуд! — попытался урезонить ее Ричман. — Ну что вы такое придумываете?!

— Мне пора, — отрезала дама и торопливо пошла к дверям.

— А как же ваш заказ? — крикнул ей вслед торговец.

— Мне сейчас не до него, — отмахнулась Лилиан. — Зайду к вам попозже.

— Но, миссис Андервуд!..

— Будьте здоровы, мистер Ричман. И молитесь, чтобы эти полсотни не оказались фальшивыми!

13.

Выйдя из магазина, Натан отправился в городские конюшни — поговорить с Уиллом Джонсоном. Капитан застал Уилла за работой: тот чистил в стойле здоровенного гнедого. Неторопливо приблизившись к приятелю, Натан широко улыбнулся:

— Привет, Уилл, рад тебя видеть.

— О, мистер Уэллс! Как поживаете? — откликнулся Джонсон.

— Нормально, а ты как?

— Прекрасно, просто прекрасно.

— Мы здесь одни? — спросил Натан, беззвучно шевеля губами.

Уилл кивнул и повел Натана в дальний угол конюшни, где стояли маленький столик и походная кровать.

— Добро пожаловать в мои хоромы, — улыбнулся Джонсон и пододвинул Натану единственный стул.

— Мы увидим отсюда, если кто-нибудь войдет?

— Да, но в это время никого обычно не бывает. Все, кому нужны были лошади, уже их взяли. Остались только мой гнедой и старая кляча, на которой я катаю иногда по воскресеньям влюбленные парочки.

— Да, похоже, оба мы живем здесь весьма бурной жизнью, — уныло проговорил Натан.

— Я бывал в местах и похуже, — пожал плечами Уилл. — Конечно, это не то, что гоняться по прерии за бандитами или индейцами, но хорошо хоть, что я оказался здесь при конюшне: люблю лошадей!

— Есть какие-нибудь новости?

— Никаких... — помотал головой Уилл.

— А что слышно от майора?

— Молчит как рыба.

— Черт! — выругался Натан, стукнув кулаком по коленке. — Если еще два-три дня ничего не произойдет, буду просить майора вытащить нас отсюда.

— Надоело чинить заборы, а? — ехидно улыбнулся Уилл.

Натан вскинул голову:

— А тебе кто сказал, что я чиню заборы?

— Видел инструменты у тебя в повозке, — ответил Уилл.

— Да уж, — махнул рукой Натан, — я решил, что лучше поправить изгородь, чем сутками валяться на сене в сарае и плевать в потолок. А работы на ферме у Грэхемов, кстати сказать, непочатый край!

— Да, я слышал. Ред сказал мне, что тебе не понравилась вдова. Как он выразился, «колючая штучка», — с сочувствием проговорил Уилл.

— Так и есть, — подтвердил Натан. — Но сейчас она вроде бы немного успокоилась. По крайней мере, теперь, завидев меня, она уже не убегает с криками и визгом.

Уилл громко расхохотался и плюхнулся на свою походную кровать.

— Черт, Натан, я ничего не понимаю! — воскликнул он. — Никогда не видел, чтобы женщины, завидев тебя, разбегались с криками и визгом! По-моему, обычно ты сам с воплями удираешь от них.

— На этот раз все наоборот, — ухмыльнулся Натан.

— Вот мегера!

— Да нет, никакая она не мегера. Просто в последние годы ей пришлось несладко. Муж умер, братец связался с бандитами и втянул ее в это дело с ограблением... А у нее на руках маленький ребенок, которого она растит одна...

— Да она тебе как будто нравится?!

Натан молча пожал плечами.

— Только не увлекайся ею слишком сильно, — предостерег его Уилл. — Сам знаешь, как смазливые бабенки обводят нашего брата вокруг пальца. А я слышал, что эта вдовушка как раз из таких.

— А ты что, начал верить сплетням?

Уилл с интересом посмотрел на Натана.

— Натан, старик, по-моему, ты втрескался в эту леди.

— Не говори глупостей, — рассердился Натан. — Ни в кого я не втрескался. Просто мне противно, что о ней здесь распускают гнусные слухи.

— Ну знаешь... Нет дыма без огня! Она сказала тебе, кто отец ее ребенка?

— Нет, — буркнул Натан.

— А ты спрашивал? — не отставал Уилл.

Натан заерзал на стуле.

— Слушай, Уилл, перестань! Ну что ты ко мне привязался?!

— Ага, — удовлетворенно протянул Уилл. — Значит, ты все-таки ее спрашивал? И, судя по всему, она тебе так ничего и не сказала, верно?

Раздосадованный, Натан скрипнул зубами:

— Думаю, что никто не вправе совать нос в дела миссис Грэхем. Ни ты, ни я, ни почтенные обитатели здешних мест. Боже, как я ненавижу эти маленькие городки! Тут каждый считает, что должен знать все обо всех вокруг! Городок в Колорадо, где я вырос, точно такой же. Поэтому я и уехал оттуда.

— Представляю себе это местечко! Там небось только и разговоров было что о такой богатой и влиятельной семье, как ваша!

— Да уж, — мрачно вздохнул Натан. — А что касается миссис Грэхем... Я думаю, люди напрасно судят ее так строго. По-моему, они многого не понимают...

Уилла опять разобрал смех.

— Ну вот! Я же говорю, что ты втрескался!

Натан зло глянул на друга:

— Сколько же в тебе дерьма, Уилл! Всегда было и всегда будет!

Грубость Натана, казалось, еще больше развеселила Уилла.

— Может быть, может быть, — радостно согласился он. — Но влюбленного я всегда и везде узнаю с первого взгляда!

Натан почувствовал, что с него хватит. Он встал и буркнул:

— Мне пора. Не хочу надолго оставлять вдову одну. Вдруг на ферму нагрянут бандиты?

Уилл тоже поднялся.

— Ты заглянешь перед отъездом в салун? — вкрадчиво осведомился он.

— Да нет, а зачем?

— Ну, я слышал, что та маленькая официанточка, Дейзи Флинн, считает тебя красавчиком.

— Господи! Какая чушь! Ну откуда ты это взял?! Я даже не знаю, кто такая эта Дейзи Флинн!

— Да знаешь, знаешь. Помнишь, мы как-то были там вместе? Та рыжая крошка, что принесла тебе пива. Потом она сказала мне, что в жизни не видела такого красивого мужика. Да все женщины так считают.

— «Старый развратник Уэллесли» — да, это я, ладно. Но они сами бросаются мне на шею!

— Вот именно! И стоит тебе зазеваться, как одна из них вцепится в тебя намертво. — Уилл завистливо вздохнул. — Эх! Я бы на твоем месте чертовски гордился такой красивой рожей! Хотел бы я выглядеть так же!

Натан уже забыл, что минуту назад злился на Уилла. С симпатией посмотрев на приятеля, капитан грустно проговорил:

— Я кое-что скажу тебе, Уилл. Красивое лицо вовсе не облегчает жизнь. Скорее наоборот!

— Ну, конечно, кто же в этом сомневается! — ухмыльнулся Джонсон.

— Я серьезно, Уилл! Оно мне здорово мешает.

Уилл засунул руки в карманы брюк и с интересом посмотрел на Натана:

— Как это, ну-ка, объясни?

— Ну, во-первых, все тебя сразу запоминают, а в нашем деле это совершенно ни к чему.

— Ну предположим... И все-таки я предпочел бы, чтобы меня узнавали все окрестные бандиты — пусть только женщины смотрят на меня так, как на тебя!

Натан понял, что втолковать невзрачному Уиллу Джонсону, сколько хлопот может доставить красивое лицо, ему не удастся. Поэтому капитан пожал плечами и двинулся к выходу.

— Пока, Уилл, — бросил Натан через плечо. — Если понадоблюсь, ты знаешь, где меня найти.

— Конечно, Нат, я тебя разыщу. Выслежу тебя по ямам, которые ты выроешь своим заступом.

Натан не обернулся, но Уилл видел, что, когда капитан взбирался на высокие козлы своей повозки, плечи его сотрясались от смеха.

Уилл вздохнул и привалился спиной к стене.

— Хоть на денек бы стать таким красавцем, как Нат, — пробормотал он. — Уж я бы своего не упустил!

«По-моему, ты втрескался в эту леди».

Вспомнив ехидные слова Уилла, Натан разозлился и изо всех сил хлестнул свою лошадь вожжами по крупу. Даже самому себе не желал Натан признаваться в том, что Уилл, похоже, недалек от истины.

До сих пор Натан старался не задумываться о том, какие же чувства вызывает у него Элис. Он убеждал себя, что просто жалеет ее. Да, это обычное сострадание, и ничего больше. Она славная женщина... А слухи? Да мало ли что болтают люди! Но теперь Натан вдруг испугался: не были ли его чувства куда более сильными и глубокими, чем он готов был признать? Конечно, были, и на самом деле он прекрасно это понимал.

— Ты похотливая скотина, — проворчал он. — Однажды ты сжимал ее в своих объятиях, тебе это очень понравилось, и теперь ты мечтаешь, чтобы это повторилось. Это просто... зов плоти! Если ты поедешь в город и найдешь себе женщину на ночь, то сразу успокоишься и забудешь обо всех этих глупостях!

Но Натан отлично знал, что обманывает самого себя. У него было немало женщин, и все-таки стоило ему лишь закрыть глаза, как перед его внутренним взором возникало лицо Элис. Когда же Натан позволял себе погрузиться в сладостные грезы, он сразу ощущал нежные пальцы Элис на своей коже. И именно поэтому он угрохал почти всю свою наличность, выкупив кольцо миссис Грэхем.

Вспомнив о кольце, Натан дотронулся до жилетного кармана. Оно было там, в целости и сохранности. Натан улыбнулся, но улыбка быстро сползла с его лица, когда он подумал о том, как трудно будет отдать кольцо Элис. Не может же он просто войти в дом и положить на стол этот бриллиант! Элис наверняка откажется его взять. А если даже и возьмет, то решит, что теперь должна чем-то отплатить Натану. Ну и что хорошего он сделал, купив это кольцо?

— Может, и ничего, — вслух произнес он. — Так и будешь таскать его в кармане до конца своих дней — если его не стянет у тебя какой-нибудь воришка.

Но почему-то Натан не жалел, что выкупил кольцо Элис у Ричмана.

Рейнджер покачал головой и повел широкими плечами.

— Знаешь, Уэллесли, твои братья правы, — пробурчал он. — Не такой уж ты отчаянный парень, каким хочешь казаться.

Элис стояла в дверях и исподтишка разглядывала Натана. Солнце играло в его белокурых волосах, и даже отсюда Элис видела, как блестит в знойных лучах его влажная кожа. Из-за жары он работал по пояс голый, и на это стоило посмотреть!

Женщину охватила истома. Элис понимала, что, как бы она ни относилась к Натану Уэллесли, более красивого мужчины она в жизни не видела — да, похоже, и не увидит. До сих пор Элис просто не позволяла себе этого замечать. Но только до сих пор... Сейчас же от вида его обнаженной мускулистой груди в ней поднялась волна желания, и она ничего не могла с собой поделать. На нее вдруг нахлынули воспоминания, которые она почти два года загоняла в самые дальние уголки своей души. Элис смотрела, как он работает, как напрягаются и расслабляются мышцы рук, груди, живота...

«Прекрати! — строго сказала она себе. — Непристойно пялиться на полуголого мужчину».

Элис резко повернулась и ушла в кухню, где принялась бездумно переставлять миски и чашки и протирать и без того сухие и чистые тарелки. Почти не сознавая того, что делает, она подошла к окну и посмотрела на Натана. Он все еще был там. Все еще работал. И все еще выглядел потрясающе.

— Лимонад! — вдруг воскликнула Элис. — Ему наверняка хочется холодного лимонада!

Она быстро спустилась в погреб. Войдя в прохладный полумрак, вынула из маленькой корзинки два лимона и заспешила назад к лестнице. Элис и сама не могла понять, почему решила потратить два драгоценных плода на то, чтобы доставить удовольствие этому мужчине. В конце концов она решила, что раз уж взяла лимоны, то надо пустить их в дело.

Через десять минут Элис вышла из дома с кувшином холодного сладкого напитка в одной руке и со стаканом в другой.

Натан увидел ее и прервал работу. Он положил заступ и рукой отер пот со лба.

— Я подумала, что вы, должно быть, хотите пить, — тихо сказала Элис.

— Да, жарковато становится, — кивнул Натан.

Надеясь, что он не заметит, как дрожат у нее руки, она наполнила стакан золотистой жидкостью и протянула его Натану.

— Лимонад? — спросил он и улыбнулся, отчего у нее сразу подогнулись колени.

— Да, — севшим голосом ответила она. — Вы любите лимонад?

— Обожаю, — заявил Натан и одним махом осушил стакан. — М-м-м, как вкусно! — Облизнувшись, рейнджер протянул ей стакан, чтобы она налила еще.

Элис молча наполнила стакан. Натан сделал еще один большой глоток и оглянулся на дом.

— А где Колин?

При упоминании о сыне Элис сразу насупилась.

— Спит, — коротко ответила она. — А зачем вы роете эти ямы?

— Хочу сделать загон, — объяснил Натан.

Элис подумала, что на ферме полно куда более важных дел. Ну зачем ей загон?! Вон курятник совсем развалился, так почему бы не поправить его?

Натан перехватил ее озадаченный взгляд:

— Я видел неподалеку небольшой табун мустангов. Ну и подумал, что сумел бы поймать несколько штук. Если вы их продадите, то сможете заработать немного денег.

— Вы делаете это для меня? — не поверила своим ушам Элис.

— Ничего лучше я не придумал, — смущенно пожал плечами Натан.

— Но я не могу просить вас о таком одолжении!

Натан отдал ей пустой стакан и посмотрел на ямы.

— Вы и не просили, — коротко произнес он, — именно потому я это и делаю.

Задохнувшись от обиды, Элис резко повернулась на каблуках и ушла в дом. Она влетела в комнату, со стуком поставила пустой кувшин на стол и злобно воззрилась на свои дрожащие руки. Ну что он за человек такой?! Стоит ей заговорить с ним по-хорошему, как он сразу все портит! Казалось бы, решил ей помочь, делает доброе дело — и тут же заявляет, будто взялся за это только потому, что она его не просила.

— Нет, это невыносимо! — процедила Элис сквозь зубы. — Невыносимый человек, невыносимое положение! И пусть он перестанет спрашивать меня о Колине! Это не его дело!

Натан подставил голову под струю воды, стараясь охладить пылающее лицо.

«Ты упрямый осел, — в полном отчаянии ругал он

себя. — Она принесла тебе лимонад, пыталась завязать разговор, а ты взял да и оскорбил ее!»

Он потряс головой, во все стороны разбрызгивая воду. Ну почему он ведет себя с Элис как последний болван? Ведь обычно он весьма галантен — да и вообще воспитан неплохо, но рядом с ней превращается в неотесанного грубияна. Почему?

«Да потому, что ты влюбился в нее и это пугает тебя до смерти!» — со злостью подумал он.

Натан запрокинул голову и уставился в выцветшее небо.

— Ты втрескался в нее, — вслух произнес он. — Уилл прав. Ты просто одурел от любви.

Возразить на это было нечего, да Натан и не пытался. Впервые за свои двадцать семь лет он по-настоящему влюбился. Влюбился в женщину, которая не доверяет ему, злится на него, да еще и утверждает, что его боится. В женщину, с которой он провел всего одну грозовую ночь и которая на следующее утро выставила его за дверь, заявив, что ночь эта была нелепой ошибкой и что они должны немедленно о ней забыть. В женщину, которая мечтает лишь о том, чтобы он, Натан, поскорее исчез из ее жизни и никогда больше не возвращался в этот дом.

Криво улыбаясь, Натан взял полотенце и принялся вытирать лицо и шею.

— Отлично, Уэллесли. Похоже, ты здорово влип!

В задумчивости он побрел в сарай и замер у стойла своего скакуна.

— Вот бы повеселился мой брат Джефф, если бы увидел меня сейчас! — сообщил Натан коню, который жевал сено, тревожно косясь на хозяина. — Он вечно талдычил, что, когда я влюблюсь, это будет настоящий цирк! И ведь даже не представлял себе, подлец, что попадет в точку!

14.

Натан шел через двор, держа в руках поднос с пустыми тарелками. Обычно рейнджер, позавтракав, просто оставлял поднос у ворот сарая. Но сегодня утром Натану нужно было съездить в Биксби за проволокой, и он решил пригласить с собой Элис. Натан понимал, что делать этого, возможно, и не стоит, особенно если учесть, что думал он сейчас отнюдь не о том, как лучше защитить вдову от бандитов. Да, наверное, не надо бы звать Элис с собой, но очень уж ему хотелось провести день вместе с ней.

Однако, войдя в дом, Натан едва не выругался с досады. Он увидел, что Элис усаживает Колина в заплечный мешок. Ясно было, что она вот-вот уедет по своим делам.

— Куда это вы собираетесь? — не сдержавшись, с порога спросил он.

Элис вскрикнула от неожиданности и резко обернулась.

— Никогда так не подкрадывайтесь ко мне! — сердито прошипела женщина. — Вы меня до смерти напугали!

— Извините, — угрюмо сказал Натан. — Так куда вы собираетесь?

Элис насмешливо посмотрела на него. Не похоже было, что он извиняется. Было похоже, что он бесится.

— Уезжаю, — коротко ответила она и снова склонилась над сыном.

— Навестить друга?

— Да.

— Хорошо, — как можно спокойнее сказал Натан.

— Хорошо? — удивилась Элис.

— Ну да, я ведь поеду вместе с вами, — решительно заявил рейнджер.

— Нет! Вам нельзя! — не на шутку встревожилась Элис.

— Это почему же?

— Капитан Уэллесли! Ну сколько можно повторять одно и то же? Я вам тысячу раз объясняла, что должна навещать...

— Должны? — перебил ее Натан. — Раньше вы не говорили, что *должны*! Вы говорили, что *хотите*.

Элис прикусила губу, злясь на себя за эту досадную оговорку.

— Ну, не то чтобы должна, но я не ездила к своей подруге почти неделю и не хочу, чтобы она стала беспокоиться.

— А почему она должна беспокоиться? — прищурился Натан. — Вы рассказали ей о том, что здесь происходит?

— Нет, — солгала Элис. — Конечно же, нет.

— Тогда с чего бы ей беспокоиться?

Элис судорожно пыталась придумать хоть какой-нибудь правдоподобный ответ.

— Потому что обычно я навещаю ее хотя бы раз в неделю. Если меня долго не будет, она может начать волноваться.

— А почему она никогда не приезжает сюда?

— Ну... просто не приезжает, и все.

— Но почему? — недоумевал Натан.

— Потому! — Элис торопливо прошла в кухню, чтобы хоть на несколько минут спрятаться от его вопросов.

Натан проследил за женщиной взглядом и заметил, что она нервно теребит в руках подол платья.

— Знаете, миссис Грэхем, — со вздохом проговорил рейнджер, — мне по-прежнему кажется, что вы что-то скрываете от меня. Вот я и думаю, что проще будет поехать с вами и разобраться во всем самому.

Элис повернулась к нему, ее глаза гневно сверкнули.

— Прекрасно! — выпалила она. — Давайте! Может,

на этот раз вам даже удастся удержаться в седле и вы не угодите головой в птичье гнездо!

Увидев, что Натан вспыхнул от смущения, Элис осеклась.

— Ой, простите, — сокрушенно сказала она, — мне не надо было этого говорить.

— Да ладно, — пожал плечами Натан. — Ну сбросила меня лошадь... Что ж... Бывает! Это случается даже с самыми лучшими наездниками. Хотя я думаю, что выглядел тогда действительно глупо.

Слова Натана обезоружили Элис. Она смотрела на него и понимала, что не сможет удержать его от поездки к Линн. А ведь ей, Элис, совсем не хотелось, чтобы он продолжал думать, будто она от него что-то скрывает. Поэтому она решила рассказать ему правду. Женщина вытащила Колина из заплечного мешка и села за стол, посадив малыша к себе на колени.

— Ладно, капитан, ваша взяла, — устало произнесла она. — Я расскажу вам о своей подруге.

Натан постарался скрыть изумление. Он сел за стол напротив Элис и приготовился слушать.

— Ее зовут Линн Поттер, — медленно начала женщина. — Мы знаем друг друга с детства. А когда выросли... Линн вышла замуж, родила дочь... Но в прошлом году у них на ранчо вспыхнул пожар. И муж, и ребенок Линн погибли в огне.

Натан молча слушал.

— Линн долго страдала от ожогов... И хотя теперь она поправилась, на лице у нее остались шрамы. — Элис сглотнула. Комок в горле мешал ей говорить, но она упорно продолжала: — Линн была красивая, и... и сейчас ей очень тяжело.

Натан кивнул и приготовился слушать дальше. Но Элис замолчала, и он спросил:

— Ну и?..

— Ну и она стала затворницей. Она никогда не покидает свою ферму, да и из дома выходит редко. Я —

единственная ниточка, которая связывает ее с внешним миром. Я езжу к ней раз в несколько дней, привожу ей продукты и все, что нужно, из города. Я — единственный человек, с которым она видится.

— Почему вы не рассказывали мне этого раньше?

Элис опустила глаза:

— Потому что я боялась, что вы мне не поверите. Что будете настаивать на том, чтобы самому увидеть Линн.

— А если я так и сделаю?

— Нет! — воскликнула Элис, прижав руки к груди. — Она этого не перенесет. Вы не можете себе представить, что она чувствует, когда люди смотрят на нее!

Натан понимающе кивнул

— И вы утверждаете, что она ничего не знает ни обо мне, ни о том, зачем я здесь?

— Ну, — замялась Элис, — в общем...

— Вы ей все рассказали, — догадался Натан.

— Да, — потупясь, прошептала женщина.

Рейнджер чуть не выругался от злости. Он вскочил на ноги и забегал по комнате, схватившись за голову и ероша руками свои густые волосы.

— Это было не слишком умно, Элис, — наконец заговорил он. — Вас просили никому ничего не рассказывать! Даже если об этом деле узнает еще хоть один человек, мы с вами можем оказаться в большой опасности.

— Но Линн никому ничего не скажет! Она же все прекрасно понимает! Да и не видится она ни с кем, кроме меня, — оправдывалась Элис. — Кому она может выболтать ваш секрет?

Натан остановился и устремил на Элис мрачный взгляд:

— Давайте представим себе на минутку, что бандиты наблюдают за нами. Они знают, что раз в три-четыре дня вы ездите к своей подруге. Как вы думаете, не решат ли они, что миссис Поттер — легкая добыча? Ведь эта женщина для них — просто клад!

Элис невольно крепче прижала к себе Колина.

— Клад? — испуганно прошептала она. — Какой клад?

— Клад познаний о нас с вами, дорогая моя миссис Грэхем! — проревел Натан, не в силах больше сдерживать свои эмоции. — Предположим, что они решат выяснить, кто я такой и почему тут околачиваюсь. Так кого же им спросить об этом, как не вашу лучшую подругу? Они, естественно, будут считать, что раз вы так близки, то ей все про вас отлично известно. И они ведь будут правы, не так ли?

Элис потерянно кивнула.

— Значит, — продолжал капитан, — они заявятся к ней, начнут задавать вопросы — и, уж поверьте мне, деликатничать с ней они не будут.

Элис прижала дрожащую руку к губам и с ужасом уставилась на Натана.

— Нет! Они не причинят ей зла! — простонала она.

— Вы так думаете? — мрачно усмехнулся рейнджер. — Вы что, и правда так наивны? Ведь мы с вами говорим не об учениках воскресной школы, миссис Грэхем. Эти люди закоренелые преступники! И они уверены, что их деньги спрятаны у вас. А они, между прочим, считают эти деньги своей законной добычей! Неужели вы не понимаете, что, посвятив свою подругу в это дело, вы тем самым подвергли ее смертельной опасности?

Элис закрыла глаза. По щекам у нее катились слезы.

— Мне это и в голову не пришло, — прошептала она. — Мне просто хотелось с кем-нибудь поделиться, а Линн умеет хранить тайны.

— Под дулом револьвера, знаете ли, люди обычно не склонны хранить чужие секреты.

— О боже! — простонала Элис. — Что же мне делать?

— Пока ничего. Будем надеяться, что все обойдется. Однако очень жаль, что вы выболтали наш секрет своим приятелям. Мы ведь не в игрушки играем.

Элис вскинула голову и вызывающе посмотрела на него:

— Я знаю, что не в игрушки! И я ничего не выбалтывала своим приятелям. Тем более что никаких *приятелей* у меня нет. Единственная моя подруга — Линн.

Хоть Натан и был зол как черт, признание Элис тронуло его. Взгляд рейнджера смягчился.

— Вы можете поклясться, что рассказали обо всем только ей одной?

Элис прямо посмотрела ему в глаза:

— Да, клянусь, что доверила тайну только Линн.

Натан с облегчением вздохнул.

— Ну ладно, — пробурчал он. — Если нам повезет, бандиты не сообразят заглянуть к вашей подруге. Похоже, слухи о том, что деньги спрятаны у вас на ранчо, до них еще не дошли, а это хорошо.

— Надеюсь, — сказала Элис дрогнувшим голосом. — Потому что, если с Линн из-за меня что-нибудь случится, я покончу с собой.

— Не сходите с ума, леди, — нахмурился Натан. — Я позабочусь о безопасности миссис Поттер. Кто-нибудь из моих людей будет присматривать за ней.

— Она никогда не согласится на это, — покачала головой Элис. — Говорю вам, она вообще ни с кем не видится — и, уж конечно, не пустит незнакомого человека к себе на ферму.

— А нам и не нужно, чтобы кто-то сидел у нее на ферме, — объяснил Натан. — Я просто прикажу комунибудь каждый день проезжать мимо дома миссис Поттер и следить, не творится ли там чего подозрительного.

— Она и этого не позволит.

— Черт возьми, Элис, у нее нет выбора! — взорвался Натан. — Я не могу допустить, чтобы все дело провалилось из-за того, что какая-то женщина слишком много думает о своем лице!

Настал черед Элис возмутиться.

— Это жестоко! — воскликнула она. — Линн пережила страшное потрясение! Вы что, не понимаете?! Она потеряла и мужа, и ребенка, не говоря уж о том, что чуть не погибла сама. Как подумаю, сколько она выстрадала... Сколько горя и боли выпало ей на долю... Как вы смеете рассуждать о ней как о легкомысленной пустышке, которая прячется от людей только потому, что красота ее слегка поблекла?! Да Линн — самая сильная, самая храбрая женщина на свете!

Натан поднял руки, сдаваясь.

— Ну хорошо, хорошо, я извиняюсь, — примирительно произнес он. — Я ничего такого не имел в виду. Но раз уж мне теперь известно, что миссис Поттер в курсе всех наших дел, я просто обязан принять меры, чтобы защитить ее, а значит, и всех нас.

— Кого это «всех нас»? — удивленно воззрилась на него Элис. — Разве, кроме меня и вас, есть кто-то еще?

— У меня есть еще два человека в городе, — коротко объяснил Натан. — Кто они, вам знать не обязательно.

— Простите, капитан, но как раз обязательно! Я была бы вам очень благодарна, если бы вы сказали мне, кто те люди, которые вам помогают?

Натан почувствовал, что с него хватит, и резко встал из-за стола. Рейнджер подошел к буфету и изо всех сил вцепился в край полки, пытаясь сдержаться.

— Послушайте, — сказал он напряженным тоном, — чем меньше вы будете знать, тем лучше для вас, поэтому перестаньте задавать мне ненужные вопросы. Я сказал вам, что отвечаю за все! От вас же мне нужно только одно: дайте честное слово, что ни с кем не будете впредь разговаривать на эту тему. И *никто*, я повторяю, *никто* больше не узнает, кто я такой и что здесь делаю.

Услышав, что голос Натана дрожит от ярости, Элис благоразумно решила прекратить спор.

— Я никому ничего не скажу, — смиренно произнесла она. — Обещаю!

— Хорошо, — удовлетворенно кивнул Натан. — А теперь я хотел бы, чтобы вы навестили миссис Поттер, как и собирались. Объясните ей, что я все знаю и что мой человек будет теперь наблюдать за ее фермой. И если миссис Поттер заметит хоть что-нибудь подозрительное, ей нужно сразу же сообщить об этом моему парню.

Элис открыла было рот, чтобы возразить, но Натан не дал ей произнести ни слова.

— Не говорите мне, что она на это не пойдет. Очень вам советую: убедите ее помочь нам. Вы ведь сами втянули ее в это дело, вот теперь и извольте объяснить ей, какая страшная опасность ей грозит.

Элис закрыла рот и кивнула.

— И еще я хотел бы, чтобы вы сказали ей, что впредь будете навещать ее только вместе со мной.

— Но...

— Никаких «но», Элис. — Натан поднял руку, останавливая поток возражений, который готов был пролиться с уст женщины. — Возможно, нам пока повезло и бандиты не пронюхали о вашей дружбе с миссис Поттер, но давайте не будем больше искушать судьбу. Пока это дело не закончится и негодяи не окажутся в тюрьме, вы не будете без меня ездить к ней. Вы меня поняли?

Элис не отвечала.

— *Вы поняли меня?* — строго посмотрел на нее Натан.

— Да, — выдохнула она, опустив глаза.

— И не будете поступать мне наперекор?

— Не буду, — буркнула Элис.

— Хорошо. А теперь мы сделаем вот что. Во-первых, скажите мне, где именно живет миссис Поттер. Потом отправляйтесь к ней, а я поеду другой дорогой и понаблюдаю за ее фермой, пока вы будете там. Не уезжайте слишком рано. Пусть все будет как всегда. Посидите, поговорите... Расскажите подруге, о чем мы тут с вами толковали, и объясните ей, что она *должна* согласиться нам помочь.

Элис закрыла глаза. Господи! Разве Линн позволит незнакомому мужчине крутиться возле ее дома и изо дня в день пялиться на нее?! Да никогда в жизни! Как же ей, Элис, уговорить подругу? Если только попытаться объяснить Линн, в какой опасности они все находятся...

— Вам все ясно? — строго спросил Натан.

— Да.

— И вы все сделаете, как я сказал?

— Да.

— Ладно, — удовлетворенно кивнул рейнджер. — А теперь, если вы с малышом готовы, я пойду приведу вашу лошадь.

Элис с трудом поднялась со стула: ноги не слушались ее.

— Да, мы уже можем ехать, — неуверенно проговорила она.

Рейнджер пошел к двери, но на пороге остановился, услышав тихое:

— Натан!

Он повернулся и выжидающе посмотрел на Элис.

— Извините меня, — все так же тихо проговорила она. — Я не должна была ничего рассказывать Линн. Я просто... не подумала.

— Да ладно, — ободряюще улыбнулся Натан. — Все обойдется.

И он пошел к сараю, натягивая на ходу перчатки и размышляя о том, что сам не верит собственным словам.

Линн Поттер мяла в ледяных руках носовой платок и умоляюще смотрела на Элис.

— Я не могу, дорогая. Я просто не могу. Это же значит, что мне придется разговаривать с этим человеком каждый день! Нет, я этого не вынесу! Прости, но лучше уж я встречусь с этими бандитами. Я обещаю, что, если они появятся здесь и будут допрашивать меня, я не скажу им ни слова.

— Линн, пожалуйста! — умоляла Элис. — Ну откуда ты знаешь, как поведешь себя, если они станут тебя бить?! Я не переживу, если из-за моей глупости, из-за моей дурацкой болтливости с тобой что-нибудь случится!

— Будь что будет, — упрямо повторила Линн.

Элис поняла, что все ее уговоры напрасны, и стала лихорадочно искать слова, которые все-таки заставили бы Линн согласиться. Тут взгляд Элис упал на Колина, который сидел у нее на коленях. И она поняла, что вот он — решающий довод. Ей претила мысль о том, чтобы играть чувствами Линн, беззастенчиво используя ее любовь к Колину, но другого выхода не было.

— Линн, прошу тебя, — тихо сказала Элис, — если тебя не волнует собственная безопасность, то подумай хотя бы о Колине. Капитан Уэллесли сказал, что эти негодяи способны на все. Они ни перед чем не остановятся! Они могут похитить ребенка, чтобы заставить нас с тобой заговорить. Если ты не согласишься помогать рейнджерам только потому, что стыдишься своих шрамов, ты поставишь на карту три жизни — мою, свою и этого малыша.

— Ох, Элис, — простонала Линн, — что ты со мной делаешь! А может, ты... Может, ты отправишь куда-нибудь Колина? На время?

— Господи! Да куда же мне его отправить? — развела руками Элис.

— Не знаю. Может, к его отцу? Я понимаю, ты не поддерживаешь с ним никаких отношений, но кто бы этот человек ни был, он, конечно же, не откажется забрать своего сына, если услышит, что ребенку грозит опасность!

Элис судорожно вздохнула, понимая, что придется

открыть подруге и эту тайну. Опустив голову, женщина произнесла:

— Мне некуда отправлять Колина. Его отец здесь!

Линн посмотрела на ребенка, а потом изумленно уставилась на Элис.

— Что ты хочешь этим сказать?

— Капитан Уэллесли — отец Колина.

— Ч-что?!

— Натан Уэллесли — отец Колина, — спокойно повторила Элис.

— Ничего не понимаю, — ошарашенно затрясла головой Линн. — Так ты познакомилась с этим рейнджером раньше? Еще до того, как он приехал защищать тебя? Но когда?.. Где?.. А ему известно, что Колин — его сын? Почему, ради всего святого, он не женится на тебе?

Несмотря на свое ужасное состояние, Элис не смогла сдержать улыбки.

— Я встретилась с капитаном Уэллесли года полтора назад. Он случайно заехал ко мне. Собиралась гроза, вот он и попросился переночевать. А наутро уехал. Мы провели вместе лишь несколько часов. Он не знает, что Колин — его сын. — На миг остановившись, Элис торжественно посмотрела на Линн. — И никогда не узнает! Между нами ничего не было, нет и быть не может. А то, что произошло той ночью, — просто временное помешательство. Безумие. Помрачение рассудка.

— Бедняжка моя! — воскликнула Линн. — Но почему ты мне ничего не сказала?

— Мне было стыдно, — призналась Элис. — Что бы ты обо мне подумала, если бы услышала, что я позволила мужчине...

— *Позволила?* — перебила ее Линн. — Так он *не принуждал* тебя?

— Нет, — покачала головой Элис. — Он меня не принуждал. Я была одна и очень испугалась. Той ночью разразилась страшная гроза, а ты знаешь, каково мне видеть молнии... Он утешал и успокаивал меня, а потом мы оба потеряли голову...

— Ш-ш-ш! — Линн встала, подошла к Элис и положила руки ей на плечи. — Ничего больше не говори. Я все понимаю.

— Понимаешь? — Элис подняла на Линн умоляющий взгляд. — Правда?

— Да, правда, — нежно промолвила Линн. — Вспомни, Элис, я ведь тоже вдова. Я знаю, что такое каждый вечер ложиться в холодную постель и засыпать в одиночестве. Будь я на твоем месте да окажись грозовой ночью в жарких объятиях красивого незнакомца... Что ж, я поступила бы так же, как и ты.

— Это было сумасшествие, — прошептала Элис. — Наутро я даже не могла поверить, что все это произошло на самом деле. А потом, когда он уехал, единственное, чего я хотела, — это поскорей все забыть. Но оказалось, что я беременна, и забыть все не получилось.

— А после этого ты его больше не видела?

Элис покачала головой:

— Нет, до прошлого месяца, когда он вдруг появился у меня на пороге и заявил, что его прислали охранять меня.

Линн опять села на свой стул и стала машинально стряхивать крошки со стола.

— Видно, сама судьба свела вас вместе, — задумчиво проговорила она.

— Судьба здесь ни при чем, — возразила Элис. — Нас свела суровая рука закона.

— Ну, в общем, что-то свело, — пожала плечами Линн. — А теперь, когда он вернулся, не считаешь ли ты, что надо сказать ему про Колина?

— Нет! — резко ответила Элис. — Он не должен ничего знать. Если ему станет все известно... он может чего-нибудь потребовать. Вдруг он захочет видеться с Колином? Или решит показать его своим родным?

Нет, я никогда этого не допущу! Колин мой. И только мой.

Линн неодобрительно покачала головой, но спорить с подругой не стала.

— Ладно, если ты ничего ему не скажешь, он никогда и не узнает... Колин так похож на тебя, что фамильных черт папаши в нем никто не разглядит.

— Ты будешь смеяться, но Колин похож не на меня, — со вздохом произнесла Элис. — Он — точная копия своего отца.

— Да что ты такое говоришь! — запротестовала Линн. — Эти светлые волосы, эти голубые глаза... На тебя он похож, на тебя.

— Не совсем. У капитана Уэллесли волосы светлые, и глаза у него голубые — у Колина точно такие же, а вовсе не зеленые, как у меня. К тому же у мальчика его рот и подбородок. Удивляюсь, что Натан до сих пор этого не заметил.

Услышав, что Элис назвала капитана Уэллесли по имени, Линн вскинула брови.

— Ну, ты знаешь, как мужчины относятся к детям, — с усмешкой проговорила она. — Мне иногда кажется, что они даже не понимают, что это их плоть и кровь. Но меня немного удивляет другое. Неужели капитан Уэллесли даже не предполагает, что Колин может быть его сыном?

— Да нет, сначала он подозревал, — призналась Элис. — Он, прямо скажем, несколько удивился, увидев Колина, и сразу спросил, сколько ему. Но я соврала и прибавила пару месяцев.

До Линн не сразу дошел унизительный смысл этой лжи.

— Погоди, значит, капитан Уэллесли полагает, что ты...

— ...уже была беременна, когда мы были вместе, — закончила за нее Элис. — Да, я уверена, что именно так он и думает. И, как весь город, считает меня бог весть кем. Но пусть уж лучше видит во мне гулящую девку, чем докопается до правды.

Линн сочувственно кивнула.

— И чем быстрей они поймают этих грабителей, — продолжала Элис, — тем быстрей он уедет отсюда. И тогда все останется в тайне. Вот почему так важно, чтобы ты помогла ему, Линн. Я знаю, что прошу слишком многого, и ужасно сожалею, что втянула тебя в эту историю, но мне действительно необходимо, чтобы ты разрешила одному из рейнджеров покрутиться тут пару минут в день. Пожалуйста, Линн, скажи, что ты согласна!

Линн с отсутствующим видом смотрела в окно, машинально поглаживая пальцами шрам, пересекавший ее щеку.

— Ладно, — наконец произнесла миссис Поттер. — Я помогу тебе. Скажи капитану, что он может прислать сюда своего человека. Я буду сообщать ему обо всем, что увижу и услышу. Но, пожалуйста, Элис, предупреди его насчет моего лица. Я не вынесу, если он в ужасе отшатнется от меня.

Элис с любовью смотрела на подругу, понимая, чего той стоило это решение. По лицу Элис потекли слезы. Она протянула руку и погладила Линн по изуродованной щеке.

— Спасибо, — прошептала Элис. — Я тебе так благодарна! Ты и вправду самый лучший человек на свете!

15.

Когда Элис вернулась, Натан был уже дома и ждал ее.

— Что сказала миссис Поттер? — спросил он, помогая ей слезть с повозки.

— Она сказала, что позволит одному из ваших людей приезжать к ней. Она совершенно не в восторге от этого, но все-таки согласилась...

— Возможно, сейчас она и не в восторге, — проворчал Натан, — но она будет чертовски счастлива, когда мой человек защитит ее от банды головорезов. — Он взял лошадь под уздцы и повел ее к сараю.

— Хотите есть? — спросила Элис. — Я приготовила жаркое...

— Я всегда хочу есть, — ответил Натан, — и обожаю ваше жаркое...

Элис было приятно услышать эту неожиданную похвалу. Улыбаясь, женщина заспешила в дом.

Через пятнадцать минут Натан поднялся на крыльцо. Заслышав шаги, Элис выглянула в окно и опять улыбнулась: ей почему-то понравилось, что волосы у Натана влажные. Она поняла, что он помылся, прежде чем идти есть, однако не позволила себе размышлять о том, отчего это его поступок доставил ей такое удовольствие.

Натан поскребся в дверь и вошел, не дожидаясь ответа. Элис украдкой глянула на рейнджера, пока он топтался на пороге, потом наложила в две миски жаркого и поставила их на стол. У нее не хватило духу посмотреть, как воспринял Натан ее молчаливое приглашение пообедать вместе. Она быстро села за стол с таким видом, словно всю жизнь только и делала, что кормила Натана на этой кухне.

Натан понял намек Элис. Он спокойно повесил свою шляпу на гвоздь и сел за стол напротив хозяйки.

— Я собираюсь после обеда в город, — сообщил он, принимая у нее тарелку с кукурузными лепешками. — Не хотите ли прокатиться?

Элис удивленно посмотрела на него.

— Вряд ли, — с сомнением сказала она. — Но если вы зайдете к Ричману, то я попросила бы вас кое-что купить.

Натан намазал лепешку медом, а потом старательно облизал палец. Элис заставила себя опустить глаза.

— Да бросьте вы, — принялся уговаривать женщину рейнджер, — почему бы вам не съездить в город?

Погода сегодня отличная, и вам с Колином будет полезно прогуляться.

— Но я сегодня и так полдня провела у Линн, — слабо возразила Элис. — Надо заняться ужином...

— Да бог с ним, с ужином! Вечером можно доесть жаркое.

Элис молча ковыряла вилкой жаркое, обдумывая предложение Натана. Ей отчаянно хотелось поехать. Вообще-то она не любила появляться в городе, но мысль о прогулке с Натаном казалась очень соблазнительной. Однако не надо забывать, что если они прикатят в Биксби вдвоем, то это сразу же вызовет новую волну сплетен и пересудов.

— Нет, я лучше останусь дома, — в конце концов решила женщина.

Натан пристально посмотрел на нее.

— Вы беспокоитесь о том, что скажут люди? — тихо спросил он.

От изумления женщина приоткрыла рот, но, спохватившись, попыталась скрыть свои чувства за маской равнодушия. Порой Элис просто пугала способность Натана читать ее мысли.

— Да нет... — пробормотала она.

— Конечно же, беспокоитесь! — воскликнул Натан. — И совершенно напрасно, скажу я вам. Все в Биксби знают, что я живу у вас на ферме. Так какая разница, увидят нас вместе или нет? На самом деле нам, пожалуй, даже нужно появиться в городе вдвоем. Если я на глазах у всех стану выполнять ваши распоряжения, люди поймут, что я и впрямь всего лишь ваш работник — и только. Сплетники сразу успокоятся, и все кривотолки прекратятся.

Элис положила вилку и воззрилась на него.

— Кривотолки? Какие еще кривотолки? — озадаченно спросила она.

— О черт, Элис, вы же знаете здешний народ! Конечно, в городе сейчас только и разговоров что о нас с вами! Еще бы! Одинокий мужчина поселился на ферме у одинокой женщины. Естественно, сразу поползли слухи...

— Но вас же прислали сюда ловить бандитов! — возмутилась женщина.

— Об этом знаем только мы с вами, — со вздохом напомнил ей Натан. — А в городе думают совсем другое... И по-моему, если мы не будем появляться вместе, то люди решат, будто нам и впрямь есть что скрывать. Поэтому я предлагаю вам прокатиться сегодня вместе в Биксби. Пусть все увидят, что между нами нет ничего такого... Поехали! Вы можете заглянуть к Ричману, а я пока схожу на телеграф и поговорю со своим человеком.

— Со своим человеком? — вскинула брови Элис.

Натан прикусил язык, но поздно.

— Думаю, что придется теперь мне все вам рассказать, — вздохнул он. — Парень, который нанялся недавно на телеграф, — рейнджер. Его дело — держать ушки на макушке, следить за новостями, собирать все слухи и сплетни, а заодно и отправлять без помех мои сообщения в наш штаб в Остине. Новый парень в городских конюшнях — тоже наш человек, Уилл Джонсон.

Элис удивилась. Трое рейнджеров в их захолустье! Дело, видимо, куда серьезнее, чем она думала.

— Вот уж не ожидала, — тихо сказала она.

— Я не должен был вам этого говорить, — глядя ей в глаза, произнес Натан. — Но раз уж я доверил вам эту тайну, то дайте мне слово, что никому ничего не скажете. Одно ваше неосторожное слово может стоить этим людям жизни.

— Клянусь, что буду нема как рыба, — серьезно сказала Элис.

— Спасибо, — тепло улыбнулся ей Натан. — Сегодня мне надо встретиться с Редом и поговорить о миссис Поттер, — деловито продолжил он. — А пока я буду на почте, вы сможете купить у Ричмана все, что нужно.

— Ну хорошо, — согласилась Элис. — Я поеду.

— Отлично, — снова улыбнулся Натан и встал из-за стола. — Чем раньше мы отправимся, тем лучше. Время не ждет!

Он пошел к дверям, по пути прихватив свою шляпу. Обернувшись на пороге, Натан мягко сказал:

— Потрясающее жаркое, миссис Грэхем. И спасибо, что позволили мне пообедать вместе с вами. В сарае, в компании лошадей, мне было в последнее время не слишком весело...

К своему стыду, Элис почувствовала, что краснеет.

— Вы любите мясо в горшочке? — застенчиво спросила она.

— Еще как! — воскликнул рейнджер.

— Тогда, если вы дадите мне пятнадцать минут, я поставлю его тушиться.

— С картошкой и морковкой? — с надеждой спросил Натан.

— Да, — улыбнулась Элис, — с картошкой и морковкой.

Натан посмотрел на нее теплым взглядом, от которого у Элис всегда подгибались ноги.

— Без проблем, мэм. Более того, на тушеное мясо с картошкой и морковкой я даю вам двадцать минут!

Поездка в город была легкой и приятной. Натан и Элис весело болтали о всяких пустяках и наслаждались послеобеденным солнышком.

Но когда они въехали на главную улицу Биксби, Натан почувствовал, что Элис вся напряглась. Он украдкой глянул на нее и увидел, что улыбка ее погасла. Женщина сидела прямая, как палка, сцепив руки на коленях и вперив взгляд в одну точку.

— Успокойтесь, — шепнул Натан ей на ухо. — Вы выглядите так, словно вас везут на эшафот!

Увидев, что его слова не возымели никакого действия, он слегка подтолкнул Элис локтем:

— Да перестаньте вы волноваться! Все будет хорошо. В Биксби нет ни кровожадных дикарей, ни злобных людоедов — только самые обычные люди, такие же, как мы с вами.

И в доказательство своей правоты Натан начал то и дело приподнимать шляпу, приветствуя каждого встречного с таким видом, будто возил хозяйку в город по двадцать раз на дню.

Когда они наконец добрались до магазина Ричмана, Натан опять посмотрел на Элис.

— Почему у вас такой виноватый вид? — весело осведомился он. — Вы так покраснели, словно обнаружили, что в спешке забыли надеть платье!

И, не удержавшись, Натан засмеялся.

Элис укоризненно посмотрела на него, но ничего не сказала. Приподняв свои юбки, она начала осторожно спускаться с повозки.

— Подождите минутку, — остановил ее Натан. — Я не хочу, чтобы вы свернули себе шею только потому, что я неудачно пошутил.

Он спрыгнул с козел, обошел повозку кругом и протянул руки к Элис. Однако та не шелохнулась.

— Ну же, — принялся уговаривать он ее, — обещаю, что вы даже не почувствуете моего прикосновения — столь целомудренным и невинным оно будет.

Его поддразнивания вызвали у Элис слабую улыбку, и женщина сразу успокоилась.

— Вы долго просидите у Реда? — спросила она, уже стоя на дощатом тротуаре.

— Минут, наверное, двадцать... — ответил Натан. — Успеете за это время сделать все свои покупки?

Элис кивнула.

— Ну тогда я вернусь за вами, как только освобожусь.

Он ободряюще подмигнул ей, взобрался на козлы и поехал на почту.

А Элис приблизилась к дверям магазина и на миг остановилась, быстро оглядевшись вокруг. К ее огромному облегчению, никто не обращал на нее ни малейшего внимания. Попытавшись выдавить из себя милую улыбку, Элис вошла в магазин.

— Здравствуйте, миссис Грэхем, — приветствовал ее Ричман, стоявший за прилавком.

Элис кивнула в ответ, слегка удивившись неожиданному радушию торговца. Раньше, когда она заходила в магазин, Ричман смотрел на нее так, словно боялся, как бы она чего не украла.

— Продали ваших поросят? — спросил он.

— Да, — кивнула Элис, догадываясь, что он просто хочет узнать, сможет ли она заплатить за свои покупки.

— Хорошую взяли цену? — вежливо поинтересовался торговец.

— Приличную.

— Вот и замечательно! Лучшего и желать нельзя. — Он радостно потер руки и подошел к Элис поближе. — Ну-с, чем могу служить?

— Мне нужна мука, сахар, соль... и бутыль кленового сиропа.

— Еще одна?! — рассмеялся Ричман. — Похоже, вы с вашим работником пьете кленовый сироп, как воду! Только на прошлой неделе он купил большую бутыль!

— Да, сироп — его слабость, — ответила Элис, с ужасом чувствуя, что лицо ее заливает краска.

— Весьма приятный человек этот мистер Уэллс, — заметил Ричман, ставя на прилавок двадцатифунтовый мешок муки. — И какой благородный и щедрый! Его мать должна гордиться, что вырастила такого сына.

Элис удивленно посмотрела на Ричмана, но вопросов задавать не стала. Ей, конечно, было ужасно любопытно, о чем это он толкует. Но она не хотела, чтобы Ричман подумал, будто ее интересуют семейные дела Натана. Желая показать, что она не очень-то и прислушивается к болтовне торговца, Элис со скучающим видом отвернулась к витрине с ювелирными украшениями — и невольно охнула. Бриллиантовое кольцо ее бабушки исчезло.

— Продал, — не замедлил сообщить Ричман. — В самом деле, ваш...

— Я очень рада, — перебила его Элис. Ей совсем не хотелось знать, кто купил кольцо. Ей было больно думать, что какая-то глупая гусыня носит теперь бабушкино кольцо. — Я надеюсь, что вы хоть вернули деньги, которые дали мне за него.

— О да, не беспокойтесь, — ухмыльнулся Ричман. — Им интересовались несколько человек, но купил его...

— Так, вы уже отвесили мне сахар? — быстро спросила Элис, не дав торговцу произнести имя нового владельца кольца.

— Минуточку! — ответил Хирам, немного обиженный тем, что его все время перебивают. — Я не думал, что вы так спешите.

— Мне надо торопиться: Колину уже давно пора спать, — объяснила Элис, указывая на малыша, который дремал в заплечном мешке.

— Конечно, конечно. — Ричману стало стыдно за свою резкость. — Вот ваш сахар. Сейчас я быстренько взвешу соль. — Он повернулся к весам и стал совочком насыпать соль в чашку. — Какая у вас необычная штуковина... Ну та, в которой сидит ребенок.

— Да, необычная, но очень удобная, — сдержанно проговорила Элис.

— Извините, конечно, за любопытство... Но где вы ее взяли?

Элис уже начинали раздражать его расспросы, поэтому она ответила очень коротко:

— Это подарок.

— О! И чей же? — поинтересовался Хирам, продолжая колдовать над весами.

Терпение Элис лопнуло.

— Знаете, мистер Ричман, сегодня вы просто на редкость разговорчивы! — раздраженно сказала она. — А я-то всегда считала вас молчаливым человеком!

Ричман поднял на нее глаза и широко улыбнулся.

— Вы правы, миссис Грэхем, — весело заявил он, — и не вы первая это заметили.

— Да? — ошарашенно заморгала Элис.

— Это заслуга моей жены! — радостно выпалил торговец.

— Жены?! — воскликнула Элис. — А я и не знала, что вы женились.

— Да-да, женился, — закивал Ричман. — Мэрибел Коннор оказала мне честь, согласившись стать моей супругой. Мы женаты уже почти три месяца и — не буду скрывать — очень счастливы.

— Поздравляю, — улыбнулась Элис. Трудно было представить, что громогласная, шумная и властная Мэрибел Коннор и тихий, рассудительный, спокойный Хирам Ричман могут быть «очень счастливы». Эта мысль развеселила молодую вдову.

Вдохновленный ее улыбкой, Хирам добавил:

— Миссис Ричман считает, что главное в нашем деле — обходительность! Вот моя дрожайшая супруга и посоветовала мне быть с покупателями полюбезнее.

«Как же, посоветовала, — подумала Элис. — Скажи лучше, велела».

— Ну что ж, вы правильно сделали, что последовали ее совету, — вслух произнесла она.

— Спасибо, — просиял Хирам. — Но все-таки скажите... Этот ваш мешок... Кто, говорите, подарил вам его?

— По-моему, я ничего такого не говорила.

— Вы, наверное, считаете меня назойливым? Но поверьте, я спрашиваю не просто так. — Хирам вдруг хихикнул. — Миссис Ричман недавно обнаружила, — тут он перегнулся через прилавок и понизил голос, — что находится в интересном положении, поэтому скоро нам тоже понадобится такая штука.

У Элис отвисла челюсть. Мэрибел Коннор беременна? Господи, да ведь ей уже сорок, а Хирам старше ее лет на десять! К тому же она раза в два толще своего милейшего супруга! И через три месяца после свадьбы эта парочка уже ждет ребенка? Да, по-видимому, они действительно «очень счастливы».

Элис обреченно вздохнула. Деваться некуда, придется сказать, кто подарил ей заплечный мешок.

— Эту штуку смастерил мой работник, мистер Уэллс, — произнесла она.

К ее удивлению, Хирам не стал с многозначительным видом заявлять, что так и думал. Вместо этого он опять широко улыбнулся и сказал:

— Ну разве не молодчина? Он вообще очень способный молодой человек, не правда ли? И такой благородный!

Элис нахмурилась. Вот уже второй раз Ричман говорит о благородстве Натана. Что же такого совершил капитан Уэллесли? Вернее, бедный ковбой Нат Уэллс? Почему Хирам Ричман поет ему дифирамбы?

— Да, это было очень мило с его стороны. — С этими словами Элис демонстративно отвернулась и стала рассматривать лежащие на прилавке ленты в надежде, что торговец наконец замолчит.

Но не тут-то было.

— Как вы думаете, не согласится ли он сделать такой же мешок для моей жены? Я бы ему заплатил, разумеется.

— Не знаю, — честно ответила Элис, со вздохом положив ленты на место. — Вам бы надо поговорить с ним самим.

— О, конечно, я поговорю! Обязательно! Всенепременно! — затараторил Хирам. — Миссис Ричман просто необходима такая вещь!

В это время открылась входная дверь. Увидев на пороге Натана, Элис с облегчением вздохнула.

— Мистер Уэллс! — радостно закричал Хирам. — Как хорошо, что вы зашли! Мы с миссис Грэхем только что очень мило побеседовали, и она сказала мне, что вот этот невероятно удобный мешок для малыша сделали вы.

Натан был явно озадачен. Он глянул на Элис, потом повернулся к Ричману и кивнул:

— Да, я. А в чем дело?

— Не откажите в любезности сделать такой же для меня, — попросил Хирам. — И, конечно же, я был бы счастлив заплатить вам за труды.

В глазах у Натана заплясали смешинки, а уголки губ дрогнули в улыбке.

— Для вас, мистер Ричман? — переспросил он.

— Ну, естественно, не для меня, — хихикнул Хирам. Потом оглянулся, чтобы посмотреть, не зашел ли кто в магазин и не подслушивает ли их разговор. — Я хочу сделать подарок моей жене. Она, знаете ли... Мы ждем прибавления семейства.

Элис опасалась, что Натан не совладает со своим лицом, но он справился и воскликнул:

— Да что вы говорите! Ну что ж, поздравляю вас обоих. Уверен, что вы счастливы.

— О да, и слегка ошеломлены, — признался торговец.

Натан прикрыл рукой рот и отвернулся, сделав вид, что закашлялся.

— Я с удовольствием смастерю для вас такой мешок, мистер Ричман, — еле выговорил рейнджер. Его душил смех.

— Прекрасно! — радостно потирая руки, воскликнул Хирам. — Скажите, сколько это будет стоить.

— О-о! Считайте, что это подарок, — улыбаясь, промолвил Натан.

Хирам был просто потрясен.

— Ах, мистер Уэллс, это так мило с вашей стороны! Спасибо, спасибо большое!

— Не стоит благодарности, — отмахнулся Натан. — Как только выдастся свободная минутка — сразу возьмусь за дело.

— О, не торопитесь, пожалуйста. Эта штука понадобится нам не раньше Рождества.

— Жаль, что к этому времени меня здесь уже не будет, — погрустнел молодой человек. — Но перед отъездом я обязательно принесу вам мешок.

— Ах да, я и забыл, вы ведь здесь только на лето. Ну, все равно, приходите в любое время. Господи, как мне хочется поскорее показать этот мешок Мэрибел! Она будет в восторге.

Теперь настала очередь Элис отвернуться и притвориться, что ее одолел кашель. Она представила себе Мэрибел в восторге...

— Вы готовы, миссис Грэхем? — вежливо обратился к ней Натан.

— Да, мы можем идти, мистер Уэллс, — ответила Элис и кивнула в сторону сложенных на прилавке покупок. Натан подошел, чтобы забрать все эти мешки и пакеты. — Спасибо вам за помощь, мистер Ричман. Сколько я вам должна?

— Забудьте, миссис Грэхем, — замахал руками Хирам. — Поскольку мистер Уэллс так любит блинчики с кленовым сиропом, считайте это благодарностью за... гнездышко для малыша.

Элис повернулась и вопросительно посмотрела на Натана. Тот лишь пожал плечами.

— Спасибо, мистер Ричман, вы очень любезны, — сказал он торговцу. — Я постараюсь сделать мешок поскорее.

6 «Падший ангел»

— Может, вам для него что-нибудь нужно? — засуетился Хирам.

На миг задумавшись, Натан ответил, что ему понадобится пара подтяжек.

— Ну конечно, — воскликнул Хирам. — Вот зачем вы купили те подтяжки пару недель назад! Я никак не мог понять, зачем они вам, если те, которые вы носите, выглядят вполне прилично. Но теперь-то мне все ясно!

Он подошел к Элис и внимательно осмотрел заплечный мешок. Потом шагнул к стойке, на которой висели ремни и пояса, покопался в них и извлек на свет божий пару красных подтяжек.

— Эти подойдут? — спросил торговец, протягивая их Натану.

— Ага, красные, — рассмеялся Натан. — Да, подойдут.

— Мне всегда нравились красные, — довольно улыбнулся Хирам. — Но нигде не мог в них появиться. Так пусть хоть мой сын их поносит.

— Так вы хотите сына? — спросил Натан, укладывая подтяжки в сумку с покупками.

— А разве есть на свете мужчина, который не хотел бы сына? — отозвался Ричман. — Замечательного сынишку, такого, как этот мальчуган! — Он потрепал Колина по щечке. — Думаю, что когда-нибудь и вам захочется заиметь парочку таких, разве нет, мистер Уэллс?

— Когда-нибудь, наверное, захочется, — улыбнулся Натан, глянув на Колина.

— Нам пора, — вдруг сказала Элис. Она страшно испугалась этих разговоров о сыновьях и решила немедленно увести Натана из магазина.

Молодой человек посмотрел на нее с удивлением, но возражать не стал:

— Да, мэм. Уже идем.

Он взвалил мешок с мукой на плечо и двинулся к двери.

Улыбнувшись на прощание Ричману, Элис поспешила вслед за Натаном.

— Чудеса, да и только, — пробормотала она, усаживаясь в повозку.

— В каком смысле? — не понял Натан.

— Я езжу к Ричману за покупками десять лет и за все эти годы, по-моему, ни разу не видела, как он смеется! Я и голоса-то его почти не слышала! Невероятно... Его как будто подменили! Он стал просто другим человеком! И подумать только, все из-за Мэрибел Коннор!

— Ничего удивительного, — пожал плечами Натан. — Просто они нашли друг друга. Она оказалась именно той женщиной, которая ему нужна.

Элис оглядела рейнджера с головы до ног, в глазах у нее плясали веселые огоньки. Она звонко расхохоталась.

— Да-да, капитан, вы, конечно, правы, — проговорила женщина сквозь смех. — Но видели бы вы эту Мэрибел...

16.

Натан поднял глаза от горшочка с тушеным мясом и озабоченно посмотрел на Элис, которая была явно чем-то расстроена.

— Что-то вы притихли, миссис Грэхем, — сказал он ей.

Элис сделала слабую попытку улыбнуться.

— Разве? Извините, я плохая собеседница.

— Не в этом дело, — покачал головой Натан. — Нет ничего плохого в том, что человек притих. Просто вы были так оживлены, когда мы ехали из города домой. Почему же вы вдруг погрустнели? Что случилось?

— Ничего особенного, — поспешно ответила женщина. — Это личное...

Натан положил вилку и скрестил руки на груди.

— Да перестаньте, — мягко произнес он. — Расскажите мне, в чем дело? Выговоритесь — и вам сразу станет легче. Ну признайтесь, вы расстроились из-за меня? Я ляпнул что-то не то?

— Нет, вы здесь ни при чем, — прошептала Элис. — Просто... Нет, это не важно.

И к немалому удивлению Натана, она вдруг разразилась слезами и убежала на кухню.

Натан швырнул салфетку на стол и бросился за Элис. Он стоял совсем рядом с рыдающей женщиной, однако у него хватило ума не прикасаться к ней.

— Ну что случилось, милая? — мягко спросил он.

У Элис перехватило дыхание. Он называл ее так в ту грозовую ночь, и его низкий красивый голос звучал сейчас совсем как тогда.

— Бабушкино кольцо с бриллиантом, — выдохнула она.

Натан едва не улыбнулся. Этому-то горю он мог легко помочь! Хоть какое-то дело он способен был уладить с Элис без труда.

— А что с кольцом? — осторожно спросил Натан.

— Глупо, конечно, так из-за него расстраиваться, — попыталась улыбнуться Элис. — Понимаете, я отдала его мистеру Ричману в счет долга. И вот уже несколько месяцев оно было выставлено у него в витрине. Приезжая в магазин, я всегда подходила посмотреть на бабушкино кольцо. Мне тогда казалось, что оно все еще мое. Но сегодня... сегодня... — Новые потоки слез заструились у нее по щекам. — Сегодня, когда я была там, я не увидела кольца, и мистер Ричман сказал мне, что оно продано.

Судорожно всхлипнув, Элис закрыла лицо руками и снова разрыдалась, оплакивая свою нелегкую жизнь, в которой было столько боли, горестей и потерь.

На миг Натан замер. Чувства его отчаянно боролись с рассудком. Прикоснуться к ней — сущее безумие, говорил он себе. Если он обнимет ее, это может навсегда испортить их отношения. Он не должен этого делать. Если он дотронется до нее, то обязательно начнет целовать, и остановиться ему будет очень трудно. После той ночи он долгие месяцы безуспешно пытался забыть вкус ее губ. Нет, ему нельзя даже приближаться к Элис!

Приняв это трудное решение, Натан вдруг со стоном шагнул к ней и, обняв, крепко прижал к груди. Он думал, что Элис сразу начнет вырываться, но, к его изумлению, она вдруг затихла в его объятиях, словно только о том и мечтала, чтобы оказаться в кольце его рук.

— Не плачь, малышка, — шептал он, касаясь губами ее волос.

Подняв голову, Элис заглянула в его небесно-голубые глаза. Он был такой сильный, такой надежный, и так прекрасно было снова очутиться в его объятиях. Незаметно для себя Элис опустила веки и расслабилась. От него так хорошо пахло... Ей было так спокойно...

Натан видел, как ее напряжение уходит, сменяясь истомой, и понял, что пропал.

— Элис, — выдохнул он, склоняясь к ее устам, и в следующий миг припал к ним в жарком поцелуе. Почувствовав, что она отвечает ему, Натан задрожал от страсти. Он крепче прижал Элис к себе и, приоткрыв ей рот губами, прошелся по ее нежным устам языком. О-о! Натан почувствовал тот же вкус, который помнил все это время.

Но поцелуй их был совсем не таким, как прежде. Теперь в нем не было ни робости, ни колебаний. Натан и Элис уже не были незнакомцами, которые, устав от одиночества, поддались на миг порыву страсти. На сей раз они целовались как любовники, которые были волею судеб разлучены, а теперь снова нашли друг друга.

Любовники. Это слово вспыхнуло у Элис в мозгу и заставило ее отступить на шаг, прижав ладонь к губам.

Когда в последний раз Натан Уэллесли поцеловал ее так, они стали любовниками. Но теперь... Не важно, что она познала райское блаженство. Она просто не может допустить, чтобы это случилось снова.

«Черт бы его побрал, — подумала Элис. — Ну почему он так здорово это делает? Чем его поцелуи отличаются от поцелуев других мужчин?»

Она сердито посмотрела ему в лицо.

— Никогда больше этого не делайте! — воскликнула она.

— О боже, Элис! — хрипло произнес он. — Я ничего и не делал! Я поцеловал тебя, вот и все. И не говори мне, что ты этого не хотела.

— Не хотела! — Она прекрасно понимала, что лжет, но не собиралась в этом признаваться.

— Вот это да! — протянул Натан, нервно сглотнув. — Если ты *так* отзываешься на поцелуй, которого не хочешь, то как же ты отвечаешь на поцелуи, о которых мечтаешь?

Он, конечно же, был прав, и это больше всего злило Элис. Ей нравилось целоваться с ним. Нравились те потрясающие ощущения, которые дарили ей его нежные губы и чувственный язык. Нравилось, как прижимается к ней сильное мускулистое тело этого мужчины. Элис чувствовала себя униженной оттого, что не могла справиться с желанием, которое вспыхивало в ней от его поцелуев. Да что же в нем такого особенного? Почему, ну почему она ведет себя с ним как последняя дура?

— Я не хочу, чтобы ты меня целовал, — упрямо повторила она.

— Ну хорошо, извини, — сказал Натан. Он изо всех сил стиснул зубы, будто это могло потушить пожар, бушевавший у него в крови. — По-видимому, зря я остался здесь ужинать с тобой. Это было глупо. Чертовски глупо!

— Да, наверное, — пробормотала Элис, опустив

глаза. Она не хотела, чтобы он заметил ее смущенный взгляд.

«Ты так же виновата, как и он. Почему бы тебе не признаться в этом?» — внезапно отозвался тоненький внутренний голосок. Но последовать его совету было выше ее сил. Такое признание перечеркнуло бы все ее принципы, а ведь только они и помогли ей выдержать нелегкие испытания, выпавшие на ее долю.

Натан посмотрел на Элис долгим взглядом и устало вздохнул.

— У меня есть кое-что для тебя, — негромко сказал он.

Элис даже головы не повернула.

— Правда? — вежливо отозвалась она.

Не говоря больше ни слова, он вынул из кармана кольцо и положил его на стол.

— Спокойной ночи, миссис Грэхем.

Элис не шелохнулась, пока не услышала, как за ним со слабым щелчком закрылась входная дверь. Только после этого женщина подошла к столу и с любопытством взглянула на то, что оставил Натан. В тусклом свете керосиновой лампы мерцало бабушкино бриллиантовое кольцо. Элис тихонько ахнула, взяла его в руки и поднесла к глазам, которые тут же наполнились слезами. Он выкупил для нее кольцо! *Он выкупил для нее кольцо!*

— Натан! — закричала она, бросаясь к двери. — Натан, подожди!

Выскочив на крыльцо, она стала пристально вглядываться в темноту, но увидела только какую-то тень у ворот сарая. Не думая об опасности, Элис спрыгнула с высокой ступеньки и побежала к сараю, сжимая в руке кольцо.

В сарае царила кромешная тьма.

— Натан! — задыхаясь, выкрикнула женщина. — Натан, где ты?

Он не отвечал.

Она ждала, когда глаза привыкнут к темноте. Может быть, тогда удастся разглядеть хоть что-нибудь? Но тут ее вдруг охватил какой-то первобытный страх, ноги стали ватными, язык прилип к гортани... Наконец, справившись с собой, Элис дрожащим голосом снова позвала:

— Натан? Ты здесь?

И подпрыгнула от неожиданности, когда он вдруг шагнул из темноты прямо ей навстречу.

— Что тебе надо? — холодно спросил он.

— Мое кольцо... — пролепетала Элис. — Откуда ты его взял?

— Купил. Откуда же еще, по-твоему, я мог его взять?

В темноте Элис не могла видеть выражения его лица. Но по тону его голоса она поняла, что Натан все еще сердится на нее.

— Но *почему* ты его купил? — тихо спросила женщина.

Натан шагнул к Элис и заглянул ей прямо в глаза.

— Потому что тебе пришлось его продать, а мне это было неприятно. Потому что я видел, как тебе больно расстаться с ним. — Его голос понизился почти до шепота. — Потому что я хотел порадовать тебя. Думал, что ты будешь счастлива получить его обратно!

Элис растерянно моргала, не зная, что сказать. Натан немного подождал ее ответа, потом пожал плечами, повернулся и пошел к куче соломы, на которой спал.

— Как же ты мог позволить себе потратить столько денег? — вдруг спросила Элис.

— У меня много денег, — коротко ответил он.

Подхватив юбки, она заторопилась вслед за ним в другой конец сарая.

— Но мистер Ричман просил за кольцо пятьдесят долларов! — сказала женщина, подойдя к Натану и коснувшись его руки. — Это большие деньги, и я просто не представляю себе, как и когда смогу расплатиться с тобой.

Натан глянул на нее из-под насупленных бровей.

— Говорю же тебе, я человек небедный... — заявил он. — И тебе вовсе не надо со мной расплачиваться.

— Но, — настаивала Элис, — пятьдесят долларов — это же твое двухмесячное жалованье! Я не могу позволить, чтобы ты тратил на меня такие деньги!

— Прекрати. — Натан помрачнел еще больше. — Я же сказал: выкупил кольцо потому, что мне так захотелось. Может, на этом и закончим?

— Нет, — упрямо заявила Элис. — Это слишком дорого, особенно для простого рейнджера.

— О боже, Элис, я же Уэллесли! — раздраженно воскликнул Натан. — Пятьдесят долларов — это меньше, чем стоят некоторые мои рубашки!

Элис была совершенно сбита с толку.

— Подожди, что значит «я — Уэллесли»? Мне известно, что это твоя фамилия. Ну и что с того?

Натана вдруг разобрал смех.

— Ты что, никогда не слышала о семействе Уэллесли?

Сначала Элис озадаченно смотрела на него, а потом вдруг ее глаза расширились, и она прижала руку к губам.

— Откуда вы, капитан? — прошептала она, отступая назад.

— Из Колорадо, — весело ответил Натан.

— Колорадо... — повторила Элис. — Это значит, что ты — из *тех самых* Уэллесли?

— *Тех самых* Уэллесли? — переспросил Натан, которого разговор этот начал явно забавлять. — А ты каких Уэллесли имеешь в виду?

Элис смутилась и насупилась.

— Послушайте, капитан, — обиженно произнесла она. — Только что вы сказали, что вы — Уэллесли.

Я хочу понять, мы говорим об одном и том же семействе или нет?

— Откуда же я знаю? — пожал плечами Натан. — Вы о каких Уэллесли говорите, миссис Грэхем?

— Вы прекрасно знаете, о каких, — сквозь зубы процедила Элис. Она уже начинала злиться. — О тех самых! О тех ужасно богатых Уэллесли, о которых пишут все газеты. Этим людям принадлежит пол-Америки. Я сама читала про них и точно помню: они из Колорадо.

Натан рассмеялся: его позабавило, как Элис охарактеризовала его семью.

— Ага! — воскликнул он, откинув голову назад. — Теперь я понял, о ком ты говоришь. Это Уэллесли из Дюранго.

— Я точно не знаю, откуда они, — нетерпеливо сказала Элис. — Знаю только, что там много братьев — семь или восемь — и одна сестра. И все они невероятно удачливы в делах и очень знамениты.

— Да-да, — кивнул Натан. — Я о них слышал.

— Но ты, видимо, не состоишь с ними в близком родстве, — предположила Элис. — Я уверена, что ты хорошо бы их знал, если бы вы были близкими родственниками. А ты им, наверное, так, седьмая вода на киселе, правда?

Этот разговор привел Натана в прекрасное расположение духа. Рейнджер взял Элис за руку и потянул в глубь сарая, к куче соломы, которая служила ему постелью.

— Сядьте-ка, миссис Грэхем, — спокойно предложил Натан, — и я попытаюсь объяснить вам, почему могу позволить себе выложить столько денег за ваше кольцо.

Элис нахмурилась, размышляя, стоит ли соглашаться, но любопытство взяло верх, и она уселась на кучу соломы, аккуратно расправив свои юбки.

Натан сел рядом с ней, с трудом сохраняя серьезность.

— Так вот: я принадлежу к *тем самым* Уэллесли, как вы изволили выразиться. И в этой семье действительно семеро братьев.

Элис понимала, что не стоит больше задавать ему вопросов, но ничего не могла с собой поделать.

— И вы их знаете? — полюбопытствовала она.

— Да, и неплохо, — усмехнулся Натан. — Я — пятый брат.

Однако удивленных охов и вздохов он не дождался. Элис с сомнением покачала головой. Ее реакция немало удивила его.

— Я вам не верю, — заявила женщина. — Братья Уэллесли — знаменитости.

Натан изумленно уставился на нее.

— В каком смысле — вы мне не верите? С чего бы это я стал вам лгать? — возмутился он. — Я родился в Дюранго, штат Колорадо, и я — пятый сын Джеймса и Мэри Уэллесли. А что касается того, что братья Уэллесли — знаменитости, то могу вам сказать: некоторые из нас и правда знамениты, а некоторые — не очень. И хотя нас *всех* считают известными людьми, на самом деле это не совсем так. Я, например, из тех, которые «не очень».

Элис почувствовала, что у нее пересохло во рту. Этот человек принадлежит к одной из влиятельнейших семей Америки, и он — отец ее ребенка!

Элис понимала, что теперь ей лучше бы помолчать. Она не хотела, чтобы Натан подумал, будто она заинтересовалась его происхождением, его семьей. Но, к несчастью, любопытство Элис оказалось сильней доводов рассудка, и она, не удержавшись, спросила:

— Но если ты из семейства Уэллесли, то почему стал рейнджером? Ты ведь даже не техасец.

— В нашей семье двое служителей закона, — объяснил Натан. — У меня есть младший брат, Сет, который служит шерифом. А я всегда мечтал быть рейнджером... Наверное, мы слишком часто играли в детстве в полицейских и воров.

— А правда, что один из твоих братьев — герой войны? — не унималась Элис. — Я помню, что читала о человеке по фамилии Уэллесли; он отважно сражался с южанами и был награжден за храбрость! По-моему, там говорилось, что сейчас он владеет верфями в Бостоне. Строит корабли...

— Да, это Стю. — Натан улыбнулся, вспомнив о своем старшем брате. — Вот он как раз «невероятно удачлив в делах и очень знаменит». И Майлс тоже, это мой самый старший брат. Он конезаводчик в Англии. Последние три года его рысак выигрывает все забеги в Английском дерби. Джеффри владеет крупной деревообрабатывающей компанией в Орегоне, поэтому его тоже можно назвать преуспевающим. А Эрик — фермер в Миннесоте, Сет и я — рядовые служители закона.

Пока Натан сообщал Элис эти подробности из жизни своей семьи, женщина молча сплетала и расплетала пальцы.

— Это шесть, — заметила она. — Ты кого-то пропустил.

Натан на миг задумался, потом взмахнул рукой.

— А, да, еще Адам. Он еще совсем молодой, учится.

— Да? Где же? — полюбопытствовала Элис.

— В Гарварде, — улыбнулся Натан. — Так что, думаю, он тоже собирается стать преуспевающим и знаменитым.

— А твоя сестра?

Лицо Натана стало задумчивым.

— Паула, — с нежностью проговорил он. — Она совсем молоденькая. Ее считают одной из самых красивых девушек в Колорадо.

— А на самом деле?

— Не знаю, — засмеялся Натан. — Могу только сказать, что она страшно своевольная. Она недавно вышла замуж за городского кузнеца. Дай им бог счастья.

— Самая красивая, самая богатая девушка в Колорадо вышла замуж за кузнеца? — удивленно вскинула брови Элис.

— Ага, и это при том, что она могла выбрать себе в мужья любого из самых завидных женихов Америки или Европы. Ведь руки Паулы просил один из сыновей Вандербильта, и Маршалл Грант тоже. Но Паула не приняла их предложений. Она решила, что ей нужен только Люк О'Нейл, и обвенчалась с ним. Паула получает все, что пожелает, — вот она пожелала Люка. — Натан покачал головой. — Бедному парню просто некуда было деваться.

— Ты очень любишь свою семью, правда? — тихо спросила Элис.

— Да, — просто ответил он. — Я нечасто вижусь с ними, но всегда о них помню.

Некоторое время они сидели молча, и каждый думал о своем.

— Капитан Уэллесли? — наконец раздался в темноте голос Элис.

Улыбка сползла с лица Натана.

— Я бы предпочел, чтобы ты называла меня Натаном. Ты иногда обращаешься ко мне по имени, и это мне нравится куда больше, чем «капитан Уэллесли».

Элис опустила глаза.

— Называть по имени можно только очень близкого человека... — прошептала она.

Натан указательным пальцем приподнял ей подбородок, заставив смотреть себе в глаза.

— Элис, а мы и есть близкие люди. Очень близкие... Ближе и быть не может. И оба мы это знаем.

Еще не успев договорить, Натан уже пожалел о своих словах. Но поздно... Возникшее было между ними дружеское чувство мгновенно улетучилось. Всплеснув руками, Элис вскочила.

— Нет! Не говори больше ничего! — воскликнула она.

И, резко повернувшись, стремительно бросилась к выходу.

— Элис! — крикнул Натан, вскочив на ноги и едва успев схватить ее за руку. — Не уходи. Пожалуйста.

Элис сглотнула комок, подступивший к горлу, и посмотрела Натану в глаза:

— Я уже говорила вам, капитан, что хочу забыть о той ночи. Это была ошибка, ужасная ошибка, и я об этом очень сожалею. Просто не верится, что вы можете быть так жестоки и снова напоминать мне об этом!

Слова ее причинили Натану настоящую боль. *Ужасная ошибка... Очень сожалею об этом.* Выпустив руку Элис, он отвернулся, чтобы она не увидела его искаженного страданием лица.

— Я знаю, что вы не хотите ни говорить, ни думать об этом, — тихо промолвил он. — Но я все равно скажу. Может, вы и сожалеете о том, что произошло между нами той ночью, но я нисколько не сожалею. Эти воспоминания я буду хранить в сердце до конца своих дней как величайшее сокровище. А сегодня к этим воспоминаниям добавилось еще одно. Согласны вы с этим или нет, но поцелуй наш был прекрасен. И я знаю, что в глубине души вы тоже так считаете.

— Не важно, что я считаю, — прошептала Элис, — вы должны мне пообещать, что больше этого не повторится.

Натан тяжело вздохнул, не в силах понять, почему она так противится их сближению. Он был почти уверен, что ее так же тянет к нему, как и его к ней. Но почему же она так упорно отталкивает его?

— Ладно, — в конце концов сказал он. — Обещаю.

Элис не могла сказать с уверенностью, обрадовало ее обещание Натана или огорчило. Она точно знала лишь одно: бурные события сегодняшнего дня вконец измучили ее, и теперь ей просто необходимо убежать от Натана куда-нибудь подальше и прийти в себя.

— Я должна вернуться в дом, — сухо сказала женщина. — Колин там один, а я уже час болтаюсь здесь, в сарае.

Натан кивнул, не глядя на нее.

— Спокойной ночи, капитан Уэллесли.

— Спокойной ночи, миссис Грэхем.

17.

Элис чувствовала себя совершенно измотанной, но, несмотря на усталость, никак не могла заснуть. Прибежав домой из сарая, она сразу рухнула на кровать — и вот уже битых два часа ворочалась с боку на бок. Ей не давали покоя мысли о Натане Уэллесли.

Сегодняшний вечер принес много тревожных открытий, но одно из них просто пугало ее. Натан был *Уэллесли.* Элис пыталась припомнить все, что слышала об этом знаменитом семействе. Она знала, что это одна из пяти богатейших семей Америки и что Джеймс Уэллесли, отец Натана, очень влиятельный и могущественный человек.

Одна из пяти богатейших и влиятельнейших семей Америки. Семья, которую почитают за огромное состояние и бескрайние владения. Семья, которая может все. И что же эти титаны сделают, если узнают, что у их пятого сына появился незаконнорожденный ребенок, который живет на полуразрушенном, обнищавшем ранчо в Техасе? Ответ на этот вопрос был так ужасен, что Элис даже не решалась облечь его в слова.

Однако ей придется это сделать. Натан — выходец из семьи, могущество которой может поспорить лишь с ее богатством. Он со смехом сообщил, что его сестра, Паула, всегда и всюду добивается своего. Наверное, и сам Натан такой же. И если чего-то захочет, то вряд ли будет думать о других. Судя по тому, что знала о нем Элис, его ничто не остановит.

А что, если он решит забрать у нее своего сына? Что сможет сделать она, нищая вдова, чтобы помешать всесильным Уэллесли разлучить ее с ребенком?

От таких мыслей Элис покрылась холодным потом.

— Они его не получат, — прошептала она в темноту. — Они его не получат, потому что никогда о нем не узнают.

А вот *это* как раз в ее власти. Ни одна живая душа, за исключением Линн, которой Элис доверяла безгранично, не знает, кто отец Колина. И никогда не узнает... Никто! А особенно Натан Уэллесли. Элис скорее умрет, чем скажет ему о Колине хоть слово. Ведь для нее это было бы самоубийством!

Элис не знала, сколько времени спала, но разбудил ее какой-то шум в доме. Несколько секунд она лежала неподвижно, боясь даже вздохнуть и чувствуя, что сердце сейчас выскочит у нее из груди. Женщина прислушивалась к каждому шороху, пытаясь понять, что происходит за дверью. Элис знала, что это не Натан. Уж его-то шаги она не спутала бы ни с чьими другими!

Но кто бы ни был этот взломщик, по дому он не ходил. Было ощущение, что он ищет что-то в кухне. Элис слышала, как двигаются кастрюли на плите, как позвякивает посуда.

Наконец шум стих. Элис судорожно вздохнула, гадая, нашел незваный гость то, что искал, или еще нет. Может, он уже сбежал? Она хотела было встать и посмотреть, что творится в кухне, но тут вдруг услышала, как кто-то осторожно ощупывает дверь в спальню. Закрыв ладонью рот, чтобы не закричать от ужаса, Элис схватила Колина в охапку и прижала его личико к своей груди, пытаясь заглушить недовольный плач малыша.

Каждую секунду ожидая, что сейчас распахнется дверь и в спальню вломится вооруженный бандит, Элис открыла окно и выскочила наружу. Она зацепилась подолом ночной рубашки за какой-то торчащий гвоздь и нетерпеливо дернула ее, не обращая внимания на треск рвущейся ткани. Освободившись, женщина вихрем пронеслась через двор и влетела в сарай.

— Натан! — выкрикнула она, подбегая к куче соломы, на которой спал рейнджер. — Натан, проснись! Там, в доме, кто-то есть!

За годы своей опасной службы Натан научился просыпаться мгновенно. Вот и сейчас он моментально стряхнул с себя остатки сна. В небе сияла полная луна, поэтому он хорошо видел Элис, залитую голубоватым светом. Отбросив одеяло, Натан вскочил на ноги, схватил «винчестер», повернулся, чтобы вытащить из висящей на крюке кобуры револьвер, и тут услышал, как Элис пронзительно вскрикнула.

Натан вскинул ружье и быстро оглядел двор, высматривая того, кто напугал Элис. Никого не обнаружив, молодой человек опустил ружье и успокаивающе улыбнулся женщине. Но Элис не ответила на его улыбку. Она стояла с открытым ртом, вытаращив глаза на рейнджера.

— О боже, ты же совсем голый! — воскликнула Элис и в испуге прижала к себе Колина, словно пытаясь уберечь его от столь ужасного зрелища.

Натан быстро глянул вниз, на свое тело. Неужели она закричала потому, что увидела его обнаженным?

— Оставайся тут! — рявкнул он, устремляясь к воротам сарая.

— Натан! — закричала Элис. — Ты не можешь бегать по двору в таком виде! — Подхватив с пола его потертые брюки, она рванулась вслед за ним. — Стой! Немедленно надень штаны!

Натан на миг остановился и повернулся к ней

лицом, опять продемонстрировав свое великолепное тело.

— Я сказал, оставайся в сарае! — распорядился он.

— Но твои штаны!

— Да черт с ними, со штанами!

— Нет! Ты должен одеться! — Подобрав рубашку, Элис подбежала к нему. — Надень их сейчас же! — громким шепотом приказала она и всучила ему брюки.

— Проклятье! — прорычал Натан. — Элис, ты спятила?

— Надень их!

— О боже! — простонал рейнджер, сунул ей в руки ружье и попытался второпях натянуть брюки, прыгая на одной ноге по двору.

Это была его ошибка. Темнота, волнение и узкие штанины сыграли с Натаном злую шутку. В следующий миг он с шумом грохнулся лицом вниз на землю.

— Натан! — Элис опустилась рядом с ним на колени. — С тобой все в порядке?

Натан перекатился на спину, тщетно пытаясь освободиться от штанов.

— Нет, черт возьми! Совершенно не в порядке!

— Побыстрей, а то эти негодяи убегут! — снова заволновалась Элис.

— Да пропади все пропадом! — прошипел Натан, наконец избавившись от перекрутившихся брюк и вскакивая на ноги.

— Натан, тебе надо поторопиться! Ты слишком долго возишься. Беги быстрей туда.

Натан бросил на Элис испепеляющий взгляд и выхватил у нее из рук свой «винчестер».

— Если бы ты не приставала ко мне с этими идиотскими штанами, я бы уже давно был в доме! А теперь иди в сарай и сиди там, пока я за тобой не приду.

У Элис не было никакого желания возвращаться в темный сарай, но она благоразумно промолчала.

Злобно пнув ногой валявшиеся на земле штаны,

Натан двинулся к дому. Отряхиваясь на ходу от пыли, молодой человек осторожно крался по двору. Неслышно приблизившись к крыльцу, он на миг замер, а потом рывком распахнул дверь и ворвался в дом.

Там царила тишина.

Элис потеряла счет времени. Ей казалось, что она уже целую вечность стоит во дворе, прижимая к себе плачущего ребенка и не сводя глаз с двери. Каждую секунду она ожидала услышать выстрелы, но вместо этого до нее вдруг донесся хохот Натана.

Потом и сам рейнджер показался на крыльце, держась за живот от смеха.

— Иди сюда, — позвал Натан.

Элис не пошевелилась.

— Да иди же! Все в порядке.

Женщина наконец стряхнула с себя оцепенение и, тихо ахнув, побежала по двору к дому.

— Он ушел? — шепотом спросила она.

— Нет, он все еще там, — смеясь, ответил Натан.

Элис с ужасом уставилась на него.

— Что?.. — прошептала она. — Он еще там?

— Ага, — весело кивнул Натан.

— Ты хочешь сказать, что поймал его? Стукнул по голове? Связал?

— Нет.

— Нет?

— Пойди и посмотри сама, — не переставая улыбаться, настаивал молодой человек.

— Натан Уэллесли, ты что, сошел с ума? Я туда ни за что не пойду.

— Да все нормально, — заверил он Элис, забирая у нее Колина. — Разве я пустил бы тебя туда, если бы не был уверен, что бояться нечего?

— Да кто тебя знает! — подозрительно глядя на Натана, заявила Элис.

— Да ладно тебе. Я пойду с тобой. — Натан посадил Колина на левую руку, а правой сжал пальцы Элис и повел ее в комнату.

Хотя он и сказал, что опасности нет, Элис все равно старалась держаться у него за спиной. И пока Натан зажигал керосиновую лампу на столе, Элис стояла, боясь вздохнуть.

— Иди-ка сюда, — поманил он ее пальцем и первым прошел на кухню.

Элис осторожно последовала за ним. А Натан, к полному ее изумлению, снова рассмеялся и показал на пол.

— Познакомься со своим незваным гостем.

Элис обошла стол и нахмурилась, увидев на полу какой-то серый клубок.

— Что это?

— Говорю же тебе, — хохотал Натан, — это твой незваный гость!

Элис сердито посмотрела на него. Как он смеет хохотать, когда она чуть с ума не сошла от страха!

— Не вижу ничего смешного, — мрачно сказала женщина.

— Извини, — мгновенно посерьезнел Натан. — Правда, извини.

— Так что же это такое?

— Опоссум, — объяснил Натан и, не выдержав, снова рассмеялся. — Он, наверное, искал, чем поживиться, — ну и забрался к тебе в окно. Ты что, раньше никогда не видела опоссумов?

— Конечно, видела! — Элис нагнулась над свернувшимся в клубок зверьком, долго разглядывая его, потом подняла голову и в упор посмотрела на Натана. — Что ты с ним сделал? Убил?

— Да нет же, не убивал я его, — поспешил заверить ее Натан. — Он просто притворяется. Когда они пугаются — сразу прикидываются мертвыми. Сворачиваются в клубок и не шевелятся.

И тут Элис отчаянно позавидовала опоссуму. Ей самой захотелось свернуться в клубок, но не от страха, а от смущения. Никогда в жизни не было ей так стыдно, как в эту минуту. Она посмотрела на окно, через которое зверек залез в дом, а потом вдруг всхлипнула — и залилась слезами.

Улыбка тут же сползла с лица Натана. Он шагнул было к Элис, но потом вспомнил, что все еще держит на руках ребенка. Натан быстро подошел к дивану, опустил на него Колина и обложил малыша подушками, чтобы тот не скатился на пол.

Совсем забыв о своей наготе, Натан поспешно вернулся к Элис и нежно обнял ее.

— Не плачь, милая, — тихонько уговаривал он, приподняв ей лицо и покрывая его легкими быстрыми поцелуями. — Я знаю, ты очень испугалась, и мне не надо было смеяться. — Он поцеловал ее в уголок рта. — Прости меня.

— Мне было так страшно, — пожаловалась Элис, прижимаясь к его сильному плечу. — Я думала, что это бандиты. Правда. Я услышала какой-то шорох и...

— Ш-ш-ш... — Большими пальцами Натан вытирал слезы с ее щек. — Все уже позади. Я здесь, и ты в безопасности. Я тебя больше не оставлю одну. — И он поцеловал Элис в губы.

— Ох, Натан... — выдохнула она, когда он наконец поднял голову. Элис уткнулась лицом ему в грудь и, обвив руками его мускулистые плечи, легко пробежала пальцами по выпуклым мышцам спины. Женщина чувствовала, какая гладкая и теплая у него кожа. Пьянея от свежего запаха его тела и тихонько постанывая от удовольствия, Элис начала целовать грудь Натана, останавливаясь, чтобы подразнить языком твердые соски.

Вздох удовольствия сорвался с его уст. Он стоял перед Элис обнаженный, во всем великолепии мужской красоты. Он закрыл глаза и откинул голову назад, пребывая почти в экстазе от ее ласк.

Страсть, которую Натан так долго сдерживал, мгновенно вспыхнула, обжигая его тело горячим пламенем. Натан со стоном взял Элис за руку и потянул эту маленькую ручку вниз, к своей набухшей плоти.

— Притронься ко мне, — прошептал он.

Элис не колебалась. Она опустила руку и обхватила восставшую мужскую плоть. Когда пальцы Элис пришли в движение, Натан открыл глаза, чтобы посмотреть ей в лицо. Однако то, что он увидел за спиной у Элис, заставило его вскрикнуть и вырваться из ее объятий. Бросившись к дивану, он успел подхватить Колина, когда тот уже почти скатился на пол.

— Что случилось? — Элис подбежала к стоящему на коленях Натану.

Тот согнулся, прижимая ребенка к груди. Но вот мужчина наконец облегченно вздохнул и выпрямился.

— Он чуть не свалился с дивана, — объяснил Натан. — Наверное, скинул подушки, которыми я его обложил. — Он кивнул на три подушки, валявшиеся на полу. — Скорее всего он бы не ушибся, если бы упал, но мне не хотелось рисковать.

— О господи! Ведь он мог себе что-нибудь сломать! — в ужасе вскричала Элис.

Натан с сомнением покачал головой.

— Да нет, не думаю, — рассудительно ответил он. — Ведь малыш упал бы с низкого дивана на мягкие подушки, а не с отвесной скалы на острые камни.

— Все равно, — прошептала Элис, уткнувшись губами в шейку ребенка. — Он мог ушибиться. Спасибо, что поймал его.

Она посмотрела на Натана, и некоторое время оба не знали, что сказать.

Было ясно, что миг страсти минул безвозвратно, но тело Натана явно не желало смириться с этим. Элис быстро глянула вниз, потом так же быстро отвела глаза. Ей казалось: если она притворится, будто не замечает желания Натана, то можно будет сделать вид, что между ними ничего сейчас и не было. Да и быть не могло.

— Ну что ж, — с напускной легкостью сказала она, — уже поздно, и думаю, после такой беспокойной ночи нам всем не помешает поспать.

Натан закрыл глаза и сжал зубы. Потом, совладав с собой, почти спокойно произнес:

— Наверное, ты права. Но я все равно буду спать здесь.

— Что?

— Я говорю, что буду спать здесь, — повторил Натан.

Элис возмущенно вскинула голову:

— Подожди минутку! Я, конечно, виновата в том, что... произошло тут несколько минут назад, и я глубоко сожалею, если у тебя создалось впечатление...

— Господи, как я ненавижу эти слова! — взорвался вдруг Натан.

Элис испуганно отступила на шаг.

— Ка-какие слова? — заикаясь, спросила она.

— «Я глубоко сожалею...» Почему ты всегда так говоришь?

— Я не всегда так говорю, — обиженно возразила Элис.

— Нет, всегда. Особенно когда разговор заходит о нас с тобой, о наших взаимоотношениях.

— О нас? — взвилась Элис. — Нет никаких «нас», капитан.

— Ах, я, значит, опять «капитан»? Несколько минут назад, когда ты целовала меня, ты называла меня по-другому.

Элис почувствовала, как краска стыда заливает ее щеки, и быстро отвернулась.

— Мне надо пойти уложить ребенка, — поспешно проговорила она.

— Нет, не надо, — прогремел Натан. Он понял, что она хочет сделать вид, будто между ними ничего не было. — Он заснул у тебя на руках, а ты знаешь, какой он. Стоит тебе положить его в кроватку, как он проснется и начнет плакать. Если ты устала, давай его мне, я подержу, пока он уснет покрепче. Но разговор мы продолжим.

— Я сама подержу его, — прошептала Элис.

— Хорошо. Сядем.

Элис неохотно поплелась за Натаном к дивану. Они сели, она поудобней устроила Колина на коленях. Натан взял ее руку и стал легонько поглаживать тонкое запястье большим пальцем.

— Послушай, Элис, — проникновенно заговорил молодой человек. — Я не хочу спорить с тобой и не собираюсь ничего тебе доказывать. Я хочу лишь одного: чтобы ты не чувствовала себя виноватой. Я — мужчина, ты — женщина. Мы целовались, мы ласкали друг друга. В этом нет ничего предосудительного.

— Нет, есть! Еще как есть! — упрямилась Элис. Она отняла у Натана свою руку и спрятала ее в складках ночной рубашки. — И потом, мы ведь не только целовались. Однажды между нами произошло кое-что еще, и могло произойти...

— Значит, — перебил ее Натан, — ты признаешь: в том, что случилось той ночью, была не только моя вина?

— Да, признаю, — тихо сказала она. — Но все равно это была ужасная ошибка, и я поклялась, что такого больше не повторится. И прошу тебя помочь мне сдержать эту клятву.

— Вот этого я тебе обещать не могу, — покачал головой Натан. — Я бы с удовольствием, но зачем мне тебе лгать?

Он нежно взял ее лицо в ладони и заглянул ей в глаза.

— Элис, меня влечет к тебе с той самой минуты,

как я увидел тебя. И, как я ни старался, это влечение не ослабевает. Наутро после той грозовой ночи я сказал тебе, что обычно такого со мной не случается. И это правда! Я ни до, ни после не переживал ничего подобного. Ну разве что сегодня... Да, это были не просто поцелуи. Мы зашли дальше... Не знаю, плохо это или хорошо, но я хочу, чтобы *это* случилось снова. Вот почему я не могу обещать, что не буду прикасаться к тебе или целовать тебя. Но могу поклясться, что не буду ни к чему тебя принуждать. Однако если настанет такой миг, когда желания наши совпадут, мы, может быть, опять насладимся друг другом. И я уверен, это будет так же прекрасно, как и в первый раз.

Он помолчал, глядя ей в глаза и пытаясь понять, как она относится к его словам. Но лицо Элис было непроницаемо.

— Ну вот, — продолжил он, — я рассказал тебе о своих чувствах. Если из-за них ты теперь считаешь меня чудовищем, мне очень жаль. Я — молодой здоровый мужчина, ты — очень красивая женщина. И если бы я не почувствовал к тебе влечения, то, откровенно говоря, просто испугался бы за себя. Откровенно говоря, я бы обеспокоился, если бы не почувствовал к тебе влечения.

Пока Натан произносил свою проникновенную речь, Элис сидела, опустив голову, и смотрела на своего ребенка. На *его* ребенка. Когда она подняла глаза, в них была глубокая печаль.

— Ты очень многого обо мне не знаешь, — тихо сказала женщина. — Многого, что заставляет меня держаться от тебя подальше. Пожалуйста, Натан, попытайся меня понять и уважай мои желания.

— Я постараюсь, — искренне ответил он. — Но это все, что я могу тебе обещать.

Натан встал, взъерошил пальцами свои густые светлые волосы и посмотрел в окно на первые лучи восходящего солнца.

— В самом деле, надо поспать, — устало проговорил он. — Уже почти утро.

— Ты не можешь спать со мной, — заявила Элис.

Натан повернулся и удивленно воззрился на нее:

— Да я и не собираюсь.

— Но... — Элис явно была в замешательстве. — Ты же сказал, что будешь спать здесь.

— Да, я так и сделаю, — кивнул он. — Я останусь в доме сегодня и все последующие ночи. Но ты не беспокойся — я буду ночевать в комнате твоего брата.

Но поскольку Элис явно волновалась, Натан продолжил:

— Послушай меня, Элис. Приключение с опоссумом — своего рода предостережение. Слава богу, сегодня это было лишь безобидное животное, но если бы вместо опоссума в дом проник один из бандитов Роса-са, мы бы оказались в очень сложном положении. Ты сегодня убедилась, что я не сразу смогу прийти тебе на помощь: слишком далеко от сарая до дома. К тому же я не услышу, если ты меня позовешь. Поэтому мне ничего другого не остается, как ночевать в доме. Только живя рядом, я смогу защитить тебя... и его. — Натан показал на Колина. — Ты понимаешь меня?

Элис медленно кивнула.

— Хорошо. Тогда я пошел спать.

Он улыбнулся и, войдя в комнату Тома, плотно прикрыл за собой дверь.

Элис откинула голову на спинку дивана. Ну и ночка! Как ни старалась, она не могла победить влечения, которое испытывала к Натану Уэллесли, — это было выше ее сил. Даже сейчас, когда его уже не было рядом, она вся трепетала.

Легкая улыбка тронула губы женщины. Наверное, ей следовало попросить его одеться, хотя бы застегнуть штаны, но Элис промолчала, делая вид, что ничего не замечает. На самом же деле ей ужасно не хотелось лишать себя удовольствия любоваться его великолепным телом.

«Ты страшная лицемерка, Элис Грэхем! — сказала она себе. — Натана ты обвинила во всех смертных грехах, а сама-то как себя ведешь? Стоит тебе увидеть его, как тут же у тебя появляются греховные мысли! — Она сокрушенно вздохнула. — Но может ли женщина удержаться от греховных мыслей, если у мужчины *такое* тело?»

18.

Натан разлил кофе по чашкам и поставил их на стол.

— Элис, у тебя есть ружье? — неожиданно спросил молодой человек.

Элис была занята тем, что старалась впихнуть ложку с кашей Колину в рот, поэтому ответила не сразу.

— Не знаю, — равнодушно сказала она. — У моего мужа было. И сейчас, наверное, оно валяется где-то в доме... Ох, как бы мне хотелось обзавестись высоким детским стульчиком! Колин уже умеет сидеть, и было бы гораздо легче его кормить, устроив на таком стульчике. А то держать этого карапуза на руках да еще управляться с тарелкой и ложкой — это же сущее наказание!

Натан нахмурился, раздосадованный тем, что Элис не обратила ни малейшего внимания на его вопрос.

— А ты не знаешь точно, где ружье твоего мужа?

Элис удивленно посмотрела на Натана.

— Наверное, где-нибудь в чулане, — ответила она, пожав плечами. — А зачем оно тебе?

— Затем, чтобы сегодня утром научить тебя стрелять, — неожиданно заявил Натан.

— Нет! — вскинулась Элис.

Натан с досады бросил на стол ложку, которой помешивал кофе:

— Опять «нет»! Ну хоть бы раз я услышал от тебя что-то другое!

— Услышал бы — если бы предлагал то, что мне по душе, — сварливо откликнулась Элис. — Но, к сожалению, я не хочу учиться стрелять.

— Почему? — удивился Натан. — Ты уже умеешь?..

— Нет, и не желаю уметь.

— Но почему?

— Потому что я вообще не люблю оружие, — решительно проговорила Элис. — По-моему, из-за него происходят почти все беды на земле.

— Это нелепо! — разозлился Натан. — Беды происходят не из-за оружия, а из-за людей, которые его используют.

Элис пожала плечами.

— А какого еще ответа ждать от человека, который то и дело пускает оружие в ход? — ядовито осведомилась она.

— Прошу прощения, леди, — обиделся Натан, — но вы, похоже, забыли, что мое оружие охраняет закон и порядок, а также защищает невинных людей вроде вас от бандитов. Такое тоже случается, знаете ли.

— Да, ты прав, — вздохнула она. — Впрочем, я и не собиралась тебя ни в чем убеждать. Но я не люблю оружие и не желаю брать его в руки.

— Тем не менее придется. Для твоего же блага.

Элис взяла салфетку и начала вытирать перемазанную мордашку малыша.

— А я считала, что защищать меня должен *ты.* Да ты и сам только что сказал...

— Да, конечно, — согласился Натан. — Но я же не всегда здесь. Ты прекрасно знаешь, что мне приходится порой ездить в город. И потом, я хочу отловить тех мустангов, для которых сделал загон. И мне было бы гораздо спокойнее, если бы я был уверен, что в крайнем случае ты сможешь отбиться от бандитов.

Элис закусила губу. Возразить Натану женщине было нечего, поскольку он был абсолютно прав. Но даже если она научится стрелять, решится ли всадить пулю в человека?

— Я не смогу выстрелить в живое существо. Никогда! — твердо заявила Элис.

— Еще как сможешь! — не менее твердо ответил ей Натан. — Если какой-нибудь негодяй станет угрожать Колину, ты пристрелишь подлеца — и глазом не моргнешь!

Элис несколько секунд обдумывала его слова, потом, представив себе, видимо, эту картину, вздрогнула.

— Ты прав, — тихо сказала она. — Если кто-нибудь посмеет угрожать моему сыну — смогу.

— Тогда соглашайся — и будем учиться стрелять. Самое опасное — это когда за ружье хватается человек, не знающий, как с ним обращаться.

— О боже! — простонала Элис, откидываясь на спинку стула. — Как я все это ненавижу!

— Я знаю, — нежно глядя на нее, проговорил Натан. — Но ты ведь согласна со мной?

— Да, — обреченно кивнула Элис.

— Тогда корми и умывай ребенка, собирай его, и поехали учиться. — Он отодвинул стул и встал. — Я пойду оседлаю лошадей.

— А куда мы поедем? — с любопытством посмотрела на него женщина.

— В горы к северу отсюда. Места там тихие, безлюдные, так что не страшно, если пуля уйдет не туда, куда надо.

— А как быть с Колином? — заволновалась Элис.

— Возьмем его с собой, — пожал плечами Натан. — Он может поиграть там на одеяле.

— Но он уже начинает ползать, — запротестовала Элис. — Я боюсь брать его туда, где будет стрельба.

Натан подумал немного, потом согласно кивнул.

— Ты права, — спустя мгновение проговорил он. — А нельзя оставить его у миссис Поттер? Может, она присмотрит за ним часок-другой?

— Конечно, присмотрит, но... — замялась Элис.

— Не волнуйся. Я подожду где-нибудь в сторонке, пока ты пойдешь к ней, — успокоил ее рейнджер.

— Ладно. — Элис больше не колебалась. — Седлай лошадей. Я буду готова через десять минут.

Натан остался ждать на краю рощицы, а Элис пошла с Колином к дому Линн. Натан видел, как Элис постучала в дверь, и вытянул шею, когда увидел, что дверь приоткрылась.

Издали он не мог разглядеть шрамов на лице у Линн. Но, увидев ее, понял, почему все молодые люди в Биксби добивались когда-то ее расположения. Она была маленькая, изящная, с темными блестящими волосами и таким нежным мелодичным голосом, что, услышав его, Натан невольно заулыбался. Он, конечно, помнил, что обещал держаться подальше, но соблазн получше рассмотреть Линн был слишком велик. Натан и сам не заметил, как подъехал почти к самому ее дому. К счастью, Линн не услышала стука копыт. Она была полностью поглощена разговором с Элис.

— Дорогая, что ты здесь делаешь? — спрашивала она подругу. — Я думала, что, пока не кончится вся эта жуткая история, ты не приедешь.

— Я тоже так думала, — ответила ей Элис, — но Натан сказал, что если он меня проводит, то я смогу навестить тебя.

Линн сразу перестала улыбаться и с беспокойством осмотрелась по сторонам.

— Ты хочешь сказать, что он здесь? — испуганно спросила она.

— Да, но не волнуйся, он к нам не подойдет, — мягко проговорила Элис. — Он там, за деревьями.

Натан увидел, как Линн быстро юркнула в дверь, и понял: Элис сообщила подруге, что он рядом. Рейнджер нахмурился. Он недоумевал: почему эта прелестная женщина так упорно прячется от людских глаз? Чего она боится?! Натан знал, что найдется немало мужчин, которые будут очарованы ее сияющими волосами, изящной фигуркой и милой улыбкой. И ни одного стоящего парня не оттолкнут два-три шрама на лице. Натан твердо решил, что при первом же удобном случае обязательно скажет Линн об этом.

Не прошло и минуты, как Элис вновь появилась во дворе. Она легко подбежала к своей лошади, вскочила в седло и подъехала к Натану.

— Я видел твою подругу, — сообщил Натан, когда они поднимались в гору.

Элис взволнованно посмотрела на него, ожидая продолжения.

— Она показалась мне очень милой. И прехорошенькой!

— Она действительно очень милая, — улыбнувшись, промолвила Элис. — А прехорошенькой... была раньше, — с горечью добавила она. — Издали ты не разглядел ее шрамов.

— Верно, не разглядел, — согласился Натан. — Но не думаю, что, даже увидев их, перестал бы считать ее прелестной.

— Что ты хочешь этим сказать? — насторожилась Элис.

Натан сощурился, подыскивая слова, чтобы поточнее выразить свою мысль.

— Это трудно объяснить, — наконец проговорил он. — Бывают женщины, которые пленяют мужчин вовсе не своей красотой... То есть они, конечно, могут быть красивы, но это не главное.

— Я не понимаю, — сказала Элис, изумленно глядя на Натана.

— В некоторых женщинах есть что-то такое, — пытался объяснить ей Натан, — улыбка, поворот головы, какое-то особое очарование — что другие женщины не замечают, но мужчины...

Элис с возрастающим интересом смотрела на Натана. Неужели у этого сурового, ершистого техасского рейнджера такая тонкая, чувствительная душа? Или это влияние Линн Поттер? Рядом с ней ведь мужчины всегда становились поэтами...

— И ты считаешь Линн Поттер такой женщиной? — спросила она.

— Именно, — кивнул Натан. — И, судя по твоим рассказам, она еще и добрая, преданная, нежная...

— Да.

— Тогда я не представляю себе мужчину, который не почел бы за счастье быть рядом с ней, — решительно заявил молодой человек.

— Эй, капитан! — со смехом воскликнула Элис. — По-моему, вы увлечены Линн!

— Вовсе нет, — пожал плечами Натан. — Просто я хочу сказать, что она напрасно переживает из-за своего лица. Она — очаровательное создание!

При этих словах Натана Элис, к немалой своей досаде, почувствовала легкий укол ревности.

— Ну что ж, — произнесла женщина, и голос ее прозвучал чуть резче, чем ей хотелось, — я передам Линн твои слова.

— Лучше не надо, — покачал головой Натан. — Я не хочу напугать или смутить ее. Просто жаль, что некому объяснить ей, сколь часто мужчин пленяет отнюдь не смазливое личико. Разве внешность — это главное?

— Ну конечно, тебе-то с твоей внешностью легко говорить! — фыркнула Элис.

— Эй, миссис Грэхем, что вы хотите этим сказать? — иронически вскинул брови Натан.

— Ничего, — быстро ответила Элис, проклиная в душе свой длинный язык. — А во что мы будем целиться?

Натан улыбнулся той поспешности, с которой она сменила тему.

— Да во что угодно. Что найдем: консервные банки, бутылки, камни.

— О, этого добра тут предостаточно! Мы же подъезжаем к самому красивому месту в округе. По воскресеньям жители Биксби часто устраивают здесь пикники.

— А ты когда-нибудь ездила сюда на пикник? — Натан пристально посмотрел на Элис.

— Когда Джо ухаживал за мной, мы порой выбирались сюда с корзинкой всякой снеди... — В голосе Элис зазвучали горестные нотки.

Натан смотрел на Элис и пытался представить себе, какой она была тогда... Наверное, светилась от счастья... Упивалась своей первой любовью... Но жизненные невзгоды погасили в глазах этой женщины радость и наполнили их непреходящей грустью.

— А потом ты больше сюда не приезжала? — тихо спросил Натан.

— Нет, — покачала головой Элис. — Сюда не приезжают... в одиночку.

Она сказала это с такой тоской в голосе, что у Натана защемило сердце.

— Ну, может быть, как-нибудь в воскресенье мы сможем взять Колина и втроем устроить тут пикник, — неожиданно предложил он.

— Нет! — выпалила Элис и тут же пожалела о своих словах — с таким недоумением и такой обидой посмотрел на нее Натан. — Это неудобно, — поспешила объяснить она. — Тут же пойдут разговоры... Ведь в таких маленьких городках, как Биксби, отправиться на пикник — все равно что объявить во всеуслышание...

— Объявить о чем? — перебил ее Натан.

Элис нервно заерзала в седле. Она мечтала поскорее добраться до вершины горы, чтобы прекратить наконец этот разговор. Но Натан ждал ответа, и ей пришлось пуститься в объяснения.

— Многие в городе, особенно дамы, считают поездку в горы на пикник первым шагом к... — Тут Элис замолчала.

— К чему? — поторопил ее Натан.

— К тому, что мужчина берет на себя обязательства... — пролепетала Элис и снова замолчала.

— Обязательства? — с невинным видом переспросил Натан.

— Да, капитан, — довольно резко произнесла женщина, — вполне определенные обязательства.

Натан изо всех сил старался сохранить невозмутимое выражение лица.

— Боюсь, что я не совсем понимаю, — протянул он.

— Да все ты понимаешь! — с досадой воскликнула Элис. — Я говорю о помолвке! Почти все в Биксби считают, что, если парень пригласил девушку на пикник в горы, значит, он собирается сделать ей предложение.

— А, понятно... — кивнул Натан.

— Вот поэтому мы и не можем приехать сюда с Колином на пикник. Все тогда подумают, что...

— ...что я собираюсь сделать тебе предложение, — закончил за нее Натан. — А мы, конечно же, не хотим, чтобы у людей сложилось такое впечатление, не правда ли?

— Конечно, не хотим! — живо откликнулась Элис.

— А вы не думали о том, чтобы когда-нибудь снова выйти замуж, миссис Грэхем?

— А вы не считаете, капитан, что это слишком личный вопрос? — сверкнула на него глазами Элис.

— Считаю, но все-таки задаю его.

— Не знаю, — медленно сказала Элис. — Сомневаюсь.

— Почему?

Напряжение в голосе Натана заставило Элис с любопытством взглянуть на рейнджера.

— Ну видишь ли... Я не думаю, что встречу мужчину, за которого захочу выйти замуж.

— Ты так сильно любила своего мужа, что не представляешь себе на его месте другого? Это ты хочешь сказать?

— Не совсем, — честно ответила Элис. — Я вышла замуж за Джо, когда была совсем молодой... И я любила его! Но сейчас у меня есть ферма, есть мой малыш, есть брат, который, я надеюсь, скоро вернется домой. Мне этого вполне достаточно.

— Ты говоришь ерунду, — фыркнул Натан.

Элис изумленно посмотрела на него:

— Прошу прощения?

— Если ты думаешь, что вот у тебя есть твои цветочки, твоя коровенка, твой сыночек — и больше тебе ничего не нужно, то ты жестоко заблуждаешься! Ты — роковая женщина, Элис.

— Это еще что значит?

Натан резко остановил лошадь и посмотрел на Элис почти сердито.

— Это значит, — мрачно проговорил он, — что ты такая женщина, влечение к которой проникает мужчине в кровь, как лихорадка. Из-за таких женщин мужчины убивают друг друга.

Элис ахнула от возмущения.

— Как ты смеешь меня так оскорблять?! — вскричала она.

— При чем здесь оскорбление? — изумился Натан. — Я говорю, что быть такой, как ты, мечтает каждая женщина, а каждый мужчина мечтает найти такую. Ты считаешь, что это оскорбление?

— Я скажу тебе, что я считаю, — клокоча от гнева,

произнесла Элис. — Я считаю, что этот разговор надо прекратить *немедленно*. Ты привел меня сюда, чтобы научить стрелять. Так вот, мы на месте, учи. Но, пожалуйста, держи при себе свое мнение о моей персоне.

Натан обескураженно покачал головой, сбитый с толку яростью Элис.

— Извини, — искренне сказал он. — Я считал, что делаю тебе комплимент. Я не хотел тебя обидеть.

Элис спешилась и сердито накинула поводья своей лошади на толстую ветку ближайшего дерева.

— Забудь, — буркнула женщина. — Я не хочу больше об этом говорить.

Натан смотрел на нее и не мог понять, почему она так упорно не желает взглянуть правде в глаза. Элис была страстной, чувственной женщиной. В юности она любила и вышла замуж. Потом была близка еще по крайней мере с двумя мужчинами — с ним, Натаном, и с отцом Колина. Так почему же при малейшем намеке на близость между мужчиной и женщиной она ведет себя как недотрога-девственница на первом балу?

Натан слез с лошади и привязал ее рядом с кобылкой Элис.

— Ну ладно, — сказал он, решив, что никакие разговоры не должны отвлекать его от дела. — Давай поищем какие-нибудь мишени.

— А я уже нашла, — ответила Элис, показывая ему бутылку из-под вина. — Это подойдет?

— На один выстрел, — засмеялся Натан. — Попробуй найти что-нибудь металлическое, чтобы можно было стрелять несколько раз.

Минут пять Натан и Элис собирали вокруг всякие вещи, которые могли послужить мишенями. Потом расставили свои находки на пнях.

— Встань здесь, — велел Натан, отведя Элис ярдов на десять от мишеней. — Ты когда-нибудь раньше стреляла?

— Один раз, давно, на ярмарке, — ответила она. —

Из винтовки, а не из шестизарядного «кольта». Хотя, по-моему, никакой разницы нет.

Натан с жалостью посмотрел на нее.

— И как? Попала? — с сомнением спросил он.

— Нет, — равнодушно призналась Элис.

Он кивнул, словно и не ждал ничего другого.

— Ну ладно, начнем, пожалуй. Сначала я объясню тебе, как надо заряжать револьвер. — Он щелчком открыл барабан и показал ей шесть пустых гнезд. Потом достал из кармана шесть патронов и ловко вставил их в гнезда. — Готово! Теперь можно стрелять.

Он отдал ей револьвер и насмешливо наблюдал, как она держит его на ладони и с отвращением смотрит на него.

— Значит, ты поднимаешь револьвер и прицеливаешься, — начал он.

— Я не хочу! — воскликнула женщина. — Не хочу!

— Элис...

— Он слишком тяжелый, и мне неудобно его держать, — пожаловалась она.

— Может, если ты возьмешь его за рукоятку, тебе будет удобнее, — посоветовал ей Натан.

— Нет. Я правда не хочу! На, возьми. — И Элис протянула револьвер рейнджеру.

— Так, погоди-ка. — Он отвел от себя ее руку. — Мы приехали сюда, чтобы ты научилась стрелять, а теперь ты даже не хочешь попробовать?

— Ну...

— Давай я покажу тебе. Ты просто стой рядом и смотри. — Он взял у нее револьвер, взвел курок и прицелился в бутылку из-под вина. — Видишь? Ничего трудного тут нет. Ты находишь цель, берешь ее на мушку и... стреляешь.

Оглушительный грохот заставил Элис в ужасе присесть, зажав уши руками.

— Не смей палить без предупреждения! — закричала она.

— Так я же тебя предупредил!

Она посмотрела на осколки бутылки, валявшиеся вокруг, потом на Натана.

— Ты, должно быть, хороший стрелок, — с явным уважением отозвалась она.

— Практика, моя дорогая, — ухмыльнулся Натан, — практика, и ничего более.

Элис сделала вид, будто не заметила, что Натан снова назвал ее «моя дорогая». Она протянула руку за револьвером.

— Ладно. Я попробую... разок, — скептически улыбаясь, согласилась она.

— Хорошо, — кивнул Натан. — Ты просто делай, как я сказал, и у тебя все получится. Если тебе тяжело, то держи его двумя руками. Вот так. Теперь прицелься в тот предмет, в который хочешь выстрелить.

Тяжелый «кольт» в руках у Элис мотался из стороны в сторону — она не могла решить, какую из двух консервных банок сбить с пня.

— Элис, выбери цель, — настойчиво приказал Натан.

Элис перестала водить во все стороны дулом револьвера, однако Натан так и не понял, в какую же банку она целится.

— Ну хорошо. Ты видишь цель? — нетерпеливо спросил он.

Элис кивнула.

— Теперь подними револьвер на уровень глаз и прицелься. — Он установил ее негнущиеся руки в нужном положении. — Смотри внимательно: цель и мушка должны быть на одной линии.

— Понятно.

— Прицелилась?

Элис снова кивнула.

— Тогда стреляй!

Сильная отдача отбросила Элис назад, так что она чуть не сбила Натана с ног.

— Я попала? — спросила женщина, когда оба они отдышались. — Что это был за звук?

— Это пуля попала вон в то дерево и рикошетом ушла в сторону. — Натан показал на огромный раскидистый дуб, росший слева от них.

Элис изумленно воззрилась на рейнджера.

— Это туда улетела моя пуля? — недоверчиво спросила она.

— Да.

— Не может быть! Я целилась вон туда, — махнула она рукой в другую сторону.

— Я знаю, но, прежде чем выстрелить, ты крепко зажмурилась, а этого делать не надо.

— Ну, я просто знала, что сейчас ка-ак бабахнет, и пыталась подготовиться... — объяснила Элис.

— Тебе придется привыкнуть к грохоту выстрелов, — пожал плечами Натан. — А еще надо привыкнуть к тому, что после каждого выстрела бывает отдача. Она не должна сбивать тебя с ног! Иначе все твои пули будут, как и эта, улетать неведомо куда.

— Нечего надо мной издеваться, Натан Уэллесли, — поджала губы Элис. — Я же говорила тебе, что не хочу стрелять.

— Элис, — терпеливо произнес Натан, — я и не думал издеваться, и нечего злиться. Это был твой первый выстрел. Давай попробуем еще, и все получится.

— Нет. Я больше не хочу, — отказывалась Элис.

Натан глубоко вздохнул, сдерживая раздражение.

— Ладно тебе, — примирительно проговорил он. — Нельзя же так быстро сдаваться. Давай на этот раз сделаем по-другому. Я встану у тебя за спиной и буду направлять твою руку, чтобы ты почувствовала, как надо стрелять. Согласна?

Элис неохотно кивнула. Натан шагнул ей за спину и притянул женщину к себе, так что ее лопатки прижались к его груди. Потом он обхватил Элис, взяв ее руки в свои и уткнувшись подбородком ей в плечо, чтобы лучше видеть цель.

— Револьвер надо держать вот так. Теперь смотри на мушку. Ты видишь банку?

— Не очень хорошо. Мушка немного закрывает ее.

— Так и должно быть. Теперь выровняй револьвер. — Натан крепче сжал ее руки. — Чувствуешь, как надо?

— Да, — тихо ответила Элис, больше наслаждаясь близостью его сильного тела, чем думая о револьвере.

— Ты готова?

— Вроде бы...

— Хорошо. Не закрывай глаз. Теперь... прицелься и стреляй!

Револьвер оглушительно грохнул, и, к удивлению Элис, консервная банка, в которую она целилась, взлетела в воздух.

— Я попала! — восторженно закричала женщина, поворачиваясь лицом к Натану и бросаясь ему на шею. — Я попала в банку! — И, не думая, что делает, она привстала на цыпочки и звонко чмокнула Натана в губы. — Я попала!

Натан бросил револьвер на землю и обнял Элис за талию, глядя в ее сияющие глаза.

— Да, ты попала.

Он склонил голову и поцеловал ее. Нежная ласка постепенно перерастала в полную страсти и желания игру губ и языков. Натан услышал тихий стон наслаждения и принялся одной рукой поглаживать затылок Элис, а другой крепко прижимал ее к себе.

Ни один из них не понял, как они оказались на земле, но теперь они лежали в мягкой траве, Натан на спине, а Элис — на нем. Они не прерывали поцелуя, и Натан стал расстегивать пуговицы на ее платье. Он не чувствовал, что и на его рубашке пуговицы расстегиваются. Но его затопило блаженство, когда упругая пышная грудь Элис прижалась к его горячему телу.

— Как хорошо, — прошептал он, переворачиваясь и целуя Элис шею, постепенно спускаясь к груди. — Ты такая красивая...

Элис открыла затуманенные страстью глаза, глядя на его прекрасное лицо. Глаза его были такими же синими, как небо, а густые светлые волосы пахли мылом и солнцем.

— Мы не должны этого делать, — со стоном произнесла она слова, которые давно назойливо подсказывал ей тоненький внутренний голосок.

— Я только целую тебя, больше ничего, — прошептал Натан прямо в ухо Элис.

Женщина уже открыла рот, чтобы возразить, но он накрыл его своими губами, и Элис едва не задохнулась от наслаждения. По всему телу у нее побежали мурашки.

— Я сейчас потеряю сознание! — вдруг закричала она, отворачиваясь и судорожно вздыхая.

Натан тут же приподнялся, опираясь на руки и колени.

— Я слишком тяжелый, да? Ты такая маленькая...

Элис, борясь с охватившим ее желанием, смущенно посмотрела на него.

— Ничего подобного, ты совсем не тяжелый, — успокоила она его, а потом вдруг призналась: — Ты сводишь меня с ума своими поцелуями.

Натан вздохнул и улыбнулся.

— Значит, тебе нравятся мои поцелуи? — прошептал он, снова склоняясь над ней.

Элис быстро отвернулась.

— Да, но нам лучше прекратить... Нам бы следовало...

Натан опять приподнялся. Еще мгновение он любовался ее обнаженной грудью, а потом, застегнув на Элис платье, вздохнул и отодвинулся от нее.

— Ты такая красивая, — тихо проговорил он. — И я хочу тебя больше всего на свете. Но мне не нравятся слезы... Я не стану принуждать тебя любить меня...

Он встал и быстро отвернулся, чтобы она не увидела, как он возбужден. Протянув руку, он помог подняться и ей.

— Уже поздно, — избегая смотреть на Элис, сказал Натан. — Нам пора ехать к Линн за Колином.

— Да, — согласно кивнула она, дрожащими руками отряхивая платье. — Пора.

Подойдя к пням, на которых стояли консервные банки, Натан в сердцах смахнул их на землю. Выместив на жестянках все свое разочарование, Натан взял себя в руки. Успокоившись, он направился к Элис, которая уже сидела на лошади. Молча и не глядя друг на друга, они стали спускаться с горы.

Подъезжая к дому Линн, Элис вдруг остановила лошадь и повернулась к Натану.

— Натан? — неуверенно позвала она.

— Да? — откликнулся он.

— Я... — Она сглотнула ком, подступивший к горлу, и быстро произнесла: — Я хочу поблагодарить тебя.

— За что? — удивился Натан.

— За то, что ты не воспользовался моей... слабостью, — выдавила она из себя. — Мы оба знаем, что ты мог бы... и я признательна тебе, что ты... помог мне сдержать клятву.

— Я же сказал, что не буду принуждать тебя, — довольно резко ответил он.

— Да, ты меня не принуждал.

Натана удивила ее прямота.

— Это все равно случится, рано или поздно, но обязательно случится. И я, и ты — мы оба знаем это.

— Нет, не случится, — возразила Элис.

— Случится, — убежденно произнес Натан. — Когда мы будем целоваться, как сегодня, я могу не сдержаться. Я — мужчина, Элис, и подобные забавы сводят меня с ума. Я не могу целовать и ласкать тебя, а потом спокойно встать и уйти. Я тебя честно предупреждаю. Если ты не хочешь, чтобы я любил тебя, тебе лучше держаться подальше от меня... Потому что в следующий раз я не остановлюсь...

Элис смотрела на Натана широко раскрытыми глазами, думая, что ему ответить, но он пришпорил своего коня и помчался по дороге так, словно за ним гнались все демоны ада.

19.

Ред Хиллард неторопливо ехал к дому Линн Поттер. Кругом царили мир и покой. Цыплята попискивали и клевали что-то в пыли, дойная корова жевала траву на лугу, кудлатая дворняга дремала на крыльце. В общем, ранчо Поттеров ничем не отличалось от тысяч других фермерских хозяйств. Лишь обгоревшая задняя стена дома напоминала о трагедии, разыгравшейся здесь год назад. И если не знать, то не догадаешься, что за этими тюлевыми занавесками живет затворница.

Ред разозлился, когда Натан поручил ему присматривать за Линн.

— Просто езди и проверяй, все ли в порядке. Это надо делать ежедневно или хотя бы через день. Скорее всего она не захочет разговаривать с тобой, может, даже не подойдет к двери, но ты уж постарайся... Оставляй ей записки, делай что хочешь, но если около ее дома появится какой-нибудь подозрительный тип, ты должен немедленно узнать об этом.

Ред отбивался от этого поручения руками и ногами, но капитан был неумолим. И поскольку он был старшим офицером, Реду в конце концов пришлось согласиться...

И вот теперь он стоит во дворе у этой ненормальной и гадает, то ли она выстрелит в него, то ли предложит чашку чая.

Ред был наслышан о миссис Поттер. Городские

сплетницы выложили ему все, и он знал, что она была самой красивой девушкой в Биксби, что вышла замуж за добродушного, симпатичного Джонатана Поттера и вскоре родила девочку, такую же красивую и веселую, как она сама. Дамы со всеми подробностями рассказали Реду, как в доме Поттеров вспыхнул пожар и как погибли в огне муж и дочь несчастной Линн. Женщины качали головами, цокали языками и, понизив голос, по секрету сообщали Реду, что после той трагедии Линн, похоже, повредилась в уме. Из-за шрамов на лице она стала затворницей и ни с кем не видится, за исключением небезызвестной Элис Грэхем. А злобная мисс Диксон добавила:

— Один бог знает, почему Линн Поттер выбрала себе в подруги эту распутницу. Ни одна уважающая себя христианка и на порог бы ее не пустила!

Ред осторожно поднялся на крыльцо и постучал. Никакого ответа.

— Миссис Поттер! — позвал он, шагнув к приоткрытому окошку. — Это Ред Хиллард из города. У меня для вас телеграмма. — Никакой телеграммы у него не было, но по этой фразе миссис Поттер должна была его узнать. Однако слова Реда не возымели никакого действия. — Миссис Поттер? Вы дома?

Ред еще минуту постоял на крыльце, машинально почесывая дворнягу за ухом. В конце концов он пожал плечами и, похлопывая по ноге перчатками, спустился по ступенькам. Ред уже взялся за поводья, как вдруг услышал мелодичный голос, раздавшийся из окна:

— Мистер Хиллард?

Ред тут же бросил поводья и вернулся на крыльцо.

— Миссис Поттер? — окликнул он хозяйку, заглядывая в окно и пытаясь рассмотреть что-нибудь сквозь занавески. — Это вы?

Он увидел, как занавеска чуть-чуть отодвинулась, и тот же голос спросил:

— Не могли бы вы показать мне какой-нибудь документ?

Ред нахмурился, но полез в карман и достал бумажник. Он поднес свои документы к самому окну, одновременно пытаясь разглядеть смутный силуэт за занавеской.

— Я приехал, чтобы убедиться, что у вас все в порядке, мэм.

— Да, у меня все в порядке, — произнес нежный голос.

Ред посчитал, что, коль скоро она ему отвечает, значит, убедилась: он именно тот, за кого себя выдает. Он быстро сунул бумажник в карман и попросил:

— Позвольте мне войти, пожалуйста.

— Нет.

— Но, миссис Поттер, мне необходимо вас увидеть.

— Это совершенно ни к чему. У меня все хорошо. А больше вам ничего знать не нужно.

Ред выпрямился и, хмурясь, отступил на шаг.

— Капитан Уэллесли предупреждал вас, что я буду приезжать каждый день?

— Мне говорила об этом миссис Грэхем.

— Ну, значит, вы понимаете, что мне надо вас видеть.

Последовало молчание, потом бесплотный голос произнес:

— Вам совершенно незачем меня видеть, сэр. Уверяю вас, все в полном порядке. Я не заметила ничего подозрительного.

— Миссис Поттер, — вздохнул Ред, страстно желая заехать Натану Уэллесли в ухо за то, что он втравил его в эту... историю. — Я не могу быть уверенным в том, что все нормально, пока не увижу вас. Я же не знаю, что происходит в доме! А может, вы говорите под дулом револьвера.

После этих его слов вновь воцарилось молчание. Но потом дверь вдруг распахнулась, и он с удивлением увидел миниатюрную женщину, лицо которой закрывала густая черная вуаль.

— Ну хорошо, мистер Хиллард, — проговорила женщина мелодичным голосом. — Вот она я. Теперь вы видите, что я жива-здорова и никто мне не угрожает.

Ред кивнул и осторожно приблизился к ней.

— Я должен войти и осмотреть дом, — сказал он.

— Зачем? — отпрянула от него миссис Поттер.

— Чтобы убедиться, что там никого нет, — терпеливо объяснил ей Ред. Как ни раздражала его эта игра в кошки-мышки, он почувствовал невольную симпатию к маленькой женщине под вуалью.

Линн нервно сжала руки.

— Ну хорошо, — неохотно разрешила она. — Если это так необходимо...

— Абсолютно, — кивнул он, снимая с головы шляпу и вытирая ноги о маленький коврик перед дверью. — Это займет минуту, не больше.

Линн вошла в дом, Ред шагнул вслед за ней. Быстрый осмотр гостиной, кухни и верхних спален показал, что все действительно в порядке. Буквально через пару минут Ред уже спускался по лестнице.

— Похоже, все нормально, — сообщил он.

— Я же вам говорила, капитан.

— Я не капитан, — поправил ее Ред. — Я всего лишь лейтенант.

— Извините, — качнулась темная вуаль, — я ошиблась.

— Ничего, — улыбнулся Ред, показав ряд ровных белых зубов. — Почему бы вам не называть меня Редом?[1]

— Это ваше прозвище? — мягко спросила Линн. — Вы получили его из-за цвета своих волос?

— Да, — засмеялся Ред, взъерошив пятерней свою шевелюру. — Меня так все зовут.

---

[1] Ред (Red) — здесь: рыжий.

— А как ваше настоящее имя?

— Уильям, — ответил Ред, удивившись ее любопытству. — Уильям Генри Хиллард.

— Уильям — красивое имя, — тихо проговорила Линн.

— Наверное, — пожал плечами рейнджер, — но с самого детства все называют меня Редом.

Казалось, эта тема уже исчерпана, и оба опять замолчали.

Наконец Ред прокашлялся и надел шляпу.

— Ну, я думаю, мне пора возвращаться в город, — сказал он. — Я снова наведаюсь к вам через денек-другой.

— Не хотите ли попить на дорожку? — неожиданно спросила Линн. А потом, смутившись, объяснила: — Очень... очень жарко сегодня.

— Если вас это не слишком затруднит...

— Ну что вы! Я как раз налила свежей воды в кувшин. Он на кухне. — Линн развернулась на каблуках и, не обращая внимания на развевающуюся вуаль, побежала через холл на кухню. Ред помедлил, не зная, последовать ли ему за хозяйкой дома или ждать ее здесь. После недолгих размышлений рейнджер пожал плечами, пошел за Линн и толкнул дверь кухни.

— Это и правда очень любезно с вашей стороны, миссис...

Ред не договорил. Его прервал крик ужаса, а вслед за ним — звон разбившегося стакана, который выскользнул у Линн из рук.

— Что вы здесь делаете? — пронзительно вскрикнула она. Ее вуаль была откинута назад, и пока Ред изумленно глазел на эту странную женщину, она закрыла лицо руками. — Уходите, пожалуйста!

— Я... Простите меня! — выпалил Ред, потрясенный не столько ее шрамами, сколько тем отчаянием, в которое ввергло миссис Поттер его появление в кухне. — Я думал, что вы собираетесь дать мне стакан воды.

— Да, я собиралась. — Голос Линн звучал глухо, поскольку она все еще закрывала лицо руками. — Но там, в комнате. Пожалуйста, уйдите!

Но, к ужасу Линн, Ред не двинулся с места.

— А в чем дело? — тихо спросил он. — Чего вы боитесь? Почему сердитесь на меня?

— Почему сержусь?! — в отчаянии воскликнула она. — Как это — почему? Сначала вы ворвались в мой дом, теперь пришли за мной сюда... — Отвернувшись, женщина пыталась судорожно опустить на лицо вуаль.

— Не надо, — твердо сказал Ред.

Линн замерла, все еще стоя к нему спиной.

— Что?

— Не нужно от меня прятаться. Я уже видел вас, так зачем же эта ваша вуаль?

Линн упрямо расправила вуаль, потом повернулась к Реду.

— Я была бы вам очень признательна, если бы вы сейчас же ушли, лейтенант Хиллард, — процедила она сквозь зубы.

Ред заговорил тоном, не допускающим возражений:

— Я уйду, но не раньше, чем мы с вами проясним некоторые вещи. Во-первых, я не врывался в ваш дом. Во-вторых, я пошел за вами на кухню только для того, чтобы вам не пришлось бегать со стаканом туда-сюда. Навязывать свое общество я вам никак не собирался. И, в-третьих, я не просил посылать меня сюда. Капитан Уэллесли велел мне наблюдать за вашим домом и присматривать за вами, заботясь о вашей же безопасности.

— Лейтенант Хиллард...

Ред поднял руку, пресекая возражения Линн.

— Позвольте мне договорить... пожалуйста.

Линн молча смотрела на него.

— Я должен ездить сюда еще бог знает сколько времени и не желаю каждый раз по полчаса топтаться на крыльце, пока вы будете надевать свою вуаль. Хочу, чтобы вы хорошенько уяснили себе это. Я знаю, что у вас на лице шрамы; известно мне и то, что вы боитесь, как бы кто чего не подумал или не сказал о вашей наружности. Но поймите, что меня она совершенно не волнует. Я — не юный ухажер и не старая сплетница. Я здесь для того, чтобы делать свое дело, и мне не важно, как вы выглядите. Поэтому перестаньте переживать и прятать от меня свое лицо. А теперь мне пора, пока в городе не заинтересовались, куда это я подевался с телеграфа.

Женщина стояла неподвижно, глядя на Реда из-под своей густой вуали. Со времени пожара никто и никогда еще не говорил с Линн о ее шрамах с такой откровенностью и прямотой. Но в глазах у Реда не было ужаса, а в голосе не слышалось унизительной жалости. Этот человек просто высказывал свое мнение, и его безразличие к ее, Линн, внешности почему-то принесло измученной женщине облегчение.

— Позвольте мне все-таки предложить вам стакан воды, — смущенно проговорила она, наполнила стакан и протянула его Реду.

Ред осушил стакан двумя большими глотками.

— Вы знаете, — сказал он, возвращая ей стакан и улыбаясь, — у вас очень красивый голос.

— Да? — переспросила Линн, чувствуя, как розовеет от удовольствия, и радуясь тому, что густая вуаль скрывает румянец, заливший ее щеки.

— Ага. Он напоминает мне детство... Знаете, когда я был маленьким, моя матушка рассказывала мне на ночь сказки. И голос у нее был совсем как у вас — нежный, тихий и мелодичный.

Линн опустила голову, и Ред понял, что женщине стало неловко.

— Простите! Я не хотел смутить вас, — виновато сказал он.

— Что вы, что вы! — живо откликнулась Линн. — Мне было очень приятно это слышать!

Ред переминался с ноги на ногу, пытаясь придумать, что бы еще сказать, но в голову ему ничего не приходило. Молчание явно затягивалось. Тогда он решительно произнес:

— Ну, я поехал.

Кивнув Линн, Ред вышел из дома и сел на лошадь. Разворачиваясь, чтобы выехать со двора, он с удивлением увидел Линн в дверном проеме.

— До завтра, лейтенант, — крикнула она.

Ред широко улыбнулся, не в силах скрыть удовольствия, которое доставили ему эти ее простые слова.

— Да, миссис Поттер, — громко ответил он. — До завтра.

20.

Натан открыл затуманенные сном глаза и пошарил вокруг, чтобы понять, где что находится. Он зажег лампу рядом с кроватью и посмотрел на свои часы. Десять минут четвертого. Он потряс головой, пытаясь окончательно проснуться. Колин и правда плакал всю ночь или Натану это только снилось? Тонкий жалобный вопль, доносившийся из соседней комнаты, был ответом на этот вопрос.

Выбравшись из кровати, Натан натянул штаны и, чуть пошатываясь, побрел к двери. Он выглянул в коридор и, прищурившись, всмотрелся в полумрак. В тусклом свете лампы, горевшей в гостиной, Натан увидел Элис. Она ходила взад-вперед, брела по комнате, безуспешно пытаясь успокоить кричащего ребенка.

— О боже мой, Колин разбудил вас? — спросила Элис, повернувшись и заметив Натана в дверном проеме. — Простите.

— Все в порядке, — зевнул Натан. — Я и не спал толком. Что с ним случилось?

— Хотела бы я знать, — ответила Элис. Ее голос звучал так, будто она вот-вот расплачется.

— Он заболел? — спросил Натан первое, что пришло ему в голову.

— Скорее всего нет. Похоже, у него режутся зубки.

— И из-за этого он может так плакать? — удивился молодой человек.

— Может, — устало кивнула Элис. — Говорят, это очень больно, — не слишком уверенно пояснила она.

— Бедняжка, — сочувственно покачал головой Натан.

И тут «бедняжка» издал такой вопль, что у них обоих зазвенело в ушах.

— Колин, пожалуйста! — взмолилась Элис, и по ее голосу Натан понял, насколько она измучена и утомлена. — Пожалуйста, милый, перестань!

Натан шагнул к Элис. При виде слез, стоявших у нее в глазах, он всерьез обеспокоился.

— Я просто не знаю, что с ним делать! — в отчаянии воскликнула женщина. — Я его переодевала, кормила, укачивала... Ничего не помогает!

Не говоря ни слова, Натан повернулся и пошел в свою комнату, где достал из седельной сумки полупустую бутылку виски. Он решил махнуть на все условности рукой и, возвратившись в гостиную, плеснул в стакан изрядное количество янтарной жидкости.

— Сядь и выпей это, — приказал он. — Я похожу с ним немного.

— Нет, я не могу... — пролепетала женщина.

Натан повысил голос:

— Элис, делай, что тебе говорят!

Повелительный тон Натана заставил Элис недовольно поджать губы, но она все же уселась на диван и передала ему ребенка.

— Я только минутку отдохну, — прошептала женщина, опуская стакан, который Натан всунул ей в руку.

— Выпей виски. Оно поможет тебе успокоиться и прийти в себя.

— Но я никогда не пила спиртного, — заупрямилась Элис.

— Да, но то было раньше. А теперь выпей, — настаивал Натан. — Оно тебе не повредит.

Судорожно кивнув, Элис сделала крошечный глоток и закашлялась, когда обжигающая жидкость опалила ей язык и горло.

— Оно горячее! — испуганно воскликнула женщина.

— И этот ребенок тоже, — заметил Натан, держа перед собой Колина и стягивая с него одеяльце, в которое он был завернут.

— Он разгорячился от слез, — ответила Элис.

— Может быть, и так, но все равно — здесь жарко, как в печке, — пробурчал Натан. — Почему ты не открываешь окно?

— Ночью я всегда закрываю окна. С тех пор, как к нам забрался опоссум.

— Я еще разберусь с этим опоссумом, — мрачно пообещал Натан, подошел к окну и распахнул его настежь.

— Ну вот, теперь лучше, правда? — спросил он, глядя на ребенка. К изумлению Элис, Колин внезапно перестал плакать и серьезно посмотрел на Натана, словно обдумывая его вопрос.

Натан поудобнее пристроил ребенка у себя на груди и принялся нежно поглаживать его по спинке своей большой загорелой рукой.

— Посмотри на звезды, Колин, — ласково говорил он, стоя с малышом у окна. — Какие они красивые, правда?

Услышав эти тихие слова, Элис взглянула на Натана. Силуэт его массивной фигуры на фоне темного ночного неба заставил ее сердце затрепетать, а кровь —

забурлить от страстного желания, которое Элис тут же попыталась подавить. Стакан виски едва не выскользнул у нее из ослабевших пальцев, но она даже не заметила этого. Элис была совершенно заворожена видом крошечного, почти обнаженного ребенка, свернувшегося калачиком на груди у огромного, тоже почти обнаженного мужчины. Белое тельце, приникшее к бронзовому торсу, мягкость и беспомощность, нашедшие приют у твердости и силы. Пряди волос одного и того же цвета переплетались, когда Натан склонял голову и нежно целовал Колина в шейку.

Элис прерывисто вздохнула. Ей казалось, что у нее сейчас разорвется сердце. Никогда еще не видела она более волнующей картины. Господи, подумать только: Натан Уэллесли со своим сыном на руках!

Его сын...

Нетвердой рукой Элис поднесла стакан с виски к губам и сделала большой глоток. Этот удивительный, невероятно красивый мужчина был отцом ее ребенка. При этой мысли по телу женщины пробежала дрожь. Он, Натан, и она, Элис, грозовой ночью сотворили Колина... Вместе.

— Тебе холодно, прикрыть окно? — негромко спросил Натан.

Элис взглянула на него, удивившись, что он заметил, как она вздрогнула.

— Ты выпила виски?

— Немного, — шепотом ответила Элис.

— Выпей все до дна. Тебе сразу станет лучше, — настаивал он.

— Мне и так хорошо, — ответила она.

— Элис, перестань со мной спорить и допей все, что осталось в стакане.

— Но от виски мне захочется спать. У меня и так уже слипаются глаза, а я ведь сделала всего пару глотков.

— А ты приляг и немного вздремни. Я позабочусь о

Колине. — И будто в подтверждение своих слов, Натан потыкался носом в щечку ребенка, от чего малыш захихикал и маленькой ручонкой вцепился Натану в волосы.

— Ай! Что ты делаешь?! — воскликнул Натан и принялся разжимать пальчики Колина.— Ну почему ты все время дергаешь меня за волосы?

— Наверное, они ему нравятся, — выдохнула Элис. — Ведь они такие густые и шелковистые.

Она тут же прикусила язык, но было поздно. Оставалось надеяться, что Натан пропустил ее восторженные слова мимо ушей! Однако молодой человек улыбнулся, и его голубые глаза посветлели.

Пристально глядя на ребенка, он спросил:

— Это правда? Тебе нравятся мои волосы, малыш?

Колин что-то проворковал в ответ и схватил Натана за нос.

— Нет! Похоже, тебе не слишком нравятся мужские шевелюры, — заключил Натан гнусавым голосом, поскольку ребенок все еще держал его за нос, зажимая ноздри. — Что-то мне подсказывает, что ты предпочитаешь женские локоны — такие, как у твоей мамы. У нее ведь тоже густые и шелковистые волосы... Только они намного мягче моих.

Элис почувствовала, как вспыхнули ее щеки, но отчаянно надеялась, что Натан в тусклом свете лампы не заметит предательского румянца. Встревоженно посмотрев на Натана, женщина увидела, что он откинул назад голову, стараясь уберечь лицо от цепких ручонок Колина.

Малыш тут же захныкал, и Натан пересадил его на другую руку, придерживая за плечики и ласково поглаживая нежную белую кожу.

Элис, словно завороженная, следила за ним. От запретных воспоминаний о том, как эти пальцы ласкали *ее* кожу, сладко закружилась голова. От виски веки Элис отяжелели, и она сонно улыбнулась, продолжая смотреть, как Натан поглаживает спинку Колина. Смешно, как такая большая и могучая рука может быть в то же время такой нежной.

Глаза у Элис слипались.

Вот эта самая рука, сжатая в кулак или вскинувшая револьвер, может безжалостно разить врагов, и все-таки, когда Натан той давней ночью дотрагивался до нее, Элис, движения этих грубых, мозолистых пальцев были нежными и манящими, словно призывный шепот. Как явственно помнила она эти руки каждой клеточкой своего тела.

С легким стоном Элис закрыла глаза и погрузилась в море чувственных воспоминаний. Она думала о том, какими прекрасными показались ей ступни Натана — длинные и узкие, с высоким подъемом и пальцами совершенной формы. У Колина такие же прекрасные ноги.

Элис с трудом разлепила веки, осушила стакан с остатками виски и посмотрела на ступни Натана. Сейчас он был бос, и ступни его выглядели столь же совершенно, как и полтора года назад. Ее глаза непроизвольно поднялись вверх, скользнув по длинным стройным ногам, и задержались на мощной мускулатуре груди, созерцать которую уже было наслаждением.

Есть ли в мире что-то более возбуждающее, чем мужчина с обнаженным торсом? В тот миг Элис даже думать не могла ни о чем другом. Восхищенно улыбаясь, она снова закрыла глаза.

— Как от тебя сладко пахнет, — услышала она шепот Натана. Элис вздохнула, вспомнив, что однажды он уже говорил ей это. Хотя его следующие слова озадачили ее:

— Почему бы тебе просто не обнять меня и не уснуть?

Но как она могла приникнуть к нему, если лежала на диванчике, а он был там, у окна?

— Ну вот, — нараспев произнес Натан. — Вот молодец. Вот хороший мальчик...

Элис беспокойно заворочалась на подушках, тихий разочарованный полувздох-полустон слетел с ее губ. Натан говорил не с ней, он обращался к Колину.

Она должна встать и забрать Колина у этого мужчины. Малыш наконец успокоился и теперь, наверное, заснет в своей кроватке. Натану больше не нужно укачивать его. Сейчас Элис встанет и унесет Колина... Сейчас, сейчас... Вот только полежит еще минутку... И, снова вздохнув, Элис погрузилась в глубокий сон.

Натан стоял и смотрел на нее затуманившимся взглядом, не в силах отвести от Элис глаз. Он наблюдал тайком, как она засыпала, следил за игрой чувств у нее на лице. Он видел ее улыбку, слышал ее вздох, впитывал в себя каждое ее движение, когда она устраивалась поудобней на подушках дивана, словно на груди у любовника.

От этой соблазнительной картины Натана бросило в жар, и молодой человек нахмурился, почувствовав, что штаны вдруг стали ему тесны. Сейчас Натану хотелось лишь одного: положить Колина в кроватку и провести остаток ночи, занимаясь любовью с его матерью. Вид спящей Элис сводил Натана с ума.

— Какой удобный случай, — с сожалением пробормотал молодой человек. Ему отчаянно захотелось коснуться губами ее уст, приникнуть на миг к ее нежному, мягкому телу...

Неслышно пройдя в спальню, Натан положил спящего ребенка в кроватку, укрыл его легким одеяльцем и тихо вернулся в гостиную.

Элис лежала в той же позе, и Натан замер, залюбовавшись этой поразительной женщиной. А в следующий миг желание пронзило его с такой силой, что он едва не закричал.

Только один поцелуй...

Подойдя на цыпочках к дивану, Натан оперся руками о спинку и склонился над спящей Элис. Теперь лица их были совсем рядом. Натан глубоко вздохнул и закрыл глаза, наслаждаясь исходящим от нее ароматом — сладостным, свежим, волнующим... Еще раз вздохнув, Натан медленно и осторожно приник к ее губам.

Элис смутно чувствовала, что кто-то ее целует. Кто-то, от кого хорошо пахнет... до кого приятно дотрагиваться... Чьи губы дарят блаженство... Поцелуй длился и длился, и она не пыталась прервать его. Она любила, когда этот мужчина целовал ее. Элис сонно открыла глаза.

Натан почувствовал, как она вздрогнула, когда пришла в себя. Он медленно отодвинулся.

— Ребенок спит, — прошептал он.

— Спасибо, — прошептала она в ответ, пристально глядя на его губы, словно борясь с искушением снова поцеловать его.

Натан долго смотрел на женщину, желая ее с отчаянием голодного, застывшего посреди пиршественной залы. Но Натану необходимо было знать, что Элис готова разделить его страсть.

Он ждал, ждал... и дождался. Потупившись, Элис отрицательно качнула головой, и этим все было сказано.

Стиснув зубы, Натан выпрямился и шагнул к двери.

— Увидимся утром, — проскрежетал он хриплым от страсти и разочарования голосом.

Элис тупо кивнула. Она слышала, как Натан шел через комнату. Вот он тихо затворил за собой дверь... Элис в отчаянии вскинула руки, закрыла дрожащими пальцами лицо и разрыдалась.

21.

На следующее утро Натан долго валялся в постели. Часы пробили половину восьмого, но он не обратил на это внимания. Вернувшись ночью к себе в комнату, он больше так и не уснул. Неутоленное желание жгло его огнем, заставляя часами без сна ворочаться с боку на бок. Натан понимал, что если не сможет выкинуть Элис из головы, то просто рехнется. Как бы то ни было, он должен избавиться от этой безумной страсти.

Но что еще он мог сделать? Он чуть не по сто раз переплывал ручей неподалеку от дома Элис, чинил изгороди, латал крыши и строил загоны, пока у него не начинала разламываться спина. Он выматывался так, что валился с ног. Но стоило ему увидеть Элис, как его мужское начало властно заявляло о себе, постоянно напоминая ему, что он молодой и сильный мужчина, который уже больше года не был с женщиной.

— Пропадешь, парень, пропадешь, — ворчал Натан себе под нос. — Если ты немедленно не выпустишь пар, то на твоих мужских достоинствах вообще можно будет поставить крест!

Подойдя к умывальнику, он плеснул в лицо холодной водой и взглянул на себя в зеркало:

— Нет, так нельзя! Надо срочно что-то делать!

Раздраженно фыркнув, Натан выглянул в окно, и глаза его загорелись при виде лежавшей во дворе огромной кучи дров.

— Вот этим ты и займешься, — ехидно сказал себе рейнджер. — Помашешь часок-другой топором — глядишь, мозги и прочистятся.

Натянув легкую рубаху, он прошагал через кухню и отрывисто поздоровался с Элис, которая стояла у кухонного стола, натирая яблоко Колину на завтрак. Прежде чем она успела ответить, Натан уже выскочил за дверь. Элис в замешательстве посмотрела ему вслед, недоумевая, что могло привести его в столь дурное расположение духа, и надеясь, что она тут ни при чем.

Завернув за угол дома, Натан выхватил из кучи дров топор и обрушил сокрушительный удар на первое бревно. Дерево с треском разлетелось.

— Это голова майора Джонса, — пробормотал молодой человек. — Это ему за то, что послал меня сюда.

Усмехнувшись своей мрачной шутке, Натан выбрал другой чурбак, поставил его на колоду и, скорчив зверскую рожу, занес над ним топор. Хрясь!

— Это — брату Элис за то, что спутался с бандитами, щенок!

Еще чурбак, еще удар...

— А это — проклятой шайке Росаса, из-за которой я торчу здесь и медленно схожу с ума! — Хрясь! Хрясь!

С усталым вздохом Натан присел на колоду, поднял небольшую щепку и задумчиво повертел ее в руках. Сохранить ее, что ли? Ее можно было бы обстругать и вырезать солдатика для Колина. А правда, не сделать ли целый набор? И когда Колин подрастет, у него будет настоящая игрушечная армия...

Натан рассеянно размышлял, что бы сказала Элис, если бы он взялся мастерить для Колина игрушки. Он оглядел лежавшие вокруг бревна. Может, вон из того сделать высокий стульчик, о котором мечтает Элис? Она, наверное, была бы рада...

Досадливо крякнув, Натан поднялся на ноги. Похоже, и рубка дров ему не помогла. Его охватило беспросветное отчаяние. Что бы он ни делал и как бы ни пытался отвлечься — все было напрасно. Элис не шла из головы. О чем бы он ни думал, мысли его неизменно возвращались к этой женщине.

— Безнадежно, — пробормотал Натан, выискивая подходящие щепки и засовывая их в карман. — Безнадежно и бесполезно. Слава богу, хоть Сета нет рядом. Неужели этому не будет конца?!

Элис стояла перед домом и настороженно глядела на дорогу.

— Что случилось? — спросил Натан, вернувшись с заднего двора и торопливо подойдя к Элис.

— Сюда кто-то едет, — ответила она.

Натан, который постоянно был начеку, резко повернулся к дороге и козырьком приложил руку к глазам.

— Ты его узнаешь? — отрывисто спросил он.

— Нет, — качнула головой Элис. — И ума не приложу, кто бы мог приехать сюда без приглашения. Может, кто-то из твоих людей?

— Нет. Я бы узнал его по лошади, — уверенно заявил Натан.

Элис шагнула к рейнджеру и испуганно схватила его за руку.

— Мне это не нравится. Сюда никто просто так не приезжает.

Натан согласно кивнул.

— Иди ко мне в спальню и принеси револьвер, — спокойно сказал он. — Он в кобуре, висит на спинке кровати.

Элис стремительно бросилась в дом, а Натан остался стоять на крыльце в нарочито небрежной позе.

За несколько секунд Элис отыскала револьвер, но когда вернулась с ним назад, то с изумлением увидела, как Натан обнимается с незнакомцем. Оба широко улыбались и радостно похлопывали друг друга по спине.

Краем глаза Натан заметил Элис и знаком подозвал поближе. Элис взглянула на шестизарядный «кольт», который держала в руке, пожала плечами, повесила его на перила крыльца и сошла вниз. Она медленно приближалась к незнакомцу, оглядывая его с головы до ног. Он был высок и сухощав, с темными волосами, теплыми карими глазами и открытым улыбчивым лицом. «Красивый мужчина, — решила Элис, — и сразу располагает к себе».

— Миссис Элис Грэхем, — представил ее Натан. — Это мой старший брат Эрик, из Миннесоты.

Глаза Элис расширились от удивления. Его брат! Неужели эти двое могут состоять в родстве?! Да они же ни капельки не похожи! Эрик брюнет, а Натан блондин... К тому же Эрик выше и тоньше. Взгляд Элис перебегал с одного на другого, но она не могла найти ни малейшего сходства.

— Считаешь, что мы слишком разные? — заметив ее удивление, негромко рассмеялся Натан. — Эрик у нас — вылитый отец, а я пошел в мать. Кажется, мы все унаследовали или батюшкины, или матушкины черты — кроме Джеффа, конечно. Тот похож только сам на себя.

— Мне очень приятно познакомиться с вами, мистер Уэллесли, — сказала Элис, шагнув вперед и пожимая Эрику руку.

— Мне тоже, миссис Грэхем, — с улыбкой откликнулся тот.

— Итак, что ты делаешь в Техасе? И как тебе удалось меня разыскать? Я думал, никто не знает, где я, — нетерпеливо прервал их Натан и повел Эрика к дому.

Эрик весело смотрел на брата: похоже, его приезд просто ошеломил Натана!

— Я закупаю телок и бычков здесь, в Техасе. Я решил попытаться разводить мясной рогатый скот.

— Мясной скот? — изумился Натан. — В Миннесоте?

— Да, — ехидно подтвердил Эрик. — Представь себе, мы там тоже едим мясо.

— Правда? — хмыкнул Натан. — Я думал, вы питаетесь исключительно той жуткой дрянью из трески, которую ты в меня впихивал в прошлом году.

— Лютфик? — Эрик страдальчески закатил глаза. — Ну, мы едим его только на Рождество. И притом — только из вежливости.

Мужчины дружно расхохотались, а Элис с изумлением уставилась на Натана. Она никогда не видела его столь счастливым и беззаботным. Это его озорное мальчишество было для нее совершенно новым — и тут же полностью ее очаровало.

— Видела бы ты эту дрянь, Элис! — воскликнул

Натан, повернувшись к ней. — Это рыба, которую сперва провялили, а потом вымочили в щелоке.

— В щелоке? Ты ничего не путаешь? — недоверчиво глядя на него, проговорила Элис.

— Он прав, — подтвердил Эрик, — рыба вымачивается в щелоке.

— Но, по-моему, она должна после этого расползтись, как тесто...

— Она и расползается! — засмеялся Натан. — Она превращается в такую отвратительную желеобразную массу. Потом ее варят, и она так воняет, что приходится неделю проветривать дом.

— Вы оба меня дурачите, — с подозрением посмотрев на братьев, заявила Элис.

Натан прижал руку к груди:

— Нет, честное слово, нет! Скандинавы, что живут в Миннесоте, считают эту дрянь лучшим лакомством в мире! И едят ее только по праздникам, когда собираются все вместе за столом!

— Треска, вымоченная в щелоке. Фу! — Элис передернуло.

— Да, вижу, что до столь изысканных блюд в Техасе еще не доросли, — засмеялся Эрик.

— Ладно, Эрик, могу сказать тебе только одно: я рад, что ты решил заняться разведением скота. Может, когда я приеду к тебе в следующий раз, то найду в себе силы спуститься к ужину, — подытожил Натан.

Все трое вошли в дом, и Элис жестом пригласила мужчин к столу, а сама отправилась на кухню варить кофе.

— Ты к нам надолго? — спросил Натан брата.

— Только на пару дней, — ответил тот. — Я закончил дела в Далласе, и теперь мне надо дождаться поезда, в котором будет свободный вагон для скота. Я купил несколько племенных бычков и хочу сам отвезти их домой, а то как бы чего не случилось...

Натан кивнул. Предусмотрительный и осторожный

Эрик верен себе. Теперь вот самолично повезет свою бесценную скотину в Миннесоту.

— Ты так и не сказал, как нашел меня, — напомнил брату Натан.

— Не скрою, это было нелегко, — ухмыльнулся Эрик. — Я телеграфировал в вашу штаб-квартиру в Остине — просил сообщить мне, где тебя искать. Однако получил выразительный ответ: капитан Уэллесли на задании, и связаться с ним невозможно.

— Так обычно и отвечают, если рейнджер выслеживает какую-нибудь шайку, — пожал плечами Натан. — И что ты сделал потом?

— Дал телеграмму отцу, попросив его обратиться к губернатору и попытаться разузнать что-нибудь о тебе. На следующий день выяснилось, что ты здесь.

Эрик украдкой бросил взгляд в сторону кухни, где хлопотала Элис.

— Что ты тут делаешь? — шепотом спросил он у Натана.

— Потом расскажу, — пробормотал тот в ответ.

Эрик кивнул. Подняв глаза, он увидел Элис, идущую к столу с тарелкой печенья, и улыбнулся.

— Вы голодны, мистер Уэллесли? — любезно осведомилась женщина. — У меня есть свежий хлеб, и я с удовольствием угощу вас сандвичами.

— О, благодарю вас, но я поел в городе.

Элис кивнула и повернула назад в кухню, однако остановилась в дверях и сказала Эрику:

— Вы можете остановиться здесь, если не против спать в сарае. Боюсь, это все, что я могу вам предложить.

Эрик откусил кусочек печенья и признательно кивнул.

— Отлично. Я люблю сараи, — с довольным видом заявил он.

Элис с беспокойством посмотрела на гостя, не понимая, ирония это или нет. Натан поймал ее взгляд и быстро пояснил:

— Он не шутит. Эрик ведь фермер и любит все, что липнет, как грязь, и воняет, как навоз.

Элис расхохоталась, а Эрик обиженно надулся.

— Прошу прощения, но я не люблю навоз! — возопил он.

— Конечно, любишь, — подколол его Натан. — Если бы не любил, то занялся бы настоящим делом, как мы с Сетом.

— Настоящим! Ты имеешь в виду ваши игры в полицейских и воров?

Элис смотрела то на одного, то на другого, наслаждаясь их шутливой перебранкой. Господи, как же хорошо Натану и Эрику вместе! Она чувствовала себя так, будто подглядывает тайком за дружной любящей семьей! Элис было так приятно слушать братьев, что уйти недоставало сил.

— Как там Кирстен и ребенок? — спросил Натан.

— Дети, — с усмешкой поправил его Эрик.

— Дети? — подскочил на стуле Натан. — У тебя уже двое?

— Угу. Иэна ты видел, а этой весной родилась дочка, Сара.

— Поздравляю! — Натан в восторге хлопнул брата по спине. — Вы с Кирстен, наверное, на седьмом небе от счастья.

— Ну еще бы! Мы оба мечтаем о целом выводке ребятишек, и, кажется, все к тому и идет.

— А как поживает Кирстен?

Лицо Эрика просветлело.

— О, с ней все в порядке. В полном порядке.

— Она необыкновенная женщина, Эрик, — убежденно проговорил Натан.

— Да и мне вроде бы нравится, — улыбнулся Эрик. — Особенно теперь, когда наконец научилась готовить.

Оба расхохотались, словно это была шутка, понятная только им двоим.

Но веселье их внезапно было прервано детским плачем, раздавшимся из спальни.

Элис быстро вытерла руки кухонным полотенцем и поспешила к столу с двумя чашками кофе.

— Это Колин, — объяснила она. — Извините меня, мне надо взглянуть, в чем там дело.

Эрик вежливо улыбнулся:

— Колин — это ваш сын?

— Да, — кивнула Элис, направляясь к двери спальни. — Если хотите сливки или сахар, они вон там, на кухонном столе. Угощайтесь сами.

Когда женщина удалилась, Эрик повернулся к Натану и с любопытством спросил:

— Кто она?

— Это длинная история, — вздохнул Натан. — Ее брат-юнец связался в прошлом году с бандитами, ограбившими банк в Биксби, но недавно пришел к нам с повинной и вернул все ворованные деньги.

— А сейчас он в тюрьме?

— Нет, мы с ним договорились. Вообще-то он не преступник, просто нужда взяла за горло, вот и согласился посторожить лошадей, пока другие грабили банк. Но получилось так, что в конце концов вся добыча оказалась у этого молокососа.

Эрик с недоумением взглянул на Натана.

— Нет-нет, правда, — подтвердил тот. — Вероятно, банда, с которой он был связан, скрывается где-то в Мексике, и поэтому мы пустили слух, что деньги спрятаны здесь, на ферме. Надеемся, что негодяи клюнут на эту приманку — и тут-то мы их и схватим. Ну а меня послали сюда защищать миссис Грэхем, если бандитов не удастся переловить на границе и они все-таки заявятся на ферму за деньгами.

— А она тоже замешана в этом деле? — спросил Эрик, кивнув головой в сторону спальни.

— Ну, вроде того. По крайней мере, косвенно. Ее брат примчался сюда после ограбления, и она его прятала, пока он не сообразил, куда ему сбежать.

— Сбежать? — изумился Эрик. — Ничего не понимаю! Почему он не удрал со всей бандой? Или они все прятались здесь?

— Да нет, только он один. Управляющий банка решил поиграть в героя и принялся палить по бандитам, когда те уходили с добычей. Поднялась жуткая кутерьма, двое грабителей были ранены. Банда бросилась врассыпную, и братишка Элис попал сюда уже один. Но, и выбравшись отсюда, он так и не вернул деньги бандитам.

— Решил все прикарманить?

— Вообще-то нет. Он уверяет, что просто не смог найти своих дружков, хотя скрывался где-то на границе почти год. Ну а когда ему до смерти надоело прятаться, он пришел к нам.

Эрик откинулся на спинку стула, медленно потягивая кофе и обдумывая то, что услышал от брата.

— Вот так история! Я просто ушам своим не верю!

— Да, я понимаю, — кивнул Натан. — Но майор считает, что парнишка говорит правду, так что и у меня нет причин сомневаться. Я просто должен сидеть здесь и ждать, когда бандиты угодят в ловушку.

— А ты полагаешь, они в нее угодят?

Натан кивнул:

— Если они прослышат о деньгах, то, несомненно, явятся за ними. Они ведь считают, что мальчишка в тюрьме, и им точно известно, что миссис Грэхем вдова. Так что они, вероятно, думают, что она здесь одна.

— Вот об этом я и собирался спросить, — сказал Эрик.

— О чем?

— Поинтересоваться, где мистер Грэхем.

— Его убило молнией несколько лет назад.

Эрик поежился:

— Боже, какой ужас! Ну а ты? Знает ли банда, что ты здесь?

— Вряд ли. В городе думают, что Элис наняла меня на лето. Считают меня бродягой, который решил подработать, помогая вдове убрать урожай.

Эрик пристально посмотрел в окно и с усмешкой повернулся к Натану:

— Какой урожай?

— Понимаю, — рассмеялся Натан. — Не слишком удачное объяснение, поскольку у Элис нет денег, чтобы засевать свою землю, но ничего лучшего мы придумать не смогли.

Эрик давно заметил, что Натан называет миссис Грэхем по имени, но деликатно промолчал, не желая смущать брата.

— Да, кстати, — добавил Натан, — меня здесь знают как Ната Уэллса, так что если тебе придется упоминать обо мне в городке, то так меня и называй.

— Знаю, — кивнул Эрик. — Губернатор предупредил отца, и когда я выяснял дорогу в магазине, то так о тебе и спрашивал. Между прочим, мне кажется, что «Нат Уэллс» тебе весьма подходит. Очень впечатляет. Не взять ли тебе это имя навсегда?

Натан протянул руку и шутливо ущипнул Эрика:

— Обойдусь без твоих подсказок, старина!

Эрик засмеялся и поднял руки в знак капитуляции:

— Ладно, ладно. Только не бей! Я и так уже молчу.

Оба посерьезнели, и Эрик добавил:

— А миссис Грэхем знает, кто ты на самом деле?

— Да, — кивнул Натан.

— Ты уверен, что она никому ничего не скажет?

— Абсолютно. Я ей здесь нужен, и она не собирается меня выдавать.

— Тебе, должно быть, ужасно скучно в этой глуши. Губернатор сказал отцу, что ты торчишь здесь уже больше месяца, — сочувственно заметил Эрик.

— Ну, не так уж тут и плохо, — пожал плечами Натан. — Я здесь работаю помаленьку — латаю крышу, чиню заборы, ну и все такое прочее...

— В общем, занимаешься любимым делом, — с нескрываемым ехидством отозвался Эрик.

Проницательное замечание брата явно смутило Натана, но он просто сказал:

— Говорю тебе, не так уж тут и плохо.

Эрик задумчиво смотрел на Натана, догадываясь, что брат рассказал ему далеко не все. Что-то тут не так... Ох, не так... Но Эрик по обыкновению держал свои мысли при себе, понимая, что если брат захочет ему довериться, то сделает это сам.

В этот миг из спальни вышла Элис с Колином на руках.

— Малыш ужасно проголодался, — заметила она, усаживая ребенка на один из стульев у стола. Потом женщина взглянула на Натана.

— Капитан, вам не трудно присмотреть за ним, пока я не закончу готовить ему завтрак? Не хочется, чтобы он упал и набил себе шишку.

— Конечно, — ответил Натан, польщенный тем, что Элис впервые сама доверила ему ребенка, а не вырывала Колина у него из рук. Наклонившись, рейнджер сгреб малыша в охапку и усадил к себе на колени.

— Эрик, это сын миссис Грэхем, Колин.

Эрик взглянул на ребенка, и глаза его расширились от удивления.

— Сын миссис Грэхем? — усилием воли сохраняя спокойствие, переспросил он и перевел взгляд с малыша на своего брата.

— Да, — беззаботно кивнул Натан. — Ему девять месяцев.

Взгляд Эрика снова обратился на ребенка, и опытный глаз художника отметил каждую мелочь. Рот Натана, его подбородок, его лоб. У Эрика не было никаких сомнений в том, что перед ним — сын его брата, хотя Натан, кажется, не собирается этого признавать. И губернатор говорил, что капитан Уэллесли здесь только месяц. Повернув голову, Эрик посмотрел на Элис, но та стояла к нему спиной и не заметила его испытующего взгляда.

— Так вашему малышу девять месяцев, миссис Грэхем? — небрежно осведомился Эрик, когда женщина с мисочкой овсянки в руках вернулась к столу.

У Элис сердце ушло в пятки. Почему он спрашивает об этом?

— Да, — кивнула она, усаживаясь на стул и забирая у Натана ребенка. — Он немного маловат для своего возраста, но мой муж тоже не был великаном.

— Но... — вырвалось у Эрика, и он удивленно посмотрел на брата.

— Пойдем, Эрик, — внезапно сказал Натан, отодвигая свой стул и вставая. — Давай-ка устраивать тебя в сарае.

Эрик тут же прикусил язык и согласно кивнул брату:

— Ладно. Конечно.

Вставая из-за стола, он улыбнулся Элис, которая, казалось, была полностью занята ребенком.

— Спасибо за гостеприимство, миссис Грэхем. Я вам так признателен!

— Пожалуйста, мистер Уэллесли, — тихо ответила женщина, не поднимая глаз. — Увидимся за ужином.

Эрик кивнул, снова бросил на ребенка недоуменный взгляд и поспешил во двор вслед за братом.

Когда мужчины исчезли за дверью, Элис испустила судорожный вздох.

«Почему Эрик спрашивал о возрасте Колина? — встревоженно думала она. — И что хотел сказать, когда услышал, что Джо тоже был невысок?»

Ответы были настолько очевидны, что Элис даже зажмурилась, пытаясь выкинуть их из головы.

— Он ничего не знает, — твердо проговорила женщина, отчаянно стараясь убедить в этом саму себя. — Не может знать. Натан провел здесь месяц — и ничего не заметил. Даже этой ночью, обнимая и целуя Колина, он так ничего и не понял. Как же может его брат, увидев Колина в первый раз, заметить сходство? Никак не может. У меня просто разыгралось воображение, вот и все.

И, горячо молясь о том, чтобы рассуждения ее оказались верными, а все страхи — пустыми, Элис снова взяла ложку и принялась кормить ребенка.

— Он не может знать, — снова произнесла она вслух, — он просто не может!

22.

Эрик с наслаждением растянулся на сене в сарае, который еще недавно служил Натану спальней.

— Итак, братишка, что тут, собственно, происходит? — полюбопытствовал он.

Натан вопросительно взглянул на Эрика:

— Что ты имеешь в виду? Я же рассказал тебе все как на духу.

— Нет, не все, — неторопливо ответил Эрик.

— И что еще тебя интересует? — Натан начинал злиться.

— Все, о чем ты захочешь мне поведать.

— Эрик... — протянул Натан с таким видом, будто совершенно не понимал, о чем толкует его брат.

— Ладно, а как насчет того, что происходит между тобой и миссис Грэхем?

— Что ты... — начал было Натан.

— Только не говори мне опять «что ты имеешь в виду». Ты очень хорошо знаешь — что, — прервал его Эрик.

Натан поморщился, проклиная в душе проницательность своего брата.

— С чего ты взял, будто между мной и Элис что-то происходит? — спросил он, не находя сил взглянуть Эрику в глаза.

Эрик раздраженно хмыкнул, ему надоела скрытность Натана.

— Мы что, играем здесь в кошки-мышки, Нат? Если не хочешь говорить об этом — скажи прямо, и я перестану к тебе приставать.

— Нет, — ответил Натан, тряхнув головой. — Я не против... Пожалуйста, спрашивай. Мне и впрямь нужно поговорить... Только вот рассказывать мне особенно нечего.

— Когда ты ее встретил? — поспешно осведомился Эрик.

— Я здесь около пяти недель...

— Да я не об этом! Ты знал ее раньше?

Натан вскинул голову и уставился на Эрика горящими глазами:

— Почему ты спрашиваешь?

— Так знал или нет? — настаивал тот.

Натан оттолкнулся от расшатанного столика, на который опирался, и принялся мерить шагами сарай, безжалостно топча устилавшую пол солому.

— Что ж, не буду скрывать, я познакомился с Элис гораздо раньше. Мы уже встречались однажды, почти полтора года назад.

Эрик что-то подсчитал в уме.

— И тогда... У вас с ней что-нибудь было?

— Ради бога, Эрик, — взорвался Натан, — какой бес в тебя вселился? Ты ведешь себя как адвокат в суде. «Когда ты ее встретил? Что у вас с ней было?» Ты что, тоже решил на старости лет поиграть в полицейских и воров?

— Прости, — сокрушенно сказал Эрик. — Я не собирался загонять тебя в угол. Я просто расстроился из-за того, что ты, похоже, не хочешь признать очевидных вещей и не желаешь исполнять свой долг.

— Долг? — изумился Натан. — Какой долг?

Эрик нахмурился, совершенно сбитый с толку тем, что Натан упорно отказывается его понимать.

— Ты хочешь, чтобы я назвал вещи своими именами?

— Конечно, черт возьми! — воскликнул Натан.

И тогда Эрик прямо спросил:

— Этот ребенок — твой?

— Что?! — Натан задохнулся от возмущения. — Так ты решил, что Колин — мой сын?!

— Так да или нет?

— Нет! — отрезал Натан.

— Ты в этом уверен? — не унимался Эрик.

Теперь уже разозлился Натан. Эрик всегда был его любимым братом. Художник по натуре, мечтательный и молчаливый, Эрик издавна был семейным миротворцем. Его спокойная рассудительность благотворно действовала на буйных, старавшихся перещеголять друг друга братьев; он способен был помочь каждому из них словом и делом и не раз, неторопливо все обдумав и взвесив, давал то одному, то другому добрый совет. Но еще никогда в жизни Натан не видел Эрика таким непреклонным и суровым, и это совсем не нравилось бравому капитану.

— Это не твое собачье дело, — вспылил Натан. — Но вообще-то я точно знаю, что Колин не мой сын, — добавил он, остывая. — Какого черта ты так решил?

Эрик покачал головой и посмотрел на брата — уже не требовательно, а растерянно.

— Во-первых, он очень похож на тебя. Во-вторых, миссис Грэхем явно лгала, когда говорила, что отцом ребенка был ее муж, — ведь за пять минут до того ты сообщил мне, что супруг ее умер несколько лет назад. И еще ты сказал мне, что Колину девять месяцев, но я готов поклясться жизнью, что ему не больше шести или семи.

От последних слов Эрика у Натана тревожно сжалось сердце.

— Ты думаешь, ему только шесть или семь? — в замешательство пробормотал он.

— Несомненно, — кивнул Эрик. — Если бы ему было девять, он уже начинал бы ходить или хотя бы пытался стоять, держась за стулья. Он же выглядит так, словно только что научился сидеть, а это обычно происходит на несколько месяцев раньше. По крайней мере, так было с моими детьми. И потом, когда ты взял его на руки, я заметил, что у него еще нет зубов. Это тоже ненормально для девятимесячного мальчишки.

Натан облегченно вздохнул. Все умозаключения Эрика были основаны на том, что у Колина еще не прорезались зубки... И ножки пока слабоваты... Ну и что? Это еще ни о чем не говорит. Конечно, Элис не стала бы скрывать от него, Натана, возраст ребенка. Зачем ей лгать? Хотя... Натан с трудом сглотнул ком в горле.

— Может быть, малыш просто немного запаздывает в развитии, — неуверенно сказал рейнджер.

— Может быть, — пожал плечами Эрик, — но почему миссис Грэхем в разговоре со мной так упорно подчеркивала, что ребенок маловат для своего возраста? Нет, как ни крути, а все это очень странно! По-моему, эта женщина отчаянно пытается что-то скрыть. И ты ведь не можешь отрицать сходства, Нат. Мальчик — просто вылитый ты!

— О, это только из-за цвета волос и глаз, — слабо воспротивился Натан.

От слов брата голова у него пошла кругом. Было чертовски похоже, что Эрик все-таки прав. Неужели он, Натан, настолько глуп, что не понял: ребенок, которого он видит каждый день, — его собственный сын?! Нет, не мог Натан свалять такого дурака! Конечно, он сразу догадался бы, если бы Колин был его ребенком! У Эрика просто разыгралось воображение!

— Тебе кажется, что мальчишка похож на меня, поскольку он светловолосый и голубоглазый, — проговорил Натан, сам отчаянно пытаясь поверить своим словам. — Но ведь Элис тоже светлоглазая блондинка.

— Правда, — спокойно согласился Эрик. — Но у Элис, если я правильно подметил, глаза зеленые, и у нее нет ямочки на подбородке, а у вас с Колином — есть...

— Ну, это совпадение! — насмешливо заявил Натан, разводя руками.

Эрик с минуту сидел, уставясь в пол, потом подобрал соломинку и повертел ее в руках.

— Ты прав, Нат, это не мое дело, — тихо проговорил он, — но я твой брат, и мне не все равно. Поэтому я задам тебе еще один вопрос. Если не захочешь отвечать... Что ж, я пойму...

Натан медленно кивнул, прекрасно понимая, какой вопрос сейчас услышит, и не зная, наберется ли смелости дать на него ответ.

— Если миссис Грэхем почему-то скрывает возраст Колина и на самом деле малышу только шесть или семь месяцев, как я подозреваю, — ты можешь быть его отцом?

Натан долго молчал. Он был не в силах сразу ответить на прямой вопрос Эрика.

— Да, — наконец прошептал рейнджер. — Если ему семь месяцев, то он может быть моим.

Эрик медленно поднял глаза и с состраданием взглянул на брата. Потом мягко осведомился:

— Ты спрашивал Элис?

— Да! — в отчаянии заорал Натан. — Как только я впервые увидел Колина — тут же спросил ее, кто его отец. Она сказала, что Колин — сын ее покойного мужа, из чего я заключил, что в прошлый раз мы с Элис встретились вскоре после его смерти. Потом я услышал в городке, что мистер Грэхем погиб четыре года назад, и понял, что Элис солгала мне, но больше не спрашивал ее ни о чем.

— Почему?

Натан сжал кулаки и зажмурил глаза.

— Я не знаю, черт побери! — простонал он. — Наверное, я просто понял, что это не мое дело. Я не думал, что Колин мой сын, и мне было плевать, кто его отец.

Заметив, что Натана трясет от волнения, Эрик примирительно проговорил:

— Ладно, Нат, давай начнем все с самого начала. Так что же между вами произошло?

Натан протяжно вздохнул.

— Это было какое-то наваждение, — пробормотал он, медленно разжимая кулаки. — Я ехал в Остин. Собиралась гроза... Ну и вышло так, что я остановился здесь. Попросился переночевать... Элис пустила меня, накормила ужином... Мы разговорились и... ну, сам понимаешь...

Он умышленно не стал упоминать о том, что Элис соблазнила его только ради спасения своего брата. Признаваться в некоторых вещах — даже Эрику — Натану было слишком больно.

— На следующее утро я уехал, — продолжал он, — и больше мы с Элис не виделись, пока меня не прислали сюда защищать ее от бандитов.

— Так вы были вместе только одну ночь? — уточнил Эрик.

— Да. И только один раз.

Эрик пожал плечами, тень улыбки скользнула по его губам:

— Что ж... Могло хватить и одного раза.

— Знаю, — рявкнул Натан. — И, увидев ребенка, я, конечно, подумал, что он мог быть моим. Но Элис поклялась мне, что Колину восемь месяцев, и я решил, что в ту ночь, которую мы провели вместе, она была уже беременна.

— Угу, угу, — покивал головой Эрик. — А еще она клялась тебе, что Колин — сын ее мужа. Как ты считаешь, зачем она плела тебе всю эту чушь?

— Я не знаю, — повторил Натан, запустив в волосы пятерню и вновь принимаясь мерить шагами сарай. — Я думал, ей, наверное, стыдно, что она связалась с каким-то мужчиной — и не смогла скрыть свой грех. Но клянусь тебе, Эрик: если ребенок мой, то она еще пожалеет, что солгала мне!

— А теперь остынь, — стал успокаивать его Эрик, снова превращаясь в мудрого и заботливого брата. — Не надо себя взвинчивать. Ты же сам сказал, что я могу ошибаться и все это — только лишь случайные совпадения. Возможно, все обстоит именно так, как ты и думал. Элис могла тебе сказать, что отец ребенка — ее муж, поскольку не хотела, чтобы ты считал ее распутницей. Ведь если бы ты узнал, что был вторым ее любовником за два месяца, ты бы, наверное, решил, что она... э-э... слишком щедро одаривает мужчин своей благосклонностью. Ни одна женщина не хочет прослыть гулящей, даже если она и впрямь... не монашка.

Натан ерошил волосы, стараясь вспомнить, от кого еще слышал те же слова. Ред! Он сказал то же самое, когда они обсуждали Элис. И Натан сквозь зубы ответил Эрику так же, как раньше Реду:

— Элис не из тех, кто «слишком щедро одаривает мужчин своей благосклонностью». Она не такая!

— А я и не говорю, что такая, — поспешил успокоить брата Эрик. — Я только пытаюсь понять, почему она тебе лгала.

— Надеюсь, ты не собираешься рассказать ей о своих подозрениях? — мрачно осведомился Натан.

— Да боже упаси! — воскликнул Эрик, бросив на брата испуганный взгляд. — Неужели ты меня так плохо знаешь! Все это касается лишь вас двоих, вам во всем и разбираться. А я не вправе вмешиваться в ваши дела.

— Но ты действительно считаешь, что Колин может быть моим сыном?

— Да, Нат, считаю. И ты должен узнать, так это или нет. Что ты будешь делать, если выяснится, что я не ошибся, — это уж решать тебе. И только тебе! Но мне кажется, что если у тебя есть сын, то ты имеешь право знать об этом.

Натан зарылся в солому, закусив нижнюю губу и уставившись в стену отсутствующим взглядом.

— Сомневаюсь, что Элис признается, даже если я спрошу ее напрямую...

— Я так понял, что больше между вами ничего нет?

В памяти Натана всплыли те мгновения страсти, что они с Элис делили так недавно.

— Ну, я не сказал бы — совсем ничего, но думаю, что это лишь голос плоти, не более... Во всяком случае, у Элис.

— А как насчет тебя? — мягко спросил Эрик.

Натан посмотрел на брата и в изумлении покачал головой:

— Слушай, адвокатом в нашей семье надо было стать не Адаму, а именно тебе. Ты кого угодно заставишь заговорить — и не успокоишься, пока не вытянешь всю правду.

— Скажешь тоже! — улыбнулся Эрик. — Никакой я не адвокат, а простой фермер и вполне этим доволен. Нет, законником у нас станет Адам — если прекратит гоняться за девчонками и сумеет-таки одолеть все науки.

Мужчины негромко рассмеялись, вспомнив о своем младшем брате, который вовсю наслаждался жизнью в Бостоне, где слыл отчаянным проказником и повесой.

— Мне нравится Элис, — помолчав, признался Натан.

— Нравится? — вскинул брови Эрик. — И только?

— Ты спрашиваешь, люблю ли я ее?

Эрик молчал.

Натан снова уставился в стену.

— Честно говоря, не знаю, — тихо промолвил он. — Порой мне кажется, что да, но ей, похоже, это совсем не нужно. Так что я не позволяю себе строить никаких воздушных замков. Но все долгие пятнадцать месяцев, что мы не виделись, я не переставал думать о ней.

Эрик сочувственно вздохнул. Когда-то и он был в таком же положении.

— Я помню, как несладко пришлось поначалу нам с Кирстен, — задумчиво сказал он. — Долго, слишком долго я не мог понять, что люблю ее, а когда до меня наконец это дошло, она, казалось, уже знать меня не желала.

У Натана от изумления глаза полезли на лоб.

— Я даже не догадывался, что у вас с Кирстен не все было гладко. Я слышал, что Стюарт здорово намучился с Клэр и что Тори первый год вытворяла такое, что едва не свела бедного Майлса в могилу, но о вас двоих не знаю ничего. Так и тебе крошка Кирстен задала жару?

— О господи, еще бы! — рассмеялся Эрик, вспомнив начало своей супружеской жизни. — Я залезал в спальню через окно, пытаясь украсть у Кирстен деньги, чтобы ей не на что было уехать от меня, начинял бриллиантовыми кольцами хлеб, который она пекла — надеясь, что она поймет, как я люблю ее. Когда же, несмотря на все мои старания, она твердо заявила, что собирается вернуться в Нью-Йорк, я умолил ее позировать мне до отъезда. Я сказал ей, что если не продам картину, то окончательно разорюсь и потеряю ферму.

Натан покатился со смеху:

— Так ты прикинулся бедняком?!

— Я был в отчаянии, Нат! Я готов был на все — только бы она не уехала.

— Но неужели никто в городке не рассказал ей о твоем богатстве? — недоверчиво глядя на брата, воскликнул Натан. — Ведь любой в Роуз-Мидоу мог вывести тебя на чистую воду.

Эрик усмехнулся:

— Я увез Кирстен из городка, так что ей не с кем было поговорить.

— Ничего не понимаю, — в полной растерянности проговорил Натан. — А теперь вы с ней счастливы, да?

Эрик прикрыл глаза, и губы его тронула легкая улыбка.

— Да, мы счастливы, — с чувством произнес он. — Очень, очень счастливы.

— Но как ты добился этого, Эрик? Как ты заставил ее признаться, что она любит тебя?

— Ну, наше положение сильно отличалось от вашего. Мы уже были женаты, хотя у нас еще не было детей, что, конечно, очень упрощало дело.

— Но все-таки, как тебе удалось завоевать Кирстен?

— Я увез ее в Стэнфорд-отель под Миннеаполисом и занимался там с ней любовью до тех пор, пока она в конце концов не призналась, что не хочет от меня уезжать.

Услышав столь откровенное признание брата, Натан онемел. Им уже давно не случалось говорить по душам. Эрик был очень немногословным, сдержанным человеком, и Натан даже не подозревал, что за респектабельной внешностью брата скрывается такая страстная натура.

— Нет, думаю, что постель не поможет нам с Элис понять друг друга, — наконец уныло произнес Натан. — А жаль, — со вздохом добавил он. — Но если твои подозрения насчет Колина верны, то, возможно, из-за той нашей ночи любви она теперь на меня и злится.

Эрик удивленно посмотрел на брата:

— Она на тебя злится? Когда мы все трое были в доме, я ничего такого не заметил.

— Ну, может, злится — не то слово, но она весьма недвусмысленно дала мне понять, что я не вправе вмешиваться в ее жизнь.

— Что-то я совсем запутался, — сказал Эрик. — Ты говоришь, что Элис тебе лжет, что она на тебя злится и вообще не хочет тебя знать. Словом, не женщина, а какая-то мегера. Так почему же ты решил, что любишь ее?

Этот вопрос был таким неожиданным, что Натан далеко не сразу смог на него ответить.

— Не знаю, сумею ли я это объяснить, — задумчиво произнес он, — но в ней есть что-то необыкновенное... удивительное... она — храбрая, гордая, стойкая — и в то же время очень уязвимая, красивая и нежная...

— Хорошо, — вздохнул Эрик. — Я начинаю понимать.

Натан продолжал:

— Одно я знаю точно: едва увидев ее, я сразу почувствовал, что она не такая, как другие женщины. Я таких еще не встречал! И за все эти долгие месяцы не мог выбросить ее из головы. Потом мне сказали, что ее брат ограбил банк и что она помогла ему бежать... И я решил, что теперь стану относиться к ней по-другому. Но в тот самый миг, как я попал сюда и снова увидел ее, я понял, что нет, не смогу. Все осталось по-прежнему.

Натан повернулся к Эрику, и того поразил измученный взгляд брата.

— Мне кажется, что она — та самая, Эрик, и я не знаю, что с этим делать, — с горечью произнес Натан.

— К несчастью, у меня нет волшебной книги, где можно найти ответы на все твои вопросы, — мягко проговорил Эрик. — В своих сердечных делах каждый должен разобраться сам. Но прежде всего тебе надо понять, хочешь ли ты провести с этой женщиной всю жизнь. Элис, возможно, и впрямь твоя половинка, но готов ли ты ради нее отказаться от всего, чем занимался до сих пор?

— Что ты имеешь в виду? — вскинул брови Натан.

— Насколько мне известно, смыслом твоей жизни много лет была охота за бандитами, но ведь ты понимаешь, что тебе придется бросить службу, если ты надумаешь жениться. Спроси себя — что для тебя важнее: жена, семья, эта вот ферма или волнующие кровь засады, схватки и погони? Это первое, что ты должен решить.

— На самом деле, — возразил Натан, — тут и решать особо нечего. В последнее время я много думал об уходе со службы.

— Ты шутишь! — вскричал Эрик и в полном изумлении уставился на брата.

— Нет, не шучу, — спокойно откликнулся тот. — У меня давно появилось желание обосноваться на одном месте, жить тихо-мирно — и скучать, как ты или Майлс.

Если, говоря о скуке, Натан и хотел поддеть брата, то ему это явно не удалось. Эрик лишь улыбнулся.

— Ты очень удивишься, когда поймешь, что главе семьи скучать некогда, — заметил он. — Особенно если рядом с ним *та самая* женщина. Но если Элис и есть та самая, мой тебе совет — не торопиться. Тут надо действовать очень медленно и осторожно. Может, тебе стоит немного поухаживать за ней и посмотреть, как она это воспримет? Я не имею в виду — швырнуть ее на диван и с рычанием наброситься на нее. Судя по твоим рассказам, ей это может не понравиться...

Натан скупо усмехнулся — и вдруг вспомнил, каким было в ту ночь лицо Элис. После того, как они насытились друг другом, она казалась такой усталой и такой счастливой...

— Может, ты и прав... Может, швырнуть на диван — это не лучший способ ухаживания, — неохотно согласился он, — но могу сказать тебе, что та ночь, что мы провели вместе, была самой прекрасной в моей жизни.

— И ты считаешь, что Элис чувствовала то же самое?

Натан многозначительно улыбнулся:

— Голову даю на отсечение!

— Я рад это слышать, — рассмеялся Эрик. — Может, дела твои не так плохи, как ты думаешь.

Когда смех затих, Натан вновь посерьезнел.

— Я решил все-таки разобраться в этой истории с Колином, — негромко произнес он. — Просто не знаю, как мне заставить Элис сказать правду. Я не уверен, что она вообще захочет об этом говорить... А если захочет — еще неизвестно, каких небылиц наплетет.

— Не волнуйся. Ты сразу поймешь, лжет она или говорит правду, — убежденно ответил Эрик, поднимаясь на ноги.

— Ты так считаешь? — с надеждой взглянул на брата Натан.

— Я уверен! Так что действуй. А сейчас пойдем посидим на крыльце, покурим. Грех в такой денек торчать в сарае!

Натан снова рассмеялся:

— Опять ты со своим крыльцом! Тебя же хлебом не корми — дай только побездельничать на крылечке!

— Точно, — усмехнулся Эрик, — моя бы воля — век бы оттуда не уходил! Сидишь себе, покуриваешь... Что может быть лучше? Только запах навоза!

23.

«Лучше бы Эрик сюда не приезжал!» — мрачно думал ночью Натан. Трудно поверить, но ему сейчас хотелось, чтобы Эрик вовсе не появлялся на этом ранчо.

— Черт его подери, — ругался Натан, без сна ворочаясь в постели. — Приехал, все выспросил, разбередил душу...

Впрочем, удивляться тут было нечему. Эрик всегда был таким. Тихо и спокойно скажет несколько слов —

и заставит своих братьев задуматься, как правило, о том, о чем задумываться им совсем не хотелось. Так было раньше, так осталось и теперь, когда все они выросли и давно превратились во взрослых, решительных мужчин. Сегодня Эрик, как и прежде, заставил его думать — думать об Элис, чего Натан всеми силами избегал.

Солгала ли ему Элис? Неужели Эрик прав и Колин действительно его сын? Должен же быть какой-то способ узнать это наверняка! Расспрашивать Элис бесполезно, это ясно. Но ведь все сплетники в этом паршивом городишке точно знают, когда родился Колин! Вот только как заговорить с ними об этом?

Натан решил было довериться Реду Хилларду и попросить его разузнать все у Линн Поттер. Но всего неделю назад Ред поведал ему, что вроде бы подружился с Линн. Рассказывая Натану о своих участившихся визитах на ферму вдовы-отшельницы, Ред смущался и краснел, как мальчишка. Натан понял, что там завязалось нечто большее, чем просто дружба, и ему совсем не хотелось ставить под удар хрупкие отношения Реда и Линн. Так что Ред отпадает.

С кем же Натану поговорить о Колине? Может, с Хирамом Ричманом, хозяином городского магазинчика? Возможно, но Натан был с ним едва знаком и не решался вести доверительные беседы. Ведь торговец сразу поймет, насколько Натан заинтересовался своей хозяйкой... О том, когда родился Колин, знали, конечно, и почти все женщины в Биксби, но расспрашивать их — все равно что подливать масла в огонь. Снова пойдут разговоры, слухи, сплетни... Нет, этого Натану совсем не хотелось! Чем меньше здешним матронам будет известно об отношениях Натана и Элис, тем лучше.

— К несчастью, тебе не с кем в Биксби и словом перемолвиться, — уныло сказал себе Натан. — Вот разве что... — И в памяти у рейнджера вдруг всплыло женское лицо. Дейзи. Официантка из салуна, весьма и весьма расположенная к Натану. Когда он заглядывал в эту забегаловку на пинту пива, Дейзи просто сияла от радости. Возможно, эта девица что-то знает об Элис — и, конечно же, выложит Натану все, что ей известно. Особенно если он немного полюбезничает с ней при встрече.

Натан лежал, уставясь в темноту, и сердито хмурился. Он был прямодушным человеком, терпеть не мог хитрить и лицемерить, и сейчас ему было противно даже думать о том, что придется морочить голову девушке, которая явно к нему неравнодушна. Но, черт возьми, другого выхода у него не было! Ведь на карту поставлена вся будущая жизнь Натана, а больше поговорить ему не с кем!

«Ладно, Дейзи, милочка, придется все-таки нам с тобой поболтать», — наконец решился Натан и стал размышлять, как бы выспросить у этой девицы все, что надо, не подавая ей несбыточных надежд. А вдруг она воспримет его ухаживания всерьез? О господи! Мало Натану хлопот с Элис! Только Дейзи ему сейчас не хватало!

В четверг утром Эрик собрался уезжать, чем несказанно обрадовал Элис. После завтрака она принялась мыть посуду и весело напевала, склонившись над тазом. Элис до того не терпелось распрощаться с гостем, что она даже чувствовала себя немного виноватой. Он ведь действительно был очень милым, добрым, рассудительным человеком, однако стоило ему войти в комнату, как у Элис тревожно сжималось сердце. Он больше не расспрашивал ее о Колине, но порой так пристально смотрел на малыша, что у Элис от волнения начинали трястись руки.

Вот и опять: пока Натан в сарае седлал брату лошадь, Эрик, сидя на полу, играл с малышом. Ночью

Элис поклялась себе, что будет держаться совершенно спокойно; однако сейчас она снова поймала себя на том, что непрестанно вертит головой, то и дело косясь на мужчину, ползающего по ковру в ее гостиной, и пытаясь понять, что кроется за безмятежным взглядом его карих глаз.

В очередной раз обернувшись, Элис обнаружила, что Эрик тоже внимательно смотрит на нее. Нервно вытирая руки, она сказала:

— Кажется, вы действительно любите детей, мистер Уэллесли.

— Да, очень, — с улыбкой ответил Эрик. Он подхватил Колина на руки и, усадив к себе на колено, стал легонько подбрасывать малыша. — И, глядя на этого карапуза, я понимаю, насколько соскучился по своим детям.

Элис, комкая в руках полотенце, прошлась по комнате и присела на краешек дивана. Немного помолчав, она рискнула завести вежливую беседу:

— У вас ведь сын и дочка, верно?

— Да, — сразу же ответил Эрик. — И знаете, я заметил странную вещь. Колин очень напоминает мне моего сына. До года Иэн был совершенно таким же! Можно подумать, что они братья. Или кузены...

Элис вскочила с дивана и опрометью бросилась в кухню, чтобы скрыть от Эрика предательскую краску, залившую ее лицо.

— Как странно! — сказала Элис, надеясь, что голос у нее не слишком дрожит. — Впрочем, все маленькие дети, наверное, похожи друг на друга.

К ее ужасу, Эрик тоже встал и пошел за ней на кухню, покачивая Колина на руках. Это были надежные руки — крепкие, мускулистые... Опершись бедром о кухонный стол, мужчина принялся открыто разглядывать малыша.

— Может быть, — наконец согласился гость с Элис, — но у меня такое впечатление, что Колин не просто похож на моего сына; у них даже взгляд одинаковый! Хотя должен заметить, что Колин больше напоминает мне семимесячного Иэна. В девять месяцев мой парень был куда крупнее. Впрочем, не все дети растут одинаково быстро...

Элис почувствовала, что задыхается. Она не могла сказать ни слова. Этот человек, несомненно, знает все! Каким-то образом он докопался до правды и в своей мягкой, вежливой манере дал Элис понять, что тайна ее раскрыта.

Она молча протянула руки и забрала у гостя ребенка. Карие глаза Эрика на миг задержались на ее лице, и Элис показалось, что они заглянули ей прямо в душу.

— Берегите его, миссис Грэхем, — сказал Эрик негромко. — Это ведь особенный малыш!

Элис безмолвно кивнула, и они с Эриком обменялись понимающими взглядами. Затем Эрик подхватил свой заплечный мешок и пошел к двери.

— Надеюсь, мы когда-нибудь встретимся снова, — с трудом выговорила Элис. От волнения на глаза у нее навернулись слезы.

Эрик улыбнулся ей своей ослепительной белозубой улыбкой, которая свела с ума не одну девушку в Миннесоте.

— Мне почему-то кажется, что нам этого не избежать, — ответил он.

Гость давно уже ушел, а его прощальные слова все звучали и звучали у Элис в ушах.

— Спасибо, что ты приехал, Эрик. Было чертовски приятно повидаться с тобой.

Эрик вскочил на лошадь и улыбнулся брату.

— Мне тоже, Нат. А как насчет следующего раза? Наверное, ты к тому времени уже женишься?

Натан пожал плечами:

— Кто знает?

— Мама и отец были бы счастливы. Мама ужасно хочет, чтобы ты наконец остепенился.

— Знаю, — нахмурился Натан. — Она пишет об этом в каждом письме. Лучше бы ей перестать волноваться за меня, а взяться за Джеффа. Уж ему-то точно надо жениться.

— О, с Джеффом это безнадежно, — махнул рукой Эрик. — Его окрутит лишь та девушка, которой удастся привязать его к бревну и сплавить по реке прямо к алтарю.

Натан расхохотался.

— Наверное, ты прав, — весело кивнул он. — Джефф любит свои бревна больше всего на свете.

— Думаю, он испытывает к бревнам те же чувства, что я — к навозу, — продолжал балагурить Эрик.

— Да, — ухмыльнулся Натан, — похоже, что так.

Эрик наклонился и протянул ему руку:

— Ну, держись, Нат. Если понадобится помощь, дай мне знать.

Натан с чувством сжал руку брата:

— Ты даже не представляешь, как уже мне помог. Спасибо тебе за все!

— Не пропадай, ладно?

— Хорошо, обещаю.

Эрик тронул поводья и выехал на дорогу. Натан смотрел ему вслед, пока Эрик не скрылся из виду. И снова, уже в который раз, Натану захотелось жить поближе к брату.

— И какого черта некоторым так хочется торчать на ранчо в Миннесоте? — бурчал Натан, поворачивая назад, к дому. — Сражаться с этой мерзкой погодой и есть эту ужасную рыбу... Это же надо быть просто ненормальным!

Чуть позже полудня Натан с видом праздного гуляки зашел в «Лучший в Биксби» салун и направился к столику в глубине зала. С тех самых пор, как Ред Хиллард объяснил ему, что «Лучший в Биксби» не единственный, а есть еще и «Единственный в Биксби» салун, Натан не мог входить сюда без улыбки.

Дейзи Флинн предпочитала считать обычную ухмылку Натана знаком особого расположения к своей персоне, и не успевал он усесться, как она уже вихрем неслась прямо к его столику. Так случилось и на этот раз.

— Здрасьте, мистер Уэллс, — пропела Дейзи и, низко склонившись над столом, положила перед Натаном потрепанное меню. — Давненько вас не было видно.

Натан взглянул на маленькую огненно-рыжую официантку с кроличьими зубками и выдавил из себя приветливую улыбку:

— Был очень занят, мисс Флинн, а не то приходил бы почаще.

Дейзи с довольным видом откинула за спину свои рыжие волосы, беззастенчиво прихорашиваясь перед Натаном.

— Просто ты должен сказать миссис Грэхем, что тебе иногда положен выходной! Днем отдохнул бы, а вечерком заглянул бы к нам. Посидел бы, поужинал, — заботливо посоветовала она.

— Да? — опять улыбнулся Натан. — Ладно, я подумаю об этом. А чем ты попотчуешь меня сегодня?

— Попробуй мясной рулет. Я сама приготовила его утром.

— С картофельным пюре и подливкой?

— Конечно. Все, как ты захочешь, Нат. Только попроси!

Натан сделал вид, что пропустил слишком явный намек Дейзи мимо ушей, и поспешно сказал:

— Ну что ж, неси свой рулет.

— А пиво? Разве ты не выпьешь пива? А может, чашечку кофе? Я варю лучший в Биксби кофе. Спроси кого хочешь — тебе каждый подтвердит!

— Тогда, наверное, я просто обязан заказать чашечку, не так ли? — лукаво усмехнулся рейнджер.

Еще раз стрельнув в него глазками, Дейзи развернулась на каблучках и поплыла на кухню, отчаянно надеясь, что он смотрит ей вслед.

Он и правда смотрел, но Дейзи была бы ужасно разочарована, если бы знала, что думает он вовсе не о ее прелестях, а о маленьком мальчике по имени Колин Грэхем.

И завести разговор о малыше Натану удалось даже раньше, чем он рассчитывал. Через минуту Дейзи вернулась с чашкой горячего кофе и снова защебетала.

— Ну что, Нат, — спросила она, — как там твоя работа? Ты сможешь остаться в Биксби на всю зиму?

— Вряд ли, — ответил Натан, подув на кофе и сделав маленький глоток.

Разочарование Дейзи было столь явным, что Натан поспешно добавил:

— Ух ты, кофе просто отличный!

— Спасибо! — растроганно ответила Дейзи, и к ней немедленно вернулось хорошее настроение.

— Значит, тебе все-таки придется уехать? — решила уточнить она.

Натан пожал плечами:

— Миссис Грэхем нужен работник только на лето, так что осенью я двинусь дальше...

— Может, ты вернешься назад будущей весной? — с надеждой спросила девица.

— Сомневаюсь, — покачал головой Натан.

— Почему же? — не отставала Дейзи.

Натан с заговорщицким видом огляделся по сторонам, словно опасаясь, как бы их кто не подслушал в пустом салуне. Потом молодой человек громко прошептал:

— Ты умеешь хранить тайну?

— Конечно! — кивнула Дейзи, уселась на стул напротив Натана и, сгорая от любопытства, потянулась через стол к собеседнику.

— Этот ее ребенок... Он меня скоро с ума сведет!

У Дейзи вытянулось лицо.

— Ты не любишь детей, Нат? — разочарованно спросила она, откидываясь на спинку стула.

— Нет, я их, конечно, люблю, — торопливо ответил Натан, — но ребенок миссис Грэхем — он же вопит, не умолкая! Я думал, что плачут только младенцы, а дети постарше прекращают этот ор!

Дейзи удивленно посмотрела на Натана.

— Но он же еще совсем крошка! — воскликнула она.

Натан сделал глубокий вдох. Вот он, решающий миг!

— Совсем крошка? — переспросил молодой человек. — Я думал, ему месяцев девять, а то и десять...

— Глупый! — рассмеялась Дейзи, замахав на него руками. — Колину Грэхему только семь месяцев.

У Натана бешено заколотилось сердце. Бравому капитану захотелось вскочить со стула и разнести в щепки все вокруг. Он с трудом взял себя в руки и попытался отдышаться. Когда же ему это удалось, он с безразличным видом проговорил:

— Правда? Только семь месяцев? Ты не путаешь? А я думал, он старше.

Дейзи замотала головой:

— Да нет же! Я точно знаю, что ему только семь. Ведь он появился на свет прямо в рождественскую ночь!

Натана так трясло, что стул под ним ходил ходуном.

— Я прекрасно это помню, — продолжала Дейзи, взволнованная тем, что может поделиться с красавчиком Натом столь упоительной сплетней. — Мы узнали обо всем после церковной службы, на ежегодном рождественском завтраке. Кто-то вдруг заметил, что старого доктора Бэнкса нет за столом. Все заудивлялись, почему это он пропустил завтрак, ведь это такое важное событие в Биксби. И кто-то сказал, что доктор сегодня не придет. Дескать, слишком устал. Всю ночь не смыкал глаз — принимал роды у миссис Грэхем.

Дейзи замолчала и перевела дух.

— Дальше! — резко скомандовал Натан, с трудом сдерживая ярость.

Дейзи удивленно посмотрела на него и нервно захихикала.

— Ну, ты понимаешь, это же действительно смешно, — снова затараторила она. — Все стали шептаться, что, мол, миссис Грэхем вдова и все такое и что ребенок родился на Рождество — ну совсем как младенец Иисус. А некоторые начали говорить, что поскольку у миссис Грэхем нет мужа, то сынок ее, наверное, был зачат непорочно, как Христос. Ну, потом все принялись сплетничать о миссис Грэхем, гадая, кто бы мог быть отцом ребенка, пока Риверенд Дженкинс не разозлился и не отчитал нас всех за то, что мы так кощунственно себя ведем и так мерзко злословим в такой святой день. Но мы все равно смеялись и отпускали разные сальные шуточки и...

Дейзи болтала и болтала, но Натан давно уже не слышал ее.

Рождество. Колин появился на свет рождественской ночью. Ровно через девять месяцев после того, как Натан завернул на ферму к Элис, спасаясь от мартовской грозы...

Никогда в жизни не был Натан так взбешен. Гнев душил его, застилал пеленой глаза — и внезапно вырвался наружу. С хриплым воплем Натан вскочил на ноги, едва не опрокинув свой столик.

Забыв, о чем говорила, Дейзи изумленно уставилась на Натана. «Он что, спятил?» — промелькнуло у нее в голове.

— Что случилось? — испуганно пролепетала девица.

— Мне нужно идти, — прорычал Натан, бросил на стол долларовую бумажку и устремился к двери.

— Идти? — пискнула Дейзи. — Нат! А как же мясной рулет?

— Съешь его сама! — рявкнул он. — Мне нужно идти — немедленно!

Дейзи поднялась из-за стола, с открытым ртом глядя на Натана.

— Стой! — отчаянно закричала она, когда он рванул на себя дверь. — Твоя еда готова! Подожди минутку — я сейчас все принесу!

Бросившись за ним, она выскочила на улицу и принялась дико озираться вокруг. Увидев Натана, который садился на своего жеребца, Дейзи закричала:

— Стой! Вернись назад! Я сегодня яблочный пирог испекла — все говорят, лучший в городе! Нат, вернись! Нат!!!

Но Натан не обращал внимания на ее крики. Он слышал лишь голос, который набатом звучал у него в ушах: «Он — мой сын! Он — мой сын!»

24.

Едва увидев, как Натан въезжает во двор, Элис поняла: что-то стряслось. Жеребец, которого рейнджер всегда холил и лелеял, был сейчас весь в мыле и тяжело дышал, а лицо самого Натана показалось Элис просто ужасным.

— Что-то не так? — спросила она, торопливо спускаясь к нему по ступенькам крыльца.

Натан спешился и ринулся ей навстречу.

— Да, — прорычал он, хватая ее за руку и втаскивая обратно в дом. — Не так!

— Господи, в чем дело? — испуганно пролепетала женщина.

— В чем дело? — мрачно переспросил Натан. — В тебе, черт бы тебя побрал!

Элис побледнела и прижала руку к груди.

— Что, банда? — хрипло проговорила она. — Они вернулись?

— Нет, не банда. Хотя я предпочел бы сейчас встретиться с десятком негодяев! — в ярости заорал Натан.

Элис смотрела на него в полной растерянности.

— Натан, ты меня пугаешь. Объясни наконец, что случилось. Ты что, сердишься на меня? Почему?

Натан так глянул на нее, что у женщины не осталось никаких сомнений: он и впрямь разбушевался именно из-за нее. Они вошли в дом, и Натан подтолкнул Элис к дивану.

— Садись, — резко приказал он.

— Не хочу, — заупрямилась Элис. — Не сяду, пока ты не скажешь мне, в чем дело.

Лицо Натана потемнело.

— Не беспокойся, скажу, — процедил он сквозь зубы. — Садись.

Дрожа всем телом, Элис опустилась на диван.

— Хорошо, я села, — заявила она. — И жду объяснений.

— Где мой сын? — грозно осведомился Натан.

— Он спит в... — Элис замолчала на полуслове. Испуганно прикрыв рукой рот, она круглыми от ужаса глазами смотрела на Натана.

— Все правильно, Элис, — мрачно кивнул он. — Мой сын.

Оцепенев от страха, Элис молча смотрела на Натана. Она целый месяц обдумывала, что скажет ему, если он все-таки докопается до правды. Но сейчас, в решающую минуту, все слова вылетели у Элис из головы.

«Надо все отрицать. Начисто! — в отчаянии сказала себе женщина. — Он ничего не знает и знать не может. Все это только догадки...»

А вслух наконец произнесла:

— Не понимаю, с чего тебе пришла в голову эта чушь, но могу тебя заверить, что Колин — не твой сын.

Элис поднялась с дивана, втайне молясь, чтобы ноги не отказали ей служить.

— У меня полно дел, так что закончим этот разговор.

— Нет, разговор далеко не закончен, леди! — загремел Натан, хватая ее за плечо, чтобы не дать ей пулей вылететь из комнаты. — И для начала я хотел бы знать, почему ты лгала мне... Почему не сказала, что у меня есть сын?!

— Он не твой сын! — повысила голос Элис.

— Нет, мой! — заорал Натан.

— Нет, не твой! Он мой — и ничей больше!

Услышав эти дерзкие слова, Натан остолбенел. Он допускал, что Элис заявит, будто родила Колина от другого мужчины. Но утверждать, что у ребенка вообще не было отца... Нет, такого Натан не ожидал!

— Ты хочешь сказать, что зачала ребенка в одиночку? — саркастически осведомился он. — Если так, я могу порекомендовать тебе несколько газет, которые хорошо заплатят за эту историю!

Элис в ярости стиснула зубы.

— Это подло с твоей стороны! — выпалила она. — И я не собираюсь стоять здесь и слушать, как ты упражняешься в остроумии!

Она резко сбросила его руку с плеча и кинулась к двери в спальню. Но Натан тут же догнал Элис и, схватив за талию, крепко прижал к себе. Разгневанная женщина начала сердито вырываться из стального кольца его рук.

— Пусти! Как ты смеешь! — закричала она.

И почувствовала его горячее прерывистое дыхание, когда он сказал:

— В ту ночь, когда мы зачали его, ты говорила совсем другое, не так ли, Элис? Тогда тебе хотелось, чтобы я обнимал тебя снова и снова!

Напоминание о том, как постыдно она вела себя тогда, заставило Элис задохнуться от унижения и боли.

— Пусти! Я тебя ненавижу! — прохрипела женщина.

Натан чуть ослабил хватку — и тут же развернул Элис к себе лицом. Они стояли так близко, что его губы коснулись ее уст, когда он требовательно спросил:

— Колин — мой сын?

— Ты же вбил себе в голову, что да! Так зачем ты меня терзаешь?!

Натан слегка встряхнул ее. Он твердо решил, что вырвет у Элис признание. Во что бы то ни стало!

— Не надо играть со мной в кошки-мышки. Я хочу услышать правду — причем из твоих уст. Колин — мой сын?

— Да! — в отчаянии воскликнула она. Ее голос срывался. — Он твой, но ты ему не отец!

Натан в ярости оттолкнул ее и зарычал:

— Что, черт побери, это значит?

Элис с видом оскорбленного достоинства одернула лиф своего поношенного платья.

— Только то, что мимоходом сотворить ребенка — это одно, а быть ему отцом — совсем другое!

Натан в замешательстве потряс головой. Гнев его моментально улетучился. А Элис взволнованно продолжала:

— Чтобы стать отцом, одной короткой вспышки страсти маловато, Натан. Где ты был, когда я лежала больная и не могла подняться с кровати? Где ты был в ту ночь, когда я рожала его и думала, что умру от боли? И в те первые дни, когда он плакал и плакал — и я вставала к нему каждый час? Я понятия не имею — где, но только не здесь.

— Меня здесь не было, потому что я ничего не знал! — побледнев, вскричал Натан.

Элис отмахнулась от его оправданий:

— Тебя здесь не было, потому что мы с Колином тебя не интересовали! И неудивительно! У великого

Натана Уэллесли были более важные дела! Он изволил геройствовать на просторах Техаса, наслаждаться изысканным обществом восхитительных остинских дам. Где ему было вспомнить о наивной фермерской вдове, что осталась где-то там, в богом забытом домишке на окраине Биксби. Я читала газеты, Натан, и знаю, что ты делал, когда не ловил бандитов.

— Да ничего ты не знаешь! — рявкнул Натан. — Я все время думал о тебе. Все время, понимаешь?

Но Элис пропустила признание Натана мимо ушей и продолжала смотреть на него гневным взглядом.

— Разве тебе пришло в голову, что после той ночи у меня может появиться ребенок? Или это для тебя в порядке вещей? Я догадываюсь, что вы, техасские рейнджеры, лихие парни — и у вас по всему штату полно вот таких случайных детей. Вы, наверное, хвастаетесь друг перед другом, у кого их больше. Скажите, капитан Уэллесли, может, вы даже ставите зарубки на спинке кровати, как охотник на прикладе ружья?

Глаза Натана вспыхнули от возмущения.

— Ты рассуждаешь сейчас, как уличная девка, Элис, и тебе это совсем не идет! — процедил он сквозь стиснутые зубы.

— А ты — ты ублюдок, Натан! — Элис на миг замолчала, поразившись самой себе: неужели она опустилась до площадной брани? Но гнев заставил ее забыть о приличиях, и она с горечью продолжила: — Нет, это неверно. Ты не ублюдок. Ты... Как это ты говорил? «Пятый сын Джеймса и Мэри Уэллесли». Это мой сын — вот кто ублюдок! Мой сын — незаконнорожденный!

После этих слов в комнате повисло тяжелое молчание. Наконец Натан заговорил, и непреклонная решимость в его голосе пугала больше, чем гнев:

— Если бы я знал о вашем состоянии, леди, наш сын не был бы незаконнорожденным. С первого же дня жизни он носил бы фамилию Уэллесли.

— Теперь поздновато пытаться поразить меня своим благородством, — фыркнула Элис. — Я ведь прекрасно понимаю, что была для тебя всего лишь женщиной на одну ночь.

— Откуда ты можешь знать, чем была для меня? — вновь сорвался на крик Натан.

— Хорошо, если я ошибаюсь, то расскажи мне, как все было на самом деле! Объясни, что значила для тебя эта ночь?

— Очень многое! И могу поклясться, что думал о тебе полтора года отнюдь не как о случайной подружке!

Элис удивленно заморгала, а когда заговорила опять, то голос ее звучал куда мягче.

— Тогда почему же ты не вернулся? — спросила она.

— Почему? — отозвался Натан, сверля ее гневным взглядом. — Ты забыла, что наутро просто вышвырнула меня отсюда? Забыла, что я хотел поговорить с тобой об этой ночи — чтобы понять, как же нам теперь жить дальше? Это ты, ты сказала, что не желаешь ничего обсуждать и хочешь лишь одного — чтобы я побыстрее убирался из твоего дома и никогда — никогда! — не появлялся здесь вновь!

В бессильной ярости стиснув кулаки, Натан мерил шагами комнатку.

— И потом, когда я вернулся и снова попытался поговорить с тобой, ты заявила, что та ночь — только ужасная ошибка и ты глубоко сожалеешь о случившемся. Ведь это твои слова, Элис: «Ужасная ошибка, о которой я глубоко сожалею».

— Да, это было ужасно, — выкрикнула Элис. — И я действительно очень сожалею.

Натан резко повернулся к ней и вперил в нее горящий взгляд:

— Ты сожалеешь, что дала жизнь моему сыну?

Элис открыла было рот, чтобы выпалить очередную резкость, но слова не шли у нее с языка. Она тяжело вздохнула и покачала головой. Нет, тут солгать Элис не могла.

— Вот об этом я не жалею. Я обожаю Колина. В нем — вся моя жизнь. Меня удручают лишь мысли о той ночи, когда он был зачат.

Глаза Натана затуманились от горечи и боли.

— Элис, я уже ничего не могу исправить, — тихо проговорил он. — Мне страшно подумать, что ты носила под сердцем моего ребенка, а меня не было рядом с тобой! Боже, как же тяжело тебе пришлось! Одна-одинешенька, без родных и друзей... Ты даже не представляешь, как я раскаиваюсь в том, что причинил тебе столько страданий. Но как бы то ни было, я — отец Колина, и теперь я здесь.

— Нет! — выдохнула Элис, гневно вскинув голову. — Оттого, что ты узнал о сыне, ничто не изменилось.

— Изменилось, Элис! — твердо произнес Натан. — И если ты думаешь, что, узнав обо всем, я покончу с бандитами, а потом спокойно сяду на лошадь и скроюсь вдали, то ты глубоко ошибаешься.

— А я хочу, хочу, чтобы ты уехал! — срывающимся голосом закричала женщина.

— Нет, милая, этого не будет!

Элис прерывисто вздохнула, собираясь с духом, и задала наконец тот вопрос, который мучил ее больше всего:

— А что же ты собираешься делать, Натан? Что тебе нужно?

— Мне нужен мой сын! — решительно ответил рейнджер.

— Зачем? — простонала Элис. — Месяц назад ты даже не подозревал о его существовании. С чего это вдруг он теперь понадобился тебе?

— Я не могу поверить, что ты можешь говорить такое! — изумленно уставился на нее Натан. — Ну ладно, в чем-то ты права. Месяц назад я действительно не подозревал о его существовании, но теперь-то знаю... И это все меняет.

— Почему? — снова спросила Элис.

— Потому что он мой сын. Моя плоть и кровь. И я хочу растить его и заботиться о нем, как подобает отцу.

— Но что, если я не хочу этого? Если я не желаю, чтобы ты растил его и заботился о нем?

— Это уже несущественно, — надменно возразил Натан. — Колин принадлежит семье Уэллесли, и ты не можешь отрицать его происхождения.

Элис едва не потеряла сознания. Слова Натана так испугали ее, что от ужаса у нее подкосились ноги. Однако женщина знала, что поддаваться страху ей нельзя. Ей нужно бороться! Поэтому, собрав все свое мужество, она гордо вскинула голову, отважно шагнула вперед и посмотрела Натану прямо в глаза.

— Давай поговорим начистоту, капитан, — решительно сказала Элис. — Имя моего сына — Колин Джозеф Грэхем, понятно? Он мой, только мой, и я никому не позволю отнять его у меня. И мне наплевать на все твои деньги, связи и влиятельных родственников!

Глаза Натана угрожающе сузились.

— Я ничего не говорил о том, что собираюсь отнять его у тебя, но тебе виднее, — мрачно пророкотал он. — Однако нравится тебе это или нет, фамилия Колина — Уэллесли. Он не ребенок Джо Грэхема, он мой сын, и я не допущу, чтоб мой мальчик всю жизнь носил имя другого человека.

— Тебе ничего не удастся изменить, Натан, — запальчиво возразила ему Элис.

— Не рассчитывай на это, — покачал он головой. — Моя семья — одна из самых влиятельных в Соединенных Штатах, и, если ты попытаешься помешать мне объявить Колина своим сыном, я буду бороться с тобой всеми средствами. Пойми это, Элис. И я выиграю!

У Элис упало сердце. Она понимала, сколь серьезны угрозы Натана, и знала, что у него достаточно сил и возможностей, чтобы добиться своего. Такие люди, как Уэллесли, всегда получают, что хотят. А Натан Уэллесли хочет заполучить ее сына.

До Элис вдруг дошло, с каким опасным противником ей предстоит бороться. Она поняла, что все преимущества на его стороне. Но она просто обязана победить — во что бы то ни стало! Ради сына она готова на все. И твердо знает: она никому не отдаст Колина.

Никогда!

25.

Элис вздохнула с облегчением, когда этой ночью Натан отправился спать в сарай.

С тех пор как за ним захлопнулась дверь дома, прошло уже несколько часов, но Элис все ходила и ходила по комнате, думая о том, что же ей делать дальше? Одно было ясно: она должна бежать. Должна взять Колина и исчезнуть раньше, чем Натан приведет в исполнение свои угрозы и отнимет у нее ребенка.

Элис ни на мгновение не сомневалась в том, что он это сделает и добьется своего. Уэллесли могут все. Она вспомнила рассказ Эрика о том, как их отец обратился к губернатору Техаса с просьбой узнать, где находится Натан. Если они настолько могущественны, что даже могут побеспокоить губернатора по такому пустячному делу, то им ничего не стоит склонить судей отдать им Колина на попечение. Тем более что многие женщины из Биксби, ненавидя Элис, с радостью засвидетельствуют, что она никудышная мать.

Вечер тянулся невыносимо долго. Усталая Элис без конца перебирала в уме слова Натана и все больше убеждалась в том, что единственный выход для нее — это исчезнуть вместе с ребенком.

Но куда идти?

В сотый раз пересекая комнату, она обдумывала

свое нелегкое положение. Она не может просить убежища у Линн. Натан станет искать ее прежде всего в доме подруги. Нет, ей нужно бежать куда-нибудь подальше. Может быть, в Даллас? Там живет ее тетушка, сестра ее матери. Хотя они и не были близки, Элис не сомневалась, что тетушка Нелли приютит ее.

Устало опустившись на диван, Элис старалась найти разумные ответы на мучившие ее вопросы. Когда ей следует уйти из дома и как попасть в Даллас? Ответ на первый нашелся быстро. Сегодня же ночью. Она должна уйти из дома сегодня же ночью, до того как Натан проснется и попытается остановить ее.

А вот как вместе с Колином попасть в Даллас — это решить сложнее. У нее нет денег — значит, ехать поездом или на перекладных она не сможет. Остается путешествовать в своей повозке или верхом.

Спрятав лицо в ладони, Элис устало вздохнула. Повозка такая старая и расшатанная, что далеко не уедет. Придется отправляться в путь верхом. Но сможет ли она справляться с лошадью и с Колином одновременно в течение многих часов?

— Я должна, — твердо сказала себе Элис. — Другого выхода у меня нет.

Сжав зубы, она бросила враждебный взгляд в сторону сарая.

— Будь ты проклят, Натан Уэллесли! — прошипела женщина. — От тебя одни несчастья и беды!

Сидя на диване, она пыталась разобраться в своих чувствах. Она жалела и корила себя одновременно за то, что из-за Натана позволила себе испытывать сильнейшую сердечную боль. Да, Натан причинил ей много горя...

Наконец она опомнилась, спохватившись, что время не ждет и ей давно пора действовать, если она хочет исчезнуть этой ночью.

Заставив себя подняться, Элис направилась в спальню, на ходу составляя в уме список вещей, которые ей нужно захватить с собой в дорогу. Взять можно немногое — чуть-чуть еды, воду, кое-что из одежды, — столько, сколько поместится в старую седельную сумку Джо. Вдруг она остановилась. Седельная сумка была в сарае, там же была лошадь и, что еще важнее, — там был Натан!

Схватившись за голову, Элис в отчаянии стала раскачиваться из стороны в сторону. Как же она оседлает и выведет лошадь из сарая? Ведь Натан просыпается от малейшего шороха! Про старую повозку и думать нечего!

— Возьми себя в руки и подумай! — сказала она себе и снова в волнении зашагала по комнате. Сегодня ночью она непременно должна бежать из дома, а значит, ей необходимо достать лошадь. До Далласа тридцать миль, и она не сможет добраться до города пешком, как бы ей этого ни хотелось...

— До Далласа тридцать миль, но до Линн всего одна! — вслух произнесла Элис и радостно щелкнула пальцами, довольная, что наконец нашла самый простой выход, настолько простой, что сама удивилась, как это она раньше не додумалась до такого. Ей надо пройти всего лишь милю и одолжить у Линн лошадь.

Это была блестящая мысль. Теперь не надо идти в сарай, более того, когда Натан проснется, он не сразу заподозрит неладное. Если бы она взяла лошадь, он бы сразу догадался, что Элис сбежала. Но если лошадь останется на месте, он ничего не заподозрит — по крайней мере, не сразу.

Элис приободрилась. Но, взглянув на часы на каминной полке, громко ахнула:

— Господи, уже без пяти три!

Неудивительно, что она так устала! Но сейчас это не имеет никакого значения. Она двинется в путь около пяти, так что у нее достаточно времени, чтобы добраться до Линн, объяснить подруге, что происходит, и попросить у нее лошадь. К пяти часам, когда начнет светать, она уедет от Линн. Если повезет, к полудню они с Колином доберутся до тетушки Нелли. Элис надеялась, что сумеет разыскать ее дом в Далласе, несмотря на то, что с их последней встречи прошло немало лет.

— Сейчас не время думать об этом, — твердо сказала себе Элис. — Сейчас нужно думать только о том, как выбраться отсюда, и о том, что взять с собой в дорогу. Остальное постепенно образуется.

Взять ей пришлось совсем немногое — несколько чистых пеленок и рубашечку для Колина, одно платье для себя и флягу с водой. Она подумала, не взять ли ей еды, но отказалась от этой мысли, вспомнив, что до Далласа не так уж далеко — к обеду они будут на месте.

Элис засунула одежду в старый кожаный ранец Джо, доставшийся ему от отца, разбудила Колина, устроила его в заплечном мешке, который смастерил Натан, пристегнула сына ремешками, чтобы он не выпал, и, погасив лампу, вышла на крыльцо. Оглядевшись по сторонам, она сквозь тьму посмотрела на сарай. Вокруг было спокойно и тихо, ночь к тому же выдалась темная. Тяжело вздохнув, Элис поспешила прочь. Она быстро пересекла ближайшее пастбище и вскоре оказалась на опушке ореховой рощи на границе своих владений.

Там Элис остановилась, чтобы перевести дух, и, взглянув на Колина, улыбнулась с мрачным удовлетворением:

— Чем дальше, тем лучше, мой дорогой. А теперь будь умницей и не шуми. Мы приедем к тетушке Нелли раньше, чем ты устанешь и проголодаешься.

Она оглянулась, бросив последний взгляд на маленький ветхий домик. Затем, тряхнув головой, отвернулась и решительно шагнула в темноту.

— Возможно, труднее всего в нашем путешествии окажется попасть в дом Линн. Она ведь может не открыть нам дверь, — вслух рассуждала Элис, приближаясь к дому подруги. Поднявшись на крыльцо, она забарабанила в дверь кулаками, тихонько приговаривая: — Ну, пожалуйста, открой! Ты должна меня услышать!

Отступив назад, Элис посмотрела на окно спальни Линн, надеясь, что ее подруга, выглянув, заметит ее. Сквозь занавески пробивалась полоска света. Элис облегченно вздохнула, поняв, что Линн проснулась.

— Линн! — закричала она. — Линн, это я, Элис! Впусти меня, пожалуйста!

Занавески пошевелились, и окно чуть приоткрылось.

— Элис, это ты? — послышался испуганный голос.

— Да. Пожалуйста, спустись вниз и открой дверь.

— Подожди минуточку... Я сейчас! — донеслось из окна.

— Слава богу! — прошептала Элис. Возможно, она сумеет осуществить свой безумный побег. Сегодня судьба была к ней благосклонна.

Дверь вдруг резко распахнулась, и Элис испуганно вздрогнула.

— Что случилось, Элис? Почему ты здесь в столь поздний час? — спросила Линн, повыше поднимая свечу, чтобы убедиться, что на крыльце перед ней действительно стоит подруга.

— Мне нужна твоя помощь, — тихо сказала Элис. — Я сейчас все тебе объясню. Можно мне войти?

— Разумеется, заходи, пожалуйста, — ответила Линн, пропуская Элис в переднюю. Закрыв дверь и старательно задвинув засов, Линн наконец повернулась к подруге.

— Что-то случилось? — обеспокоенно спросила она. — Тебе угрожает опасность? Где капитан Уэллесли? Почему он не с тобой?

— Я... я убежала... — запинаясь, ответила Элис, не обращая внимания на целый поток вопросов, которые обрушила на нее испуганная подруга.

Линн тихонько ахнула и недоуменно уставилась на Элис.

— Убежала? От кого? — спросила она спустя мгновение.

— От капитана Уэллесли, — выдохнула Элис и замолчала.

Линн в изумлении смотрела на подругу. Множество вопросов повисло в воздухе — Линн не смела больше расспрашивать Элис.

— Ты одолжишь мне лошадь? Обещаю, я... — Элис не договорила. Линн жестом остановила ее:

— Погоди, не спеши. Позволь мне во всем разобраться. Ты покинула свой собственный дом, чтобы убежать от капитана Уэллесли?

Элис молча кивнула.

— Ты дашь мне лошадь? — после короткой паузы повторила она свою просьбу.

— Только после того, как ты все мне объяснишь, — уклончиво ответила Линн.

— У меня нет времени... — все больше волновалась Элис.

Однако Линн упрямо покачала головой.

— Пока я не узнаю, что стряслось, ты никуда не поедешь, — заявила Линн, открывая дверь в комнату и приглашая Элис войти.

Элис бросила на подругу умоляющий взгляд, но по выражению лица Линн поняла, что без объяснений миссис Поттер не отпустит ее.

— Хорошо, — уступила Элис, — но я должна уехать как можно раньше.

— Пройдсм в гостиную, сядем и поговорим, — предложила Линн.

Элис кивнула и последовала за хозяйкой в просторную комнату. Опустившись в глубокое мягкое кресло, она посадила Колина к себе на колени и расстегнула лиф платья. Если уж ей пришлось задержаться, то надо воспользоваться минутой отдыха и покормить ребенка.

— Элис, расскажи мне все по порядку, ничего не

скрывая, — потребовала Линн и зажгла большую керосиновую лампу.

Элис дала Колину грудь, откинулась на мягкую спинку кресла и заявила:

— Натан Уэллесли узнал, что Колин — его сын.

Линн кивнула, серьезно глядя на подругу.

— Думаю, — медленно произнесла она, — это было неизбежно. И как это случилось?

— Это длинная история... У меня нет времени излагать все подробно. Достаточно сказать, что теперь он знает и предъявляет мне свои требования...

Линн удивленно вскинула брови:

— Требования? Какие требования?

— Он сказал, что собирается заявить о своих правах на Колина.

— А ты этого не хочешь? — уточнила Линн.

— Нет, ни за что! Колин мой и только мой! — воскликнула Элис.

Линн нахмурилась.

— Элис, ты говоришь ерунду, — попыталась она урезонить подругу. Но Элис уже не могла сдержаться:

— Он говорит, что ему небезразлична судьба Колина... что он хочет принимать участие...

— Его можно понять, — перебила подругу Линн.

— Боже мой, Линн! — раздраженно зашипела Элис. — Не говори, что ты с ним согласна. Ты не можешь поддерживать его!

— Я не собираюсь никого поддерживать, — примирительно отозвалась Линн, — но лейтенант Хиллард многое рассказал мне о капитане Уэллесли.

— Лейтенант Хиллард? — изумилась Элис. — А я и не знала, что ты с ним подружилась...

Даже при тусклом свете керосиновой лампы гостья заметила, что Линн покраснела.

— В последние дни мы довольно много времени проводили вместе, — тихо сказала она, смущенно улыбаясь. — Он каждый день приезжает сюда, чтобы узнать, все ли у меня в порядке.

— Знаю, — раздраженно заметила Элис, — но я не представляла, что вы так скоро подружитесь.

К удивлению Элис, Линн довольно уклончиво ответила на ее язвительную реплику:

— Мы... просто разговариваем...

— О Натане Уэллесли? — В голосе Элис зазвучали резкие нотки.

— Да, и о нем тоже, — кивнула Линн. — Правда, о капитане Уэллесли мы говорили больше, чем о ком-то другом.

— Не представляю, чем вызван столь большой интерес к его персоне, — разозлилась Элис.

— И все же это так! Ты знаешь, что он — один из *тех самых* Уэллесли? — спросила Линн.

Элис раздраженно вздохнула:

— Знаю. И поэтому я здесь.

Линн в недоумении посмотрела на подругу.

— Послушай, Линн, Натан Уэллесли принадлежит к одной из самых влиятельных семей в стране, да?

— Да, — послушно кивнула та.

— Сейчас капитан Уэллесли обнаружил, что отец моего ребенка — он, да?

— Да, — подтвердила Линн.

— И вот он решил заявить о своих родительских правах, не считаясь с моим мнением...

— О каких еще «родительских правах»? — не поняла Линн.

— Он хочет официально признать Колина своим сыном, — вознегодовала Элис.

Линн пожала плечами, не понимая, что вызывает у Элис такое беспокойство.

— Но это же естественно, раз он знает о своем отцовстве, — сказала она. — К тому же для Колина это просто замечательно.

Ошеломленная Элис уставилась на подругу:

— Я не верю, что ты так думаешь! Боже мой, Линн, я едва знаю этого человека, а он собирается отнять у меня сына!

— Но ты же сама сказала, что Натан Уэллесли — отец Колина. Значит, Колин — его сын. По-моему, тут все понятно.

— Нет, — с тупым упрямством возражала Элис. — Колин не его. Он мой. Натан Уэллесли случайно стал его отцом.

— У тебя довольно своеобразный взгляд на деторождение, Элис, — ехидно заметила Линн.

Лицо Элис потемнело от гнева. Колин уже наелся и перестал сосать грудь, и она, переложив малыша на диван, поднялась и стала торопливо застегивать пуговицы на платье.

— Видимо, я совершила ошибку, ища помощи у тебя, — сказала Элис, избегая взгляда подруги. — Если бы я знала, что ты так бездушно отнесешься к моей беде, я не стала бы тебя беспокоить.

Линн тоже вскочила на ноги:

— Не говори так, Элис, дорогая. Я не хотела тебя расстраивать, но я в самом деле не понимаю, почему ты решила бежать.

— Потому что Натан Уэллесли отнимет Колина у меня, если я останусь дома! — вскричала Элис.

От изумления Линн замерла с открытым ртом, а потом выдохнула:

— Что? Он тебе так сказал?

— Ну... не совсем... — замялась Элис, — но он может так сказать. Вообще-то он заявил, что сделает все, чтобы Колин был официально признан его сыном, и будет бороться за свои отцовские права, если я буду возражать.

— О боже! — прошептала Линн, прижав пальцы к губам. — Я не могу поверить, что он сказал такое. Лейтенант Хиллард говорит, что капитан Уэллесли — самый смелый, честный и благородный человек, которого он когда-либо встречал...

— Ну, возможно, в глазах другого мужчины он и есть таков, но в отношениях со мной он не более чем хвастун, — резко ответила Элис.

Линн озадаченно смотрела на подругу.

— В самом деле? Но я слышала, что у вас... То есть я знаю, что у тебя были с ним проблемы, но, когда лейтенант Хиллард рассказал мне, что капитан Уэллесли выкупил для тебя кольцо твоей бабушки, я поняла, что ты...

Элис не дала ей договорить.

— Кольцо моей бабушки? — спросила она. — Как лейтенант Хиллард узнал об этом?

Линн нервно теребила полу своего халата.

— Ты не знаешь? — смущенно проговорила она.

Элис покачала головой:

— Нет, но ведь ты мне расскажешь, не так ли?

— Ох, дорогая... — Линн замялась, не зная, как быть. Мысль о том, что она невольно распространит пустую сплетню, казалась ей унизительной. — В этом, право, нет ничего особенного, — пролепетала женщина.

— Линн, скажи мне, что все это значит! — потребовала Элис. — Как мистер Хиллард узнал про кольцо? Ему сказал Натан?

— Нет-нет, — поспешно возразила Линн.

— Тогда кто? — настаивала Элис.

Линн сглотнула комок, застрявший у нее в горле, и приготовилась рассказать подруге обо всем, что ей стало известно.

— Кажется, в тот момент, когда капитан Уэллесли покупал кольцо, в магазин Ричмана зашла Лилиан Андервуд и стала свидетельницей покупки. Возможно, она не все видела и только потом, когда Натан ушел, заставила мистера Ричмана сказать ей, кто купил кольцо.

— О боже, — простонала Элис, тяжело опускаясь на диван.

— Но капитан Уэллесли не говорил Ричману, что покупает кольцо для тебя, — поспешно добавила Линн. — Он сказал, что покупает его для своей матери.

Элис подняла голову и в замешательстве посмотрела на Линн:

— Для матери? Тогда почему все считают, что он купил его для меня?

— Ну ты же знаешь, люди обожают сплетни, в городе всякое болтают... — многозначительно протянула Линн.

— Ты хочешь сказать, что Лилиан Андервуд просто догадалась, что Натан купил кольцо для меня?

— Ну она же знала, что это твое кольцо, а поскольку капитан Уэллесли живет у тебя на ферме, она решила...

— ...что это плата за определенные услуги, — с горечью заключила Элис.

— О, Элис! — воскликнула Линн, сожалея, что поддалась на уговоры подруги и начала этот разговор.

— И даже ты поверила! Даже ты, моя лучшая подруга! — Элис не удержалась от упрека, на ресницах у нее повисли слезы.

— Нет! Это неправда! — запротестовала Линн. — Я только думала, что ты и капитан... что вы, может быть... Ведь я уже знала, что он — отец Колина, и надеялась, что у тебя с ним когда-нибудь наладятся отношения... Я думала...

— Нет, ты ошибалась! — глотая слезы, резко бросила Элис.

— Ты хочешь сказать, что он таки купил кольцо для своей матери, а не для тебя? — прошептала Линн, с сочувствием смотря на подругу.

— Нет, он действительно купил его для меня, — ответила Элис. — Но я собираюсь вернуть ему деньги за кольцо!

Линн в недоумении глядела на Элис. Ей было искренне жаль подругу.

— Неужели ты не допускаешь и мысли о том, что между вами все еще возможно примирение?

— Нет! — поспешно ответила Элис. — Ни за что!

— Мне кажется, ты ведешь себя упрямо и глупо, — грубовато сказала Линн.

— Почему?! — закричала Элис. — Потому что я не даю этому человеку украсть у меня сына?

— Нет, вовсе нет, но ты отрицаешь очевидное: ты влюблена в капитана Уэллесли, но из гордости и упрямства не хочешь признаться в этом.

— Нет, это неправда! Я не люблю его! — вскричала Элис.

— Не сердись, но ты дурочка. Как можно так себя вести? — пожурила подругу Линн.

Элис с горечью посмотрела на нее:

— Дело вовсе не в моем чувстве к нему, Линн. Это он не любит меня.

— Какая ерунда! — фыркнула Линн. — Он без ума от тебя!

— Откуда ты знаешь? — тихо спросила Элис.

— Во-первых, мне сказал Ред, а он-то уж точно знает. Капитан Уэллесли его лучший друг, — уверенно заявила Линн.

— Натан в самом деле разговаривал об этом с лейтенантом Хиллардом? — удивилась Элис.

— Не знаю, — призналась Линн, — но Ред сказал, что они с Уиллом Джонсоном давно обратили внимание на довольно странное поведение Натана. Они считают, что он очень изменился. При встрече с ними он только о тебе и говорит.

— А о ком ему еще говорить? Он же *мой* охранник и должен защищать *меня.* Вот и тема для разговора, — с горечью парировала Элис. — Я для него — всего-навсего работа.

Линн нахмурилась. Ей не нравилось, что подруга отказывается признать очевидное.

— Можешь верить или нет, Элис, дело твое, но я

говорю тебе: ты поступаешь плохо, убегая из собственного дома. Ты делаешь ошибку, убегая от человека, которого ты любишь. Натан Уэллесли — твое будущее. Он тоже любит тебя, к тому же у вас есть ребенок. Вы должны быть вместе.

Элис печально смотрела в окно, за которым уже начинало светать. В конце концов она снова заговорила, но так тихо, что Линн пришлось наклониться, чтобы расслышать слова подруги.

— Ты права, как, впрочем, всегда. Я люблю Натана. И наверное, уже давно. Но он меня не любит, что бы там ни думали Ред Хиллард и Уилл Джонсон. Все, что ему нужно, — это его сын... А я, как бы ни любила Натана, никогда не отдам ему Колина.

— Отдать Колина?! — вздохнула Линн. — Почему ты считаешь, что капитан Уэллесли хочет, чтобы ты отдала ему Колина? Разве ребенок не ваш общий, не ваша плоть и кровь? Даже если ты не захочешь выйти замуж за капитана, вы сможете что-то придумать...

Элис отрицательно покачала головой.

— Ты ничего не понимаешь, Линн, — упавшим голосом произнесла она. — Люди, подобные Уэллесли, не станут ничего придумывать. Они всегда берут все, что хотят и когда хотят, не думая ни о ком другом. Но моего ребенка они не получат! Поэтому я должна бежать, я должна исчезнуть, чтобы они никогда не нашли меня.

Она снова поднялась с дивана:

— Ну что ж... Поскольку ты не хочешь помочь мне, я должна рассчитывать только на себя. Мне пора...

— Я не отказываюсь помочь тебе! — воскликнула Линн. — Но мне кажется, ты недооцениваешь капитана Уэллесли. Судя по тому, что говорил о нем Ред, — Натан никогда не причинит тебе боль.

От внимания Элис не ускользнуло то, что Линн опять назвала лейтенанта Хилларда по имени, и, несмотря на свое беспокойство, она не удержалась от замечания:

— Ред? Так вы с лейтенантом уже на «ты»?

На этот раз Линн покраснела так, что ее румянца нельзя было не заметить даже в полумраке.

— Мы... очень сблизились. — Она не стала отпираться.

Элис едва заметно улыбнулась, и лицо у нее просветлело.

— Я рада за тебя, Линн, очень рада, — искренне проговорила она. — Надеюсь, все будет так, как тебе хочется.

Она повернулась и взяла Колина на руки:

— Но уже поздно, и мне действительно пора идти.

Линн быстро шагнула к Элис и положила руку ей на плечо. Тяжело вздохнув, она спросила:

— Куда ты пойдешь?

Элис испытующе посмотрела подруге в глаза.

— Я скажу тебе, но только если ты пообещаешь не говорить ничего ни лейтенанту Хилларду, ни капитану Уэллесли, — после короткого колебания произнесла Элис. — Я знаю, что Натан будет меня искать и что к тебе первой он обратится за помощью.

— Ох, надеюсь, он сюда не приедет! — воскликнула Линн и машинально закрыла лицо руками.

— Приедет, можешь не сомневаться, — уверенно заявила Элис.

Линн судорожно вздохнула.

— Ну что ж, приедет так приедет, — наконец сказала она. — Мы с тобой так давно дружим, Элис... Если ты решилась на этот безумный шаг, я не выдам твоей тайны.

— Значит, ты одолжишь мне лошадь? — с надеждой в голосе спросила Элис.

— Я не знаю, что делать, Элис, — с сомнением проговорила Линн. — У меня только одна старая сивая кобыла Джонатана. Ее так давно не седлали, что, боюсь, с ней теперь невозможно совладать.

Элис пожала плечами:

— Я хорошо езжу верхом, ты ведь знаешь.

— Да, знаю, но у Чили противный норов. Мне бы не хотелось, чтоб она сбросила тебя.

— Не беспокойся. Я с ней справлюсь.

Линн кивнула, но уверенность Элис не помогла ей унять волнения.

— Ты мне все-таки скажешь, куда собралась? Я заболею от беспокойства за тебя, если не буду знать. И потом, как я смогу тебе сообщить, что капитан Уэллесли наконец уехал?

Элис помедлила немного, а затем ответила:

— Я еду к своей тетушке Нелли в Даллас.

— В Даллас? К тетушке? Ты никогда ни словом не упоминала о тетушке в Далласе, — удивилась Линн.

— Тетушка Нелли — старшая сестра моей матери, — пояснила Элис. — Когда я была ребенком, она навещала нас. После смерти мамы мы больше не виделись...

— И тем не менее ты собираешься остаться у нее?

— Она — единственный близкий мне человек, кроме того, она живет в Далласе, а это не так уж далеко. Куда мне еще идти? Денег у меня нет. В конце концов, мы с ней родственницы. Надеюсь, она не прогонит меня...

— О, Элис! — запричитала Линн. — Пожалуйста, не уезжай!

— Я должна, — сказала Элис тоном, не допускающим возражений.

Линн, сдаваясь, кивнула:

— Ну что ж, раз ты так решила... Пошли седлать Чили.

Глядя на подругу с благодарностью, Элис двинулась следом за Линн. Они вышли во двор и зашагали к конюшне.

— Ты взяла еду на дорогу? — поинтересовалась Линн.

— Да, кое-что взяла. Не очень много, только то, что поместилось в старый ранец Джо, но я приеду в Даллас к полудню, так что все будет в порядке.

Женщины вошли в конюшню, и Линн сняла с крючка на стене уздечку. С плохо скрываемым беспокойством она открыла дверь стойла и осторожно подошла к сивой кобыле.

— Будь умницей, Чили, позволь мне надеть тебе уздечку, — ласково заговорила Линн.

Кобыла настороженно покосилась, попятилась и оскалила зубы. Линн остановилась и умоляюще посмотрела на Элис.

— Видишь, какая она вредная?

— Не показывай ей, что ты ее боишься, — посоветовала Элис. — Иначе она никогда не даст себя оседлать.

Линн медлила, не решаясь взнуздать лошадь. Наконец она призналась:

— Но я и вправду ее боюсь!

— Возьми Колина, пожалуйста, — заходя в стойло и передавая ребенка подруге, сказала Элис. — Я оседлаю Чили сама. Она должна сразу почувствовать твердую руку.

Линн с облегчением отдала Элис уздечку, и молодая женщина уверенно подошла к лошади. Кобыла попятилась. Косясь на Элис, она снова оскалила большие желтые зубы.

— Только попробуй укусить меня, старая кляча, и ты пожалеешь, — предупредила Элис негромким и ровным голосом, в котором слышались твердость и решительность.

Лошадь беспокойно запряла ушами, но с места не сдвинулась.

— Так-то лучше, — одобрила Элис.

Она уверенно перекинула ремешок уздечки через уши лошади и затянула его внизу.

— Вот у-ум-ни-ца, — проговорила женщина, подошла к задней стенке стойла и сняла с крюка седло. — Хорошо, теперь это.

Одним уверенным движением она оседлала лошадь, и, хотя Чили опять злобно покосилась на Элис, лягаться кобыла не стала.

— По-моему, мы с ней поладим, — повернувшись к Линн, сказала Элис. — Ей просто нужна твердая рука.

— Она подлая старуха, — возразила Линн, качая головой. — Не знаю, зачем я ее держу. Наверное, только потому, что она приносит отличных жеребят.

— Она сейчас...

— Нет-нет. В этом году — нет. Мне надоели эти хлопоты, — ответила Линн.

Элис кивнула и медленно затянула подпругу. Чили сердито повернула голову, чувствуя тугой ремень у себя под брюхом.

— Осторожно, она тебя укусит! — опять забеспокоилась Линн.

— Пусть только попробует, — строго проговорила Элис, наблюдая за лошадью.

Кобыла, словно поняв ее предупреждение, больше не пыталась сопротивляться. Она покорилась Элис и послушно вышла за ней во двор.

— Видишь? — с гордостью сказала Элис, вешая на луку седла старый ранец Джо. — Она уже поняла, кто тут главный.

Подобрав платье, она приготовилась сесть в седло. Чили беспокойно переступила с ноги на ногу, не давая наезднице вставить ногу в стремя. Резко дернув за поводья, Элис усмирила лошадь. Оказавшись в седле, женщина наклонилась и поправила стремена, потом потянулась за Колином.

— Спасибо, Линн, — сказала она, изо всех сил стараясь сдержать слезы, которые навернулись у нее на глаза при виде расстроенной подруги. — Я очень благодарна тебе за помощь!

— Будь осторожна, прошу тебя. — Линн улыбнулась сквозь слезы.

— Не беспокойся обо мне, дорогая. Я напишу тебе, как только узнаю адрес тетушки Нелли, — пообещала Элис и развернула лошадь. Она медленно ехала по двору, не оглядываясь, когда услышала голос Линн.

— Постой, Элис, возьми это, пожалуйста, — крикнула Линн, подбегая и протягивая подруге большую золотую монету.

Элис с удивлением воззрилась на монету.

— Ты всегда носишь двадцатидолларовые золотые монеты в ночной рубашке?

— Ну что ты, — улыбнулась Линн. — Но одну я всегда ношу в туфле.

На мгновение глаза женщин встретились.

— Ты настоящая подруга, Линн, — тихо сказала Элис. — Я благодарна тебе за то, что ты поняла меня.

Линн вдруг громко разрыдалась.

— Я люблю тебя, Элис. Пожалуйста, будь осторожна! — прошептала она.

Сдерживая слезы, готовые покатиться у нее по щекам, Элис поспешно повернула лошадь, пнула ее каблуком и пустила рысью.

Больше она не оглянулась.

26.

Натан с трудом разлепил веки и тут же снова зажмурился. Солнечный свет, бивший ему в лицо из маленького оконца, больно резанул по воспаленным глазам. В висках застучало, и Натан подумал, что, пожалуй, сейчас умрет. Боже, как же ему было плохо! Впрочем, чему тут удивляться? Мало того, что он лег далеко за полночь, так еще и накачался перед сном отвратительным местным виски.

Пошарив в сене и нащупав рядом с собой пустую бутылку из-под этого пойла, Натан с отвращением запустил ею в стену сарая.

— Паршивый самогон, — скривился рейнджер. — И когда я научусь держаться подальше от дешевого виски?

Натан со стоном повалился на спину, прикрыв рукой покрасневшие глаза.

— Черт бы ее побрал, — проговорил он. — Это же надо — так надраться! И из-за чего?! Из-за ослиного упрямства глупой бабы!

В этот миг в соседнем стойле душераздирающе замычала дойная корова. Натан заткнул руками уши и испепелил несчастную скотину взглядом.

— Тебя еще тут только не хватало! — проворчал рейнджер. — Ну чего тебе? Тебя что, не подоили?

Приподнявшись на локте, он пригляделся к жалобно мычащей корове повнимательнее.

— Да будь я проклят! Тебя еще не доили! А сколько же сейчас времени?

Перекатившись на бок, Натан дотянулся до кармана, достал часы и долго смотрел на них, пытаясь сфокусировать взгляд на черных стрелках. Наконец титанические усилия Натана увенчались успехом.

— Господи! Девять часов!

Натан с трудом сел, протер кулаками глаза и попытался нащупать босой ногой свои башмаки.

— Что это она вытворяет? — бормотал он. — Решила не доить тебя из-за того, что злится на меня?

Он нагнулся и ухватил один башмак, громко застонав при этом от головной боли.

— Прошу тебя, господи! — взмолился Натан. — Избавь меня от этой му́ки, а я обещаю тебе больше никогда не брать в рот ни капли этой дряни! Никогда!

Кое-как Натан всунул ноги в башмаки и вышел во

двор. Рейнджеру показалось, что жаркое июльское солнце безжалостно обрушило ему на голову огромный раскаленный молот. Натан почувствовал, что сейчас его вывернет наизнанку. Он несколько раз глубоко вздохнул, и тошнота постепенно отступила.

Взобравшись на крыльцо, Натан привалился к двери и слабым голосом позвал:

— Элис? Элис, пойди подои свою корову. — Так и не дождавшись ответа, он снова заговорил: — Элис? Я же знаю, что ты там. Тебе надо подоить корову. Она мычит как сумасшедшая.

Элис по-прежнему не отвечала, и тогда Натан попробовал открыть дверь. Она была не заперта. Он вошел в дом и огляделся.

— Должно быть, она в спальне, — пробормотал рейнджер, не обнаружив хозяйки ни в комнате, ни на кухне.

Он сделал несколько неверных шагов по комнате и плюхнулся на диван, со стоном обхватив голову руками.

— Элис! — проревел Натан. — Иди сюда!

Когда и этот вопль остался без ответа, в душе у Натана шевельнулось беспокойство. Забыв про головную боль, он вскочил с дивана и поспешил к закрытой двери спальни.

— Элис! — позвал он, взявшись за ручку двери. — Ты встала? — И, не дожидаясь ответа, вошел в комнату.

Взгляд его метнулся от убранной постели к пустой колыбельке. Потом Натан забегал по спальне, осматривая каждый уголок, но Элис с Колином, разумеется, не нашел.

— Элис! — заорал Натан, кидаясь в свою комнату. Но и там никого не было.

— Элис!!!

В испуге он бросился на крыльцо и зорко огляделся по сторонам, но Элис с Колином так нигде и не увидел.

— Черт бы ее побрал! — зарычал Натан. — Опять она меня провела!

Он помчался в сарай и пулей влетел в последнее стойло. К немалому удивлению рейнджера, лошадь Элис была на месте. При виде Натана кобылка вскинула голову, явно ожидая, что он сейчас задаст ей овса.

Натан долго стоял, тупо глядя на лошадь. Он был совершенно сбит с толку. Наконец Натан попытался собраться с мыслями. Куда же могла деться Элис? И тут сердце его сжалось от страха. А может, она исчезла не по своей воле? Может, бандиты похитили ее, пока он, в стельку пьяный, валялся в сарае?!

— Болван! Осел! — ругал себя Натан. — Ты напился, как свинья, а Элис в это время увезли неведомо куда!

Натан схватил охапку сена и бросил ее кобыле, потом повернулся, кинулся к своему коню и быстро оседлал его.

— Извини, дружище, — сказал рейнджер своему каурому скакуну, — но сегодня ты останешься без завтрака. Нам с тобой надо спешить! Сам понимаешь: дело не терпит отлагательств!

Он вывел коня из сарая и вскочил в седло. Корова опять жалобно замычала, но Натану было не до нее. Пришпорив жеребца, он бешеным галопом понесся по дороге.

Вскоре Натан вихрем подлетел к телеграфу. Соскочив с коня, рейнджер взбежал по ступенькам, молясь, чтобы у Реда никого не было. Натану повезло: полутемная комнатенка была пуста. Молодой человек привалился к конторке и позвал:

— Ред! Ред! Да где тебя черти носят!

— Я здесь, — послышалось в ответ. Из-за перегородки появился Ред и уставился на Натана круглыми от удивления глазами. — Господи, что случилось?! Ну и видок у тебя! Просто ужас!

— Я и чувствую себя не лучше, — тяжело дыша, сказал Натан. — Но это не важно. Элис исчезла. Боюсь, что ее похитил Росас.

Ред посмотрел сначала на него, а потом на телеграмму, которую держал в руке.

— Да нет, Нат, этого не может быть. Я только что получил депешу от майора Джонса. Он сообщает, что банду Росаса видели на окраине Ларедо. Может, они и направляются сюда, но это займет у них пару недель, не меньше.

Минуту капитан переваривал это сообщение, потом сжал кулаки — лицо его покраснело от гнева.

— Значит, она сбежала, — произнес Натан таким тоном, что Ред не на шутку встревожился.

— Так, погоди-ка минутку, Нат. Остынь и толком расскажи мне, что случилось. Может, мы с тобой сообразим, куда исчезла миссис Грэхем.

— Я и так знаю, куда она исчезла, — мрачно проговорил Натан.

— И куда же?

— Подальше от меня, вот куда!

— Нат, — пытался успокоить друга Ред, — ты говоришь ерунду. Что между вами произошло?

Натан открыл было рот, но не произнес ни слова. Он молча изучал Реда, а потом все-таки решился:

— Ты ведь знаешь, что у миссис Грэхем есть ребенок?

— Знаю, — кивнул Ред. — А что?

— Так вот, его отец — я.

У Реда отвисла челюсть.

— То есть как это — ты?! — Он ошалело потряс головой. — Ведь мальчонке то ли семь, то ли восемь месяцев...

— В прошлом году я однажды заезжал в эти места, — признался Натан. — И мы с миссис Грэхем были... близки.

— Она сама тебе сказала? — потрясенно спросил Ред. — Прямо так и заявила, что ты — отец ребенка?

— Нет, — замотал головой Натан. — Она лгала мне,

говорила, что ребенок не мой, но я в конце концов докопался до правды.

— И... — подгонял его Ред.

— И вчера я сказал ей, что все знаю.

— И... — нетерпеливо повторил Ред.

— И ей это не понравилось, — уныло проговорил Натан. — Особенно когда я сказал, что собираюсь дать ему свое имя.

— И поэтому она сбежала?

— Похоже на то, — кивнул Натан.

Ред тихонько присвистнул.

— Ты хоть представляешь, куда она могла податься? — озабоченно спросил он.

— Нет, но я намерен это выяснить, — резко заявил Натан.

— Выяснить? Как?

— Линн Поттер. Я уверен, что ей все известно, — мрачно проговорил рейнджер.

Ред вдруг перемахнул через стойку и схватил Натана за руку.

— Нат, не надо этого делать, — взволнованно произнес он. — Ты же знаешь, как миссис Поттер относится к незнакомцам. Неужели ты думаешь, что она станет с тобой разговаривать? Да никогда в жизни! Она тебя и на порог не пустит!

— Что ж, тем хуже для нее! — угрюмо пробормотал Натан.

Ред швырнул на стойку телеграмму, которую все еще держал в руке, и решительно повернулся к своему капитану.

— Нат, я не хочу, чтобы ты запугивал эту женщину. Я знаю, ты сейчас не в себе, и сделаю все, что смогу, чтобы помочь тебе разыскать миссис Грэхем. Но расстраивать Линн Поттер я тебе не позволю!

— С каких это пор ты мне указываешь, что делать? — ощетинился Натан.

Ред немного сконфузился, но продолжал стоять на своем:

— С тех пор, как я познакомился с миссис Поттер. Она достаточно настрадалась, и я никому не дам ее в обиду!

— У вас с ней что, роман? — прищурился Натан.

— Да, — не дрогнув, ответил Ред.

Его откровенность на миг ошеломила Натана.

— Ну ладно, — в конце концов кивнул он. — Тогда, значит, ты поедешь со мной и сам потолкуешь с ней.

Ред колебался.

— Послушай, Ред, — проникновенно заговорил Натан. — Элис убежала с малышом. Она подвергает опасности не только свою жизнь, но и жизнь моего сына. Мы должны найти ее, пока не случилось беды. Ты же знаешь, каково разъезжать по этому штату. Жуткое бездорожье. Индейцы. Мексиканцы. Будет чудом, если она не попадет в какую-нибудь передрягу. Поэтому, пожалуйста, помоги мне! Если кому-нибудь и известно, куда она отправилась, так это миссис Поттер. Элис наверняка была у нее и взяла ее лошадь, коль скоро свою оставила на ферме.

— А почему ты так уверен, что Элис сбежала? Может, она просто поехала с утра пораньше поболтать с миссис Поттер?

— Не накормив скотину и не подоив корову? Нет, она бы никогда так не поступила.

Слова Натана убедили Реда. Он кивнул:

— Ладно, Нат, я еду с тобой.

— Хорошо, — с облегчением вздохнул Натан. — Я чертовски признателен тебе за помощь.

Ред подошел к конторке и нацарапал на листке бумаге только одно слово: «*Закрыто*». Потом прикрепил этот листок к окну.

— Поехали, капитан, — сказал Ред, надевая шляпу.

Натан кивнул и последовал за ним к выходу.

Когда они приехали на ферму Линн Поттер, Ред, к немалому удивлению Натана, не остановился у парадного крыльца, а обогнул дом, привязал лошадь к одному из столбиков, на которых были натянуты веревки для сушки белья, и вошел в заднюю дверь, даже не постучав.

— Линн, дорогая, — крикнул он. — Это я, Ред.

Натан вскинул брови. *Дорогая?* Похоже, у них и впрямь близкие отношения! Ред без стука входит в дом... Да еще называет хозяйку «дорогая»... Господи, когда же они успели?! Вот уж воистину: в тихом омуте...

— Ой, Ред! — весело закричала Линн, влетая в кухню. — Я так счастлива, что ты... — Ее радость вдруг сменилась испугом. — Капитан Уэллесли! — воскликнула женщина, закрывая лицо руками. — Что вы здесь делаете?

И прежде чем Натан успел ответить, она повернулась и с упреком спросила Реда:

— Ну как ты мог?..

— Миссис Поттер, — поспешил вмешаться Натан, — пожалуйста, не сердитесь. Это я заставил Реда привести меня сюда.

Линн затравленно посмотрела на него. В ее прекрасных глазах застыло страдание. Она схватила кухонное полотенце и попыталась закрыть им лицо.

— Пожалуйста, уйдите! — простонала женщина.

— Линн, — тихо проговорил Ред, подойдя к ней и нежно обняв ее за плечи. — Все нормально, милая. Капитан Уэллесли уже видел тебя раньше, поэтому нет смысла прятаться от него.

— Видел меня раньше? — не поверила Линн.

— Да, — признался Натан. — Однажды я сопровождал сюда миссис Грэхем и видел вас, когда вы стояли в дверях.

Линн беспомощно посмотрела на Реда.

— Миссис Поттер, — счел нужным добавить Натан, — пожалуйста, не стесняйтесь своих шрамов.

Я знаю, что произошло, и глубоко сочувствую вашему горю. Но стоило мне поговорить с вами пять минут, как я уже не замечаю ваших ссадин.

Линн медленно опустила полотенце.

— Вы очень добры, капитан, — тихо сказала она, не поднимая глаз. — Я знаю, что я... Что на меня неприятно смотреть.

— Если честно, мэм, — ухмыльнулся Натан, — то я считаю, что вы очаровательная женщина. И, поверьте, я говорю это от чистого сердца.

— Ну, видишь? — воскликнул Ред, крепче прижимая Линн к себе. — А я тебе что говорил? Ты просто прелесть.

От смущения Линн зарделась, и в тот миг обоим мужчинам стало ясно, как же хороша она была раньше.

Счастливо улыбаясь, Ред посмотрел на Натана:

— Я вообще-то пока не собирался тебе об этом сообщать, ну да ладно. В общем, когда мы закончим это дело, я уйду со службы. Я сделал Линн предложение, и позавчера она согласилась стать моей женой.

— Что?! — Эта новость так ошеломила Натана, что он забыл на миг обо всем на свете. — Так вы собираетесь пожениться? Ах ты, старый негодяй! Поздравляю!

Улыбка Реда стала еще шире.

— Ага, решил, что пора наконец остепениться и обзавестись семьей. Сколько можно гоняться за бандитами и подставлять голову под пули? Как только встретил свою женщину, так сразу понял: все, конец моей холостяцкой жизни!

Натан кивнул и сразу погрустнел.

— Я тоже мечтаю о доме и семье, — со вздохом промолвил он, — но только мне в сердечных делах везет куда меньше, чем тебе. — Натан перевел взгляд на Линн: — Миссис Поттер, мне нужна ваша помощь.

Линн явно чувствовала себя неловко.

— Я не понимаю, о чем вы говорите, капитан Уэллс, — смущенно прошептала она.

— А я думаю, что прекрасно понимаете, — спокойно сказал Натан. — Ведь вы отлично знаете, что Уэллс — ненастоящее мое имя. Известно вам и то, что Элис Грэхем для меня — не просто женщина, которую мне поручили защищать.

— Капитан Уэллесли, — прошептала Линн, — Элис Грэхем — моя подруга. А если ваш лучший друг доверит вам свою тайну, разве не постараетесь вы всеми силами сохранить его секрет?

— Конечно, — согласился Натан, — но только не тогда, когда этот друг наделает глупостей и примется непонятно зачем рисковать своей жизнью.

Линн стояла, опустив глаза, и на лице у нее отражалась жестокая внутренняя борьба.

Когда Натан опять заговорил, голос его звучал очень мягко:

— Миссис Поттер, я понимаю, вы обещали Элис молчать. И вам не придется нарушать своего слова. Я просто задам вам несколько вопросов, а вы ответите лишь «да» или «нет». Согласны?

Линн кивнула, не поднимая глаз.

— Хорошо. Итак, она была здесь сегодня?

Линн снова кивнула.

— Когда?

Линн подняла глаза, но крепко сжала губы и не ответила Натану.

— Ах, да. Я понял. Это было рано утром? Или, может, даже ночью?

Она опять кивнула.

— Вы одолжили ей лошадь?

Кивок.

— Ох, Линн, — вмешался Ред, — надеюсь, ты не дала ей ту старую клячу?

Натан уловил в тоне Реда лишь легкое беспокойство, однако Линн вдруг горько разрыдалась. Она подошла к столу, опустилась на стул и принялась утирать слезы концом своего передника.

— А что я могла сделать, Ред? — дрожащим голосом спросила женщина. — Чили — моя единственная лошадь, а пешком Элис не прошла бы и нескольких миль.

— А чем плоха эта кобыла? — осведомился Натан.

— Подлая старая скотина, — коротко объяснил Ред. — Капризная, норовистая и злющая, как черт!

Натан откинул голову и закрыл глаза. Только этого ему не хватало! Мало того, что Элис уехала неведомо куда, так еще и на такой ужасной лошади.

— Она взяла с собой Колина? — спросил он.

Линн, громко всхлипнув, кивнула.

Натан сжал кулаки:

— Миссис Поттер, вы просто обязаны мне сказать, куда она поехала.

— Я не могу, — прорыдала Линн. — Она не хочет, чтобы вы ее нашли.

— Я знаю, — сказал Натан, стараясь говорить спокойно. — И мне известно — почему. Она вбила себе в голову, будто я собираюсь отнять у нее Колина. Верно?

Элис смотрела на него с открытым ртом.

— Так вы все знаете?

— Да, знаю. И могу вас заверить, что ничего подобного у меня и в мыслях нет. Колин — мой сын, и я просто хочу заботиться о нем, вот и все. Я мечтаю, чтобы мы с Элис растили его вместе, и вовсе не намерен разлучать ребенка с родной матерью.

Линн покосилась на Реда, удивляясь тому, что капитан Уэллесли так откровенно говорит при нем о своих делах. Натан поймал этот взгляд миссис Поттер.

— Ред все знает, — пояснил капитан, отвечая на ее невысказанный вопрос.

Линн помолчала, собираясь с силами, чтобы заговорить о самом главном. В зависимости от того, что скажет ей Натан, она решит, сообщать ему о местонахождении Элис или нет. И вот, набрав в грудь побольше воздуха, женщина спросила:

— Вы любите Элис, капитан?

— Она — мать моего ребенка, — быстро ответил Натан.

— Но вы ее любите?

— Да, — ответил Натан, с вызовом глядя на Линн. — Да, я люблю ее, миссис Поттер. У нас с ней все очень непросто, она почему-то считает меня своим врагом, и я не знаю, будем ли мы когда-нибудь вместе. Но, несмотря ни на что, я люблю ее.

— Хорошо, — кивнула Линн. — Она направляется в Даллас.

— И где она собирается там остановиться?

— А вот этого я не знаю. Она мне сказала, что у нее в Далласе есть тетушка, вот к ней Элис и хотела поехать.

— Как зовут тетушку?

— Она мне не сказала.

— Немного для начала, — вздохнул Натан. — А раньше вы ничего не слышали об этой даме?

— Увы, нет, — покачала головой Линн. — Правда, сегодня Элис сказала, что имя ее тети — Нелли и что она — сестра ее матери.

— Сестра ее матери, — повторил Ред. — А ты случайно не знаешь девичью фамилию матери Элис?

— Подожди, дай подумать, — сказала Линн, закрыв глаза и покусывая губу. — Римз. Точно, мать Элис звали Лу Римз.

— А вы не слышали, была ли ее сестра замужем? — спросил Натан.

Линн снова покачала головой.

— А где в Далласе она может жить? Ну хоть приблизительно?

— Даже не представляю, — грустно ответила Линн. — Простите, но Элис о ней почти ничего не говорила.

— Ну что ж, — вздохнул Натан. — Будем искать тетушку... А может, мне еще удастся нагнать Элис перед самым Далласом. Гораздо легче перехватить ее по дороге, чем обшаривать весь город. В котором часу она уехала?

— Около пяти.

Натан глянул на настенные часы с кукушкой и присвистнул:

— Черт, почти шесть часов назад!

— Да, — кивнула Линн. — Она надеялась добраться до тети до обеда.

Натан в отчаянии стиснул зубы.

— Нет, мне ее уже не догнать! — с горечью произнес он. — Слишком поздно я выезжаю. Придется ехать в город и искать ее там.

Молодой человек взял свои перчатки и пошел к двери.

— Ред, пригляди за фермой, ладно? — сказал он уже с порога. — Или, если будешь сильно занят, попроси Уилла. Я не знаю, сколько времени пробуду в Далласе, но, как только приеду туда, сразу дам тебе телеграмму и сообщу, где остановился. Да, Ред, пока ты не вернулся в Биксби, сделай для меня еще кое-что. Сделаешь?

— Конечно, капитан, а что надо сделать?

— Съезди на ферму Элис и подои эту проклятую корову.

Ред ошалело уставился на своего капитана, но, прежде чем сообразил, что ответить, Натан уже исчез.

27.

Стояла страшная жара. Все собаки попрятались в тень и лежали там, высунув языки. Цветы поникли. Дети капризничали.

— Не плачь, Колин, — уговаривала Элис сына, ероша его светлые влажные волосики. — Я знаю, что тебе жарко, маленький мой, но потерпи, пожалуйста.

Мы сейчас отдохнем в тенечке, вот только доберемся до тех деревьев.

Элис попыталась определить время, поглядев сквозь ресницы на палящее солнце. Должно быть, десять, а то и одиннадцать часов, судя по тому, как высоко стоял в небе огненный шар.

— Город, наверное, уже совсем рядом, — сказала Элис. Она напряженно всматривалась из-под руки в даль, надеясь заметить хоть какие-нибудь домишки, амбары или сараи. Это означало бы, что Даллас уже и впрямь недалеко. Но, к сожалению, Элис не видела ничего, кроме туч пыли, повисших в знойном мареве над дорогой.

Эта поездка, казалось, никогда не кончится. Элис часто, слишком часто, останавливалась передохнуть. К ее большому облегчению, почти никто не попадался им с Колином навстречу. И все же, заслышав скрип колес или цокот копыт, Элис на всякий случай спешила свернуть с дороги и укрыться в ближайших кустах. Газеты постоянно писали о бандитах, нападающих на путников, и хотя среди бела дня разбойники вряд ли стали бы набрасываться на бедную женщину с маленьким ребенком, Элис все-таки решила не рисковать.

У Чили, кобылы, которую одолжила ей Линн, действительно был скверный норов. Она все время пыталась замедлить шаг, сорвать листик с куста или пожевать травку. А когда Элис понукала лошадь, та возмущенно фыркала.

Элис была так измучена, что чувствовала: надолго ее не хватит. Бессонная ночь, чудовищная дневная жара, хнычущий ребенок, да еще эта несносная кобыла — все это вымотало Элис настолько, что она с трудом держалась в седле.

Добравшись до маленькой ореховой рощицы, Элис с облегчением спешилась и привязала Чили к толстой ветке. Потом полезла в ранец, достала флягу с водой — и оцепенела от ужаса. Фляга была почти пуста. Элис провела рукой по дну ранца и застонала, обнаружив, что ранец внутри весь мокрый. Проклятая фляга протекала! И воды в ней осталось на один глоток.

Женщина обреченно вздохнула, вытащила из ранца чистую пеленку и вылила на нее остатки воды. Влажную пеленку Элис отдала Колину, и он принялся жадно сосать уголок смоченной тряпочки.

Элис же расстегнула три верхние пуговицы на платье, вылила последние капли из фляги себе на ладонь и попыталась протереть грудь и шею. Потом опустилась на траву, посадила Колина на колени и без сил привалилась к дереву. Глаза у нее слипались, но она заставляла себя держать их открытыми, зная, что засыпать ей нельзя.

— Вставай, — приказала она себе. — Сидя здесь под деревом, ты никогда не доберешься до Далласа.

Все силы у нее ушли на то, чтобы подняться на ноги и посадить Колина в заплечный мешок. Она швырнула пустую флягу в ранец, отвязала Чили и попыталась сесть в седло.

То, что случилось дальше, было похоже на кошмарный сон. Элис смутно помнила, как вдела ногу в стремя — и тут ей показалось, что голова у нее взорвалась и разлетелась на куски. Все тело захлестнула адская боль. Элис почувствовала, что куда-то падает, а в следующий миг что-то твердое и острое вонзилось ей в плечо.

Потом все погрузилось во тьму.

Когда она наконец открыла глаза, то поняла, что лежит на спине, нога неестественно вывернута, а в грудь отчаянно колотит кулачками Колин, истошно вопя матери прямо в ухо.

Нечеловеческим усилием Элис заставила себя сесть, озираясь в поисках лошади. Но той и след простыл.

Постанывая, женщина положила руку на затылок и закрыла глаза, борясь с головокружением. Она боялась опять потерять сознание. Элис осторожно потерла голову, потом ощупала плечо. Платье было разорвано, а по руке струилась кровь.

Колин все еще плакал, поэтому Элис, морщась от боли, вытащила его из заплечного мешка и осмотрела, чтобы понять, нет ли у него каких-нибудь ссадин или царапин. К счастью, малыш был цел и невредим, просто напуган внезапным падением.

Элис осторожно положила Колина на траву и вытянула ногу. От боли, пронзившей ее от щиколотки до бедра, женщина вскрикнула.

— О боже! — простонала она, задирая подол и осматривая посиневшую лодыжку. — Кажется, я сломала ногу! — Элис тряхнула головой, пытаясь сфокусировать взгляд, и снова застонала, когда увидела, что щиколотка уже начала распухать.

Элис вдруг почувствовала спазм в желудке. Она быстро отвернулась в сторону, и ее вырвало. Ей показалось, что от резкого движения голова ее раскололась на кусочки. Свет в глазах померк, все вокруг расплылось... Элис с трудом дотянулась до Колина и подтащила его поближе к себе. Потом легла навзничь и стала искать на ощупь влажную пеленку. Найдя ее, Элис положила ее между собой и Колином, всунув уголок мокрой тряпочки малышу в рот. Застонав от боли и отчаяния, женщина закрыла глаза и позволила себе погрузиться в спасительную тьму.

Натан отер рукавом пот со лба и сочувственно потрепал своего коня по взмыленной шее.

— Ну же, старина, поднажми. Я знаю, что тебе жарко, но мы уже почти на месте.

Натан стянул зубами с руки перчатку и достал из кармана свои часы. Половина четвертого. Уже почти пять часов он мчится как сумасшедший, не давая роздыха ни себе, ни коню. Должно быть, Даллас уже совсем рядом. Линн говорила, что от Биксби до Далласа не больше шести часов пути, даже если ехать с короткими остановками.

Натан надеялся, что не сбился с дороги. Он спрашивал у всех встречных, не видели ли они женщину с ребенком на серой кобыле, но Элис как сквозь землю провалилась. Натану хотелось верить, что у Элис хватит ума не сворачивать на глухие проселки. «Нет, даже она не станет так рисковать», — убеждал он себя. Однако было по меньшей мере странно, что она ни разу никому не попалась на глаза.

Натан защелкнул крышку часов и сунул их обратно в карман. Потом натянул перчатку на онемевшую руку. Конь Натана явно нуждался в отдыхе, но молодой человек упорно гнал жеребца вперед.

— Ну давай, дружище, — подбадривал Натан своего скакуна. — Прибавь прыти!

Рейнджер похлопал взмыленного коня по шее, а когда вновь взглянул на дорогу, глаза его округлились от удивления, на смену которому тут же пришел леденящий душу ужас. Натан увидел на обочине серую кобылу, неспешно бредущую без седока и с волочащимися по земле поводьями.

Натан помчался беглянке наперерез. Когда ошарашенная Чили остановилась, он схватил поводья, чтобы она не могла унестись прочь. У него потемнело в глазах, когда он увидел кожаный ранец, приторoченный к седлу. Натан хорошо знал этот ранец. Он висел на крючке за дверью в доме Элис.

— А ну, иди рядом, старая кляча, — обратился рейнджер к лошади. — Если только по твоей вине Элис попала в беду — тебе, мерзавка, несдобровать.

Натан пришпорил своего коня, и на сей раз дополнительных уговоров не потребовалось. Удивленный и обиженный таким грубым обращением, конь вихрем полетел вперед. Разозленная кобыла, вынужденная нестись вслед за ним, мотала головой, пытаясь вырвать поводья у Натана из рук.

Натан зорко смотрел по сторонам, надеясь увидеть хоть клочок пеленки Колина, хоть лоскуток от платья Элис... Рейнджер даже не замечал, что гонит коня все быстрее и быстрее; неудивительно, что, поравнявшись с рощицей, в которой лежала Элис, он едва не проскочил мимо.

Его остановил вопль Колина. Натан изо всех сил натянул поводья и, не дожидаясь, пока конь замрет на месте, спрыгнул на землю. Потом он быстро привязал обеих лошадей к толстой ветке могучего дуба, а сам бросился на поиски Элис и Колина. Во весь дух бежал Натан на крик сына.

— Элис! — в ужасе прошептал рейнджер, наконец увидев распростертую на земле женщину. — Элис, что с тобой?

Она не подавала признаков жизни. Натан опустился возле Элис на колени, взял на руки ревущего во весь голос ребенка и попытался успокоить его, в то же время внимательно осматривая его несчастную мать.

— Элис, Элис, — в отчаянии твердил рейнджер, склоняясь над ней, чтобы послушать, дышит ли она. — Элис, милая моя, это я, Натан. Ну прошу тебя, открой глаза!

Элис показалось, что откуда-то издалека до нее доносится чей-то очень знакомый голос. Он что-то говорит, зовет ее по имени... Ах, этот голос... Этот низкий, ласковый голос... Кто бы это мог быть? Она хотела откликнуться, пожаловаться, что у нее болит голова, болит плечо, болит нога... Хотела сказать, что надо напоить и успокоить Колина. Но почему-то не могла произнести ни слова.

— Элис, ты слышишь меня? Дорогая, милая, ответь мне. Ну пожалуйста!

Элис вдруг вспомнила, чей это голос. Натан! Это Натан разговаривает с ней. Но ведь именно от него она и пыталась скрыться! Это от него она должна убежать, пока он не отобрал у нее Колина. Элис с усилием приподняла отяжелевшие веки. Господи, они словно свинцом налиты!

— Натан? — прохрипела она.

— Да, Элис, да! Ох, слава богу! Лежи спокойно, малышка. Теперь ты в безопасности. Я здесь, с тобой.

— Колин...

— Он тоже здесь, Элис. С ним все хорошо.

Она едва заметно благодарно кивнула.

— Воды...

— Воды? — переспросил Натан с таким видом, будто впервые слышал это слово. — А, воды! Сейчас, минутку. Сейчас я дам тебе воды.

Он вскочил на ноги и побежал к лошадям, поспешно достал из сумки флягу и кинулся обратно к Элис.

— Вот, давай, попей немножко.

Ему было страшно неудобно держать в одной руке Колина и флягу, а другой — приподнимать с земли Элис.

Вдруг Элис застонала от резкой боли в плече.

— Что такое? — забеспокоился Натан. — У тебя что-нибудь болит?

— Плечо, — простонала она. — И нога.

Натан покосился на ее ноги, не имея возможности осмотреть их, так как все еще держал Колина и флягу.

— На, попей, — сказал он, поднося флягу к ее запекшимся губам. — Сейчас я посмотрю, что там у тебя с ногой.

Элис жадно припала к фляге, но закашлялась: у нее так пересохло в горле, что она не могла сделать ни глотка. Натан смотрел на нее с тревогой. Лицо у Элис было красным, как помидор, а глаза блестели слишком ярко. Натан уже видел такое у людей, с которыми случался тепловой удар. Да, выглядела Элис скверно. Чертовски скверно! Ее надо было немедленно укрыть от палящего солнца и иссушающего техасского ветра. А жара между тем все усиливалась, да и ветер крепчал.

Элис наконец смогла выпить немного воды и слабо оттолкнула от себя флягу.

— Колин, — прошептала она. — Вода.

Натан осмотрел ребенка, боясь, что тот тоже еле жив от жары. Но если не считать того, что мордашка у Колина раскраснелась от жары и долгого плача, выглядел малыш гораздо лучше, чем Элис.

— Он сможет попить из фляги? — спросил Натан.

Элис медленно закрыла глаза.

— Нет. Только сосать, — еле слышно прошептала она.

— Сосать?

Элис не могла пошевелиться, ей было трудно говорить, поэтому она лишь опускала и поднимала веки, пытаясь таким образом отвечать на вопросы Натана.

Натан в недоумении огляделся по сторонам.

— Что сосать?

— Тряпку... — еле слышно произнесла Элис и попыталась достать из-за пазухи высохшую пеленку. — Это сможет сосать...

Натан несколько минут не мог понять, что она от него хочет. Когда до него наконец дошло, что надо делать, он осторожно опустил Элис на траву, взял пеленку и смочил ее водой из фляги. Колин схватил влажную тряпочку, засунул уголок себе в рот и блаженно зачмокал губами. Натан удивился, что малыш тут же перестал плакать. Он высасывал из пеленки воду и смотрел на своего отца голубыми, как небо, глазами.

Натан посадил сына на траву и повернулся к Элис. Лицо его озарилось улыбкой, когда он увидел, что глаза у Элис открыты, а взгляд вполне осмысленный.

— Хочешь еще воды? — спросил Натан.

Женщина еле заметно кивнула, с трудом отвечая на его улыбку.

Он снова приподнял Элис за плечи, но на этот раз нащупал пальцами дыру на рукаве. И тут же услышал стон Элис. Склонившись над ней, он осмотрел ее плечо.

— Боже мой, Элис, да у тебя тут такая ужасная рана! — в испуге воскликнул Натан.

— Я знаю, — еле выговорила она. — Очень болит.

— Неудивительно. Ты можешь мне сказать, что произошло?

— Я плохо помню, — прошептала она. — Кажется, Чили сбросила меня, а потом лягнула.

— Мерзкая скотина! — выругался Натан. — Я пристрелю ее сейчас же!

— Нет! — всполошилась Элис, хватая его за руку, словно он уже вынимал револьвер. — Это лошадь Линн.

— Я знаю, — пробурчал рейнджер. — Не волнуйся, ничего я ей не сделаю. А теперь полежи спокойно и дай мне осмотреть твою ногу.

Натан приподнял подол платья Элис и поморщился, увидев, как распухла ее лодыжка.

— А тебе не кажется, что нога сломана? — озабоченно спросил он.

— Не знаю. — Элис опять закрыла глаза. — Может быть.

— Элис, Элис! — заволновался Натан. — Не теряй сознания, держись, милая! Открой глаза. Нам надо вытащить тебя отсюда.

Она медленно подняла веки.

— Ну вот и умница. А теперь скажи мне, ты можешь согнуть колено?

Элис осторожно согнула ногу в колене.

— Да.

— А лодыжка? Ты можешь подвигать ступней?

На этот раз попытка пошевелить больной ногой закончилась жалобным стоном.

— Нет, — прохрипела Элис. — Очень больно.

— Понятно, — кивнул Натан. — Не тревожь больше ногу. Или у тебя перелом, или ты очень сильно ушиблась. В любом случае ходить тебе нельзя. У тебя еще что-нибудь болит, кроме плеча и лодыжки?

— Голова, — прошептала женщина.

— Ты ударилась головой, когда упала?

— Наверное.

— Ясно, — мрачно кивнул Натан. — Ты можешь сесть?

— Нет, — выдохнула Элис.

— Элис, надо попытаться, — настойчиво проговорил рейнджер. — Я должен вытащить вас с Колином отсюда.

— Меня стошнит.

— В каком смысле?

Элис глубоко вздохнула, собираясь с силами, чтобы ответить на его вопрос. Язык ей уже не повиновался.

— Если сяду — меня стошнит, — наконец сумела проговорить она.

Натан нахмурился. Он понял, что дело плохо. Сотрясение мозга. Натану уже приходилось сталкиваться с этим. Люди, получившие сильный удар по затылку, сначала падали как подкошенные, а когда приходили в себя, то их рвало. Насколько он знал, врачи тут ничего не могли поделать. Люди либо поправлялись сами, либо нет. Элис, по крайней мере, не проваливалась в беспамятство и не бредила. А Натан несколько раз видел, как после сотрясения люди умирали, не приходя в сознание.

— Ну ладно, тогда полежи здесь еще немножко. Я посажу Колина в мешок и приведу лошадей. А потом приду за тобой.

— Я не смогу ехать верхом, — простонала Элис.

— Я знаю, — ласково проговорил Натан. — Не беспокойся, я что-нибудь придумаю.

Элис кивнула и опять заставила себя открыть глаза. Она смотрела на его красивое, полное сострадания лицо.

— Натан? — прошептала женщина.

— Да?

— Спасибо.

Последнее, что она увидела, прежде чем ее глаза закрылись, была его улыбка. Ни один человек в мире не улыбался так, как Натан Уэллесли.

28.

Элис открыла глаза и огляделась. Господи, где она? И что это за нескончаемый стук, который так бесцеремонно разбудил ее?

Она приподнялась на локте и внимательно осмотрела роскошную комнату странной формы. Она была длинной, узкой и похожей... на железнодорожный вагон! Но не могла же Элис оказаться в поезде! Так куда же она попала?

Элис откинулась на подушку и сильно сжала пальцами виски. Этот стук... этот постоянный стук! Если бы он хоть на минутку прекратился, тогда, может быть, у нее перестала бы наконец болеть голова.

— Доброе утро, красавица! Ну что, тебе лучше?

Элис подняла глаза и увидела, что к ее кровати подходит Натан.

— Где я? — прохрипела женщина.

И сама не узнала своего голоса. Можно было подумать, что она сорвала его, — таким низким и сиплым он стал.

Натан присел на край кровати, взял Элис за руку и широко улыбнулся.

— Похоже, тебе и впрямь лучше, — радостно сказал он. — Ты впервые со мной заговорила.

Элис нахмурилась. Почему он не отвечает на ее вопрос?

— Где я? — повторила она.

— Ты в частном вагоне моего брата Джеффри, на

полпути между Далласом и Биксби, — объяснил Натан. — Мы едем домой.

Элис удивленно заморгала. Так, значит, она все-таки в поезде!

— В частном вагоне твоего брата? — переспросила она, еще раз окидывая взглядом элегантную обстановку. — Но как я попала... Где Колин? — забеспокоилась она.

— Ну наконец-то, — рассмеялся Натан. — А я все ждал, когда же ты про него спросишь. Отдыхай, моя милая, твой сын спит вон там. — И он показал на колыбельку, стоявшую рядом с кроватью.

— Я что-то совсем запуталась, — со стоном сказала Элис. — Я не могу вспомнить...

— Дорогая, — очень серьезно, без улыбки промолвил Натан, — тебе было очень, очень плохо.

Элис кивнула. Это она как раз понимала. Смутные силуэты незнакомых людей, которые суетились вокруг нее, их негромкие озабоченные голоса промелькнули у нее в памяти. И боль. Элис помнила, что ее терзала ужасная боль. Голова, плечо, лодыжка — казалось, все тело пронзали тысячи раскаленных игл. Так плохо ей было только в первые дни после рождения Колина. Она была тогда совсем одна, исстрадавшаяся, измученная, слабая — и чувствовала себя отвратительно. Правда, в этот раз на одиночество она пожаловаться не могла. Наоборот, вокруг нее было даже слишком много народу — ее переворачивали, осматривали, ощупывали, о чем-то спрашивали, заставляли пить, когда ей не хотелось, есть, когда ее мутило, не давали спать, когда у нее слипались глаза.

— Какой сегодня день? — спросила она у Натана.

— Суббота, — ответил молодой человек.

— Суббота?! — поразилась Элис. — Но я ведь поехала в Даллас во вторник!

И в этот миг перед Элис промелькнуло множество коротких, как вспышки, воспоминаний. Жара, дорога, норовистая лошадь, пыльная трава, она, Элис, лежит на земле, прижимая к себе Колина. Потом появился Натан. Он поднял ее и посадил перед собой на лошадь. Они долго ехали верхом... А Колин все плакал, плакал, плакал... Это она тоже помнила. Но чем окончился их путь — этого она уже не знала. И понятия не имела ни где они остановились, ни как слезли с лошади, ни куда отправились потом.

— Я совсем запуталась, — повторила она. — Где я была?

— В больнице, в Далласе, — ответил Натан. — Помнишь, как ты упала с лошади Линн и расшиблась?

— Это я помню, — кивнула Элис. — Но я не помню больницу.

— Это потому, что ты несколько дней пролежала в беспамятстве, — объяснил Натан. — Но сейчас тебе уже гораздо лучше. Доктора сказали, что скоро ты совсем оправишься, и разрешили тебе ехать домой.

— А что со мной было? — спросила Элис и затаила дыхание, страшась услышать ответ.

Натан молча смотрел на нее, не зная, стоит ли говорить ей сейчас, что она двое суток боролась со смертью.

— Скоро ты будешь совсем здорова, — уклончиво повторил он.

Элис внимательно посмотрела на него. С каждой минутой голова у нее работала все лучше, и сейчас по выражению его лица Элис могла с уверенностью сказать, что он лжет.

— Я чуть не умерла, да?

— Да нет же! — замахал руками Натан. — Ничего подобного! С чего ты взяла?

— Но ты же не говоришь мне, что случилось. Должно быть, произошло что-то серьезное, раз ты скрываешь от меня правду.

Натан мрачно смотрел на нее, решая, рассказать ей все или нет. Если она догадывается, что чуть не умерла, то стоит ли утаивать от нее подробности?

— Ну хорошо, дорогая моя, — наконец сдался Натан, — я скажу тебе все, что услышал от врачей. Упав с лошади, ты растянула лодыжку, разодрала плечо об острый камень и сильно ушибла голову. У тебя было сотрясение мозга. Потом ты долго лежала на солнцепеке. Я ведь нашел тебя лишь через несколько часов... Короче, ты заработала тепловой удар.

— У меня сотрясение мозга? — с тревогой переспросила Элис. — Так вот почему у меня раскалывается голова...

— Да, — кивнул Натан, — но самое страшное, слава богу, позади. Доктора заверили меня, что опасность миновала. Пару дней назад я здорово испугался, но сейчас...

— Ты испугался? — взволнованно перебила его Элис.

— Ну еще бы! — ответил Натан, поднося ее руку к губам и нежно целуя пальцы. — Я уже думал, что потеряю тебя.

Он говорил так взволнованно, так искренне, что Элис поняла — это не просто забота рейнджера о своей подопечной. Это нечто большее. Гораздо большее!

— Ох, Натан, — вздохнула женщина, прижимая его руку к своей щеке. — Я тебе стольким обязана! Спасибо, что спас меня. Если бы не ты, я бы, наверное, умерла там...

— Ш-ш-ш... — Он осторожно убрал у нее со лба непокорный локон. — Я бы не позволил этому случиться. В конце концов, с тобой был мой сын.

Элис разочарованно отодвинулась от Натана.

— Значит, ты бросился спасать меня только из-за Колина? — дрогнувшим голосом спросила она.

Натан наклонился и легонько прикоснулся губами к ее рту.

— Ты прекрасно знаешь, что нет.

— То есть ты бы пришел мне на помощь, даже если

бы ребенка со мной не было? — с надеждой проговорила она, дразня его своими губами.

— Милая, да я бы спустился в ад и на руках вынес тебя оттуда!

Элис счастливо улыбнулась и вновь придвинулась к Натану, стараясь прижаться к нему покрепче. Их поцелуй затянулся, становясь все более страстным.

Наконец Элис оторвалась от его губ и торжественно произнесла:

— Натан, нам надо поговорить о Колине.

— Обязательно, — пообещал Натан, пытаясь снова поцеловать ее. — Мы все непременно обсудим, но только не сейчас.

— Но... — запротестовала Элис, уклоняясь от поцелуя. — Мы должны поговорить до того, как...

— Мы поговорим, — повторил Натан. Он взял ее за подбородок и заглянул в лицо. — Но сейчас мы не можем разговаривать.

— Почему? — прошептала она и блаженно закрыла глаза, когда Натан поцеловал ее в уголок рта.

— Потому что нам сейчас надо еще поцеловаться.

С блуждающей улыбкой Элис обвила руками его шею и притянула Натана к себе, прижавшись к его могучей груди.

— Ты прав, — тихонько сказала женщина. — Сейчас нам надо поцеловаться еще раз.

Два часа спустя, после недолгого сна, Элис сидела на золотистом бархатном диване и потрясенно разглядывала роскошное убранство вагона.

— Поверить не могу, что все это принадлежит твоему брату, — наконец проговорила она.

Натан сидел напротив нее с Колином на коленях.

— Ну почему? Просто Джеффри — один из *этих очень известных*.

— Ты постоянно будешь напоминать мне о том, что я сказала однажды о твоей семье, да?

— Ага, — радостно кивнул Натан. — Мне это ужасно понравилось.

— Подумать только, — мечтательно промолвила Элис, продолжая разглядывать вагон, — бархатные шторы и обтянутые шелком стены!

— Не считая парчовой обивки на мебели красного дерева, — веселился Натан. — Джефф все делает по высшему разряду!

— Я только одного не могу понять — как личный вагон твоего брата оказался в Техасе? Он сам тоже здесь?

— Нет, — покачал головой Натан. — Я просто дал ему из Далласа телеграмму, в которой попросил прислать вагон сюда.

— И этот вагон пригнали аж из Орегона? — изумилась Элис. — Не пойму, как он мог прибыть так быстро?

— Да нам просто повезло. Джефф сейчас не в Орегоне, а в Денвере, поэтому уже через два дня вагон был здесь.

— Это очень любезно со стороны твоего брата, — улыбнулась Элис. — Но устраивать всю эту суету было совсем ни к чему. Мне не нужна вся эта роскошь.

— Может, и не нужна, но ведь тебе это нравится? — лукаво поглядел на нее Натан.

— Да, — признала она, — нравится. Однако у меня такое ощущение, что все это не для меня. Я ведь всего лишь бедная фермерская вдова.

Натан поднялся со своего кресла, подошел к Элис и сел рядом с ней. Вагон мягко покачивался. Натан нагнулся и поцеловал ее в висок.

— А вот тут ты не права. Ты достойна всего самого лучшего. Всего!

Элис улыбнулась. Ее щеки порозовели от удовольствия. Впервые за долгое время у нее был здоровый цвет лица.

— Как ты себя чувствуешь? — спросил Натан.

— О, мне гораздо лучше! Даже голова уже не так болит.

— Доктор сказал, что головная боль быстро исчезнет, когда ты окончательно придешь в себя.

— Если бы еще лодыжка и плечо перестали ныть, — вздохнула Элис.

— Ну, для лодыжки потребуется время, а для плеча доктор дал мне какую-то чудодейственную мазь. Он сказал, что от этой мази твое плечо заживет за пару дней.

Мысль о том, что Натан будет смазывать ей обнаженное плечо, заставила Элис затрепетать. В предвкушении этого блаженства она улыбнулась — и поспешно отвернулась, чтобы Натан не увидел этой ее мечтательной улыбки.

Колин начал ерзать у Натана на коленях, пытаясь сползти на пол. Когда же отец приструнил малыша, тот громко и сердито закричал.

— Он проголодался, — поняла Элис. — Мне надо его покормить.

Натан кивнул, подхватил Колина и посадил его к Элис на колени.

Элис смотрела на Натана, надеясь, что он сам догадается выйти и ей не придется выставлять его за дверь. Но вместо этого Натан откинулся на спинку дивана и устроился поудобней.

— Натан, — обратилась к нему Элис, — мне действительно надо покормить Колина.

— Я знаю, — кивнул он. — Давай, приступай.

— Ты понимаешь, что я должна покормить его.

— И что? — вопросительно поднял брови Натан.

Элис нахмурилась. Она знала: Натан прекрасно понимает, что она хочет ему сказать.

— А то, что тебе надо выйти... на несколько минут.

— Зачем? — искренне удивился Натан.

— Затем, что я должна кормить его грудью.

— Ну так корми.

— Но... мне необходимо уединение.

Натан привстал, подавшись к Элис, и с безграничным изумлением воззрился на нее.

— Элис, ты что, забыла? Ведь он мой сын! Нет на земле мужчины — от нищего до короля, — который отказался бы от удовольствия смотреть, как его жена кормит грудью его ребенка.

— Но я не твоя жена, — поджала губы Элис.

Натан широко улыбнулся.

— Скоро будешь, — заявил он. — Как только мы покончим с бандой Росаса — а я очень надеюсь, что мы разделаемся с ней недели за две, — закатим такую свадьбу, какой в Биксби отродясь не видывали.

Элис нахмурилась. Ей совсем не понравилась та самоуверенность, с какой Натан рассуждал об их свадьбе.

— Ты это о чем? — недовольно проговорила женщина.

Натан увидел, как полыхнули гневом ее глаза, и сердце рейнджера тут же сжалось от недобрых предчувствий.

— Я говорю о женитьбе, — как можно спокойнее ответил он. — Почему это тебя так удивляет?

— Потому что ты забыл спросить, согласна ли невеста, только и всего.

Натан помрачнел:

— Ты хочешь сказать, что не выйдешь за меня замуж?

— За тебя замуж? Да я ведь тебя почти не знаю! — вскричала Элис.

— Что?! — Натан вскочил с дивана. — О боже, Элис, о чем ты говоришь! Последние два месяца мы жили бок о бок в одном доме, не говоря уж об этом бутузе, который сидит у тебя на коленях. Ведь он появился на свет именно потому, что мы узнали друг друга! Кроме того, я...

— Похоже, ты кое-что упустил из виду, — резко перебила его Элис. — Мы не любим друг друга, Натан. Я согласна, нам вроде бы удалось договориться о том, что Колин вправе знать своего отца, но женитьба без любви не сулит ничего хорошего.

У Натана сердце упало. Неужели она сомневается в его любви?! И это после всего, что он для нее сделал? Она что, считает, что за любым человеком, которого ему поручили охранять, он стал бы носиться как угорелый по всему Техасу? К несчастью, она, похоже, именно так и думает.

А ведь когда она перебила его, он как раз собирался сказать ей, что любит ее больше жизни. Но если он заявит об этом сейчас, Элис, конечно же, ему не поверит.

Что может быть тяжелей, чем услышать ее недвусмысленное признание? Да, она его не любит! Какой же он дурак! Почему он решил, что его чувство взаимно? Ведь если бы он чуть раньше трезво поразмыслил обо всем, то понял бы, что любящая женщина никогда не стала бы его бояться! Ей бы и в голову не пришло, что он собирается отобрать у нее ребенка. Она бы знала, что они вместе справятся со всеми трудностями и вместе будут строить свою жизнь. И, конечно же, если бы Элис любила его, она никогда бы от него не убежала.

Да, похоже, он действительно глупец. У него ведь не было ни тени сомнения в том, что Элис любит его всем сердцем. И лишь когда она прямо сказала ему, что это не так, с глаз у него наконец спала пелена. Что ж, теперь он знает все. И единственное, что он может сделать, чтобы сохранить остатки достоинства, — это решить вместе с Элис, как же теперь быть с Колином.

Элис тихонько сидела на диване. Затаив дыхание, наблюдала она за той игрой чувств, что отражалась у Натана на лице.

«Скажи мне, — мысленно молила она, — скажи, что я не права. Скажи, что хочешь жениться на мне по любви, а вовсе не из-за Колина. Ну пожалуйста, скажи, что любишь меня!»

Но он не сказал. Вместо этого он холодно посмотрел на нее и процедил сквозь зубы:

— Мы будем в Биксби через несколько минут. Надо бы собрать Колина.

— Но я должна покормить его! — резко ответила Элис. — Он не может ждать, пока мы доберемся до дома. А в городе кормить его будет негде. Поэтому, пожалуйста, дай мне возможность покормить его сейчас.

Коротко кивнув, Натан повернулся и быстро пошел к двери. Рывком открыв ее, он шагнул на маленькую площадку в хвосте вагона, облокотился на поручень и жадно глотнул воздуха.

Она не хочет выходить за него замуж. Натан покачал головой, не в силах поверить, что судьба могла сыграть с ним такую шутку. Ведь с тех пор, как ему исполнилось восемнадцать, женщины всегда хотели женить его на себе — из-за его имени, богатства, красоты, громкой славы. Да, многих женщин привлекало в нем именно это. Впрочем, какая разница! Главное, что единственной, которую он любит, обожает, боготворит и которая дала жизнь его сыну, — этой женщине он, Натан Уэллесли, совсем не нужен.

Ну и что ему теперь делать? Проще всего, конечно, оставить все как есть. Сесть на лошадь и уехать. Но разве может он так поступить? И этого ли на самом деле хочет? Ответ один — нет.

Он, Натан, любит Элис. Это он знает наверняка! Он хочет прожить с ней всю жизнь, вырастить сына, и не одного. Но разве может Натан заставить ее полюбить себя?

Он невольно вспомнил слова брата Эрика. «Может, тебе стоит немного поухаживать за ней и посмотреть, как она это воспримет? Я не имею в виду — швырнуть ее на диван и с рычанием наброситься на нее. Ей это может не понравиться».

— Поухаживать за ней, не проявляя страсти, — вслух размышлял Натан, и губы его кривились в саркастической усмешке. — Да, легко сказать!

Каждый раз, когда он оказывался рядом с Элис, его охватывало такое безумное желание, что он и впрямь боялся рехнуться.

— Господи, ну что за наказание! — пробормотал Натан. Даже стоя здесь, на открытой, продуваемой ветром площадке, он ощущал, как в жилах у него закипает кровь. А ведь он просто думал об Элис! Так что же будет, если он начнет ухаживать за ней, прикасаться к ней, обнимать ее и целовать? Неужели он сможет скрыть свою бешеную страсть?

Натан тяжело вздохнул. И все-таки он должен попробовать. А вдруг Эрик прав? Вдруг, ухаживая за Элис, Натан действительно сумеет завоевать ее сердце? Да, он просто обязан попытаться!

— Слава богу, что ручей такой холодный, — пробурчал Натан. — К тому времени, как вся эта история закончится, я, наверное, стану самым чистоплотным мужчиной в Техасе.

Через полчаса Натан вернулся с площадки в вагон.

— Биксби, — равнодушным тоном заправского кондуктора объявил молодой человек. — Ребенок готов?

— Да, — тихо ответила Элис. — А как мы доберемся до дома?

— Я съезжу к Уиллу Джонсону на конюшню и попрошу его прислать за тобой повозку.

— А ты разве не поедешь с нами? — робко спросила Элис.

— Нет. Со мной же мой жеребец, да еще эта кобыла, которую надо вернуть.

— Ты хочешь сказать, что отведешь ее к Линн?

— Нет, — покачал он головой. — Я отведу ее к Реду

Хилларду. Он видится с миссис Поттер каждый день — вот и вернет ей кобылу.

Элис удивленно вскинула брови.

— Лейтенант Хиллард видится с Линн каждый день? — недоверчиво переспросила она.

— Ага, — кивнул Натан. — Они, видишь ли, полюбили друг друга и теперь собираются пожениться.

— Пожениться?! — вскричала Элис.

— Ага, пожениться. — Натан не смог скрыть горечи, и в голосе его зазвучали саркастические нотки: — Знаешь, люди, которые любят друг друга, именно так чаще всего и поступают.

Но Элис пропустила его язвительное замечание мимо ушей.

— Просто не верится, — ошеломленно произнесла она. — Линн ничего не говорила мне о том, что собирается замуж.

— Однако же это так, — пожал плечами Натан. — Они сообщили мне об этом в тот день, когда ты сбежала.

При напоминании о своей безрассудной выходке Элис поджала губы. Но она твердо решила не вступать с Натаном в пререкания до тех пор, пока не доберется до дома.

— Можно нам с Колином подождать повозку здесь? — холодно осведомилась женщина.

— Боюсь, что нет. Через несколько минут поезд должен отправиться обратно. Он увезет этот вагон в Денвер. Так что тебе придется подождать на вокзале.

Элис очень не хотелось выходить из вагона, но она кивнула. Она заметила, что на платформе уже собрался народ и все показывают на необычный вагон пальцами, живо его обсуждая. Многие ведь только слышали о «дворцах на рельсах», как часто называли личные вагоны. А теперь жители Биксби воочию увидели это чудо. Не каждый день в их серой жизни происходили столь волнующие события, поэтому трудно было ожидать, что горожане быстро успокоятся и разойдутся по домам.

— Ты держи ребенка, а я возьму тебя, — распорядился Натан, подхватывая Колина и передавая его Элис.

— Тебе совсем не обязательно брать меня на руки, — запротестовала Элис. — Я просто обопрусь на тебя и спрыгну на платформу.

— Не говори глупостей, — нахмурился молодой человек. — Не хватало тебе еще прыгать!

— Но, Натан, что подумают люди, когда увидят, как ты несешь меня на руках? — забеспокоилась Элис.

— Да плевать я хотел на то, что они подумают! — вспылил Натан. — Меня гораздо больше волнует то, как доставить тебя и Колина побыстрей домой. Все, хватит спорить, пошли.

Он подхватил Элис на руки, вышел на площадку в хвосте вагона и спустился по ступенькам на платформу.

Конечно же, Элис опасалась не напрасно. Разумеется, она увидела, что к ним прикованы взгляды всех зевак, и услышала, как в толпе возбужденно зашептались. Но все это шушуканье перекрыл знакомый визгливый голос:

— Элис Грэхем, это что же здесь происходит?

Натан с Элис на руках повернулся туда, где локтями прокладывала себе дорогу в толпе Лилиан Андервуд.

— Не волнуйся. Положись на меня, — шепнул Натан на ухо Элис.

— Элис, что это с тобой случилось и что ты делала в этом вагоне? — выпалила Лилиан, как только подобралась к ним поближе.

— Здрасьте, миссис Андервуд, — поприветствовал ее Натан, подражая говору простого техасского парня. — Да тут вот миссис Грэхем отправилась покататься верхом, ну и расшиблась маленько.

— Я вижу, что она расшиблась, молодой человек, —

фыркнула Лилиан и опять обратилась к Элис: — Что ты делала в этом вагоне?

Натан снова встрял в разговор, хотя Лилиан ясно дала понять болтливому ковбою, что не желает его слушать.

— Один добрый джентльмен разрешил миссис Грэхем воспользоваться этим вагоном. Узнал, какая беда с ней приключилась, и подумал, что в этом вагоне ей будет удобнее. А то в обычном всегда такая давка...

— «Добрый джентльмен»? — иронически протянула Лилиан. — Что же это за «добрый джентльмен» такой? И с чего это он оказывает тебе столь невероятные услуги? Похоже, ты, Элис, знакома с ним о-очень близко!

— Его зовут Джеффри Уэллесли, — быстро сказал Натан. — Уверен, что вы о нем слышали, миссис Андервуд. Он — из семейства Уэллесли. Ну, вы знаете, это ужасно богатая и влиятельная семья из Колорадо.

Хотя Элис страшно раздражали расспросы Лилиан, в этот миг ей с трудом удалось сохранить серьезность.

— Молодой человек, — повысила голос Лилиан, повернувшись к Натану и бросив на него свирепый взгляд, — хоть вы и не обращаете на это никакого внимания, но я разговариваю с миссис Грэхем, а не с вами.

Натан приблизил губы к уху Элис и сказал громким шепотом:

— Я уверен, что она не знает, кто такие Уэллесли.

— Конечно же, я знаю, кто такие Уэллесли! — вскричала Лилиан, разъярившись не на шутку. — Более того, моя сестра в Бостоне была приглашена на несколько званых обедов, где присутствовали мистер и миссис Стюарт Уэллесли. Скорее всего это вы, молодой человек, не знаете, что Стюарт Уэллесли — старший брат Джеффри Уэллесли. Да будет вам известно, Стюарт как раз самый знаменитый из них. Он выпускал во время войны паровые двигатели и на этом сделал себе имя и состояние.

Натан опять склонился к уху Элис, но на этот раз слова рейнджера предназначались только ей.

— Видишь? Я же говорил тебе, что Стю — самый преуспевающий и самый известный из всех нас. Хотя выпускал он вовсе не паровые двигатели, а бронированные корабли.

Элис до крови закусила губу, чтобы не расхохотаться на весь вокзал.

— Миссис Андервуд, — обратился Натан к Лилиан, развернувшись так, что ей едва не угодила в нос забинтованная нога Элис. — Если вы не возражаете, я бы отнес миссис Грэхем в здание вокзала. А то мне, знаете ли, тяжеловато целый час стоять с ней на руках. Вы не могли бы обождать со своими вопросами, пока я не посажу ее где-нибудь в подходящем месте?

Лилиан поджала губы.

— Вы очень невоспитанный и грубый молодой человек, — визгливо заявила она. — Я бы не потерпела у себя такого работника и десяти минут.

— Ну напугала! — пробормотал Натан. — Да я бы не задержался у этой старой ведьмы и пяти секунд!

На этот раз Элис расхохоталась в голос. Она посмотрела в смеющиеся глаза Натана и поняла, что у него тоже поднялось настроение.

— Отнеси меня в здание вокзала, — прошептала она. — Теперь я ее уже не боюсь.

Чуть заметно кивнув, Натан внес Элис в крохотный зал ожидания в скромном здании маленького вокзальчика и усадил на жесткую деревянную скамью.

— Я только съезжу на конюшню и попрошу прислать за вами повозку, мэм, — громко сообщил молодой человек. Придвинувшись к Элис поближе, он прошептал: — Когда ты доберешься до дома, я уже буду там. Не перенапрягайся и береги свое плечо.

Его губы были так близко от ее уха, что она подумала: вот сейчас он ее поцелует! С одной стороны, ей очень этого хотелось, но, с другой стороны, она надеялась, что у него хватит благоразумия не давать повода для сплетен. К ее облегчению, Натан выпрямился и пошел к двери.

Элис откинулась на спинку скамьи и закрыла глаза. Она вдруг почувствовала себя страшно усталой. Ей отчаянно захотелось оказаться дома. Там она сможет наконец нырнуть в постель и проспать целую неделю.

— Ну, Элис, так что же с тобой все-таки приключилось?

Элис открыла глаза и тяжело вздохнула, увидев прямо перед собой Лилиан Андервуд.

— Да мистер Уэллс ведь все вам уже рассказал, миссис Андервуд! Все так и было. Я поехала в Даллас, чтобы навестить свою тетушку, но недалеко от города упала с лошади и расшиблась.

— Ты отправилась в гости к тете вместе со своим работником? — осведомилась Лилиан, сверля Элис пронзительным взглядом.

Элис сглотнула. Пытаясь выиграть время, она стала поправлять лямки заплечного мешка, в котором сидел Колин.

— Мистера Уэллса со мной не было. Когда он узнал, что я попала в беду, он приехал в Даллас, чтобы отвезти меня домой, вот и все.

— Хм-м-м, — протянула Лилиан. — Какая удивительная доброта! Твой работник — на редкость отзывчивый молодой человек, должна тебе заметить.

— Да, — улыбнулась Элис. — Мистер Уэллс очень помог мне этим летом. Мне будет жаль, когда он уедет.

Лилиан пристально посмотрела на Колина, потом вновь перевела взгляд на Элис.

— Еще бы тебе не было жаль! В конце концов, что может быть лучше для одинокой женщины, чем иметь под рукой симпатичного отзывчивого мужчину, не правда ли?

— Миссис Андервуд! — вспыхнула Элис.

— Осторожней, Элис, — ухмыльнулась Лилиан, отряхивая юбку. — И что тебе все неймется! Ты же только и делаешь, что ищешь неприятностей на свою голову! — И она опять многозначительно взглянула на Колина.

Элис задохнулась от возмущения. Но когда к ней вернулся дар речи, Лилиан Андервуд в шляпе с развевающимися перьями уже выплыла на улицу.

29.

— Эй, ну-ка прекрати! Черт возьми, Колин, ты что это делаешь?!

Элис открыла глаза и с тревогой посмотрела туда, откуда доносился голос Натана.

— Что случилось? — спросила она.

— Да он намочил меня! — воскликнул Натан, с ужасом глядя на свои штаны.

Элис отбросила одеяло, вскочила с кровати и подбежала к Натану, который теперь недоуменно смотрел на Колина.

— С маленькими мальчиками такое иногда бывает, — сообщила она, смеясь. — Ты тоже проделывал такие штуки со своей матушкой.

— Ничего подобного! — возмутился Натан.

— Ну как же, «ничего подобного»! — Элис улыбалась, глядя на голенького лопочущего малыша. — А что это ты пытаешься тут сделать, Натан?

— А как ты думаешь? Я хотел сменить ему подгузник.

Брови Элис поползли вверх.

— И для того, чтобы сменить подгузник, ты полностью раздел его?

— Ну да, — начал оправдываться Натан. — Он ведь был весь мокрый. С ног до головы! А разве ему уже не пора пользоваться горшком?

— Господи, конечно же, нет! — рассмеялась Элис,

вытаскивая из стопки чистый подгузник и подкладывая его под Колина. — Ему ведь только восемь месяцев! Он начнет ходить на горшок где-нибудь через год. Ну, может, чуть раньше.

— Через год! — изумленно воскликнул Натан. — Боже, я и не знал, что дети так долго остаются беспомощными. Но, по-моему, я в восемь месяцев уже ходил на горшок.

— Да что ты говоришь? — Элис иронически посмотрела на него. — Наверное, потому, что ты — Уэллесли, да?

— Совсем не поэтому. Сет появился на свет меньше чем через год после меня. Мне трудно представить, что моя мама умудрялась менять подгузники нам обоим.

— Какая чепуха! — веселилась Элис. — Конечно же, она это делала. — Она взяла две булавки и зажала их зубами. — Ухаживать за детьми, одним или несколькими, — это то, чем занимаются все матери на свете.

— Судя по моим женатым братьям, — сказал Натан, подходя поближе, — этим же занимаются и отцы. Поэтому давай, покажи мне, как это делается.

Элис удивленно воззрилась на него, вдруг заметив, что он и сам полуодет. На нем были только штаны, а на голую грудь стекали с влажных волос капельки воды.

— Ты мылся? — спросила Элис, по-прежнему держа во рту булавки.

— Нет, — вдруг смутился Натан. — Я плавал в ручье. Просто... ужасно жарко.

На самом деле он долго стоял в дверях, любуясь спящей Элис, пока в конце концов не понял, что ему пора освежиться в холодной воде.

— Да ты просто не вылезаешь из ручья, — рассмеялась Элис. — Такое впечатление, что с тех пор, как мы вернулись из Далласа, ты плаваешь круглые сутки.

— Да, похоже на то, — сокрушенно признал Натан.

Элис вопросительно посмотрела на него, но он быстро сменил тему:

— Ну ладно, покажи мне, как надеть на него эту штуку.

И Натан рассеянно посмотрел на малыша, страстно мечтая о том, чтобы волосы Элис не пахли так сладко.

— Нет, — сказала Элис, — я не буду тебе показывать, я лучше объясню, а ты сделаешь все сам. — Она вынула изо рта булавки и отдала их Натану. — Продень вот этот конец подгузника у него между ног. — Натан так и поступил. — Хорошо. А теперь вот этот конец оберни вокруг тела. — Она наклонилась и показала ему, как это делается. — Теперь это надо закрепить булавкой. — Она подняла глаза и удивленно заметила, что Натан смотрит не на ребенка, а на нее. — Натан, будь повнимательнее. Когда будешь закалывать булавку, то просунь под подгузник руку, чтобы не уколоть ребенка.

Натан просунул руку между подгузником и теплым животиком Колина, коснувшись пальцев Элис. Ощутив под рукой ее нежную кожу, он засомневался, стоило ли вообще все это затевать, потому что сосредоточиться на подгузнике ему становилось все труднее.

— Ну вот, очень хорошо, — удовлетворенно заметила Элис, быстро отдергивая руку. — Теперь просто застегни булавку.

Натан прикусил нижнюю губу, стараясь проткнуть ткань и не оцарапать при этом Колина.

— Ой! Черт возьми, я уколол палец! — Натан выдернул руку из-под подгузника и сунул палец в рот.

— У тебя все получится, — заверила его Элис. — Но только не оставляй булавку наполовину воткнутой в подгузник, ты можешь поранить Колина. Теперь подвинься, я сама заколю.

Натан вынул палец изо рта и покачал головой:

— Ну уж нет, я хочу довести это дело до конца. Я — его отец. Должен же я научиться, в конце концов!

У Элис перехватило дыхание. «Я — его отец». Три

коротких простых слова, но, когда Натан произнес их, у Элис по спине побежали мурашки.

— Ну хорошо, заканчивай ты, — тихо сказала женщина. Она отступила на шаг и сжала руки, пытаясь унять внезапно охватившую ее дрожь.

Натан наконец справился с булавкой.

— Знаешь, все было бы гораздо проще, если бы он не крутился и не сучил ножками, — ворчливо заметил он. — Почему он не лежит спокойно?

— Потому что он терпеть не может подгузников. Все малыши любят лежать голенькими.

«Ага, — весело подумал Натан, — их отцы это тоже любят, особенно если молодые прекрасные матери этих карапузов стоят рядом босиком и с распущенными волосами».

Элис отлично поняла, какие мысли крутятся у него в голове. О, Элис уже знала этот его взгляд. Поэтому она быстро сказала:

— Ну а теперь проделай то же самое с другим концом подгузника.

Натан неохотно отвел от нее взгляд и взял вторую булавку. Он зашипел, когда опять уколол палец, но на этот раз не убрал руки, пока не заколол булавку как следует.

— Вот! — торжествующе воскликнул молодой человек и отступил, чтобы полюбоваться на свою работу. — У меня все получилось! — Он широко улыбнулся Элис и взял ребенка со стола.

Подгузник тут же свалился на пол.

У Натана вытянулось лицо.

— Какого черта? — возмутился он. — Эта штука упала!

Элис расхохоталась и потянулась за подгузником, чтобы вынуть из него булавку.

— Ты просто недостаточно туго завернул его. Тебе надо было... — Слова застряли у Элис в горле, когда она взглянула на Натана. Он держал голенького ребенка, прижимая его к своей обнаженной груди. И снова, как недавней бессонной ночью, картина эта заставила сердце Элис забиться быстрее.

— Тебе надо было... — опять начала Элис, но на сей раз ей не дал договорить Натан, жадно припав ртом к ее трепещущим устам. Она не противилась. Даже наоборот, обвила сильные плечи Натана руками, крепче прижимаясь к нему. Она чувствовала какой-то глубинный смысл в том, что держит в объятиях и Натана, и Колина. Ее губы смягчились и приоткрылись, когда Натан стал всерьез целовать ее. Она ощущала маленькие пальчики Колина в своих волосах, его сопящий носик возле своего уха.

Когда мужчина и женщина наконец оторвались друг от друга, Натан продолжал стоять с закрытыми глазами. Он всем сердцем желал, чтобы мгновение это длилось вечно. Элис тоже замерла, пораженная случившимся. Господи, с какой же неодолимой силой их тянет друг к другу! Однако пальчики Колина, вцепившиеся Элис в волосы, вернули ее к действительности. Женщина осторожно выпутала его ручку из своих локонов и забрала малыша у отца. Натан почувствовал, как Элис подхватила Колина, открыл глаза и посмотрел на нее растроганным взглядом.

— Элис...

— Мне надо надеть на ребенка подгузник, — выпалила она. Женщина чувствовала: Натан собирается заговорить о том, что произошло минуту назад. А Элис вовсе не хотелось это обсуждать. Она была слишком смущена... слишком растерянна. И хорошо знала, что, если он сейчас снова предложит ей выйти за него замуж, она кинется ему на шею, соглашаясь на все и клянясь любить его до последнего вздоха. Но этого делать нельзя! Элис обязана прежде всего думать о Колине и поступать так, как будет лучше для него. Не важно, что она отдала Натану свое сердце. Ведь он-то ее совсем не любит. Так может ли она обречь своего сына на жизнь в несчастной семье? Почему Колин должен расплачиваться за ошибки родителей? Элис не сомневалась, что Натан относится к ней очень хорошо. Она знала, как сильно его влечет к ней. Она видела это по его глазам, по тому трепету, который охватывал его всякий раз, как он прикасался к ней. Но Элис было хорошо известно, сколь недолговечно пламя страсти, не подкрепленное истинной любовью. А ведь Натан никогда не заикался о любви, и Элис отлично понимала почему. Просто Натан был слишком честен, чтобы лгать.

Когда он снова заговорил, голос его дрожал от ярости, но Элис объяснила это лишь неудовлетворенным желанием. Она прекрасно знала, почему он то и дело купается в холодном ручье. Часто он подолгу стоял у ее кровати и смотрел на нее, Элис, думая, что она спит. В эти минуты она никогда не открывала глаз, понимая, что стоит ей сделать это — и они с Натаном пропали. А им сейчас меньше всего было нужно вновь погрузиться в пучину той страсти, что поглотила их однажды в грозовую ночь.

— Лучше иди и ложись в постель, — холодно сказал Натан. — Не стоит тревожить твою лодыжку.

Элис закрепила Колину подгузник, взяла ребенка на руки и повернулась к Натану.

— Вообще-то лодыжка почти не болит. Ведь прошло уже больше недели.

— Все равно тебе еще нельзя много ходить, — отрезал Натан.

— Ладно, — не стала спорить Элис. — Сейчас лягу. Тем более что Колина все равно надо кормить.

Она отдала ребенка Натану и забралась в постель. Элис попыталась поудобней устроиться на подушках, но тут ее плечо пронзила резкая боль. Женщина скривилась, переждала, пока боль отпустит, и протянула руки за Колином.

— У тебя все еще болит плечо, да? — озабоченно спросил Натан.

— Да нет, уже прошло, — отмахнулась Элис.

Натан смотрел на нее, скрестив руки на груди.

— Не пытайся меня обмануть, — угрюмо проговорил он. — Ничего у тебя не прошло. Ты мажешь плечо той мазью, которую тебе дал доктор?

— Да. — Элис не хотелось признаваться ему в том, что ей очень трудно мазать плечо сзади. Сильнее всего болела область лопатки, а Элис просто не могла дотянуться до этого места. Натан несколько раз предлагал ей свою помощь, но Элис упорно отказывалась. Она боялась, что если он будет мазать ей оголенное плечо прохладной мазью, то их опять охватит пламя, сопротивляться которому будет бесполезно. Лучше не искушать судьбу. Конечно, без мази плечо будет заживать дольше, но...

Натан все еще мрачно смотрел на Элис, но она ответила ему невинной улыбкой.

— Натан, плечо и правда почти прошло. Уже почти не болит.

— Дай-ка мне посмотреть.

— Нет.

— Элис...

— Ну хорошо, — нетерпеливо перебила его женщина. — Если я позволю тебе осмотреть плечо, ты можешь мне пообещать, что уйдешь? Мне надо покормить ребенка. Обещаешь?

— Ага, — победно улыбнулся Натан.

— Отвернись-ка на минутку.

Натан страдальчески закатил глаза, всем своим видом показывая, как он относится к стыдливости Элис, но потом все-таки отвернулся.

Элис быстро расстегнула рубашку, спустила ее с одного плеча, обнажив ушибленное место, и тихо позвала:

— Натан...

Когда он обошел кровать, Элис нагнулась вперед,

но, услышав его вздох, тут же выпрямилась и удивленно посмотрела на Натана.

— Что такое? — нахмурившись, спросила она. — Неужели дела так плохи?

— Ты чертовски права, — мрачно подтвердил Натан. — Выглядит это ужасно. Ты хоть смотрела на это в зеркало?

— Нет.

— Так вот, плечо твое совсем не заживает. Ты уверена, что накладывала мазь на рану?

— Я пыталась, — вздохнула Элис, — но мне трудно дотянуться.

— Черт возьми, Элис, — взорвался Натан, — почему ты не сказала мне, что не можешь сделать это сама? Я же говорил, что помогу тебе. Если бы ты хоть чуть-чуть меньше упрямилась, я был бы просто счастлив!

— А я была бы просто счастлива, если бы ты хоть чуть-чуть меньше ругался, — парировала Элис.

Однако Натан не обратил на ее слова никакого внимания.

— Где мазь? — сердито спросил он.

— Там, на столике. Что ты собираешься делать? — забеспокоилась женщина.

— Я собираюсь смазать тебе плечо прямо сейчас.

— Но доктор сказал, что мазь надо накладывать вечером, перед сном.

— Я прекрасно знаю, что сказал доктор. По-моему, именно я и передал тебе его слова. И все-таки смажу тебе плечо сейчас, а потом еще раз перед сном.

— А ты думаешь, это не вредно — мазать два раза в день? — с сомнением посмотрела на Натана Элис.

Натан взял баночку с мазью и подошел к кровати.

— Ну, поскольку ты ни разу за неделю не смазала плечо, то, думаю, большого вреда не будет. Даже наоборот.

Элис нахмурилась, но тем не менее опять наклонилась вперед. Она ждала, что он сейчас начнет мазать ей плечо. Оставалось лишь надеяться, что он не настолько зол, чтобы в раздражении причинить ей боль. Однако Элис беспокоилась напрасно. Когда пальцы Натана дотронулись до содранной кожи, они были нежны, как шелк. Элис вздрогнула, а потом задумалась — это от холодной мази или от прикосновений Натана?

— Ну что, хорошо? — спросил Натан, нежно втирая мазь в кожу Элис.

— Да, — выдохнула она. — Просто божественно.

Внезапно он перестал втирать мазь, поднялся с кровати, подошел к столику и вытер руки полотенцем.

— До вечера тебе хватит, — не глядя на Элис, проговорил Натан. — А перед сном я смажу еще.

Все так же не глядя на Элис, он закрыл баночку, поставил ее на столик и пошел к двери.

— Когда закончишь кормить Колина, позови меня, я его заберу, — бросил он на ходу.

— Спасибо, Натан, — кивнула Элис. — А плечо уже сейчас болит гораздо меньше.

Натан хмыкнул в ответ и затворил за собой дверь. Оставшись в одиночестве, он тяжело привалился к стене, шумно выдохнул и закрыл глаза, пытаясь отогнать воспоминания о том, как пальцы его скользили по белой гладкой коже Элис.

— Поухаживай за ней... — сквозь зубы процедил он. — Замечательная мысль, Эрик. Но вот если бы ты мне еще подсказал, как это сделать!

Оставшуюся часть дня Натан упорно старался чем-нибудь себя занять. Три мустанга, которых он отловил, носились в загоне. После полудня рейнджер начал объезжать самого лучшего из них. Когда конь наконец покорился ему, Натан был совершенно без сил. Однако именно к этому он и стремился. Он решил, что единственный способ спокойно, не дрожа от страсти, втереть вечером мазь Элис в плечо — это вымотать себя настолько, чтобы вообще ничего не соображать.

И все-таки, войдя вечером в спальню к Элис, Натан, несмотря на усталость, сразу разволновался. Женщина сидела в кровати, читая книгу при свете свечи. И хотя белая полотняная ночная рубашка Элис была застегнута до подбородка, Натан подумал, что в жизни не видел более соблазнительной картины.

— Я пришел, чтобы смазать тебе плечо, — тихо сказал он.

Элис кивнула, отложила книгу в сторону и жестом велела ему отвернуться.

На сей раз Натан беспрекословно подчинился, хотя скачка на диком мустанге и купание в холодном ручье ничуть не остудили ему кровь. Даже сейчас он чувствовал, что его вновь захлестывает волна желания.

— Ну вот, я готова, — сказала Элис.

Натан сделал глубокий вдох и повернулся. Он подошел к столику и взял баночку с мазью, старательно избегая смотреть на Элис.

«Это всего-навсего кожа, и ничего больше», — убеждал он себя, сжимая баночку так, что побелели костяшки пальцев. С минуту он постоял возле столика, пытаясь унять дрожь в руках.

— Что-то не так? — спросила Элис, гадая, почему это он там так долго возится.

— Что? — вздрогнул Натан. — А, нет, все в порядке. Я уже иду.

Он повернулся к ней, позволив себе наконец посмотреть на нее.

«Это просто кожа», — опять повторил он про себя. Но он знал, что все эти мысленные увещевания — сплошной самообман. У Натана было немало женщин, но ни у одной из них не видел он такой кожи, как у Элис. Гладкая, нежная, цвета свежих сливок, она манила его, соблазняла, искушала... Его губы, пальцы, язык просто жаждали приникнуть к ней. Пятнадцать месяцев вспоминал Натан, каково это — дотрагиваться до Элис, и сейчас отдал бы все на свете, чтобы снова испытать это блаженство.

Облизнув пересохшие губы, он присел на краешек кровати, открыл баночку с мазью и погрузил пальцы в прохладную нежную массу. Руки у него так дрожали, что он чуть не выронил баночку. Поставив ее на кровать, Натан еще раз глубоко вздохнул и начал втирать мазь в израненную кожу Элис.

— М-м-м, как хорошо, — прошептала она, зарываясь лицом в подушку.

Натан почувствовал, как восстает его набухшая плоть, и попытался сесть на кровати поудобнее.

— Тебе что, мало места? — сонным голосом спросила Элис. — Подожди, я сейчас подвинусь.

Она отползла на середину кровати и, удобно устроившись на подушках, довольно улыбнулась.

Натан прикусил губу, подумав, что места ему мало вовсе не на кровати, а в собственных штанах.

— Ты совсем не смазал мне лопатку, а там болит сильнее всего, — пожаловалась Элис.

— Я не могу достать, — ответил Натан. — Мне мешает твоя рубашка.

Элис не знала, что делать. То место, которое не мог смазать Натан, было недоступным и для нее. Как она ни изгибалась, пытаясь мазать спину одна, до верха собственной лопатки достать ей так и не удалось. А ведь именно там было больнее всего, потому что туда не попало ни капли чудодейственного снадобья. И Элис, собрав всю свою храбрость, решилась...

— Натан? — позвала она.

— Да?

— Если ты на секунду отвернешься, я спущу рубашку пониже, чтобы ты мог смазать все, что надо.

Натан с трудом сглотнул.

— Ладно.

Он встал с кровати и отвернулся, решив использовать эту передышку для того, чтобы поправить проклятые штаны. Он исподтишка глянул вниз и с досадой понял, что его мужское естество отчаянно рвется в бой. И главное, нет никакой надежды с этим естеством совладать.

— Теперь можешь повернуться, — сказала Элис.

Натан постоял еще немного, глубоко вдыхая и выдыхая воздух, чтобы хоть чуточку прийти в себя. Но когда он повернулся и увидел на кровати полуобнаженную Элис, его едва не хватил удар.

Женщина лежала на животе, крепко прижав к бокам руки, чтобы не было видно груди. Рубашку Элис спустила почти до талии, и Натан просто упивался тем, что открылось его взору.

Как сомнамбула, двинулся Натан к кровати, не отводя взгляда от Элис. Не в силах оторваться от созерцания ее полуобнаженного тела, он, как слепец, стал на ощупь искать баночку с мазью. Наконец он нашел ее, набрал немного мази на пальцы и стал втирать ее широкими круговыми движениями Элис в спину. Мазь была прохладной, но Натан чувствовал, как горят его ладони. Дыхание его стало хриплым и прерывистым, а на лбу выступили капельки пота.

Элис лежала совершенно неподвижно. Она прекрасно слышала, как тяжело дышит Натан, кожей ощущала дрожь его пальцев, но не знала, что с этим делать.

Женщина чувствовала, как в ней тоже просыпается страсть, горячей волной разливаясь по всему телу. И вскоре Элис уже изнемогала от желания. Боже, как ей хотелось повернуться к этому мужчине и раствориться в его объятиях! Но разум не позволял ей поддаться искушению. Не стоит испытывать судьбу! Однажды Элис уже отдала Натану всю себя, и после этого он уехал; а чтобы она не забывала его, он оставил ей трогательный подарок — голубоглазого ребенка, так похожего на своего отца. И еще воспоминания о той ночи, которые Элис как величайшую драгоценность будет хранить в своем сердце до конца жизни. Вот и все, что принесла та давняя близость с Натаном. И если Элис сейчас снова не устоит и проведет с ним еще одну ночь, то это может закончиться так же. Но теперь, когда Элис узнала и полюбила Натана, ей может не хватить сил отпустить его. Она понимала, что стоит ей только слово сказать — и Натан женится на ней. Но она не желала связывать его. Она не хотела, чтобы он шел под венец из чувства долга. Она могла бы выйти за Натана замуж только при одном условии — если бы он любил ее. А он пока еще ни разу не заговорил с ней о своих чувствах, хотя возможностей для этого у него было предостаточно.

Тщетно пытаясь погасить полыхавшее в ней пламя, Элис сжала зубы и вся напряглась, чтобы унять дрожь, сотрясавшую ее тело. Но все напрасно. Как Элис ни противилась влечению к Натану, огонь страсти разгорался в ней все сильнее. А руки Натана продолжали колдовать над ее израненной спиной. Вскоре Элис обнаружила, что ерзает на постели, стараясь лечь как-нибудь так, чтобы притушить нестерпимый жар желания.

Неожиданно сладостная пытка прекратилась. Натан убрал руки с многострадальной спины Элис. Женщина на миг почувствовала облегчение. Все кончилось, она устояла перед искушением!

Однако она недолго праздновала победу. Вместо того чтобы встать с постели и уйти, Натан склонился над Элис еще ниже и принялся целовать и дразнить языком нежную чувствительную кожу у нее за ушком. Элис закрыла глаза. Она была в замешательстве, ее обуревали противоречивые чувства. С одной стороны, она понимала, что это надо немедленно прекратить, но с другой стороны... Это было так приятно...

Губы Натана скользнули ниже и начали ласкать ее обнаженную спину, осторожно обходя ушибленное место. Потом Элис почувствовала его губы там, где ее рука плотно прижималась к телу. И женщина поняла, что настал момент принять решение.

Она медленно отвела свою руку от груди.

Это был тот знак, которого, сгорая от нетерпения, ждал Натан. Он со стоном наклонился и стал целовать нежную кожу груди, а потом зарылся лицом Элис под мышку, с наслаждением вдыхая теплый, родной запах. Элис не шевелилась, не останавливала Натана, но что-то удерживало его от более смелых ласк. Он жаждал близости каждой клеточкой своего тела, но хотел твердо знать, что и Элис мечтает о том же. И вот он наконец получил ответ, развеявший все его сомнения. Она вздохнула, сдаваясь. И Натан не стал мешкать. Вскочив с кровати, он быстро сбросил с себя одежду.

Элис услышала, как упали на пол его брюки. Она повернула голову, чтобы посмотреть на Натана при свете свечи. Он был великолепен в своей наготе, напоминая ей какого-то золотокожего античного бога. Выпуклые мышцы на его груди вздымались и опадали при каждом вздохе, а восставшее мужское естество, бесстыдное и могучее, обещало Элис неземное блаженство.

— Ты очень красивый, — выдохнула она, разглядывая Натана.

— Повернись, чтобы и я мог посмотреть на тебя, — попросил он.

Услышав его хрипловатый, полный страсти голос, Элис отбросила последние сомнения. Соблазнительно улыбаясь и сводя этой улыбкой Натана с ума, женщина скинула легкую простыню и перевернулась на спину.

— О боже! — простонал он, пожирая Элис глазами. — Я совсем забыл, как ты хороша!

Он вернулся в постель, и, стоя над Элис на коленях, продолжал любоваться ею.

— Ты прекраснее, чем тогда, — вырвалось у него.

Элис вспыхнула от удовольствия, потом протянула руку и легко провела пальцами по его ключице:

— Тогда было темно, ты меня просто не разглядел.

— Да, наверное, — сказал он, пробегая пальцами по груди Элис и лаская сосок. — Сейчас гораздо лучше.

От этой ласки Элис застонала и выгнула спину.

Натан скользнул языком по шее Элис, добрался до ее груди и втянул в рот твердый бутон соска. Язык Натана дразнил и ласкал ее сосок до тех пор, пока женщина не начала извиваться, безмолвно прося пощады. Тогда он опустился ниже и провел языком по животу Элис до темного треугольника волос. Здесь Натан остановился, поднял голову и вопросительно глянул на Элис. Она призывно смотрела на него затуманившимися от желания глазами, и тело Натана содрогнулось от страсти.

Элис притянула мужчину к себе и подставила губы для поцелуя. Натан накрыл ее рот своими губами, и язык его погрузился в теплую влажную глубину.

Элис чувствовала, как его затвердевшая плоть прижимается к ее бедрам. Женщина чуть подвинулась, чтобы ему было удобнее.

— Я хочу потрогать тебя, — пробормотала она, не отрываясь от его губ.

Она опустила руку и обхватила пальцами его плоть.

Никогда еще не испытывал Натан такого наслаждения, как сейчас, когда Элис нежно поглаживала и сжимала его мужское естество. Он прервал поцелуй, откинул назад голову и застонал он невыразимого блаженства.

Элис почувствовала, как, откликаясь на призыв Натана, увлажняется ее тело. Одной рукой она притянула мужчину к себе, подставляя рот для поцелуя, а другой рукой продолжала ласкать его. При этом Элис потихоньку раздвигала ноги, пока Натан не оказался между ними. Ему оставалось сделать одно движение.

— Люби меня, — прошептала Элис, обхватив ногами его бедра и все крепче прижимая его к себе.

— А твое плечо? — хрипло спросил он.

— Ничего страшного. — Элис чуть шевельнулась

под ним, потихоньку сползая вниз, чтобы лучше чувствовать его плоть, прижатую к ее телу.

Натан смотрел на Элис, удивленный силой ее страсти. Потом, подложив руку под больное плечо женщины, он медленно овладел ею.

Он услышал ее прерывистый вздох, почти всхлип, и решил, что от долгого воздержания его плоть стала слишком велика для хрупкого тела Элис.

— Тебе больно? — нежно спросил он.

— Да нет. Просто я не занималась этим так давно, что почти забыла, как это бывает...

— Да, — улыбнулся Натан, — я тоже.

Элис удивленно посмотрела на него.

— Правда?

— Правда.

Элис подумала, что в жизни не слышала ничего более приятного.

Несмотря на сжигавшую его страсть, Натан двигался медленно и осторожно, давая Элис время привыкнуть к нему. Но вскоре долго сдерживаемые чувства вырвались наружу, и его толчки стали более сильными и глубокими.

У Элис мелькнуло сомнение, сможет ли Натан подарить ей сейчас такое же блаженство, как тогда. Но тут она почувствовала, что с каждым его толчком в ней нарастает жаркая волна, которая вот-вот подхватит ее и поднимет на вершину страсти.

Натан видел, что Элис близка к оргазму, поэтому изо всех сил сдерживался, пока не почувствовал, как по всему ее телу пробежала дрожь. Тогда он дал волю своей страсти, и они вместе вознеслись в сияющую высь.

Когда затихли волны экстаза, сотрясавшие их тела, Натан осторожно, чтобы не причинить Элис боли, перекатился на бок, прижимая ее к себе и все еще оставаясь в ней.

— Только, пожалуйста, не говори, что это была

ошибка, — шепотом попросил он. — Не говори, что ты сожалеешь о происшедшем.

— Это не было ошибкой, — выдохнула она. — И я ни капельки не сожалею о том, что произошло.

Натан облегченно вздохнул. Он был почти счастлив. Почти, потому что на пути к полному блаженству оставалось еще одно препятствие. И неожиданно для себя Натан вдруг решился.

— Элис? — тихонько позвал он.

— Да?

— Скажи, что ты выйдешь за меня замуж. Я так люблю тебя, что не переживу, если ты опять откажешь мне и снова прогонишь прочь.

Элис закрыла глаза, не веря тому, что только что услышала. Боясь пошевелиться, она снова и снова повторяла про себя его слова. Потом чуть отодвинулась и вопросительно посмотрела на Натана.

— Ты сказал, что любишь меня?

— Больше всего на свете, — пробормотал он, целуя ее в уголок рта.

Она уперлась руками ему в грудь, понимая, что если они начнут сейчас целоваться, то не смогут поговорить. А ей необходимо было кое-что выяснить.

— Натан, ты сказал правду? Может, ты говоришь так из-за того, что сейчас произошло?

— То, что сейчас произошло, — одна из миллиона причин любить тебя, — честно ответил он.

— О господи, — вздохнула Элис. — Просто не могу поверить.

— Милая, я полюбил тебя с той самой первой ночи. Ты была так напугана, но держалась так храбро! Я подумал тогда, что ты — самая потрясающая женщина на свете! И все время, что мы были разлучены, я думал только об одном — как скорее вернуться обратно. Не могу передать, как я тосковал по тебе, как хотел увидеть тебя снова!

— Но ты ведь не вернулся, и я подумала, что...

Натан закрыл ей рот поцелуем.

— Я знаю, что ты подумала. А я говорю тебе, как все было на самом деле. Я не возвращался, потому что был уверен: ты не хочешь меня больше видеть! А если бы ты еще раз выгнала меня, я бы просто умер.

— Ох, Натан, — вздохнула Элис, приподнявшись на локте и с восхищением глядя на него. — Я была такая дура...

Он улыбнулся, понимая, что наконец-то выиграл эту битву.

— Так ты мне веришь?

— Да, — кивнула она. — И я так сожалею, что...

— Ш-ш-ш... — Он прижал ей палец к губам, а потом поцеловал ее. — Все уже позади. Ты только скажи мне, что любишь меня и выйдешь за меня замуж.

Элис смотрела на него сияющими от счастья глазами.

— Я очень люблю вас, капитан Уэллесли, люблю всем сердцем. И я сочту за честь стать вашей женой.

— Слава богу, — выдохнул Натан. — Теперь я могу не беспокоиться.

— Беспокоиться? О чем это ты беспокоился?

— Что ты опять забеременеешь раньше, чем согласишься выйти за меня. — Он с трудом сохранял серьезность. — Потому что иначе я не представляю, как бы мы объяснили это миссис Андервуд.

Элис недоверчиво смотрела на него, пораженная, что в такой момент он может думать о Лилиан Андервуд. Но потом увидела в его глазах искорки смеха, и рассмеялась сама.

— Не думаю, что нам пришлось бы что-либо объяснять этой старой грымзе.

— Да? Это почему же?

— Да потому, что, если бы я появилась в городе с еще одним ребенком, родившимся без отца, с ней бы случился удар!

Натан расхохотался и притянул Элис к себе. Еще

несколько минут они громко смеялись, а потом замолчали, глядя в глаза друг другу.

— Я люблю тебя, — очень серьезно сказал Натан.

— И я люблю тебя, — ответила Элис.

И они снова стали целоваться. Их поцелуи были такими долгими и страстными, что уснуть они смогли лишь через два часа.

Но прежде чем заснуть, Натан подумал об Эрике. Вспомнив советы старшего брата, он победоносно ухмыльнулся.

— Извини, старик. Я пытался сдерживать страсть, но ничего не вышло. Так что твои советы не пригодились, — еле слышно прошептал он в темноту.

Смотря на сладко спящую рядом с ним Элис, Натан радовался своей победе.

30.

— Просыпайся, соня! Мой сын проголодался.

Элис открыла глаза и с удивлением обнаружила, что солнце уже стоит довольно высоко.

— Который час? — сонно спросила она, отбрасывая с лица золотистую прядь волос.

— Почти девять, — ответил Натан. — Дай тебе волю, так ты превратишься в настоящую лежебоку.

Приподнявшись на подушках, Элис сладко зевнула.

— Конечно, любой станет лежебокой, если за всю ночь ему удастся поспать минут двадцать. — Устроившись поудобней, она внимательно посмотрела на Натана, сидевшего на краю кровати в одном исподнем. — Господи, Натан, да ты же совсем голый!

— Колину наплевать, — пожал плечами Натан, — правда, дружок?

Он пощекотал губами шейку Колину, а потом легонько дунул. Получился звук, похожий на кваканье лягушки, что вызвало у малыша бурю восторга. Затем Натан посмотрел на Элис и с улыбкой заметил:

— Если мне память не изменяет, мадам, ночью на вас тоже не было платья...

Элис покраснела и, поплотнее закутавшись в шелковое одеяло, подтянула его до самого подбородка.

— Спать без одежды — очень удобно, — улыбаясь, проговорила она. — Правда, раньше я этого не делала.

Натан ухмыльнулся и отдал ей ребенка.

— Да, к тому же это весьма соблазнительно. Я за всю жизнь не встречал женщины, которая заставила бы меня всю ночь так вкалывать!

— Натан! — воскликнула Элис. — Ты смущаешь меня!

Ухмылка Натана стала еще шире, он наклонился, звонко чмокнул ее в щеку, вскочил на ноги и одним рывком натянул штаны.

— Куда это ты собрался? — хитро сощурилась Элис.

Натан удивленно посмотрел на нее, и глаза у него вдруг округлились.

— Что случилось? Я могу остаться? — тихо спросил Натан. Когда Элис кормила ребенка, она всегда просила Натана уйти.

— Не уходи, — не поднимая глаз, попросила Элис. — Останься и поговори со мной.

Улыбаясь, как кот, который увидел миску со сливками, Натан быстро скинул штаны и забрался под одеяло.

— Я не просила тебя раздеться, — хихикнула Элис.

— Если ты думала, что я останусь в этих тесных штанах, пока ты сидишь тут полуголая и такая соблазнительная, то ты сошла с ума, дорогая.

Он наклонился к Элис и легонько укусил ее за мочку уха.

— Натан, веди себя прилично! Мне надо кормить ребенка! — Элис изобразила возмущение.

— Знаю, — улыбнулся он, с нежностью смотря на

женщину, которая приспустила с плеча рубашку и приложила к груди голодного ребенка. — Я так долго ждал, пока ты наконец позволишь мне присутствовать при кормлении Колина.

Некоторое время они оба молча смотрели, как их сын сосет грудь.

— А что обычно делает Колин после того, как поест? — спросил Натан.

— Обычно он спит.

— Так я и думал, — прошептал Натан, и его глаза вдруг потемнели от вожделения.

— Не смотри на меня так, — разволновалась Элис. — Я не могу провести весь день в постели. У меня полно дел...

— Ничего подобного, — перебил ее Натан. — Все давно сделано. Я встал в пять утра. Кроме того, твоя нога еще не зажила, ты не можешь бегать туда-сюда. Тебе придется остаться в постели. — Подложив руки под голову, Натан протяжно зевнул. — Да и мне тоже не помешает немножко понежиться...

Элис укоризненно посмотрела на него:

— Ну и ненасытный же ты мужчина, Натан Уэллесли. Тебе трех раз мало?

— Трех раз, говорите... — протянул Натан. — Ну да... Кажется, трех... — Он провел пальцем по ее губам. — Скажите-ка, леди, вам не хочется повторить еще раз?

Делая вид, что она не замечает его заигрываний, Элис подала ему спящего ребенка.

— Будь добр, положи Колина в кроватку, — сказала она.

Натан кивнул, уложил Колина в кроватку, заботливо укутал его мягким одеяльцем, немного постоял над спящим сыном, с любовью глядя на него, а затем подошел к Элис:

— Ну, вернемся к нашим делам. Колин проспит теперь около часа, да?

Заметив в глазах Натана огоньки вожделения, Элис натянула одеяло до самого подбородка.

— Вынуждена заметить, что разговор об «этих» делах ты затеял сам, я же прошу тебя вести себя прилично, — суровым тоном отозвалась Элис.

— Ты опоздала, — хохотнул Натан и посмотрел вниз на доказательство пробудившегося желания.

Элис, проследив за его взглядом, с трудом заставила себя поднять глаза на Натана.

— Сейчас же прекрати, — возмутилась она. — Мы не можем заниматься любовью по утрам в присутствии ребенка!

— Ты абсолютно права, — согласился Натан и тяжело вздохнул. — Не можем.

— Я рада, что хоть в чем-то наши мнения совпали, — сказала Элис, изо всех сил стараясь казаться строгой, встала с кровати, набросила на плечи халат и пошла к небольшому трюмо. — В конце концов всему свое время...

Она взяла щетку для волос, собираясь причесаться, да так и застыла с поднятой рукой. В зеркало она увидела, как Натан на цыпочках направляется к двери, унося с собой кроватку со спящим ребенком.

— Что ты делаешь? — забеспокоилась Элис.

— Ш-ш-ш... — Натан приложил палец к губам. — Ничего не говори, а то разбудишь Колина. Я собираюсь подарить ему то, о чем мечтает каждый мальчишка, — шепотом пояснил он.

— И что же это такое? — отложив щетку на столик и уперев руки в боки, поинтересовалась женщина.

— Собственная комната, — заговорщицки подмигнул ей Натан.

Не успела она произнести больше ни слова, как он исчез за дверью.

Элис открыла было рот, чтобы возразить, но тут перед ее мысленным взором возник образ Натана: взъерошенные волосы, широкая грудь и горящие страстью глаза. Вздрогнув от нахлынувшего желания, она закрыла глаза, развязала пояс и позволила халату соскользнуть на пол. Услышав, как скрипнула дверь соседней комнаты, она быстро запрыгнула в кровать и натянула одеяло до самого подбородка.

Вернувшись в спальню и увидев Элис в постели, Натан несколько удивился, но, заметив ее обнаженные плечи, он поспешно забрался в кровать и принялся тихонько тянуть одеяло, постепенно открывая прекрасное тело женщины.

— Скажите, мистер Уэллесли, — улыбаясь, полюбопытствовала Элис, — вы случайно не намерены за один день наверстать упущенное за пятнадцать месяцев?

— Нет-нет, что вы, леди, — охрипшим от страсти голосом заверил ее Натан и поцеловал в грудь, которая только что показалась из-под одеяла. — Я собираюсь наверстывать упущенное в течение ближайших пятидесяти лет.

Он навис над Элис и задвигал бедрами, устраиваясь между ее ног. При этом он продолжал ласкать и целовать ее. Его руки и губы были везде, они касались самых чувствительных мест на ее теле, поглаживали, пощипывали, возбуждали. Элис казалось, что она не выдержит наслаждения...

Предыдущая ночь была столь страстной и насыщенной ласками, что Элис думала, будто они перепробовали все, что только может произойти между мужчиной и женщиной. Она и не подозревала, что Натан приготовил ей на сегодня новое испытание.

Медленно, чувственно его губы двигались вниз по ее телу, целуя и дразня нежную кожу, пока не достигли мягких завитков внизу живота. Натан внезапно поднял голову и вопросительно посмотрел на женщину, гадая, не остановит ли она его.

Но Элис, напротив, выгнулась, застонала и затрепетала, ощущая его теплое дыхание на своей чувствительной коже.

Он услышал, как она тихонько позвала его по имени, и откликнулся на этот призыв, склонив голову и лаская языком ее трепещущую влажную плоть.

Эти ощущения были для Элис настолько новыми и необычными, что от неожиданности она вскрикнула, тут же зажала рот рукой, устыдившись своей бурной реакции, но, не в силах сдержаться, со стоном повторила его имя, и этот зов поднял Натана на вершину блаженства.

Он знал, что Элис близка к экстазу, поэтому, чувствуя первые волны наслаждения, пробежавшие по ее телу, приподнял ее за плечи и усадил напротив себя. Когда их ноги переплелись, он прижал ее к себе и одним движением мягко вошел в нее.

Бедра Элис раздвинулись... Натан осыпал поцелуями ее лицо, он целовал и дразнил языком ее шею и маленькую розовую мочку уха. На секунду комната погрузилась в полную тишину, но вдруг эту тишину взорвал протяжный стон, за которым последовал крик Натана. В этом крике слышалась радость мужчины, сумевшего не только получить огромное наслаждение, но и подарить блаженство женщине.

Когда волны экстаза затихли, они оба, совершенно обессилевшие, не разжимая объятий, упали на постель. Потом Натан высвободил ноги и откинулся на спину.

— Ты ужасный бесстыдник! — хихикнула Элис, уютно устраиваясь на груди у Натана. — И меня сделал такой же. Обычно я встаю рано, с первыми петухами, целый день работаю и спать ложусь с курами. А теперь? Посмотри, во что ты меня превратил?

Натан пальцем приподнял ей подбородок и заглянул в глаза.

— Ну и во что же ты превратилась, моя красавица?

— Да мало ли во что, — изображая обиду, поморщилась Элис, но не выдержала и счастливо улыбнулась. — Ты же не даешь мне покоя ни вечером, потому что занимаешься со мной любовью, ни ночью, потому что опять занимаешься со мной любовью, а теперь и утром...

— Кажется, все, что я натворил, так это показал тебе, как здорово заниматься любовью в любое время дня и ночи, — пробормотал Натан.

— Нет, это не все, что ты мне показал, — возразила Элис.

— А что же еще?

Элис запустила пальцы в густую шевелюру Натана и блаженно улыбнулась.

— Ты показал мне, что я могу опять быть счастливой. И за это я буду благодарна тебе всю оставшуюся жизнь.

Их губы слились в нежном поцелуе, и вскоре они оба, утомленные и счастливые, погрузились в сон.

Солнце клонилось к закату. Весь день Натан занимался лошадьми, в то время как Элис наводила порядок в доме. После того как в нем неделю хозяйничал Натан, дом нуждался в основательной уборке. И хотя больная лодыжка вынуждала Элис часто отдыхать, женщина была довольна результатом своего труда.

Когда Натан с влажными после купания волосами появился в кухне, на плите уже булькал горшок с тушеным мясом и стол был накрыт на двоих.

— Сегодня у нас будут гости, — с порога объявил Натан.

— Гости? — испугалась Элис. — Ты их знаешь?

— Ага, — расплылся в улыбке капитан Уэллесли. — Надо поставить на стол еще пару тарелок. Это Ред Хиллард и миссис Поттер.

— Не может быть! — воскликнула Элис. — Линн Поттер приехала сюда?

— Вот именно, — кивнул Натан. — И представь себе — без этой своей жуткой вуали.

Элис вскочила со стула и бросилась к окну.

— Просто не верится, — прошептала она и повернулась к Натану: — Этот человек сотворил настоящее чудо, — счастливо улыбаясь, сказала она.

Натан нежно поцеловал ее в лоб.

— По-моему, кое-кто тоже сотворил небольшое чудо. Никогда еще я не видел, чтобы ты столько улыбалась...

Элис покраснела до корней волос:

— Ты бессовестный тип!

— Ни прошлой ночью, ни сегодня утром ты не называла меня бессовестным. Я бы предпочел, чтобы ты говорила: прекрасный, восхитительный, великолепный...

— И бессовестный лгун, — смеясь, закончила Элис.

Взявшись за руки, они вышли на крыльцо. Ред и Линн, улыбаясь, слезли с повозки и поспешили навстречу Элис и Натану.

— Здравствуй! Ну как ты? — Линн обняла Элис, потом отодвинула подругу и внимательно посмотрела на нее.

— Хорошо, просто прекрасно, правда, — затараторила Элис. — Нога и спина еще немного побаливают, но скоро и это пройдет. А все остальное в полном порядке.

— Ох, уж эта кошмарная кобыла! — вздохнула Линн, глядя на повязку на ноге у Элис. — И зачем я только ее держу?

— Ты же сама сказала, что она приносит отличных жеребят, — хихикнула Элис. — В остальном ты была совершенно права: ездить на ней ни в коем случае нельзя.

Все четверо посмеялись и вошли в дом. Элис сразу направилась в кухню, и Линн последовала за ней.

— Не могу поверить, что ты здесь, — шепнула

Элис, наливая воду в кофейник. — Ты так давно не была в моем доме!

— Да, — кивнула Линн. — Слишком давно. Но только Ред заставил меня понять это.

— По-моему, это прекрасно. Мне хочется расцеловать его за то, что он сделал для тебя.

— Я все слышал, — от порога отозвался Ред. — И я готов в любой момент, как только вы пожелаете, миссис Грэхем.

Элис прошла в комнату, встала на цыпочки и звонко поцеловала Реда в лоб. Потом отступила назад и с улыбкой посмотрела на рейнджера, который так и застыл на месте, поскольку не ожидал, что Элис выполнит свое обещание.

— Эй, это еще что такое? — со смехом спросил Натан. — Теперь ты вместо меня целуешь Реда? — Он повернулся к другу и громко прошептал: — А ведь только ночью она сказала, что выйдет за меня замуж. Какое коварство, а?

Слова Натана Ред и Линн встретили громкими поздравлениями. Линн, выбежавшая из кухни, крепко обняла подругу.

— Ну кто бы мог подумать! — воскликнула Линн. — Мы обе опять выходим замуж!

— Да, я тоже знаю о ваших планах, — ответила Элис. — Натан все мне рассказал. Я так рада за тебя, дорогая!

— Если хорошенько подумать, то у этой затеи есть и приятные стороны, — продолжала Линн, подходя к креслу, в котором сидел Ред, и присаживаясь на подлокотник. — Мы будем соседями, а что может быть лучше для мужчины, чем друг, живущий поблизости?

Элис быстро глянула на Натана. Они еще не обсуждали, где станут жить, и она не была уверена, что он захочет остаться в этой глуши, в пяти милях от ближайшего города, да еще такого, как Биксби. Она впервые задумалась о том, что, возможно, Натан захочет куда-нибудь переехать. При этой мысли улыбка исчезла с ее лица, но слова Натана успокоили Элис:

— Да, это будет прекрасно. Наконец-то у меня появится сосед, у которого можно одолжить молоток или лопату, а не мотаться в город каждый раз, когда под рукой не окажется нужной вещи...

— Кстати, о городе, — перебил его Ред. — Из-за него мы к вам сегодня и приехали. Мы хотели узнать, не желаете ли вы поехать с нами в воскресенье на пикник по случаю Дня основания Биксби?

— Вообще-то мы не планировали... — неуверенно произнесла Элис.

— Счастлив сообщить, что Линн будет без своей черной вуали, — добавил Ред.

— Да я бы и не смогла ее надеть, даже если бы захотела, — осуждающе смотря на Реда, сказала Линн и трагическим шепотом пояснила: — Он выбросил ее.

— Ты выбросил вуаль Линн? — глаза Элис округлились от изумления.

— Ну... не совсем... — замялся Ред. — Хотя можно сказать и так. Я ее действительно бросил, но в печку, и она моментально сгорела.

— Вот и хорошо! — одобрил Натан. — Наконец-то мы сможем глядеть в прекрасные глаза миссис Поттер...

— А заодно видеть и мой перекошенный рот, — с горечью заявила Линн.

— Он у тебя вовсе не перекошенный, — возразил Ред не терпящим возражений тоном. — И я очень люблю, когда ты меня целуешь. А ну-ка, поцелуй меня прямо сейчас!

— Ну что ты такое говоришь! — вспыхнула Линн и хлопнула Реда по руке. — Да еще при посторонних.

— Мы не посторонние, — поправил ее Натан. — Если вас интересует мое мнение, то пока вы здесь, вы можете целоваться сколько угодно и как угодно. Кстати, Элис, тебе не кажется, что ты отлыниваешь от своих обязанностей? За последние десять минут ты ни разу не поцеловала меня.

— Мне кажется, что сегодня вы оба очень уж развеселились, — со смехом ответила Элис. — Пойдем-ка, Линн, испечем лепешек к жаркому. Может, за едой они забудут про поцелуи?

— И не подумаем, дорогая, — рассмеялся Натан, обхватил Элис за талию и звонко поцеловал ее в губы. Потом прямо в ухо прошептал: — Я, конечно, ужасно голоден, милая, но мяса и лепешек мне будет мало, чтобы насытиться.

Элис строго поглядела на него, решительно высвободилась из его объятий и отступила на шаг. Но Натан смотрел на нее с таким несчастным видом, что сердце у нее дрогнуло, и она тоже шепотом ответила ему:

— Постараюсь решить эту проблему позже, капитан.

— Я очень на это надеюсь!

От Реда, отношения которого с Линн были еще не столь близкими, как у Натана с Элис, не укрылся полный страсти взгляд этих двоих. Приподнявшись в кресле, он посмотрел на Линн, гадая, заметила ли она, что Натан и Элис готовы любить друг друга едва ли не здесь и немедленно.

Линн сидела красная, как рак, и Ред испугался, что его невесте станет плохо, поэтому громко прочистил горло и сказал:

— Эй, Нат, не прогуляться ли нам по двору? Я бы с удовольствием посмотрел мустангов, которых ты поймал. Кажется, на одном из них я видел уздечку. Ты его уже объезжал?

Натан неохотно перевел взгляд с Элис на Реда, не совсем понимая, о чем тот спросил.

— Что? А, да, объезжал, — наконец ответил он. — Его уже можно продавать.

— Вот здорово! — воскликнул Ред, хлопнул себя по коленке и вскочил с кресла. — Давай посмотрим...

— Ладно, — бросив последний взгляд на Элис, согласился Натан. — Пойдем, только я возьму шляпу.

У Линн глаза полезли на лоб, когда она увидела, что Натан направился за шляпой в спальню Элис. Старательно избегая взгляда Реда, она встала и пошла на кухню.

Вскоре Натан со шляпой в руке появился на пороге спальни.

— Мы выйдем на несколько минут, Элис, — сказал он.

— Можете не спешить, — улыбнулась она. — У нас с Линн куча дел.

Натан догнал Реда у загона. Увидев широкую ухмылку друга, он вопросительно посмотрел на Реда:

— Что случилось? Чего это ты ухмыляешься?

Ред подошел и хлопнул Натана по спине:

— Господи, Нат, кажется, ты потерял голову от любви к этой женщине. Еще немного, и ты бы повалил ее на пол прямо при нас.

Хорошо воспитанному Натану пришлось изобразить смущение.

— Это было заметно, да?

— Заметно! — фыркнул Ред. — Да мне показалось, что ты сейчас начнешь храпеть и бить копытом, как жеребец на случке.

— Ох, замолчи, — рассмеялся Натан. — Не до такой же степени...

Ред вздохнул и с сочувствием покачал головой.

— Я хочу дать тебе маленький совет, дружище, — после небольшой паузы сказал он.

— Я весь внимание, — откликнулся Натан.

— По-моему, тебе надо как можно скорее жениться на этой малышке, иначе, судя по тому, как вы проводите время, ты можешь одарить ее еще одним ребенком. Было бы неплохо, чтобы хоть этот носил имя Уэллесли.

— Об этом можешь не беспокоиться, — кивнул Натан. — Следующий, когда бы он ни появился на свет, уж точно будет Уэллесли. Да и первый вскоре обретет свое настоящее имя.

— Правда? И как ты это сделаешь?

— Я усыновлю его. Хорошо, что ты мне напомнил. Надо послать телеграмму в Остин. У меня там знакомый адвокат, мистер Хенфорд, старый друг моего отца. Он быстро и грамотно все оформит.

— Я рад за тебя, — заверил его Ред. — Напиши текст, а я отправлю телеграмму сразу, как только вернусь в город. Кстати, о городе, ты так и не сказал, вы с Элис приедете на пикник или нет?

— Я бы с удовольствием, — сказал Натан, — но не знаю, как к этому отнесется Элис.

— Если она не захочет провести там весь день, то, может, вы придете вечером на танцы?

— Неплохая мысль. Я с ней об этом поговорю и сообщу тебе о ее решении.

Еще минут пятнадцать мужчины провели в загоне, наблюдая за лошадьми, которых поймал Натан, и уже собрались было возвращаться, когда Ред вспомнил, почему именно сегодня ему было нужно повидать Натана.

— Слушай, чуть не забыл, — сказал он, замедляя шаг. — Сегодня я получил телеграмму от майора Джонса.

— Да? — Натан резко остановился.

— Недавно опять видели бандитов...

— И где на этот раз?

— К югу от Сан-Антонио. Кажется, они едут сюда, но почему-то не спешат.

Натан раздраженно скривился.

— Лучше бы они поторопились, — сквозь зубы процедил капитан. — Надо быстрее покончить с этим делом.

— Согласен, — коротко бросил Ред. — Я уже отбил майору телеграмму, сообщая, что, как только мы выполним это задание, я уволюсь. Когда решение принято, хочется, чтобы все побыстрее закончилось.

Натан кивнул и огляделся по сторонам.

— А ты, Нат? — спросил лейтенант. — Когда ты собираешься уведомить майора о своей женитьбе?

— Не знаю, — задумчиво произнес Натан. Носком ботинка он чертил на песке какие-то фигуры. — Пока я не решил, сказать ему сейчас или дождаться конца дела. Мне бы хотелось объявить ему о моем уходе в личной беседе. В любом случае мне придется докладывать о выполнении задания, тогда, наверное, и скажу.

Ред внимательно посмотрел на друга:

— Нат, а ты уверен, что брак — это именно то, чего тебе больше всего хочется? Ты же всегда хотел быть рейнджером, ты всегда любил эту работу...

— Это так, — вздохнул Натан, — но я не могу жить с Элис и оставаться рейнджером. И я уже сделал свой выбор. В пользу Элис.

— Ты ее так сильно любишь?

Натан посмотрел на друга, и угрюмое выражение лица сменилось довольной улыбкой.

— Не то слово. Сильнее не бывает.

— Ты только посмотри, как все получилось! Мы оба приехали сюда, чтобы выполнить задание, и оба влюбились! По-моему, во всем виноваты эти женщины из Биксби. В них есть что-то такое!..

— Да, — вздохнул Натан, — ты прав, дружище. Эти женщины — сплошной соблазн. Как ты думаешь, что делает их такими неотразимыми?

— Не знаю. Может, здешняя вода?

Оба рейнджера расхохотались.

— Что бы то ни было, — отдышавшись, сказал Ред, — я считаю, что старина Уилл тоже не убережется.

— А как у него дела? — капитан вдруг спохватился, что о третьем рейнджере он уже несколько дней не вспоминал. — Что там творится в конюшне?

— Ничего особенного, — пожал плечами Ред. — Уилл чертовски скучает, значит, все нормально.

— Ты ему говорил о наших делах? — спросил Натан, бросая на друга озабоченный взгляд.

— Пока не решился. Ну и что я ему скажу? Что мы

оба собираемся увольняться, как только покончим с бандитами? Лучше ты сам скажи. В конце концов ты у нас главный...

— Ну нет уж, спасибо! — рассмеялся Натан. — Не хочется мне выслушивать его сетования на несправедливость судьбы. Подождем, пока все уляжется.

— Да, ты прав, Нат, — согласно кивнул Ред. — Но рано или поздно тебе все равно придется с ним поговорить. — Лейтенант тяжело вздохнул и, махнув рукой, предложил: — Хватит об этом. Пойдем в дом. Пора ужинать. Что-то я сильно проголодался. Но прошу тебя, держись подальше от этой маленькой блондинки — хотя бы сегодня вечером, пока мы с Линн здесь.

— Ты даешь мне непосильные задания, — трагически изрек Натан. — Но если я хочу провести ночь, как собирался, то мне надо как следует подкрепиться. Эта малышка отнимает у меня все силы.

И оба они, смеясь, поднялись на крыльцо.

В течение многих дней Ред не мог удержаться от улыбки, когда вспоминал, сколько Натан Уэллесли съел за ужином.

31.

В этот вечер Натан и Элис легли спать очень поздно. После того как жаркое было съедено, Ред и Линн еще долго сидели за столом, пили кофе и болтали о пустяках. Когда же они наконец встали из-за стола и Натан подумал, что гости собрались уезжать, Ред предложил перекинуться в картишки. Натан, прекрасно зная друга, сразу понял, что Ред нарочно дразнит его.

Шел уже одиннадцатый час, когда гости уехали, и Элис, вздохнув с облегчением, побежала в новую комнату Колина проверить, все ли в порядке у малыша. Натан, перед тем как запереть дверь на ночь, отправился в сарай, а потом еще заглянул в загон, убедился, что животным ничего не нужно, и на обратном пути, присев на крыльце и покуривая сигарету, внезапно подумал о том, что самая простая работа на ранчо тоже может приносить удовлетворение.

Его поразило сознание того, сколь сильно он изменился за последние несколько месяцев. Мысль о том, что теперь ему придется день за днем выполнять однообразную и скучную работу по хозяйству, больше не вызывала у него раздражения. Наоборот, он постоянно раздумывал о том, что нужно починить на ранчо в первую очередь, какую породу скота лучше всего выводить в Техасе и что необходимо предпринять, чтобы облегчить жизнь Элис.

Элис. При упоминании о ней на лице у Натана появлялась улыбка. До того как он встретил ее, Натану ни разу не приходила в голову мысль о женитьбе, семье и собственном доме. Теперь же он не мог представить себе жизни без этой женщины. Он сожалел, что не прислушался к голосу сердца еще тогда, когда впервые, обиженный, покинул дом Элис. Он должен был при первой же возможности вернуться к ней, вместо того чтобы в одиночестве вспоминать и тосковать по Элис. Скольких же тревог, волнений и сердечных мук можно было избежать, если бы он приехал к ней сразу, как только осознал...

— Хватит думать об этом, — вслух приказал он себе, каблуком раздавил окурок в пыли и вошел в дом. — Сейчас мы вместе и всю оставшуюся жизнь будем счастливы.

Эта приятная мысль подняла Натану настроение. Улыбаясь, он запер дверь и направился в спальню.

Элис уже успела раздеться. Она стояла у комода в одних панталонах и вынимала из ящика чистую сорочку. При виде ее Натан почувствовал прилив желания.

— Ты самая совершенная женщина в мире, — прошептал он, подошел к ней сзади и уткнулся лицом в ее длинные шелковистые волосы. Он целовал ее в шею, осыпал поцелуями плечи, а руки его блуждали по телу женщины, пока не коснулись полной груди.

— Знаешь, — с дрожью в голосе отозвалась Элис, — очень странно, что ты сказал именно это.

— Да? Почему?

— Потому что и я подумала про тебя то же самое.

— Что? Что я самая совершенная женщина в мире? — улыбнулся Натан.

— Да нет же, дурачок, — рассмеялась Элис и повернулась к нему лицом. — Что ты самый совершенный мужчина.

Натан коснулся языком внутренней поверхности ее губ и почувствовал, как Элис затрепетала от этой ласки.

— Ты бы так не считала, если бы знала моего брата Сета, — сказал он и, сделав над собой усилие, оторвался от ее губ.

— Он красивее тебя? — удивилась Элис. — Не может быть!

— В общем, так говорят все, кто с ним знаком, — быстро ответил Натан, и губы его заскользили по щеке Элис, пока не достигли чувствительного местечка около ее уха. — Мы с ним очень похожи, но он красивее.

Элис не могла себе представить, что такое возможно, но, решив подразнить Натана, сказала:

— Так, может, ты меня с ним познакомишь? Сет еще не женат?

— К сожалению, ты опоздала на пару годков, — с притворной иронией ответил Натан.

— Мне, как всегда, не везет, — скорчила рожицу Элис. — Ну что ж, хоть ты и похуже, придется заняться тобой... Ох, и не везет же мне в жизни... Но что делать, что делать?..

Натан поднял голову и пристально посмотрел женщине в глаза. Элис поразилась, сколь серьезным был его взгляд.

— Ты уверена, милая, что я — именно тот, кто тебе нужен? — неожиданно спросил он.

— Ох, Натан, — вздохнула Элис. — Я ведь только пошутила над тобой. Мне никто никогда не был так нужен, как ты.

— Господи, как я рад это слышать! — выдохнул Натан и устремил взгляд на полную грудь Элис.

Тонкие пальчики женщины коснулись руки Натана и повели ее к розовому набухшему соску. Потом Элис выгнулась и прижала его ладонь к своей груди.

Натан судорожно сглотнул и замер от изумления.

— Ты где этому научилась, маленькая колдунья? — очнувшись спустя мгновение, поинтересовался он.

— Когда-то мне в руки попался дешевый бульварный роман... — грудным голосом медленно проговорила Элис и, отпустив руку Натана, стала медленно расстегивать пуговицы у него на брюках, прижимаясь к нему всем телом и двигая бедрами, что привело его в полный восторг.

Не переставая ласкать ее грудь, Натан откинул голову назад, чтобы лучше видеть маленькую соблазнительницу.

— Об этом ты тоже прочитала в бульварном романе? — хрипло произнес он.

— Нет-нет, — промурлыкала Элис, спуская с него брюки. — Я сама это придумала.

Опустившись на колени, она развязала шнурки у него на ботинках, сняла с него обувь и помогла стянуть штанины.

— У тебя очень красивые ступни, — сказала она и провела руками по высокому подъему, по крепким икрам, по бедрам... Она с восторгом рассматривала его сухопарое сильное тело, пока взгляд ее не остановился на его восставшей плоти. Восхищенно вздохнув, Элис подняла голову и посмотрела Натану в глаза.

— Вообще-то, капитан Уэллесли, у вас все прекрасное, — прошептала она.

Закрыв глаза, Натан застонал — он не предполагал, что слова женщины могут доставить ему столько наслаждения.

Элис тем временем обхватила рукой его плоть, наклонилась и начала целовать и дразнить ее языком. В конце концов она взяла ее в рот и сомкнула губы.

Чувствуя, что он не сможет долго выдержать такой ласки, Натан хрипло позвал Элис по имени. Он хотел увлечь ее на кровать, но женщина не отпускала его, пока Натан не поднял ее на руки и не отнес в постель. Упав навзничь, он увлек ее за собой.

— Я больше так не могу, — прохрипел он.

— Не можешь? — невинно спросила она. — Больше не можешь?

— Ты, наверное, никогда не перестанешь удивлять меня, — сказал Натан, раздвигая ей ноги и помогая Элис поудобнее усесться.

— Это почему же? — спросила она, двигая бедрами.

— Потому что приличные техасские вдовушки таких вещей не делают, — выдохнул Натан.

— Приличные техасские вдовушки не занимаются любовью с незнакомцами грозовой ночью, а со мной такое случилось, — возразила Элис. — Наверное, я совсем не такая, как любая другая техасская вдовушка.

— Ну и слава богу, — вздохнул Натан.

Они долго нежно и страстно целовались. Потом Элис подняла голову и сказала:

— По-моему, еще кое-что не делают приличные техасские вдовушки.

— Что?

— А вот это.

И она приподнялась над ним, а потом медленно опустилась, вбирая в себя его мужскую плоть. Натан громко вскрикнул от удовольствия, и Элис показалось, что этот его вопль был слышен на много миль вокруг. Довольная, она выгнулась назад и медленно заскользила вверх-вниз, наслаждаясь новыми упоительными ощущениями.

Натан в жизни не встречал женщины, которая занималась бы любовью с такой страстью, как Элис. Придерживая ее за бедра, он руководил ее движениями, заставляя испытывать всю гамму наслаждения. Они вместе поднимались на вершину блаженства, и вскоре два стона сладострастия слились в один восторженный возглас.

Элис в изнеможении упала Натану на грудь и замерла. Тишину в комнате нарушало только их тяжелое дыхание. Спустя несколько минут к Натану вернулись силы, и он, подняв Элис, уложил ее рядом с собой.

Они долго отдыхали молча. Элис уже почти заснула, когда вдруг услышала мягкий голос Натана:

— Любимая, можно тебя кое о чем спросить?

— Конечно, — сонно отозвалась Элис, с трудом поднимая отяжелевшие веки.

— С Джо у тебя было так же?

От неожиданности Элис моментально пришла в себя. Никогда раньше Натан не спрашивал ее об отношениях с мужем, тем более — об их супружеской жизни. Но сколь бы Элис ни была удивлена, она не смогла солгать Натану.

— Нет, — честно ответила она, глядя ему прямо в глаза. — Джо и я... мы любили друг друга, и у нас были прекрасные отношения, но такого со мной не случалось никогда. То, что происходит между нами, — это не просто любовь, Натан. Это что-то потрясающее. Мы растворяемся в любви, а такого у меня никогда не было.

Откровенность Элис привела Натана в полный восторг. Он хотел сказать ей... хотел объяснить, как много для него значит ее признание, но не находил слов. Поэтому он покрепче обнял ее, прижал к груди, и так, обнявшись, они наконец уснули.

— Мы пойдем на пикник по случаю Дня основания города? — спросил Натан на следующее утро.

— Нет, наверное, — нерешительно возразила Элис. — Ничего хорошего меня там не ждет. Ты же знаешь, как все эти кумушки из Биксби относятся ко мне.

Натан поднял глаза от тарелки с овсянкой, которую всю жизнь ненавидел, но сегодня поглощал с неимоверной скоростью, и нахмурился. Отложив ложку, он изучающе посмотрел на Элис.

— Теперь все будет по-другому, — твердо проговорил он. — Подожди немного. Когда эти старые ведьмы узнают, что миссис Грэхем выходит замуж за одного из Уэллесли, бедная вдовушка сразу станет самой известной женщиной в Биксби. Вот увидишь.

Теперь нахмурилась Элис.

— Вполне возможно, — согласилась она, — но эти старые ведьмы, как ты их назвал, пока не знают, кто ты такой. И к следующему воскресенью ни о чем не узнают. Кроме того, мне их восторги не нужны. Эти женщины ненавидят и презирают меня за то, что у меня внебрачный ребенок, но, узнав, что я выхожу замуж за сына едва ли не самого богатого и влиятельного человека в Америке, сразу все мне простят и будут рады принять в своем доме. О, они лживы и лицемерны, и такие друзья мне не нужны.

— Я понимаю, о чем ты говоришь, дорогая, но, если мы собираемся жить здесь, мы должны наладить отношения с жителями Биксби. Мы не можем прожить всю жизнь на ранчо, общаясь только с Редом и Линн.

Элис задумчиво посмотрела на Натана, а потом, опустив глаза, сказала:

— А может, нам лучше уехать отсюда сразу, как только мы поженимся? Мы ведь можем переехать куда угодно, лишь бы там меня никто не знал. Там мы начнем все сначала, и на тебя не будут показывать пальцами и шептаться у тебя за спиной о том, что ты женился на падшей женщине.

Натан в сердцах швырнул на стол свою салфетку, встал, громко отодвигая стул, подошел к Элис и большим пальцем приподнял ей подбородок. Их взгляды встретились. При виде слез, готовых вот-вот скатиться по щекам Элис, у Натана защемило сердце.

— Ты забыла, кто был причиной твоего *падения*? — тихо спросил он. — И потом, почему ты говоришь о нас как о преступниках? Почему мы должны начинать все сначала? Мы не нарушали закона. Правда, у нас родился ребенок до того, как мы сыграли свадьбу, но мы не первые и не последние, с кем такое приключилось. Главное, что мы любим друг друга, вскоре поженимся, и я усыновлю Колина. Уверяю тебя, нам нечего стесняться. Ну поддались мы страсти чуть раньше, чем это принято в приличном обществе, ну и что? С кем не бывает?!

— Боюсь, — хитро улыбнулась Элис, — что мы поддались страсти *намного* раньше, чем это принято в приличном обществе. Но ты прав — с кем не бывает?!

— Все это мелочи. Главное — это твое решение. Так ты в самом деле хочешь уехать отсюда?

— Если честно — то нет, — призналась Элис. — Здесь мой дом. Но я понимаю, что ты привык жить в лучших домах, чем этот домишко с прохудившейся крышей в забытом богом месте.

— Милая, я не привык жить ни в каких домах, — улыбнулся Натан. — С тех пор как я лет десять назад покинул наш дом в Дюранго, мне приходилось снимать комнаты в разных местах, а то и вовсе вместе с лошадью ночевать под открытым небом. Обо мне не беспокойся, хотя... — Он замолчал и украдкой поглядел на Элис. — По правде говоря, мне бы хотелось иметь большую семью, и если ты согласна, нам придется подумать о новом, более просторном доме...

— Совсем новом?! — охнула Элис, и глаза у нее засверкали от восторга.

— Ну да, — кивнул Натан, — совсем новом. Чтобы печи не дымили, крыша не протекала и чтобы в нем было много спален. Мы даже можем пригласить из Чикаго художника по интерьеру, чтобы он помог тебе подобрать занавески, ковры и мебель...

— Художника по интерьеру! — воскликнула Элис. —

Но зачем? — Она хитро прищурилась и заявила: — Я хочу все сделать сама.

— Как скажешь, дорогая, — откликнулся Натан. — Мы отправимся в Чикаго и купим все, что тебе понравится. Если захочешь, мы можем поехать в Сан-Франциско, или в Нью-Йорк, или даже в Париж.

— Ой, Натан, как здорово! Даже трудно вообразить, что у нас может быть мебель прямо из Парижа!

Широко улыбаясь, Натан поднял Элис со стула и прижал к груди.

— Если хочешь мебель из Парижа — она у тебя будет, — пообещал он. — И вообще, у тебя будет все, что душе угодно.

Элис смотрела на него сияющими от восторга глазами.

— Мне не нужна мебель из Парижа, Натан, — вдруг совершенно серьезно проговорила она. — Занавески из Лондона и коврики из Тимбукту мне тоже не нужны. Мне нужен только ты, и больше ничего.

Натан почувствовал, что его сердце сейчас разорвется от любви к этой маленькой очаровательной женщине.

— Мне тоже, милая, — прошептал он. — Мне тоже всего этого не нужно. Но согласись, что, когда начнутся весенние дожди, новый дом с прочной крышей будет очень кстати.

— Согласна, — ответила Элис и, привстав на цыпочки, обняла Натана за шею.

— Значит, решено. Мы остаемся на твоем ранчо и строим новый дом, а пока отправимся на пикник и прекрасно проведем время. Идет?

Улыбка Элис погасла.

— Насчет пикника у меня большие сомнения, Натан. Я ведь точно знаю, что, появись мы там оба да еще с Колином, сплетен не избежать...

— Ну и что? — пожал плечами Натан. — Ты больше не одна, Элис. Колин — наш сын, твой и мой. И пусть только кто-нибудь посмеет обидеть тебя — будет иметь дело со мной.

Элис вздохнула с облегчением. Уже так давно рядом с ней не было человека, на которого она могла бы положиться и который позаботился бы о ней. До сих пор она могла рассчитывать только на себя.

— Спасибо, — прошептала она. — Спасибо тебе за то, что ты есть.

Натан улыбнулся и нежно поцеловал ее.

— Ну что, ты решилась? Скажи, что ты готова отправиться на пикник и не боишься никаких сплетен?

— Хорошо, — кивнула Элис. — Я готова. Но обещай мне...

— Все, что угодно, дорогая, — поспешно заверил ее Натан.

— Обещай, что не оставишь меня одну с Лилиан Андервуд!

32.

О лучшей погоде для пикника нельзя было и мечтать. Воскресенье выдалось ясным, солнечным и теплым. Дул легкий ветерок, освежая лицо и игриво забрасывая пряди волос на глаза Элис, но она была слишком взволнована, чтобы обращать внимание на красоту природы.

По пути в город Элис не произнесла ни слова. Она сидела в повозке прямая, напряженная, крепко прижимала к себе Колина и смотрела куда-то вдаль. В конце концов Натан не выдержал и, не доезжая до окраины города, свернул на обочину.

— Элис, если ты не хочешь, мы не поедем на пикник, — сказал он, с тревогой глядя на женщину.

Она повернулась к Натану и посмотрела на него широко раскрытыми, неестественно блестящими глазами.

— Поедем, — неожиданно твердо произнесла Элис. — Ты хочешь — значит, мы едем. Кроме того, мы обещали Реду и Линн встретиться на пикнике.

— Но, милая... — попытался возразить рейнджер.

— Нет, Натан, все в порядке. Я понимаю, что рано или поздно мне придется встать лицом к лицу с жителями Биксби. Так почему бы не сейчас? Если уж Линн не боится показаться в городе, я тем более не должна.

— Ты у меня умница, — одобрительно кивнул Натан и звонко цокнул языком, возвращая лошадей на дорогу.

Шум праздника и многоголосый гул они услышали задолго до того, как увидели лужайку с длинными столами, уставленными всевозможными яствами. Каждая хозяйка принесла сюда какое-то блюдо. Небольшой участок зеленой травы был выделен детям для игр.

Элис заметно нервничала, слезая с повозки и поглядывая на группки оживленно болтающих женщин. Ей казалось, что здесь собрались все жители города.

— Боюсь... я этого не выдержу, — прошептала она. — Я не видела такой толпы со дня похорон Джо...

— Все будет хорошо, — заверил ее Натан и ободряюще пожал ей руку. — Просто помни, что ты ни перед кем не обязана отчитываться или отвечать на чьи-либо вопросы. Выше голову и расслабься. Сегодня мы будем веселиться.

Элис с сомнением посмотрела на него, но не стала возражать, и они вместе направились в самую гущу веселой толпы.

Как Элис и ожидала, ее появление на празднике не осталось незамеченным. Каждый ее шаг сопровождал шепот, который явно усиливался по мере того, как они с Натаном приближались к столам посередине лужайки. Элис, сжав кулаки, медленно продвигалась вперед, стараясь не обращать внимания на этот шепот и язвительные слова, летевшие ей вслед. И у нее хватило выдержки не обернуться. Подойдя к столу, она попросила

Натана достать из корзины кастрюлю, которую они привезли с собой, и стала раскладывать на блюда приготовленное ею тушеное мясо.

— Почему у тебя виноватый вид? — прошептал Натан. — Улыбнись и не заставляй этих старых ворон сплетничать и придумывать небылицы.

Слова Натана подействовали на Элис, как ушат холодной воды. Она мужественно вскинула голову, обвела взглядом толпу, расправила плечи и улыбнулась.

— Боже, как аппетитно выглядит все это! — восхищенно заявил Натан, подражая говору простого ковбоя. Он всегда разговаривал в такой манере, когда общался с горожанами. Краем глаза он заметил Марвел Диксон, старую ханжу, которую повстречал в Биксби в день приезда в магазинчике, куда он зашел расспросить про ферму Грэхемов. Старая дева ставила на стол большой пирог. — Ого-го! Вы только посмотрите на это чудо! Вы его испекли сами, мисс Диксон?

Марвел перестала возиться с салфеточкой под пирогом и, приятно удивленная искренним восторгом, звучавшим в голосе Натана, посмотрела на симпатичного молодого человека.

— Ну, разумеется, мистер Уэллс. Я всегда сама пеку шоколадные пироги. Это — мое коронное блюдо.

— Ну, мадам, — протянул Натан, подражая говору техасцев, — пирог выглядит так аппетитно, что у меня слюнки текут. Не знаю, дождусь ли я того момента, когда наконец смогу его попробовать. — И, повернувшись к Элис, Натан позвал: — Миссис Грэхем, подойдите сюда и взгляните на этот прекрасный шоколадный пирог, настоящий кулинарный шедевр, который испекла мисс Диксон.

У Элис не было ни малейшего желания беседовать с Марвел Диксон, но, поскольку Натан столь громогласно расхваливал ее пирог, миссис Грэхем не осталось ничего другого, как присоединиться к нему. Она бросила на него уничтожающий взгляд и, повернувшись к Марвел, приторно-сладко улыбнулась.

— Да, мистер Уэллс, — сказала Элис, — шоколадные пироги мисс Диксон знают все жители Биксби. В детстве, когда я брала уроки игры на фортепьяно у мисс Диксон и когда я хорошо занималась, моя учительница в награду угощала меня своим знаменитым пирогом. Вкус этого лакомства я запомнила на всю жизнь. Не так ли, мисс Диксон?

— О да, это так, — подтвердила Марвел. — Но если мне память не изменяет, ты не очень часто заслуживала награду.

— Это правда, — драматически вздохнула Элис. — Я не была способной ученицей. У меня нет слуха.

— Чепуха! — отрезала Марвел. — Если бы у тебя не было слуха, я бы не стала попусту тратить на тебя время. Ты была ужасной лентяйкой, Элис Карлайл, и игре на фортепьяно всегда предпочитала игры с детьми на улице. — Бросив суровый взгляд на Колина, она заявила: — Если девушка вместо работы предпочитает развлекаться, она в скором времени попадает в щекотливое положение.

Заметив, что глаза у Элис гневно сверкнули и она собирается ответить старой ведьме, Натан тут же вмешался:

— Слава богу, что мне не надо играть на фортепьяно, чтобы получить кусочек вашего пирога, мисс Диксон. Я абсолютно уверен, что мне не досталось бы ни крошки, и это было бы ужасно.

Натан всегда с легкостью очаровывал всех женщин, и с Марвел Диксон у него тоже не было проблем.

— Я оставлю для вас кусочек, мистер Уэллс, — расплылась в улыбке старая дева. — Но при условии, что вы обязательно скажете мне свое мнение об этом пироге. Я пеку его по старому рецепту моей бабушки, но с годами вкусы меняются, и молодежи может нравиться что-то совсем другое...

— С удовольствием, мэм, — откликнулся Натан и одарил ее своей неотразимой улыбкой, чем окончательно покорил старую каргу. — А теперь прошу извинить нас. Кое с кем здесь нам непременно нужно поговорить.

С этими словами он взял Элис под руку и увел ее от стола.

— Натан Уэллесли, ты совершенно бессовестный тип, — выговаривала Элис Натану, пока они шли к группе молодых матерей с детьми, которые расположились под старым развесистым дубом. — Это просто неприлично так заигрывать с этой сушеной воблой.

— На что только не пойдешь ради спокойствия любимой, — ответил Натан, улыбаясь и кланяясь направо и налево.

Когда они приблизились к группе мамаш, сидящих под деревом, с одеяла поднялась и заспешила к ним навстречу молодая женщина с ребенком возраста Колина на руках.

— Элис, как я рада видеть тебя! — радостно воскликнула она. — Ой, вы только посмотрите на Колина! Как он вырос!

Элис улыбнулась, впервые за сегодняшнее утро испытав настоящее облегчение.

— Мистер Уэллс, познакомьтесь, это моя школьная подруга, Стелла Пенс, со своей дочуркой Ларой, — представила Элис Натану молодую женщину.

— Миссис Пенс, — учтиво склонился Натан, снимая шляпу. — Рад познакомиться. Я много раз встречался с вашим мужем.

Стелла покраснела от смущения. Билл Пенс был владельцем самого большого в Биксби салуна, который назывался «Гановер-Холл», и Элис могла не знать, что ее работник проводил там массу времени, флиртуя с девицами, особенно в первые недели после приезда в Биксби. Однажды Билл сказал Стелле, что Нат Уэллс давно не появлялся в салуне, но девицы до сих пор сохнут по нему. Теперь, увидев Натана своими глазами, Стелла перестала им удивляться.

— Элис, дорогая, — сказала Стелла, беря Элис за руку, — пойдем поболтаем. Я не видела тебя целую вечность.

Женщины отошли в тенек, поудобнее устроились на одеялах и усадили рядом малышей. Натан тут же отвернулся и обвел толпу внимательным взглядом. Он искал глазами Реда или Уилла, и ему показалось, что Уилл стоит возле танцевальной площадки, но не успел Натан сделать и пару шагов, как перед ним возникла Дейзи Флинн.

— О, красавчик Нат Уэллс! — пропела девица, повиснув у него на плече. — Где ты пропадал? Тебя так долго не было видно, что я уж было подумала, не уехал ли ты из нашего города.

Обреченно вздохнув, Натан повернулся к девушке.

— Привет, Дейзи, — улыбнулся он, следя за Уиллом, который тем временем присоединился к мужчинам, бросающим подковы. — Ты сегодня — настоящая красотка.

— Ой, спасибо! — притворно засмущалась Дейзи. — Тебе нравится мое новое платье? — Она отпустила плечо Натана и покружилась на месте. — Я сама сшила его.

— Не может быть, — вежливо удивился Натан. Он не упускал из виду Уилла, но делал это так, что Дейзи пока ничего не замечала.

— Представь себе, — прощебетала она. — Все говорят, что я шью самые красивые в Биксби платья.

Натан бросил быстрый взгляд на яркое оранжево-черное платье.

— Да, очень красивое и такое яркое. Ну, мне пора, извини... — внезапно попрощался он.

От неожиданности Дейзи замолчала и уставилась на него широко раскрытыми глазами. Она не могла поверить, что он собирается оставить ее. Опять повиснув у него на плече, она заглянула Натану в глаза:

— Знаешь, Нат, я ведь до сих пор не простила тебя за то, что ты тогда убежал от меня.

— Извини, — повторил Натан. — Я тогда вспомнил об одном срочном деле...

— Должно быть, оно и вправду было очень срочное, раз ты без оглядки кинулся его выполнять...

Натан глянул на Дейзи, удивленный ее ядовитым тоном.

— Но теперь, когда мы снова вместе, я готова все забыть, — быстро добавила она.

— Ну спасибо, — откликнулся Натан, посматривая в сторону дерева, под которым сидела Элис. К группе молодых мам присоединилось еще несколько женщин, и все они оживленно беседовали. Однако искушенный глаз Натана вскоре отметил, что кое-кто из них пристально следит за ним и Дейзи. Нахмурившись, он попытался отцепить руку Дейзи от своего плеча.

— Извините, мисс Дейзи, — вежливо проговорил Натан, — но мне действительно пора идти. Меня ждет один человек, с которым мы условились встретиться здесь.

— Ну что ж, — обиженно поджала губки Дейзи. — Если тебе действительно надо...

— Да, — заверил ее Натан, быстро отстраняясь и собираясь уходить.

— Но ты придешь вечером на танцы? — с надеждой в голосе спросила Дейзи.

— Вряд ли, — покачал головой Натан. — По вечерам у меня всегда много дел на ферме у миссис Грэхем. Ну, ты понимаешь, скотина, и все такое...

— Уф! — Дейзи топнула ногой. — Это ужасно, что эта женщина не отстает от тебя даже по воскресеньям.

Натан предусмотрительно отступил от Дейзи еще шага на два и сказал:

— Так всегда бывает, когда нанимаешься на работу. От тебя и требуется одна только работа, работа, работа...

— Если на следующей неделе будешь в городе, заходи. Я угощу тебя мясным рулетом и пирогом. Сейчас много ревеня, а я пеку самые вкусные пироги с ревенем. Все так говорят.

— Обязательно зайду, — пообещал Натан. — Я знаю, что у тебя получаются замечательные пироги... И кофе... И мясные рулеты... Пальчики оближешь. Я постараюсь как следует проголодаться, чтобы всего попробовать. Но сейчас — прощай!

Не давая ей времени ответить, Натан развернулся на каблуках и быстро пошел по лужайке, поглядывая по сторонам и ища глазами Уилла. И тут откуда ни возьмись за спиной у Натана возник лейтенант.

— Привет, Натан... то есть Нат, — быстро поправился Уилл.

Натан облегченно вздохнул. Он так обрадовался другу, что не стал укорять его за оговорку. Уилл никогда не умел притворяться.

— Привет, Уилл.

— Видел, видел я тебя с мисс Дейзи, — поддразнил Натана Уилл. — Я же тебе говорил, что она к тебе неравнодушна.

Натан помотал головой и закатил глаза.

— Да уж... — вздохнул он. — С трудом от нее избавился. Довольно решительная особа.

— Когда дело касается тебя, — драматически проговорил Уилл, — все женщины становятся решительными.

— Ну да, даже слишком... — согласился Уэллесли.

Уилл захохотал так громко, что Натан зажмурился.

— Ох, мне бы твои заботы! — пошутил Натан и стал пристально вглядываться в толпу. — Ты видел Реда и миссис Поттер? — перейдя на деловой тон, спросил он.

— Нет, — ответил Уилл. — Наверное, они еще не

пришли. Знаешь, мне кажется, у Реда с миссис Поттер все очень серьезно.

Натан с сочувствием посмотрел на невзрачного маленького человечка, думая, что настало время сообщить ему новость, которая заведомо расстроит его.

— Подойди сюда, Уилл, присядь. Мне надо с тобой поговорить... — начал Натан.

Взяв с ближайшего стола по стакану лимонада, они сели на охапку сена.

— Что-то стряслось, Натан? — забеспокоился Уилл и, напрочь позабыв об условиях конспирации, опять назвал капитана его настоящим именем.

— Да нет, ерунда, — улыбнулся Натан.

— Тебе передали, что бандиты недалеко, да? — допытывался Уилл.

— Да, — кивнул Натан. — Думаю, через неделю они будут здесь. Мы должны обсудить план действий, чтобы подготовиться к этой встрече.

— Ты уже сказал об этом миссис Грэхем? Ты ее предупредил?

— Нет, и пока не скажу. Зачем лишние волнения?

— Ты прав, — согласился Уилл. — Но я рад, что дело сдвинулось с мертвой точки. Чем раньше проклятые бандиты прибудут сюда, тем скорее мы вернемся в Остин.

Натану стало жаль друга.

— Об этом-то я и хотел поговорить с тобой, Уилл, — мягко промолвил он и, вздохнув, пояснил: — Ред и я... мы не вернемся в Остин... То есть вернемся, но всего на пару дней...

Стакан с лимонадом выскользнул у Уилла из руки и покатился по траве. Маленький рейнджер повернулся к Натану и непонимающе воззрился на своего капитана.

— Что?

— Ред и миссис Поттер решили пожениться, — на одном дыхании произнес Натан.

— Я так и знал! — воскликнул Уилл. — Я чувствовал, что у них серьезные отношения! Когда я увидел, как глаза Реда сверкают при одном упоминании ее имени, я сразу понял, что происходит...

— Ты правда догадался? — усомнился Натан.

— Да уж... — с горечью протянул Уилл.

— А у меня ты ничего не заметил? — вдруг полюбопытствовал Натан.

— У тебя? — искренне удивился Уилл. — А с чего бы это я у тебя что-то замечал?

Натан угрюмо молчал.

— О, нет, только не это! — простонал Уилл. — Ты ведь меня разыгрываешь, да?

— Нет, Уилл, не разыгрываю, — без тени улыбки проговорил Натан. — Как только мы покончим с этим делом, я и миссис Грэхем тоже поженимся.

У Уилла был такой вид, будто он только что узнал, что его ближайший друг неизлечимо болен и вот-вот умрет.

— Это я во всем виноват, — простонал маленький рейнджер. — Я.. я...

— Ты о чем? — не понял Натан.

— Да о тебе и этой вдове, — выдохнул Уилл. — Я виноват в том, что ты решил жениться...

— Как это? — Натан ошарашенно уставился на друга.

— Помнишь, как однажды, когда ты пришел в конюшню, — сбивчиво заговорил Уилл, — я сказал тебе, что, похоже, ты в нее влюбился? Вот я и вбил тебе в голову эту проклятую любовь, разве нет?

Натан удивленно посмотрел на Уилла. Он вспомнил, что дружеские поддразнивания Уилла в то утро и в самом деле заставили его всерьез призадуматься о его чувствах к Элис Грэхем, но Натан не собирался обсуждать с Уиллом свои отношения с молодой вдовой.

— Нет, Уилл, ты ни в чем не виноват, — медленно произнес он. — Мы с миссис Грэхем познакомились раньше...

— Как это — раньше? — удивился Уилл.

— Да вот... — Натан огляделся по сторонам, проверяя, нет ли поблизости посторонних, придвинулся к Уиллу и прошептал: — Помнишь, ты как-то сказал, что весь город гадает, кто отец ее ребенка?

Уилл кивнул.

— Так вот я — отец Колина.

— Не верю! — воскликнул Уилл. — Этот ребенок не может быть твоим! Каким образом?

Натан нахмурился, заметив, что восклицания Уилла привлекли внимание нескольких мужчин, и теперь те с интересом прислушиваются к их разговору.

— Может, Уилл, может. — Натан успокаивающе похлопал друга по плечу. — Я познакомился с миссис Грэхем задолго до того, как мы с тобой и Редом приехали сюда.

Уилл наморщил лоб, силясь разобраться во всех этих хитросплетениях.

— Здесь что-то не так, Нат, — с сомнением проговорил он. — Я знаю тебя много лет и не представляю, чтобы ты бросил женщину, которая ждет от тебя ребенка. Ты уж, конечно, извини, но это на тебя не похоже.

— А я и не бросал. — Натан повысил голос, теряя терпение. — Я ничего не знал о ребенке. Она сумела убедить меня в том, что отец Колина — ее покойный супруг, но, когда ты сказал, что мистер Грэхем погиб несколько лет назад, я забеспокоился и решил сам во всем разобраться. В конце концов я узнал правду.

— Фью-у! — присвистнул Уилл. — Вот это дела! Теперь ты считаешь своим долгом жениться на ней...

— Нет, — возразил Натан. — Ты ничего не понял, Уилл. Я хочу жениться, потому что люблю ее, и ребенок тут ни при чем.

— Ну и денек у меня сегодня, — с горечью вздохнул Уилл. — Подумать только, гроза бандитов, капитан Натан Уэллесли, покидает ряды техасских рейнджеров, потому что он влюбился. Разве такое можно себе представить?

— Рано или поздно это должно было случиться, —

пожал плечами Натан. — Ты же знаешь, я давно подумывал об этом.

— Да, мы все об этом иногда думаем, Нат. Но мне и в голову не приходило, что ты будешь первым из нас. Да и майору Джонсу, наверное, тоже. Кстати, ты уже сообщил ему о своем решении?

— Нет, — покачал головой Натан. — Я скажу ему при встрече, когда поеду в Остин с докладом об окончании дела по ограблению банка в Биксби.

Уилл понимающе кивнул.

— Даже не знаю, что и сказать, — с сожалением произнес он. — Если ты этого хочешь, то я, наверное, должен быть рад за тебя. Но, черт возьми, без тебя нам будет очень грустно... — Он опять вздохнул, а потом вдруг заявил: — По крайней мере, это послужит Джонсу уроком.

— Уроком? — удивился Натан. — Ты о чем, Уилл?

— Ну конечно, — хихикнул маленький рейнджер. — Думаю, пройдет немало времени, пока майор снова решится послать такого красавца, как ты, охранять прелестную вдовушку...

Натан громко расхохотался и хлопнул Уилла по спине.

— Я буду скучать без тебя, старый задира.

— Еще бы, — улыбнулся в ответ Уилл. — Мы тоже будем скучать без тебя, Нат. Только ты один умеешь заманивать за наш столик смазливых девчонок. И как теперь быть нам, обычным ребятам?

К своему немалому удивлению, Элис чувствовала себя на пикнике прекрасно. За час, который она провела среди горожан, никто не сказал ни единого недоброго слова в ее адрес, за исключением мисс Диксон, разумеется.

Пока они со Стеллой Пенс сидели под раскидистым дубом, к ним присоединились еще другие молодые мамы с малышами на руках. И теперь все оживленно обменивались рецептами вкусных блюд и опытом по уходу за детьми. Непринужденная беседа и забавные анекдоты напомнили Элис те времена, когда все они были школьницами и проводили полуденные часы в праздной болтовне о мальчиках, мечтая о романтических встречах.

Элис так увлеклась рецептом пирога, которым делилась с остальными Мэри Бэт Миллер, что не заметила, как внимание Стеллы привлекло поразительное сходство сына миссис Грэхем и красивого молодого человека, о котором все говорили, будто он летом помогает молодой вдове на ее ранчо.

Однако интерес Стеллы к его персоне не укрылся от зорких глаз самого Натана. Пока рейнджер беседовал с Уиллом, он все время ощущал на себе чей-то пристальный взгляд и, посмотрев на группу женщин под дубом, заметил, что это Стелла Пенс не сводит с него полных любопытства глаз. Сначала он решил, что это обычный интерес молодой женщины к симпатичному мужчине. К этому ему было не привыкать. Сотни раз он видел подобные взгляды в ресторане, в гостинице, в поезде, да где угодно. За многие годы он научился понимать, что скрывается за этими взглядами, и довольно часто принимал молчаливые приглашения женщин. Это были мимолетные, ничего не значащие приключения.

Но во взгляде подруги Элис он увидел нечто другое, не просто желание провести ночь в его объятиях. Натан заметил, что Стелла переводит взгляд с него на Колина и обратно, и понял, что женщина сравнивает черты его лица с лицом ребенка. Опасаясь, что проницательная Стелла слишком рано разгадает их с Элис тайну и разболтает ее своим городским подружкам, Натан поспешил закончить разговор с Уиллом, встал, пожал другу руку и направился к дубу, под которым расположились женщины.

— Добрый день, леди, — приветствовал он всех. — Может, кто-нибудь желает лимонаду? Я с удовольствием принесу вам по стаканчику. — Он улыбнулся каждой женщине в отдельности, а потом еще раз всем сразу.

Услышав его предложение, женщины заметно оживились. Оказалось, что лимонада хотят все, на что Натан и надеялся. Он оглядел всю группу, как бы прикидывая, сколько стаканов понадобится принести, а затем попросил:

— Мне было бы приятно, если бы одна из вас, милые дамы, согласилась помочь мне. Вряд ли мне удастся принести сразу шесть стаканов.

Несколько дамочек собрались было предложить свою помощь, но Натан опередил их:

— Может, вы, миссис Пенс, поможете мне, раз уж ваш ребенок все равно спит?

Стелла удивленно посмотрела на него, но не стала возражать и, отдав спящую дочь Элис, протянула руку к Натану, который помог ей подняться с одеяла. Провожаемые взглядами разочарованных женщин, они медленно двинулись к столику с прохладительными напитками.

Когда они подошли к столу, Натан быстро огляделся по сторонам, но не заметив поблизости никого, кто мог бы услышать их разговор, без всяких вступлений объявил:

— Вы правы, миссис Пенс. Он — мой сын.

Стелла тихонько охнула и с опаской посмотрела на Натана. Она, конечно, не ждала подобного заявления, к тому же ее удивила горделивая улыбка, появившаяся на лице мужчины.

— Через несколько недель мы с Элис поженимся, — тихо сообщил он. — Я, разумеется, хотел сыграть свадьбу значительно раньше, но Элис пришлось долго уговаривать.

Стелла смотрела на него с таким изумлением, что Натану с трудом удалось сохранять серьезный вид. Она восприняла эту новость именно так, как он этого и ожидал, и теперь, если она не прочь посплетничать, дня через два-три все женщины в Биксби будут считать, что Колин появился на свет в результате долгих и сложных отношений между его родителями. Если она не прочь посплетничать...

— Ну что ж, — сказала Стелла, — думаю, вас можно поздравить. А вы уже разослали приглашения?

— Этого мы пока не делали, но вряд ли будем рассылать приглашения, — ответил Натан. — Мы хотим, чтобы церемония была скромной, всего с парой свидетелей.

— Я понимаю... — разочарованно протянула Стелла.

Это разочарование было столь очевидным, что Натан решил сказать ей еще несколько слов.

— Миссис Пенс, вы не против, если мы несколько позже назовем вам день свадьбы? Мы еще не назначили точную дату.

— Ну, конечно, я буду очень рада, — расплылась в улыбке Стелла.

— Мы обязательно сообщим вам, — пообещал Натан и принялся разливать лимонад по стаканам.

Стелла, все еще улыбаясь, подхватила три стакана, следующие три взял Натан, и они вместе пошли обратно к дереву, под которым расположилась веселая группа молодых мам.

— Мистер Уэллс? — тихонько позвала Стелла.

— Да? — откликнулся Натан.

— Спасибо, что вы рассказали мне... все, — сказала она.

Натан улыбнулся, довольный, что так ловко сумел выбраться из сложного положения, к тому же они с Элис в лице Стеллы обрели союзницу, которая, несомненно, станет защищать Элис от нападок горожанок.

— Не стоит, миссис Пенс. Это вам спасибо, что помогли мне донести стаканы.

Отдав должное праздничным яствам, горожане уселись на траве и приготовились слушать речь мэра о том, как был основан город Биксби. Все давно знали историю своего города, поскольку мэр рассказывал ее ежегодно в День основания Биксби, но все были хорошо воспитаны, поэтому делали вид, что слушают с интересом.

Колину вскоре наскучило сидеть у матери на руках, и малыш стал капризничать. Чтобы не мешать другим слушать проникновенную речь мэра, Элис пришлось встать и отойти подальше, чтобы успокоить ребенка. Когда она миновала длинный ряд столов, ее окликнул Уилл Джонсон.

— Добрый день, миссис Грэхем, — поздоровался рейнджер.

Элис взглянула на маленького кривоногого человечка и улыбнулась.

— Добрый день, мистер Джонсон. Вам понравился пикник?

— Ну не так, как хотелось бы... — признался Уилл.

— Правда? Как жаль...

— Да нет, все было хорошо... угощение и все такое... — поспешно заверил ее Уилл. — Но не в этом дело. Просто Нат сообщил мне сегодня о том, что вы с ним решили пожениться.

— Правда? — удивилась Элис. — Он вам об этом сказал?

— Да. — Уилл опустил голову. — Я вас поздравляю.

— Мистер Джонсон, почему вы грустите? — живо поинтересовалась Элис. — Вы расстроились из-за того, что мы с Натаном решили пожениться?

— Ну не то чтобы расстроился... — Уилл вскинул голову и посмотрел Элис в глаза. — Мне будет очень не хватать Натана, если он уйдет со службы. Он — лучший рейнджер в нашем батальоне. Я никогда не думал, что он покинет наши ряды. Любой другой, но не Нат. Он говорил, что всегда хотел стать рейнджером, чтобы защищать закон и порядок в стране. И вдруг...

Элис растерянно улыбалась, не зная, что сказать.

— Должно быть, вы действительно замечательная

женщина, именно такая, какая нужна Нату, раз он решил бросить ради вас любимую работу...

— Мистер Джонсон... — попыталась остановить его Элис.

— Не поймите меня превратно, мэм, — не обращая внимания на несмелое возражение Элис, продолжал Уилл. — Я ничего против вас не имею. Наверное, я еще не пришел в себя после этой новости. Но я хочу сказать, что за пятнадцать лет службы рейнджером я не встречал человека более подходящего для этой работы, чем Натан Уэллесли. Очень трудно представить его фермером. Он всегда говорил, что уехал с отцовского ранчо в Колорадо, потому что ненавидел эту работу.

Уилл говорил, не задумываясь, пока не заметил, что в глазах Элис появилась печаль. Он совсем не хотел расстраивать эту хорошенькую женщину и теперь не знал, что делать.

— Он, наверное, полюбил работу на ферме, — поспешно проговорил он, неуклюже пытаясь исправить положение. — С мужчинами иногда такое случается...

— Да? — бесцветным голосом осведомилась Элис.

— Ну да. И даже очень часто, — заверил ее Уилл и потупил глаза.

Они оба замолчали, и рейнджеру вдруг захотелось провалиться сквозь землю.

— Ну... — наконец неуверенно протянул он, — мне пора возвращаться на работу. Многие уже собираются уезжать, и в конюшне начнется столпотворение. Еще раз поздравляю, мэм. Вы выходите замуж за прекрасного человека. Будьте счастливы.

— Спасибо. — Элис с трудом заставила себя разжать губы. — Я благодарна вам за добрые слова.

Она быстро отвернулась, стараясь скрыть от этого прямодушного маленького человечка слезы, которые навернулись ей на глаза. Крепко прижимая к себе Колина, она быстрым шагом прошла сквозь толпы и остановилась только на краю небольшой рощицы. Там она дала волю слезам.

«Должно быть, вы действительно замечательная женщина, именно такая, какая нужна Нату, раз он решил бросить ради вас любимую работу... Он всегда хотел стать рейнджером... Трудно представить его фермером...»

Элис зажмурилась, пытаясь выбросить из головы слова Уилла Джонсона. Но все было напрасно. Слова стучали у нее в мозгу маленькими злыми молоточками. «Он всегда хотел стать рейнджером». Всегда! Разве имела она право требовать от Натана, чтобы он оставил любимое дело ради нее?

«Трудно представить его фермером... Он всегда говорил, что уехал с отцовского ранчо, потому что ненавидел эту работу...» Она знала, что это правда. Натан и ей говорил то же самое, когда приехал к ней на ферму.

Внезапно для Элис все стало предельно ясно: Натан был слишком честным и благородным человеком, чтобы бросить ее и ребенка на произвол судьбы, поэтому он и решил пожертвовать любимым делом ради нее и Колина.

Но она не позволит ему принести себя в жертву ради долга и чести. Она слишком сильно любит Натана, чтобы сделать его несчастным на всю жизнь. Только после разговора с Уиллом она наконец прозрела...

Она должна придумать, как освободить его от обязательств, да так, чтобы он ни о чем не догадался.

Но как? Сказать ему прямо, что она не хочет выйти за него замуж? После всего, что они пережили вместе, он ни за что ей не поверит... Она знала, что Натан любит ее, по крайней мере, ему так кажется. И если она отвергнет его, то нанесет ему сильнейший удар... Сможет ли она потом жить спокойно, зная, что разбила ему сердце?

Тоненький голосок в глубине ее сознания вдруг проснулся и пропищал, что разбитые сердца обычно недолго остаются разбитыми. Лучше какое-то время прожить с разбитым сердцем, чем остаться несчастным на всю жизнь.

Ну а как быть с ее, Элис, сердцем? Сможет ли она жить, не вспоминая про Натана?

«Ладно, это не столь важно, — сказала она себе. — Сейчас я прежде всего должна думать о нем. Только о нем».

Элис быстро заморгала, смахивая слезы с ресниц. Она должна сделать это. Она скажет ему, что передумала и не хочет выходить за него замуж. Конечно, для нее это будет иметь ужасные последствия, но ради счастья Натана она готова пожертвовать всем. Это было ее окончательное решение, и никто не заставит ее изменить намерения.

Чтобы успокоиться, Элис несколько раз глубоко вздохнула и медленно вернулась на лужайку, где все еще веселились горожане, отмечая ежегодный праздник своего города.

33.

— Что-то ты приуныла, милая. Ты устала?

Элис подняла глаза от тарелки с нетронутым ужином и заставила себя улыбнуться.

— Да.

Поднявшись из-за стола, женщина взяла свою тарелку и понесла ее на кухню.

— Как только приберусь, сразу лягу спать, — устало сказала она.

Натан поставил свою тарелку на стопку грязной посуды рядом с тазиком, в который Элис наливала воду, и предложил:

— Я помогу тебе, и мы сможем лечь пораньше.

— Не надо, — возразила Элис, и голос ее прозвучал чуть резче, чем бы ей хотелось.

Натан вопросительно посмотрел на нее:

— Не надо? Что? Помогать с посудой или вместе идти спать?

Стакан выскользнул из пальцев Элис и, ударившись о край таза, разбился вдребезги. Тихо вскрикнув, женщина попятилась, пряча руки под передник, чтобы скрыть дрожь.

— Нам надо поговорить, Натан, — с трудом вымолвила она.

От недоброго предчувствия у Натана сжалось сердце.

— Что случилось, Элис? — спросил он.

Избегая смотреть на Натана, Элис вернулась в комнату и направилась к дивану. Посидев немного, она вдруг вскочила на ноги и принялась ходить из угла в угол.

— Элис, что случилось? — повторил Натан.

— Да ничего особенного, правда. Просто у меня было время подумать... и я решила, что... — Она замолчала, не в силах произнести больше ни слова.

— Что ты решила? — настойчиво спросил Натан, приближаясь к ней.

Элис отступила назад, потом еще и еще — пока не прислонилась к стене.

— Я решила... что... я не выйду за тебя замуж, — еле слышно прошептала она.

От этих слов Натан словно окаменел.

— Почему? — спросил он пугающе спокойным голосом. — Ты считаешь, что мы слишком торопимся? Мы можем отложить свадьбу, если ты этого хочешь...

— Дело не в этом, — перебила его Элис. — Я решила вообще не выходить за тебя замуж. Ни этим летом, ни следующим, никогда.

В комнате вдруг воцарилась гнетущая тишина. Тягостное молчание затягивалось. Натан никак не мог понять, о чем говорит Элис. Когда наконец до него дошел смысл ее слов, молодой человек не поверил, что она сказала это всерьез. Гнев и боль оглушили Натана, но, когда он пришел в себя, его голос прозвучал как раскат грома:

— В чем дело, Элис?! Почему?!

Женщина отвернулась, не в силах смотреть ему в глаза.

— Потому что из этого ничего не выйдет, — выдохнула она.

Вплотную приблизившись к Элис, Натан грозно воззрился на нее.

— О чем ты, черт возьми, говоришь? — процедил он сквозь стиснутые зубы. — Что не получится? У нас *уже* все получилось! Мы *живем* вместе, *спим* вместе и *растим* вместе нашего сына. Что тебе еще нужно?

— Это далеко не все, — срывающимся от волнения голосом возразила Элис. — Нам только кажется, что все хорошо. Но это не так. Я думаю о дальнейшей жизни и убеждена, что *потом* у нас ничего не получится.

— Но почему? — в очередной раз спросил Натан.

— Перестань спрашивать, Натан, — вскричала Элис. — Ты сам прекрасно знаешь, что существует миллион причин...

— Прекрасно знаю... — вознегодовал Натан. — Назови мне хоть одну, тогда, может, я соглашусь с тобой.

Элис отчаянно пыталась придумать какую-нибудь правдоподобную причину своего отказа.

— Мы по-разному относимся к жизни, — выпалила она наконец. — Вот одна из причин. Ты ждешь от жизни одного, а я — совсем другого.

Натан смотрел на нее, и постепенно сердитое выражение исчезало с его лица. Он напряженно думал, стараясь найти объяснение странного поведения Элис.

— Не понимаю, — после небольшой паузы произнес он, — чего ты хочешь от жизни. До сих пор наши ожидания совпадали. Всего два дня назад мы говорили о постройке нового дома, а сегодня ты вдруг заявляешь, что не выйдешь за меня замуж. Что произошло за эти два дня?

— Ничего, — солгала Элис. — Ничего не произошло. Просто у меня было время спокойно поразмышлять, и чем больше я думала, тем яснее понимала, что из этой затеи ничего не получится.

— Из этой *затеи*?! О чем ты говоришь?! — Натан обеими руками взъерошил волосы. — Нельзя так быстро менять решения, касающиеся всей жизни, и не только твоей! — Он придвинулся так близко, что Элис почувствовала на щеке его горячее дыхание. — Ты что-то от меня скрываешь, Элис. Сегодня произошло что-то такое, что заставило тебя передумать. И будь я проклят, если не выясню, что случилось!

— Говорю тебе, ничего! — вскричала Элис.

— Это ложь, и мы оба знаем это. Говори сейчас же, что стряслось?! Ты встретила на пикнике своего бывшего ухажера? В этом причина твоего отказа?

— Нет! У меня нет никакого ухажера! — возмутилась она.

— Тогда *что*?!

Элис оттолкнула Натана и отбежала в другой конец комнаты.

— Пойми же наконец, у нас с тобой ничего не получится, — в отчаянии прокричала она.

Натан глубоко вздохнул, пытаясь сохранить остатки спокойствия.

— Ты не любишь меня? — тихо осведомился он.

Дух сопротивления медленно покидал Элис. Разве она могла сказать Натану, что не любит его? Нет, тут она не могла солгать. Она ведь готова пожертвовать своей любовью и вернуть Натану желанную свободу...

— Я не говорю, что не люблю тебя, — прошептала она. — Я говорю, что не могу выйти за тебя замуж. А это разные вещи.

Натан закрыл глаза. От гнева и недоумения у него закружилась голова. На лбу выступили капли холодного пота. Вздохнув, он сделал еще одну попытку воззвать к благоразумию женщины.

— Не делай этого, Элис, не разрушай наше счастье, — взмолился он. — Я не знаю, что случилось, но что бы ни было, мы справимся. Если ты только скажешь...

— Мне нечего тебе сказать! — выкрикнула она. Этот разговор надо немедленно прекратить, в противном случае она не выдержит и сдастся. — Что тут непонятного, Натан? — Она с новой силой бросилась в атаку. — Я не знаю, как тебе это объяснить. Я не выйду за тебя замуж, вот и все.

— Черта с два «все»! — проревел Натан и, приподняв ей подбородок, заставил посмотреть ему в глаза. — У нас есть сын! Как быть с ним?

— С Колином все будет в порядке. Я позабочусь о нем.

— А я не хочу, чтобы ты заботилась о нем! Он и мой сын тоже. Ты случайно не забыла?

— Нет, конечно же, не забыла. Я... Мы что-нибудь придумаем.

Чувствуя, что больше не сможет сдерживать слезы, она повернулась и бросилась в свою спальню.

Натан так и остался стоять посреди комнаты, глядя на закрытую дверь. Есть ведь какая-то причина столь странного поведения Элис. Должна быть. И, ей-богу, он узнает, в чем дело. Если Элис думает, что опять даст ему от ворот поворот без всяких объяснений, то она заблуждается. На сей раз он намерен получить ответы на все свои вопросы.

Сжав кулаки, Натан вышел во двор. Ему захотелось, чтобы бандиты появились здесь именно сейчас. Он задушил бы их голыми руками.

Утром, ничего не говоря Элис, Натан отправился в город на встречу с Редом и Уиллом. Сидя за столиком в крохотной комнатке Реда, они пили кофе и обсуждали план операции по захвату бандитов.

— Когда их можно ожидать? — вслух размышлял Ред. — Мне кажется, что они появятся здесь дня через три.

— Похоже, что так, — согласился Уилл. — А ты как думаешь, Нат?

— Что? — Натан повернулся и уставился на Уилла с таким видом, как будто видел его впервые.

— Да что с тобой сегодня, капитан? Ты позвал нас на эту встречу, но сам пока не сказал и пяти слов. Что-то случилось?

— Да, — не стал отрицать Натан. — Но это не имеет никакого отношения к нашему делу. Повтори, что ты сказал?

Уилл нахмурился и быстро глянул на Реда, но тот только пожал плечами.

— Я сказал, что, по всей вероятности, бандиты будут в Биксби дня через три. Ред тоже так считает. Мы хотим знать и твое мнение.

— Да, я с вами согласен, — кивнул Натан. — Они уехали из Сан-Антонио на прошлой неделе. Значит, в четверг или в пятницу будут здесь.

— Если только не будут мчаться как сумасшедшие, — вставил Ред. — Тогда, возможно, появятся раньше.

— Зачем им торопиться? — пожал плечами Натан.

— Ну сам знаешь, предвидеть все почти невозможно, — сказал Ред и спросил: — А как быть с твоей невестой? Ты ее предупредил?

— Нет, — коротко ответил Натан. — Я не хочу волновать ее, поэтому решил пока не говорить ей ничего. Скажу завтра. Кстати, она мне больше не невеста, — внезапно заявил он. — И прекратите шуточки на эту тему, ладно?

Ред и Уилл ошарашенно вытаращили глаза, не веря своим ушам.

— Что ты такое говоришь? — первым опомнился Уилл. — Ведь еще вчера все у вас было в порядке. Ты сам мне сказал...

— То было вчера, — отрезал Натан. — А сегодня — все по-другому.

— Что случилось, Нат? — тихо спросил Ред.

— Да ничего особенного. Вчера вечером, когда мы вернулись домой после пикника, леди сообщила мне, что передумала и решила не выходить за меня замуж.

— Ерунда какая-то, — покачал головой Ред. — Ты спросил ее — почему?

— О да, — криво усмехнувшись, ответил Натан. — Она сказала, что у нас не получится долго прожить вместе, потому что у нас, видите ли, разные взгляды на жизнь.

— И все?

— Все.

Уилл заерзал на своем стуле.

— Черт, надеюсь, что не я подтолкнул ее к такому решению. Вроде бы я ничего такого не сказал...

— В каком смысле «ничего такого»? — повернулся к нему Натан. — Что ты вообще, черт тебя дери, ей сказал?

— Да ничего особенного, — забеспокоился Уилл. — Я просто попытался сказать миссис Грэхем комплимент, а вместо этого, наверное, расстроил ее. Ты же знаешь, Натан, я совсем не умею говорить с женщинами. Всегда ляпну что-то не то.

Натан вскочил со стула и навис над Уиллом, как большая рассерженная птица.

— *Что* ты ей сказал, черт возьми?! — заорал он, не в силах совладать с собой.

Растерявшись, Уилл повернулся к Реду, ища у него поддержки, но увидел только гневную гримасу. Поняв, что Ред не собирается защищать его, Уилл поднял глаза на Натана.

— Я просто... ну я... сказал ей, — промямлил он, — что она, должно быть, необыкновенная женщина, раз гроза бандитов, капитан Натан Уэллесли, решил оставить службу, чтобы жениться на ней. Я немножко подольстил тебе, Нат. Я сказал, что ты — лучший рейнджер в нашем батальоне и всегда относился к службе серьезнее, чем любой из нас. А потом я еще сказал, что не могу представить тебя фермером. Вот и все.

На лице Натана появилось странное выражение — не то недоумения, не то удивления...

— И все? — тихо спросил он, и Уилл с облегчением заметил, что Натан уже не сердится на него.

— Да, — поспешно кивнул маленький рейнджер. — Клянусь тебе, ничего больше я не говорил.

Натан тяжело плюхнулся на стул.

— Ничего не понимаю. Неужели это могло расстроить ее?

— Я, кажется, понял... — отозвался Ред. — Уилл сказал Элис, что ты — самый лучший, самый известный рейнджер в Техасе, и она, наверное, тебя заколдовала, раз ты решил на ней жениться. Потому что иначе ты бы никогда не бросил любимую работу. Как после такого разговора должна, по-твоему, чувствовать себя Элис?

— Ничего такого я не говорил, — обиделся Уилл. — Мне и в голову не пришло говорить о колдовстве!

— Может, и не пришло, — пожал плечами Ред. — Но она точно поняла, что ты имел в виду: ради нее Натан готов бросить любимое дело.

— Я не говорил этого! — закричал Уилл. — Но раз ты у нас такой умный и знаешь ответы на все вопросы, то скажи, пожалуйста, что с ней случилось и почему она отказала Натану?!

— Ах ты, шут гороховый, — фыркнул Ред. — Даже не понимаешь, что внушил ей, будто ради нее Натан готов бросить все, что было смыслом его жизни. Она, наверное, думала, что он решил жениться на ней из-за Колина. Тут ты еще добавил, что не представляешь Натана в роли фермера. Вот и все. Этого было достаточно, чтобы Элис почувствовала себя в ответе за все «несчастья», ожидающие Натана в будущем.

Ред повернулся к Натану:

— Ты со мной не согласен?

— Ты совершенно прав, — кивнул Натан. — Я только не могу понять, когда ты успел так чертовски поумнеть?

— Давно, — ухмыльнулся Ред, — но, гоняясь за преступниками и обольщая женщин, ты ничего не замечал.

— Да, признаю, это была ошибка, больше такое не повторится. — Натан поднялся, снял с гвоздя свою шляпу и направился к двери. — Мне пора. Нам с миссис Грэхем надо кое-что обсудить.

Ред схватил Натана за рукав и заставил его вернуться на место за столом.

— Погоди-ка минуточку. Я понимаю, что ты торопишься, но, пока ты здесь, мы должны четко определить действия каждого из нас в случае появления бандитов. Как ты собираешься обезвредить банду Росаса?

Натан швырнул на стол свои перчатки, досадуя на задержку, но понимая, что Ред прав. Они должны все рассчитать и обо всем договориться, другой возможности у них может и не быть.

— Утром в четверг вы оба будете из засады наблюдать за главной улицей в Биксби. Они прибудут с юга. Чтобы попасть на ранчо Грэхемов, бандитам придется ехать через весь город. Как только вы их увидите, немедленно приезжайте ко мне на ранчо. Их — трое, и нас — трое. Думаю, возьмем их без особого труда. Вопросы есть? — спросил Натан.

— Да, — отозвался Уилл. — Если преступники попадут на ранчо раньше нас, сможет ли миссис Грэхем помочь тебе? Она умеет стрелять? Одному тебе не справиться...

Натан с сомнением покачал головой:

— Я пытался научить ее стрелять, но безрезультатно. С десяти шагов она не попадает в стену сарая. В этом деле она мне не помощник.

— Не надо думать о худшем, — вмешался Ред. — У нас будет достаточно времени, чтобы явиться на ферму раньше бандитов. Пока они будут тащиться через город, мы поедем через лес и ферму Линн. Так мы выиграем минут пятнадцать.

Натан кивнул, радуясь, что Ред уверен в успехе операции.

— Кстати, нам надо подумать и о миссис Поттер.

— Я уже подумал, — сказал Ред. — Она приедет со мной в город и отправится навестить старых друзей. Линн почти год ни с кем не виделась, поэтому ей будет о чем поболтать...

— Отлично, — кивнул Натан. — Ну теперь, надеюсь, всем уже все ясно?

Уилл и Ред кивнули, и Натан собрался было уходить, но Уилл остановил его у двери:

— Извини, Нат, что так получилось... Я сожалею, что из-за меня вы поссорились... Я не хотел.

— Я знаю, что ты не хотел, Уилл. Не переживай. По-моему, я знаю, как убедить Элис не делать глупостей, — успокоил друга Натан.

— Да? — понимающе улыбнулся Уилл.

— Плохо ты обо мне думаешь, Уилл, — фыркнул Натан. — У меня есть письмо, которое, надеюсь, поможет лучше всяких уговоров.

Уилл смутился и так растерялся, что Натан достал из кармана письмо и помахал им перед носом маленького рейнджера.

— Надеюсь, это поможет, и скоро все будет в порядке.

— Уфф! — выдохнул Уилл. — А я уж подумал было, что ты не желаешь видеть ее...

— Не дождешься! — усмехнулся Натан. — Я надеюсь, что в следующем году в это время у Колина будет сестренка.

Довольный, Натан направился к выходу. Вскочив в седло, он пустил коня галопом, чтобы поскорее показать Элис письмо, на которое возлагал все надежды.

— Элис! Рада тебя видеть. Заходи.

— Я только на минутку, — сказала Элис, снимая с плеч шаль и проходя в комнату. — Я беспокоилась, вот и решила проведать тебя: хотела убедиться, что у тебя все в порядке.

Линн внимательно посмотрела на подругу — от нее не укрылись ни бледность, ни тени под глазами. Было видно, что с Элис что-то произошло, и даже широкая улыбка не могла скрыть ее волнения.

— У меня все хорошо, — заверила Линн подругу, увлекая ее на кухню. — А Натан знает, что ты здесь?

— Нет, — покачала головой Элис. — Он уехал в город на встречу с Редом.

— Да-да, — кивнула Линн. — Ред говорил мне, что сегодня утром они встречаются в Биксби. Но Натан расстроится, если узнает, что ты приехала ко мне одна.

— Конечно, но я вернусь домой раньше Натана, и он ни о чем не узнает. А я правда беспокоилась о тебе. Почему вы не приехали на пикник?

— Ах, так получилось... — Линн небрежно махнула рукой. — У меня разыгралась ужасная мигрень. Ты знаешь, со мной такое иногда бывает. Я просила Реда, чтобы он ехал без меня, но он и слушать не захотел. Мы и остались дома. Извини, что заставила тебя беспокоиться.

Элис подозрительно покосилась на Линн.

— У тебя была мигрень? — с сомнением проговорила она.

— Ну да, мигрень... — сказала Линн, потупив глаза.

— Со времени пожара ты впервые решила показаться на людях, и я хотела узнать, не струсила ли ты в последний момент...

На лице Линн отразилось страдание.

— Если бы только Ред не сжег мою вуаль! Я хотела поехать на пикник, Элис! Правда, хотела. Я уже оделась и вдруг посмотрела в зеркало... Тогда я поняла, что не смогу. Все будут... смотреть... на меня, шушукаться за моей спиной и жалеть меня. Я этого не вынесу...

— Я понимаю, — мягко сказала Элис. — Не переживай, Линн. В конце концов ты решишься... Всему свое время.

— Наверное, ты права, — тяжело вздохнула Линн. — Я только боюсь, что Ред не выдержит и бросит меня.

— Он не бросит тебя, Линн, — заверила подругу Элис. — Он тебя любит.

Линн разлила лимонад по стаканам и протянула один Элис.

— Лучше поговорим о чем-нибудь приятном, — поспешно предложила она. — Расскажи, как прошел День основания города?

Улыбка исчезла с лица Элис, в глазах блеснули слезы.

— Это был худший день в моей жизни, — тихо сказала она. — Наверное, я родилась под несчастливой звездой, Линн. Похоже, меня в жизни ждут одни беды...

— Господи, Элис, что случилось? — перепугалась Линн. — Это из-за этой Дейзи Флинн и Натана?

Элис так поразила эта неожиданная новость, что она замолчала и в недоумени уставилась на Линн.

— Дейзи Флинн? — переспросила она спустя мгновение. — Официантка из «Лучшего в Биксби»? Почему ты решила, что это из-за нее?

Линн зажмурилась, ругая себя за несдержанность и длинный язык.

— Да, ерунда все это, не обращай внимания, — бросила она небрежно.

— Какая «ерунда»? Может, у нее с Натаном роман, а я ничего не знаю?

— Ну, конечно же, нет. — Линн пыталась успокоить подругу. — Просто Сьюзи Мартин болтала с утра пораньше. Вот и все. — Линн пожала плечами и поднесла ко рту стакан с лимонадом, давая Элис понять, что ей больше нечего сказать.

Но Элис не собиралась сдаваться:

— Ну и...

Линн вздохнула и отставила стакан, досадуя, что ее уловка не удалась.

— Многие на пикнике заметили, что Натан разговаривал с Дейзи, и, разумеется, сразу сделали вывод, что между ними что-то есть. Я-то знаю, что это неправда, но, поскольку вы с Натаном официально не объявляли о своей помолвке, я не стала возражать.

Элис с отсутствующим видом смотрела в окно, думая о том, что, видимо, она единственная не заметила, как Натан разговаривал с Дейзи. Она надеялась, что ей будет все равно, с кем флиртует Натан, но оказалось, что это не так. При одной мысли, что он знаком с рыжей девицей, у нее внутри все похолодело.

— Возможно, он просто не хотел быть невежливым, — безразличным тоном произнесла она, поворачиваясь к Линн.

— Ну конечно, — поспешно отозвалась Линн. — Знаешь, я никогда не видела более влюбленного мужчины, чем Натан. Он просто обожает тебя.

Эти слова произвели на Элис неожиданное впечатление: молодая женщина вдруг горько разрыдалась.

— Ради всего святого, скажи мне, Элис, что случилось?! — не на шутку встревожилась Линн.

Элис приложила платочек к покрасневшим глазам и сквозь слезы пролепетала:

— Я решила не выходить замуж за Натана.

Онемев, Линн круглыми от ужаса глазами смотрела на подругу. В комнате воцарилось гробовое молчание.

— Линн, ты меня слышишь? — Элис тронула Линн за плечо.

— Да-да, — медленно приходя в себя, ответила Линн. — Я слышу, конечно. Просто я не ожидала и не сразу нашлась, что сказать. Ты не любишь Натана?

— Не люблю? — Глаза Элис снова наполнились слезами, в голосе слышалось страдание. — Люблю. И очень. Наверное, сильнее любить нельзя.

— Тогда почему ты... — начала было Линн, но Элис ее перебила:

— Потому что Уилл Джонсон открыл мне глаза...

— Открыл тебе глаза?.. Уилл Джонсон?! — воскликнула Линн. — А он кто такой? Ты говоришь об этом коротышке с городских конюшен?

— Ну да. Ты что, не знаешь, что он — тоже рейнджер? — удивилась Элис. — Его послали работать в конюшни, а Реда — на телеграф.

— А я и не знала, — покачала головой Линн. — Но объясни мне, пожалуйста, при чем тут этот Джонсон? Какое он имеет отношение к тебе и Натану?

— Вчера на пикнике мы с ним поболтали, и он сказал мне, что Натан решил бросить службу ради меня. Он еще сказал, что не представляет Натана в роли фермера, поэтому с трудом верит, что капитан Уэллесли действительно *хочет* жениться.

— И что?..

— Линн, ты не понимаешь? Натан собирается бросить все, что до сих пор было смыслом его жизни, чтобы жениться на мне. И только потому, что считает это своим долгом!

— Какая чушь! — фыркнула Линн. — Он женится на тебе, потому что любит тебя.

— Хотела бы я в это поверить, — вздохнула Элис. — Но думаю, что для него это — дело чести. Натан честный и благородный человек.

— Да, я знаю, он такой. Но кроме того, он еще и волевой и очень упрямый. Вряд ли он стал бы жениться, если бы не хотел.

— Ты забываешь, Линн, что у нас ребенок...

— Ничего я не забываю, — довольно резко проговорила Линн. — Я уверена, что Натан никогда не отказался бы от своего ребенка, даже если бы возненавидел его мать. В таком случае он ограничился бы официальным признанием малыша. Женится же Натан только по любви. Точно так же, как и Ред. И все остальное для них больше не будет иметь значения.

Элис с несчастным видом слушала выводы Линн. По щекам у нее катились слезы.

— Даже если ты и права, — наконец промолвила она, — я не могу позволить ему жертвовать собой ради меня и Колина. Он не хочет быть фермером. Я знаю точно, что он не хочет. В первый же день после приезда сюда он сам сказал мне, что ненавидит работу по хозяйству. Он — рейнджер, служитель закона. Лучший из лучших. Он сам этого добился. Я не могу лишить его любимого дела. В конце концов он возненавидит меня за это. Лучше отказаться от собственного счастья, чем сделать несчастным Натана.

— А по-моему, ты не права, — упрямо повторила Линн. — Мне кажется, ты совершишь большую ошибку, отказав Натану. Но ты взрослая женщина и вольна поступать, как считаешь нужным. — Линн подошла к подруге и обняла ее за плечи. — Что бы ты ни решила, ты всегда можешь рассчитывать на меня. Но пожалуйста, *пожалуйста*, подумай как следует, прежде чем примешь окончательное решение. Если ты сейчас прогонишь Натана, он может и не вернуться.

— Знаю, — сказала Элис, встала и направилась к двери. — Но я уже решила.

— Вся беда в том, Элис Грэхем, что ты такая же волевая и такая же упрямая, как Натан Уэллесли.

— Береги себя, дорогая, — попрощалась Элис. — И спасибо, что ты выслушала меня.

Элис села на лошадь и медленно поехала по двору.

Линн вышла на крыльцо и долго глядела ей вслед.

— Ну что ж... подождем еще несколько дней, — тихо сказала она. — И если она не образумится, я сама поговорю с капитаном. Эта свадьба должна состояться, даже если мне придется силой тащить Элис к алтарю.

34.

Элис поливала цветы на клумбе под окном, когда Натан вернулся из города. Она подняла голову, ожидая, что он заговорит с ней, но он только кивнул и пошел прямо в сарай. Элис вздохнула и продолжила работу. «Слава богу, что он не захотел разговаривать со мной, — подумала она. — Так мне будет легче расстаться с ним, когда придет время». Погруженная в свои мысли, она не заметила, как он возник у нее за спиной.

— Пойдем, — сказал Натан тоном, не терпящим возражений, взял ее за руки и помог подняться на ноги. — Я хочу кое-что показать тебе.

Он достал из кармана конверт и помахал им перед носом у Элис.

Элис открыла было рот, чтобы воспротивиться, но любопытство победило — ей стало интересно, что это за письмо, и она позволила Натану проводить ее в дом. Не отпуская руки Элис, Натан подвел женщину к дивану и сказал:

— Присядь.

— Мне надо закончить с цветами, Натан, — нахмурилась Элис. — Скоро станет совсем жарко.

— Если ты уделишь мне минутку своего драгоценного времени, с цветами все равно ничего не случится, они не успеют завянуть, — насмешливо проговорил Натан, усаживаясь на диван рядом с Элис. Он достал из конверта несколько листков плотной веленевой бумаги, исписанных убористым почерком.

Элис обреченно вздохнула и заерзала на мягких диванных подушках.

— Ну, что там? — нетерпеливо спросила она.

Натан не ответил. Он сосредоточенно просматривал первую страницу. Не найдя нужного места, он перешел ко второй странице и стал искать там, водя пальцем по плотным строчкам.

— А, вот, нашел! — воскликнул он, передавая ей страничку. — Прочитай отсюда досюда.

Элис искоса посмотрела на него, удивленная властностью, которая сквозила и в голосе, и в манерах Натана. Ей хотелось отказаться, но она все-таки взяла листок и принялась читать.

«Ты весьма удивил и, не скрою, обрадовал меня, сообщая в своем последнем письме, что серьезно думаешь о том, чтобы покинуть ряды доблестных рейнджеров. Я знаю, как много значила для тебя эта работа, знаю и о твоих заслугах в борьбе с преступниками. Но тем не менее считаю, что ты принял верное решение. Впрочем, я никогда не скрывал своего мнения на сей счет. Судя же по твоим рассказам, рейнджером нельзя оставаться всю жизнь. Даже если ты — лучший. Поэтому я рад, что ты определил для себя окончательный срок службы в рядах блюстителей закона.

Теперь тебе придется решать, чем заниматься в следующие сорок лет. Ты можешь стать шерифом, как Сет, и я уверен, что ты прекрасно справишься с этой работой, но если надумаешь заняться чем-то другим, не связанным с защитой правопорядка, то мое предложение совместной деятельности в кораблестроительном деле остается в силе.

Между прочим, Клэр настоятельно просила меня сообщить тебе, что наша дочь Саванна принята в школу мисс Портер. Она будет посещать уроки...»

Дальше в письме обсуждались семейные новости, и Элис, перестав читать, опустила руку с листком плотной бумаги себе на колени.

— От кого это письмо? — тихо спросила она, поднимая глаза на Натана.

— От моего брата Стюарта, из Бостона. — Он взял

листочки и аккуратно сложил их по порядку. — А теперь посмотри сюда, — он показал пальцем на самый верх первой страницы.

— Куда, на дату?

Он кивнул.

— Тридцатое ноября тысяча восемьсот семьдесят девятого года, — вслух прочитала Элис.

— Да, тридцатое ноября тысяча восемьсот семьдесят девятого года, — повторил Натан. — Девять месяцев назад, Элис. Почти семь месяцев до того, как я приехал сюда.

Элис опустила глаза, и в сердце у нее зародилась надежда.

— Зачем ты показал мне его? — с дрожью в голосе спросила она.

— Чтобы наконец решить главную проблему. Но об этом чуть позже. А пока я довожу до вашего сведения, леди, что Уилл Джонсон рассказал мне о вашем вчерашнем разговоре. — Натан указательным пальцем приподнял ей подбородок, заставляя Элис смотреть ему в глаза. — Насколько я понимаю, ты отказалась выйти за меня замуж, потому что не хотела, чтобы я из-за тебя бросал дело всей моей жизни? Это так?

Элис молча кивнула.

— И это единственная причина, которая заставила тебя передумать?

Она опять кивнула, губы у нее задрожали, а глаза наполнились слезами.

— Я показал тебе письмо от Стю с определенной целью: ты должна знать, что я собирался оставить службу задолго до того, как сделал тебе предложение. Теперь, когда ты все знаешь, ты готова опять передумать?

— Ох, Натан! — всхлипнула Элис и бросилась в его объятия, покрывая поцелуями его лицо.

— Погоди, погоди минуточку, — рассмеялся он, нежно отстраняя ее. — Ты не ответила на мой вопрос. — Он вдруг посерьезнел и взял ее за руку. — Ты выйдешь за меня замуж, Элис?

— Да, Натан, да!

Натан улыбнулся:

— Теперь ты можешь еще немножко поцеловать меня.

Радостно вскрикнув, Элис обвила руками его шею. Поцелуи их становились все более глубокими и страстными, пока Натан не усадил ее к себе на колени, покачивая, как ребенка.

— А где у нас Колин? — спросил он, нащупывая и расстегивая пуговки у нее на платье.

— Спит. — У нее перехватило дыхание, когда его рука легла ей на грудь.

— В своей комнате или в нашей?

— В своей, — выдохнула Элис.

Натан закрыл глаза, в душе благодаря бога за то, что подсказал ему, как заставить Элис передумать.

Подхватив женщину на руки, он отнес ее в спальню, опустил на кровать и непослушными пальцами принялся расстегивать свою рубашку.

— Быстрее! — поторопила его Элис, сбрасывая платье и белье. Она отшвырнула одежду прочь и повернулась к Натану. Недовольная тем, что он так долго возится со своей одеждой, она отвела его руки и рванула рубашку так, что пуговицы, словно брызги, разлетелись во все стороны.

Натан уставился на свою разорванную рубашку и, делая свирепый вид, грозно вскричал:

— Что ты наделала! Это новая фирменная рубашка!

— Плевать, — отмахнулась Элис, целуя его обнаженную грудь. — Я не могу больше ждать.

У Натана расширились глаза, когда он почувствовал, как ее рука скользнула ему в брюки. За последнее время они так часто занимались любовью, что у него не осталось сомнений: он изучил все проявления страсти Элис. Но сегодня она доказала, как сильно он заблуждался. Она требовала удовлетворения, как дикая кошка, и ее чувственность разжигала в теле Натана ответный огонь.

— Боже, какая жара! — простонал он и вдруг, улыбнувшись, напомнил: — Элис, а как там твои цветы?

Он ласкал ее, обхватив ладонями ее пышную грудь и припав губами к набухшим соскам.

Элис быстро отступила, опустилась на колени и принялась стаскивать с него брюки.

— Ничего, подождут, — пробормотала она.

— Да уж, придется им подождать. — Смех Натана превратился в хриплый стон, когда ее пальцы сомкнулись вокруг его плоти.

— Господи, Элис, ты сводишь меня с ума, — прошептал он. — Если ты так отвечаешь на предложение стать моей женой, то я буду повторять его каждое утро.

Элис что-то промурлыкала в ответ, продолжая целовать и ласкать его.

Натан, чувствуя, что он вот-вот взорвется, наклонился и поднял Элис, обжигая ее поцелуями.

— Знаешь, иногда я с трудом выдерживаю то, что ты со мной делаешь.

— Правда? — прошептала она, опуская руки и лаская его. — Ты хочешь, чтобы я немного остыла?

— Нет, ни в коем случае! — Он обхватил ее за тонкую талию и уложил на кровать. — Я не хочу, чтобы ты менялась. Ни в чем и никогда.

Смотря в изумрудные глаза Элис, он коленями раздвинул ей ноги. От ее красоты у него кружилась голова.

— Ты самая прекрасная женщина на свете, — восторженно проговорил Натан.

Он положил ладони ей на бедра и медленными движениями стал подниматься вверх, пока его большие пальцы не встретились на ее теле. Нежно массируя чувствительную плоть, он заставил Элис выгнуться назад и хрипло застонать от наслаждения.

— Тебе нравится? — спросил он, останавливаясь.

Она открыла затуманенные страстью глаза и вскрикнула, когда его пальцы проникли глубоко в нее.

— Натан, — задыхаясь, простонала она. — Пожалуйста, я больше не выдержу.

Натан немедленно прекратил ласки.

— Ты хочешь, чтобы я остановился?

— Нет! — воскликнула Элис, глядя на его восставшую плоть. — Я не хочу, чтобы ты останавливался. Я хочу, чтобы ты...

Натан наклонился и стал тихонько целовать ей живот.

— Что ты хочешь, чтобы я сделал? — полным страсти шепотом спросил он.

— Я не могу сказать! — закричала она, вся дрожа.

Натан добрался до самого чувствительного местечка внизу ее живота и подразнил его языком. Потом снова выпрямился и сказал:

— Я уверен, что можешь.

— Натан, я не могу!

— Ну что ж, — притворно вздохнул он, — придется мне угадывать самому. — Он устроился между ее бедер. — Ты этого хочешь?

— Да!

Он тут же приподнялся и посмотрел на нее.

— Тогда попроси меня, — потребовал он суровым тоном.

— Ох! — застонала Элис. — Ты ужасный, жестокий человек!

— Ага, и коварный к тому же, я знаю, — улыбнулся Натан. — Ты все это много раз говорила. Попроси меня, Элис.

Элис открыла глаза.

— Натан? — прошептала она.

— Да? — немедленно откликнулся он.

— Возьми меня прямо сейчас, — попросила Элис.

— Ты очень меня хочешь?

— Да, — выдохнула Элис. — Пожалуйста.

— Ох, — опять вздохнул Натан. — Какой же я слабый человек! Не могу отказать, когда меня так ласково просят.

И он вошел в ее теплое влажное лоно.

Долгая любовная игра настолько возбудила их обоих, что вожделенный финал показался им яркой вспышкой света, после которой наступило желанное освобождение. Натан не стал себя сдерживать, чего и желала Элис.

Удовлетворенные и уставшие, они без сна лежали в объятиях друг друга, думая о том, что их страсти не будет конца и пылкую любовь ничто не разрушит.

Элис закрыла глаза и задремала, но громкий рев, раздавшийся в другой комнате, моментально вернул ее к действительности.

— О господи! — испуганно вскричала женщина, но, быстро опомнившись, со вздохом прошептала: — Да это же Колин...

Натан приподнялся на локте и лениво провел пальцем вокруг ее соска.

— Не пугайся, дорогая, — пошутил он. — Упражнения в постели обычно приводят к таким последствиям.

— Знаю, — бросила Элис, выскальзывая из-под тонкой простыни и поспешно накидывая халат на плечи. — Если мы не умерим наш пыл, то вскоре у нас появится еще один такой же крикун.

Натан улыбнулся, вскочил с кровати, обхватил Элис за талию, прижал ее к себе и прошептал ей прямо в ухо:

— А ты разве не знаешь, что это мое самое заветное желание?

Элис вырвалась из его объятий и, сощурив глаза, посмотрела на Натана:

— Ах, вот оно что! То-то ты так усердно над этим работаешь! — изображая недовольство, фыркнула она и выскочила из комнаты. Позади раздался громкий взрыв смеха. Этот смех она слышала, пока дверь комнаты Колина не захлопнулась за ней.

— Да, Колин, — говорила она, меняя малышу пеленку, — нам с твоим отцом надо вести себя поосторожнее. Все-таки было бы неплохо построить новый дом, прежде чем родится твой брат.

Она вышла из комнаты Колина и, заглянув в спальню, с удивлением обнаружила, что Натана там уже нет.

— Натан! — позвала она.

Никакого ответа.

Обеспокоенная его исчезновением, Элис обежала весь дом.

— Натан! — громче позвала она. — Натан! Где ты?

— Я здесь, — вдруг отозвался он, поднимаясь по ступенькам на крыльцо. — Открой дверь. У меня для тебя подарок.

Элис кинулась открывать дверь и так и застыла на пороге, всплеснув руками.

— Натан, откуда это! — воскликнула она, круглыми от восторга глазами смотря на высокий детский стульчик, который держал в руках Натан. — Натан, дай я тебя расцелую! Где ты его взял?!

— Какая тебе разница, — рассмеялся Натан. — Целуй меня скорей.

Привстав на цыпочки, Элис звонко чмокнула его в щеку.

— А теперь говори, где ты его взял, — любопытствовала Элис.

— Сам сделал, — с гордостью объявил Натан.

— Правда? — Элис в восторге разглядывала резные ножки и украшенную резьбой спинку. — А я и не знала, что ты умеешь мастерить такие красивые вещи.

— О, ты еще многого не знаешь, дорогая, — рассмеялся Натан. — Я могу смастерить такое...

— Ну кое-что я все-таки знаю, — не осталась в долгу Элис, и ее дерзкий ответ привел Натана в восторг.

— Я тут еще вырезал для Колина несколько деревянных солдатиков, — сказал он и полез в карман. —

Они достаточно большие, чтобы он не смог засунуть их в рот.

Элис счастливо улыбалась, глядя на человека, которого она любила больше всего на свете.

— Вы знаете, капитан Уэллесли, вы замечательный отец. — Она провела кончиками пальцев по его обнаженной груди. — И прекрасный любовник.

— А еще я собираюсь стать хорошим мужем, — серьезно заявил Натан.

— Я и не сомневаюсь, — кивнула Элис, продолжая поглаживать его обнаженную грудь.

Натан укоризненно посмотрел на нее и придержал ее руку.

— Перестань, а то мой сын останется голодным.

— Да, ты прав, — со вздохом согласилась Элис. Она повернулась и направилась на кухню, но не выдержала и через плечо бросила на Натана полный сожаления взгляд. — Знаешь, мне было бы гораздо проще не думать о тебе и спокойно приготовить еду ребенку, если бы ты надел рубашку.

— Это какую же? Без пуговиц?

— Извини, — смутилась Элис. — Я ее починю. Заштопаю и пришью пуговицы.

Натан подошел к женщине, прижал ее к своей широкой груди и тихо сказал:

— Не смей извиняться. Никогда. Таких рубашек тысячи, а ты у меня одна-единственная.

Они долго и нежно целовались и оторвались друг от друга только тогда, когда в кухню приполз Колин. Он уселся на ботинок Натана и уставился на родителей своими небесно-голубыми глазенками.

— Ты только глянь на него, — рассмеялся Натан, подхватывая малыша на руки, — он уже пытается самостоятельно пройтись по дому.

— Господи, помоги мне! — взмолилась Элис. — Я не выдержу двух мужчин Уэллесли одновременно!

Натан обнял ее, и Элис запомнила это мгновение

на всю жизнь. Они стояли обнявшись — трое самых близких людей, понимавших, как это прекрасно, когда вы — семья. Спустя годы Элис будет об этом рассказывать своим внукам.

35.

В среду ранним утром Натан обнаружил, что у него осталось очень мало патронов.

— Черт! — выругался он, еще раз обшаривая седельную сумку. Полкоробки для «кольта» и того меньше — для «винчестера». Ну почему он не заметил этого в понедельник, до того как отправился в город? Да потому, что так расстроился отказом Элис выйти за него замуж, что ни о чем другом думать не мог!

Нахмурившись, он вернулся в дом. Сегодня придется съездить в город и пополнить запас патронов. Хорошо еще, что он вовремя спохватился, а не, например, в пятницу, когда могло бы быть поздно.

Озабоченно улыбаясь, Натан думал об Элис. Вечером он собирался сказать ей о том, что в Биксби со дня на день ожидают появления бандитов. Но необходимость поездки в город заставила Натана решать: сказать Элис об этом сейчас или после возвращения из города? Если он скажет ей сейчас, то она остаток дня проведет в страшном волнении. И он отложил разговор до вечера. В конце концов он пробудет в городе не больше часа, бандиты же приедут в Биксби не раньше завтрашнего утра.

— Мне надо съездить в город, — сказал он Элис. — Хочешь прокатиться со мной?

— Нет, спасибо, — покачала головой женщина. — Вчера я собрала целую корзинку черники и сегодня хочу сварить варенье.

— Ладно, — кивнул Натан. — Я скоро вернусь.

Провожая Натана взглядом, Элис думала о том, успеет ли она до его возвращения быстренько съездить к Линн. Она знала, что Натан рассердится, если узнает о ее тайных визитах к подруге. Но Элис не терпелось сообщить Линн о том, что между ними все наладилось, а если Натан будет сидеть рядом, то никакого разговора у них не получится. Она пробудет у Линн всего двадцать минут и успеет вернуться домой до приезда Натана. Так он ничего и не заметит. Приняв решение, она подхватила Колина на руки и поспешила в спальню.

Сквозь прозрачную занавеску Элис видела, как Натан садился на лошадь и выезжал со двора. Усадив Колина в заплечный мешок, она побежала в сарай, быстро оседлала свою кобылу, села в седло, передвинула мешок с ребенком к себе на грудь и на мгновение задумалась: ехать по дороге, что займет больше времени, или сократить путь через поле, отделявшее обе фермы, что чревато неприятностями? В конце концов она решилась. Ударив лошадь каблуками и громко причмокнув губами, Элис направила кобылу через поле. Вскоре она уже мчалась вдоль опушки ореховой рощи.

По пути в город Натан несколько раз останавливал коня. Оглядываясь назад, он боролся с недобрыми предчувствиями, одолевавшими его. Инстинкт самосохранения, много раз спасавший Натану жизнь, предостерегал его об опасности. Знакомый холодок побежал по спине.

Несмотря на необходимость пополнить запасы патронов, Натан вдруг развернул коня и пустил его вскачь. Он заставит Элис поехать вместе с ним в город. Варенье может подождать. Если она заупрямится, придется ей сказать о приближении бандитов.

Элис проехала уже половину пути, когда из-за деревьев внезапно появились всадники. Их было трое. Незнакомые мужчины с небритыми физиономиями и всклокоченными волосами повернули к ней. От страха сердце бешено забилось у Элис в груди, но женщина не потеряла самообладания. Громко вскрикнув, она ударила кобылку по крупу и вонзила каблуки в лошадиные бока, заставляя животное напрячь все силы. Испуганная лошадь шарахнулась в сторону, едва не сбросив Элис, но, чувствуя твердую руку хозяйки, послушно понеслась в сторону фермы Линн.

Элис слышала приближающийся топот копыт и крики преследователей и, холодея от ужаса, попыталась свернуть в сторону дороги. Это было роковой ошибкой. Более резвые кони незнакомцев почти догнали ее лошадку, и в тот самый миг, когда Элис попыталась свернуть в сторону, она оказалась лицом к лицу со своими преследователями. Сильные руки схватили поводья, и лошадь Элис резко остановилась. Женщина в ужасе закричала, и этот крик, казалось, был слышен на многие мили вокруг.

— Заткнись! — рявкнул один из мрачных всадников, стаскивая Элис с лошади и грязной лапищей зажимая ей рот. Элис вырывалась и отбивалась, словно дикая кошка, но ее сопротивление привело лишь к тому, что мужчина усилил хватку.

— Забери у нее ребенка, — приказал он одному из своих людей.

Элис почувствовала, как из мешка у нее на груди вытаскивают Колина, и, не задумываясь, вонзила зубы в руку, зажимавшую ей рот. Мужчина заорал от боли, отдернул руку, и Элис открыла было рот, чтобы снова закричать, когда страшный удар по голове лишил ее сознания. Свет померк, и женщина рухнула на землю.

— Отдай нам деньги, — сквозь громкий звон в ушах до Элис откуда-то издали долетели чьи-то слова. Она попыталась поднять тяжелые веки, но ничего не увидела сквозь туман, застилавший ей глаза.

Однако вскоре она пришла в себя, с ужасом вспоминая, что с ней приключилось.

— Что вам нужно от меня? — простонала она, глядя на мужчин затуманенным взглядом. — Отдайте мне моего ребенка!

— Отдай нам деньги, и мы отдадим тебе ребенка, — услышала она грозные слова.

— О чем вы? Я ничего не знаю...

Тяжелый башмак с силой опустился на ногу Элис. Резкая боль пронзила тело женщины, и она закричала так, что ее вопль могли услышать даже в Биксби. Опираясь на руки, Элис медленно поднялась на ноги и, шатаясь, направилась к грязному оборванцу, который держал Колина.

— Отдай мне ребенка, ты, грязное чудовище!

— Увези щенка отсюда! — послышался приказ, и оборванец с ребенком на руках двинулся к лошади.

— Нет! — закричала Элис, в отчаянии рванулась вперед и попыталась вырвать Колина из рук у негодяя. — Отдай моего сына!

— Заткните ей рот, черт бы вас побрал! — прорычал главарь, и третий из мужчин, который до сих пор лишь держал лошадей, сорвал с шеи платок и засунул его Элис в рот. Подумав немного, он вытащил из кармана какую-то грязную тряпку и, обмотав ею рот и подбородок женщины, завязал на затылке тугой узел, закрепив таким образом кляп во рту пленницы.

Элис едва не задохнулась от резкой нехватки воздуха, но спустя мгновение в ноздри ударил смрад, и к горлу женщины подступила тошнота. Страшным усилием воли она подавила рвотный позыв, понимая, чем это грозит в ее состоянии, и глазами, полными слез, только смотрела и смотрела на Колина.

— Увези мальца в лес, — приказал главарь.

Державший Колина бородач недовольно скривился.

— И что с ним делать, Росас? Я не умею обращаться с детьми, — буркнул он.

Услышав имя главаря, Элис вздрогнула. *Росас*. Значит, это они — бандиты! Господи, ну зачем Натан уехал сегодня в город? Когда он вернется, их с Колином уже не будет в живых!

— Да плевать мне, что ты с ним сделаешь! — рявкнул Росас. — Задуши, если будет орать!

Жестокие слова бандита лишили Элис остатков самообладания. Она закричала от ужаса, но послышалось лишь глухое мычание.

— Залезай на лошадь, женщина, — велел Росас, подталкивая Элис к ее кобылке. — Поехали. Покажешь мне, где твой братец прячет мои деньги.

Элис яростно замотала головой, пытаясь сказать, что ничего не знает о деньгах, и протянула руки к ребенку.

— А ну-ка прекрати! — заорал Росас, схватил Элис за талию и посадил в седло. Не выпуская из руки поводьев ее лошади, он грозно прошипел: — Делай, что тебе говорят, не то прикажу задушить твоего ублюдка здесь, на месте!

Понимая, что с бандитами шутки плохи, Элис медленно кивнула. Она лихорадочно думала о том, что же ей делать, чтобы спасти себя и Колина. Наверное, она должна вести себя так, чтобы подольше задержать преступников. Ей нужно дождаться Натана. Но как это сделать? Попав на ферму, бандиты быстро поймут, что денег там нет.

Слезы бессилия катились по щекам у Элис, когда она смотрела, как бандит увозит Колина в ореховую рощу, почти вплотную подступавшую к ферме Линн.

«Может, Линн увидит его, — с надеждой подумала она. — Может, она увидит его и побежит за помощью. Ведь ей стоит только выглянуть в окно, чтобы увидеть бандита с ребенком. Она сразу догадается, что происходит, и позовет на помощь Реда. Линн, пожалуйста, — мысленно умоляла Элис подругу, — помоги мне!»

Резкий толчок едва не выбросил Элис из седла. Лихорадочно вцепившись в лошадиную гриву, женщина глянула на Росаса. Дернув за поводья, он заставил кобылку Элис ускорить бег. И они понеслись к ферме. Элис обернулась, надеясь увидеть Натана на дороге. Но вокруг не было ни живой души.

Подгоняемый растущим беспокойством, Натан несся вскачь по дороге к ферме, когда услышал крик. Натянув поводья, он так резко осадил коня, что с трудом удержался в седле.

— Стой! — прикрикнул он на своего каурого жеребца, который недовольно фыркнул и покосился на хозяина.

Натан застыл в седле, прислушиваясь, не почудился ли ему этот далекий пронзительный крик не то женщины, не то птицы.

Но крик раздался снова — и на этот раз он прозвучал громче.

— Нет, это не птица, — вслух произнес Натан.

Ощущение надвигающейся беды заставило его предельно собраться. Рейнджер отпустил поводья, пришпорил коня и направил его в сторону ореховой рощи, откуда, как ему казалось, донесся душераздирающий вопль. Каурый возмущенно заржал и огромными прыжками понесся к роще. Привстав на стременах, Натан пытался разглядеть, что происходит в глубине редкого лесочка, и, к своему ужасу, увидел на опушке двух всадников и Элис, мчавшихся к ее ферме. В противоположном направлении удалялся третий всадник. Он летел очертя голову и вот-вот должен был скрыться среди деревьев, подступавших к ферме Линн. Сощурившись, Натан провожал взглядом третьего незнакомца, когда вдруг увидел, что мужчина прижимает к себе совсем еще крохотного малыша. От ужаса Натан весь похолодел: он не сомневался, что негодяй куда-то увозит Колина.

Пришпорив возбужденного коня и выхватив из кобуры револьвер, Натан кинулся за мужчиной с ребенком. Не заботясь о собственной безопасности, он думал только о малыше. Преследование было недолгим. Натан уже взял всадника на мушку, но незнакомец, тоже выхватив револьвер, обернулся, и рейнджер не решился нажать на курок, опасаясь задеть Колина. Но погоня не прекращалась, и Натан, приблизившись к преступнику, почти в упор выстрелил незнакомцу в голову. В тот же миг Натан почувствовал сильный удар в плечо. Несмотря на резкий толчок, рейнджер удержался в седле, с удивлением глядя на мужчину, медленно склонявшегося на шею своего коня. Все еще держа бандита на мушке, Натан подъехал к нему, подхватил на руки перепуганного малыша и остановил жеребца. Лошадь преступника тоже остановилась, и оборванец, словно куль муки, рухнул на землю. Спешившись, Натан подошел к поверженному бандиту. Посмотрев в стекленеющие глаза бородача, рейнджер понял, что бандит мертв.

Резкая боль, вдруг огнем полыхнувшая в плече, пламенной струей разлилась по груди, заставив Натана задержать дыхание. Удивленный, он опустил глаза и увидел, как на белой рубашке расцветает алое пятно. Кровь текла по груди и животу, лишая Натана сил. Поняв, что сильное кровотечение вскоре обернется для него потерей сознания, рейнджер, тяжело дыша, сел на лошадь и направил жеребца к дому Линн Поттер. Он должен был оставить Колина в безопасном месте и не смог придумать ничего лучше, чем отвезти ребенка к Линн.

«Господи, только бы она была дома!» — про себя взмолился Натан и тряхнул головой, чтобы прояснить сознание.

Когда раздались выстрелы, Линн шла по двору в сторону конюшни.

— Боже правый! — в испуге вскричала она. — Они здесь!

Парализованная страхом женщина с трудом соображала, что делать, куда бежать, где прятаться...

Придя в себя, Линн подумала про Реда, бросилась в конюшню, открыла дверь в стойло Чили и, схватив седло, подбежала к лошади. Своенравная кобыла попятилась, оскалила крупные желтые зубы и злобно фыркнула.

— А ну попробуй укусить меня, гнусная ты скотина, — сквозь сжатые зубы предупредила ее Линн, увидев, как Чили прядет ушами и косится на нее. — Я пристрелю тебя на месте.

То ли Чили поняла, что не время показывать свой норов, то ли испугалась, что женщина исполнит свою угрозу, но она неожиданно успокоилась, позволила себя оседлать и затянуть под брюхом подпругу. Линн даже не пришлось силой тащить ее из конюшни во двор — Чили сама пошла за своей хозяйкой.

— Будь умницей, Чили, помоги мне, — прошептала Линн, похлопывая лошадь по атласной шее. Ей уже удалось вставить ногу в стремя, когда во двор въехал Натан.

Вздохнув с облегчением, Линн поспешила ему навстречу, как вдруг увидела, что Натан прижимает в груди Колина. Одежда ребенка была насквозь пропитана кровью, и в первый момент Линн подумала, что малыш мертв. Подняв испуганный взгляд на рейнджера, женщина протянула руки к мальчику и тут поняла, что ранен не Колин, а Натан.

— Капитан Уэллесли! — вскричала она. — Вы ранены!

Натан осторожно передал ей Колина.

— Не беспокойтесь, миссис Поттер, рана не опасная, — хрипло произнес он. — Бандиты явились, когда мы их не ждали, и один из них ранил меня. Двое других схватили Элис. Поезжайте в город и позовите на помощь Реда и Уилла. Пусть срочно приезжают на ферму Элис.

Линн переводила взгляд с бледного, истекающего кровью мужчины на ребенка, который спокойно сидел у нее на руках, и все еще не могла прийти в себя от пережитого потрясения.

— Но как я поеду в город с Колином? — прошептала она, опуская глаза.

— Вы должны. У нас нет другого выхода. Ни о чем не думайте, просто поезжайте, и все! — Натан развернул своего жеребца и ускакал, не давая Линн возможности возразить ему.

— О господи! — простонала женщина, прижимая к груди вдруг захныкавшего Колина. — Как же я поеду!

Она побежала домой, думая о том, как пристроить малыша, чтобы он не мешал ей управлять лошадью, да еще такой норовистой, как Чили. Вот теперь-то и пригодился бы заплечный мешок наподобие того, в котором Элис возила сынишку. Взгляд Линн упал на тяжелую шерстяную шаль, небрежно брошенную на спинку стула. Может, в нее и завернуть Колина? Шаль большая. Если ее повязать вокруг тела, она и послужит своеобразным мешком. Схватив шаль, Линн разложила ее на диване.

— Ты только посмотри, Колин, кажется, мы нашли выход, — нервно хихикнула Линн. — Ну-ка, дай мне попробовать, как получше устроить тебя.

Она прижала малыша к животу и обмоталась шалью. Передвинув шаль так, что Колин оказался у нее на спине, Линн потуже затянула концы шали у себя на груди.

— Кажется, все в порядке! — довольно заметила она и, через плечо посмотрев на малыша, прижатого к ее спине, добавила: — Ну а теперь, Колин, пора отправляться за Редом и Уиллом.

Позабыв о злобном норове Чили, Линн вскочила в седло и натянула поводья, заставляя упрямое животное стронуться с места. Кобыла недовольно покосилась на Линн, но, видимо, почувствовала решительность хозяйки, потому что легкой рысью пересекла двор фермы и, ускоряя бег, понеслась по дороге.

Впервые со дня рокового пожара Линн Поттер ехала в город.

«Задержать, задержать, задержать!» — тоненький внутренний голосок звучал в мозгу у Элис, пока она с двумя преступниками ехала к своему дому. Голосок требовал, чтобы она любым способом убедила злодеев поверить, будто Элис знает, где спрятаны деньги, чтобы она заставила их искать несуществующий клад, пока на ранчо не вернется Натан.

«В противном случае они убьют Колина», — предостерег Элис внутренний голосок. От ужаса на лбу у женщины выступил холодный пот. Но на раздумья у нее больше не было времени: они уже въехали во двор ее фермы.

Бандиты спешились, и Росас бесцеремонно стащил Элис с седла.

— Я вытащу у тебя кляп, но, если заорешь, пришью на месте, — заявил он, грозно смотря на свою пленницу.

Элис кивнула, не сводя с бандита круглых от страха глаз. Он развязал узел у нее на затылке, снял тряпку, удерживавшую кляп, и вытащил вонючий платок изо рта у женщины. Она больше не могла сдерживаться: тошнота подступила к горлу, и Элис тут же вырвало — прямо Росасу на башмаки.

— Ну сука! — отскакивая и брезгливо морщась, заорал Росас. Он занес руку для удара, но второй бандит удержал главаря.

— Перестань, Росас, — не отпуская руку главаря, прошипел преступник. — Ты что, совсем ослеп! Ей плохо! Хочешь, чтобы она вырубилась? Кто тебе тогда скажет, где спрятаны деньги?

Росас неохотно опустил руку.

— Где деньги? — обратился он к Элис.

— Они зарыты там, за сараем, — прохрипела Элис, вытирая рот тыльной стороной ладони.

— Где?

— Прямо за навозной кучей. У задней стены сарая. — Несмотря на ужас, Элис испытала чувство мстительного удовлетворения, отправив Росаса копать в самое противное место во всем ранчо.

Росас скривился, потом повернулся к своему напарнику.

— Ты оставайся здесь и глаз с нее не спускай, — приказал он. — Я пойду копать.

Сделав шаг в сторону сарая, Росас вдруг заколебался. Вернувшись к Элис, он толкнул ее в бок и грозно предупредил:

— Лучше не ври, стерва. Соврешь — я придушу твоего щенка прямо у тебя на глазах.

Зловонное дыхание бандита вызвало у Элис новый приступ тошноты. Она судорожно сглотнула ком, подступивший к горлу, и прошептала:

— Я не вру, деньги там... Только они очень глубоко зарыты. Вы не сразу до них доберетесь.

Росас бросил на женщину злобный взгляд, потом развернулся на каблуках и пошел к сараю.

Элис и второй бандит остались стоять во дворе.

Время тянулось бесконечно. Жара усиливалась. Элис лихорадочно думала, как бы ей обезоружить преступника, но так ничего путного и не придумала. Наконец она повернулась к нему и умоляюще посмотрела в жестокие глаза мужчины.

— Разреши мне пройти в дом и попить воды. Здесь так жарко, что я могу упасть в обморок. Мне очень плохо.

— Никуда ты не пойдешь, — отрезал бандит, крепче сжимая ее за запястье. — Заткнись и стой спокойно.

— Разреши мне сесть, — попросила она. — Меня ноги не держат. Пойдем сядем на крыльце. Ведь все равно, где ждать Росаса...

— Нет! — рявкнул бандит. — Стой и молчи!

Элис разочарованно вздохнула. Взывать к человеческим чувствам этой скотины было так же бесполезно, как ожидать сочувствия от бревна...

Время, казалось, остановилось...

Первым увидел Натана бандит. Элис почувствовала, как он весь напрягся, и удивленно посмотрела на своего обидчика. Тот глядел на дорогу, на которой появилось небольшое облачко пыли.

— Эй, Росас! — позвал преступник, не выпуская руки Элис из своей огромной лапищи. — Иди сюда. У нас гости.

Не успел Росас выйти из-за сарая, как Элис узнала каурого жеребца Натана. В тот же миг она испытала огромное облегчение, сердце бешено забилось у нее в груди, в душе затеплилась надежда... Однако в следующее мгновение Элис испытала страшнейшее потрясение: она вдруг заметила, что Натан как-то странно держится в седле... Скорее, не держится, а падает... В ужасе она смотрела, как оба бандита выхватывают револьверы и целятся в нежданного гостя...

Жеребец влетел во двор и резко остановился в десяти шагах от бандитов. Те направили было свои «кольты» на всадника, но не успели выстрелить, как Натан рухнул прямо к их ногам.

— Натан! — пронзительно закричала Элис, отчаянно рванулась и упала на колени возле залитого кровью рейнджера.

Бледный как смерть, Натан собрал остатки сил и вложил в руку Элис свой револьвер.

— Спасайся, Элис, — выдохнул он.

Если бы у Элис было время для раздумий, она никогда не сделала бы того, на что оказалась способна в минуту отчаяния и смертельной опасности. Услышав хруст гравия у себя за спиной, она вскинула револьвер и выстрелила. Она нажимала на курок, пока не кончились пули.

Во дворе воцарилась гробовая тишина. Никто не ответил на выстрелы Элис. Женщина медленно подняла голову и увидела два трупа прямо у своих ног. Вся дрожа, она перевела взгляд на Натана.

Приподнявшись на локте, рейнджер смотрел на мертвых бандитов.

— Если ты очень стараешься, то можешь попасть не только в стену сарая, — прошептал он и без сил рухнул на землю.

— Натан! — закричала Элис, бросаясь к нему. — Не умирай, пожалуйста! Я люблю тебя! Не оставляй меня! — умоляла она, срывая с него пропитанную кровью рубашку и пытаясь остановить кровотечение.

Элис не помнила, как долго она сидела над потерявшим сознание Натаном. Но когда чья-то большая рука коснулась ее плеча, она мгновенно вскочила на ноги, готовая защищать себя и Натана.

— Элис, это я — Ред. Все уже позади, успокойся, — услышала она знакомый голос.

— Ред, это правда ты? — испуганно переспросила Элис.

— Да, это я, — кивнул лейтенант Хиллард. — Все хорошо. Мы с Уиллом здесь. Отдай мне револьвер. Тебе больше нечего бояться.

— Ох, Ред! — разрыдалась Элис. — Бандиты мертвы! Я их убила! Но Натан тоже умер!

— Нет, он не умер, — поспешно произнес Уилл. — Но он потерял много крови, и ему срочно нужен врач.

— А эти двое? — спросил Ред и крепко обнял Элис, которую била нервная дрожь.

Уилл молча покачал головой.

— Гони в город и привези сюда доктора Бэнкса, — распорядился Ред. — А я отнесу Натана в дом.

— Колин! — вдруг вскричала Элис. — Ред, третий бандит увез Колина! Он убьет его! Мы должны...

— Элис, успокойся! — Ред сильно встряхнул Элис за плечи. — Все в порядке. Колин жив и здоров. Он у Линн. Натан пристрелил бандита, который увозил Колина. Линн сказала, что этот негодяй ранил Натана.

— С Колином все в порядке? Ты уверен?

Ред кивнул.

— В полном порядке, можешь не беспокоиться, — мягко произнес он.

— Слава богу! — простонала Элис. — Но Натан...

— Миссис Грэхем? — позвал Уилл, уже сидя в седле.

— Да? — Элис повернулась к маленькому рейнджеру и вопросительно посмотрела на него.

— Вы в самом деле пристрелили этих двух негодяев?

Вздрогнув, женщина глянула на два тела, распростертые в пыли недалеко от ворот сарая, потом подняла полные страдания глаза на Уилла и молча кивнула.

— Ну и дела... — протянул Уилл. — Никогда бы не подумал, что вы на такое способны... Но больше ни о чем не беспокойтесь, мэм, — подбодрил он ее. — С Натом все будет хорошо. Его ранили в плечо, а это неопасно. Правда, он потерял много крови, но такое с ним уже случалось. Через пару недель он будет здоров, как бык.

И, прежде чем Элис успела ответить, Уилл пришпорил коня и помчался в город.

Тем временем Ред опустился на колени и принялся осматривать рану Натана.

— Похоже, пуля не задела кости, — тихо произнес он. — Ему повезло.

— Я помогу тебе отнести его в дом, — сказала Элис, которая наконец пришла в себя. — Уложи его в постель, а я приготовлю бинты для перевязки. У него в седельной сумке должна быть бутылка виски. Захвати ее с собой. Может, до приезда доктора нам удастся остановить кровотечение.

Ред кивнул, пораженный тем, как быстро Элис стряхнула с себя оцепенение и взяла инициативу в свои руки. Подняв Натана на руки, он зашагал к дому, думая о том, какими отважными могут быть женщины — эти, казалось бы, беззащитные, слабые существа.

— Отнеси его в спальню, — распорядилась Элис, наливая воду в кастрюлю и ставя ее кипятиться.

С трудом протиснувшись в узкую дверь спальни, Ред уложил Натана на кровать и вернулся в гостиную. Задержавшись у окна, он еще раз взглянул на трупы, валявшиеся во дворе, а потом, изумленно покачав головой, посмотрел на Элис, которая рвала на куски свою белую ночную рубашку. Кто бы мог подумать, что в груди этой нежной и такой красивой женщины бьется сердце тигрицы? Натану очень повезло. Почти так же, как ему, Реду Хилларду.

Он вспомнил, как Линн примчалась сегодня в город, позабыв о своих шрамах. Она неслась верхом по главной улице с Колином за спиной. Даже старая противная Чили не рискнула показывать свой норов. Это было незабываемое зрелище. Вот это женщина!

— Когда будешь готова, я помогу тебе перевязать Натана, — сказал Ред и поспешил обратно в спальню.

Не прерывая своего дела, Элис кивнула.

Присев на стул рядом с кроватью, на которой лежал Натан, Ред задумчиво произнес:

— С такими женщинами, капитан, мы не пропадем. Ты помнишь, я ведь говорил тебе, что в этих женщинах из Биксби есть что-то такое... В общем, что-то особенное...

36.

— Натан, ты в самом деле чувствуешь себя хорошо? Настолько хорошо, что можешь жениться?

Натан смотрел в зеркало и хмурил брови. Ему никак не удавалось завязать галстук одной рукой.

— Конечно, могу, — ответил он. — В конце концов

прошло уже четыре недели. Но с этим проклятым галстуком сам не справлюсь. Ты мне поможешь?

— Подожди минуточку, — откликнулась Элис.

Натан покосился на свою левую руку, покоившуюся на перевязи, и попытался сжать пальцы. Доктор Бэнкс предупредил его, что плечо заживет не раньше чем через шесть недель. Никогда еще время не тянулось для Натана так долго. Вынужденное безделье сводило его с ума.

— А вот и я, — сказала Элис, внезапно появляясь у Натана за спиной.

Обернувшись, он обомлел. Элис была самой красивой невестой в мире. В этом он ни чуточки не сомневался. Длинные светлые волосы она свернула во множество колечек и завитушек и вплела в этот живописный беспорядок летние цветы.

— Да, ради этого стоило помучиться и подождать, — выдохнул Натан, с восхищением разглядывая светло-розовое платье своей невесты.

В течение нескольких недель Элис по вечерам уединялась в своей спальне и шила себе свадебный наряд. Натан злился на нее за то, что она заставляла его проводить вечера в одиночестве, но сейчас, увидев ее, он вынужден был признать, что время она потратила не зря.

— Наконец-то я понял, что ты могла бы разбогатеть, занимаясь шитьем, — сказал он. — У тебя потрясающее платье. Ну-ка, повернись, я хочу рассмотреть тебя со всех сторон.

Элис грациозно покрутилась, и платье колоколом раздулось вокруг ее стройных ножек.

— Ох, Натан, мне так неловко, — смущенно улыбаясь, отозвалась Элис. — Это скорее бальное платье, чем наряд для скромной церемонии, на которой будет присутствовать всего пять-шесть гостей.

— Чепуха, дорогая. Каждая невеста надевает на

свадьбу самое красивое платье, а твое — просто великолепное.

— Благодарю вас, сэр. — Элис присела в низком реверансе, страшно довольная, что Натан так высоко оценил ее усилия. — А теперь иди сюда, я посмотрю, что у тебя с галстуком.

— Ну и надоела же мне эта тряпка, — ворчал Натан, вслед за Элис подходя к окну. — В жизни меня ничто так не раздражало, как эта перевязь.

— Знаю, — улыбнулась Элис. — Последние три недели ты только и делал, что жаловался на нее. На самом деле ты незаметно для себя выздоравливаешь.

— Ну спасибо! — обиделся Натан и скорчил недовольную гримасу. — А мне казалось, что ты бы тоже не возражала, если бы я побыстрей избавился от этой штуки. Согласись, наши ласки стали несколько однообразными.

Элис быстро глянула на него.

— Ты и так неплохо справляешься...

Натан наклонился и поцеловал ее в кончик вздернутого носика.

— Ты забыла, на что я способен, когда у меня обе руки здоровы?

Элис затянула узел у него на галстуке и быстро отвернулась, чтобы Натан не увидел ее улыбки.

— Ведите себя прилично, капитан Уэллесли, — пристыдила она его. — Невестам не положено заниматься любовью. А уж такого опыта, как у меня, ни у одной из них вообще не бывает.

Натан обхватил Элис за талию и прижал к себе, не обращая внимания на то, что портит ей прическу.

— А я рад, что у тебя есть опыт, — пробормотал он, целуя ее в шею.

— Еще бы, — рассмеялась она, — ведь благодаря тебе я его и приобрела.

Его рука переместилась с ее талии на живот.

— Здесь уже что-нибудь происходит? — с надеждой спросил он.

— Слава богу, нет! Мне бы не хотелось сразу после свадьбы дать повод кумушкам сплетничать и подсчитывать месяцы. — Элис убрала руку Натана со своего живота. — Остановись, пожалуйста. Ты меня всю помял. — Заметив, что он расстроился, она смягчила отказ нежным поцелуем. — Капитан Уэллесли, нам пора. Не то мы опоздаем на собственную свадьбу.

Натан взял шляпу и перчатки.

— Неплохо было бы провести медовый месяц подальше от Биксби, — мечтательно проговорил он. — А то вернемся домой, будто ничего и не произошло...

— Но мы-то будем знать, что произошло нечто особенное, — возразила Элис, погладила его по щеке и тихо напомнила: — Мы же собираемся в поездку в октябре, ты забыл?

— Нет, не забыл. Не могу дождаться, когда наконец покажу тебе Сан-Франциско, — радостно сверкнув глазами, ответил Натан. — Этот город понравится тебе, я уверен.

— Мне нравится все, что нравится тебе, — сказала Элис.

Натан нежно поцеловал ей руку. Он знал, что любить сильнее, чем он любит Элис, просто невозможно.

— Пойдемте, мадам, — с легким поклоном Натан взял под руку свою невесту и повел к выходу. — Свадебный экипаж ждет вас.

— Ах да, конечно, свадебный экипаж, — рассмеялась Элис, но смех замер у нее на устах, когда, выйдя на крыльцо, она увидела во дворе великолепный фаэтон. Запряженные в него два чистокровных рысака в нетерпении встряхивали головами, ожидая кучера.

— Натан... — с трудом опомнившись, прошептала Элис. — Откуда это чудо? Этот экипаж?..

— Да-да, он наш, — небрежно махнув рукой, ухмыльнулся Натан. — Это свадебный подарок от Стюарта и Майлса. Майлс прислал лошадей из Англии, он ведь конезаводчик, я, кажется, говорил тебе об этом. А фаэтон — от Стюарта из Бостона. Уиллу пришлось потрудиться, он две недели собирал экипаж, который привезли в разобранном виде.

Элис прижала ладони к горящим от возбуждения щекам. Она с трудом верила своим глазам.

— Я никогда в жизни не ездила в таких шикарных экипажах! — воскликнула женщина, поднимая на Натана сияющие от восторга глаза.

— Придется привыкать, дорогая, — улыбнулся Натан. — В конце концов ты выходишь замуж за одного из...

— Знаю, знаю, — перебила его Элис, — за одного из *этих ужасно знаменитых Уэллесли.* Разве я могу забыть?

— Да уж, лучше не забывай, — шутливо погрозил ей пальцем Натан, помогая спуститься по расшатанным ступенькам старого крыльца.

Вид великолепного экипажа с поднятым кожаным верхом так удивил Элис, что, лишь спустившись во двор, она заметила Уилла Джонсона, который держал лошадей под уздцы. Элегантный сюртук плотно облегал стройную фигуру маленького рейнджера, но в новом и тесном костюме он явно чувствовал себя неуверенно: Уиллу было жарко и неудобно. Высокий накрахмаленный воротник белоснежной рубашки подпирал ему щеки, и Уилл смущался и краснел.

— А вот и ваш кучер, мадам, — провозгласил Натан и широко улыбнулся, глядя на своего друга.

— Садитесь, пожалуйста, — пригласил Уилл, открывая перед ними дверцу фаэтона. — И позвольте вам сказать, миссис Грэхем, что сегодня вы столь очаровательны, что глаз не оторвать...

— Хватит пялиться на мою невесту, — подмигнув Уиллу, сурово проговорил Натан, помогая Элис сесть в экипаж. — И еще попрошу вас запомнить: с сегодняшнего дня обращаться к мадам исключительно «миссис Уэллесли», и никак иначе.

Уилл покраснел, словно мальчишка, одарил Элис восторженной улыбкой и захлопнул за Натаном дверцу фаэтона.

— Сидите и не волнуйтесь. Оглянуться не успеете, как я домчу вас прямо к церкви. Кстати, а где малыш? — вдруг осведомился он.

— Сегодня рано утром приехала Мэри Эллен Дженкинс и забрала Колина, — ответил Натан. — Он будет ждать нас в церкви.

Уилл кивнул.

— А кольцо у тебя есть, Нат? — забеспокоился Уилл.

Натан сердито посмотрел на него.

— Да, Уилл, у меня есть все, что нужно. И кольцо в том числе. Поскорее залезай на козлы и трогай. Пора ехать. Ни о чем не беспокойся, ладно? Я обо всем позаботился.

— Да я только так... На всякий случай... Мало ли что... — стал оправдываться Уилл, но строгий взгляд Натана заставил его замолчать. Развернувшись на каблуках, он поспешил занять место кучера.

Во время разговора Уилла и Натана Элис удивленно смотрела на своего жениха.

— Когда, интересно, ты успел купить кольцо? — спросила она, когда Уилл исчез у них из виду.

— Да я и не покупал его, — признался Натан. — Я его позаимствовал в надежде, что ты не откажешься надеть его сегодня. В Сан-Франциско я куплю тебе другое. — Из кармана он достал бриллиантовое кольцо, которое в свое время купил у Ричмана, и показал Элис. — Это пока сгодится?

— Ох, Натан, ни одно кольцо я бы не надела с таким удовольствием, как это!

— На что я и рассчитывал. — Натан положил кольцо обратно в карман. — Но я все равно куплю тебе другое.

Элис кивнула, счастливо улыбаясь. Она бы с удовольствием не снимала с пальца бабушкино кольцо, но женщина понимала, как важно для Натана, чтобы его жена носила кольцо, которое он сам выберет для нее.

Время за разговором пролетело незаметно, и они услышали, как Уилл громко прикрикнул, останавливая лошадей. Элис, до сих пор занятая беседой с Натаном, подалась вперед и вдруг резко отпрянула, в панике хватая Натана за руку.

— Что случилось, дорогая? — забеспокоился молодой человек.

— Натан, — пролепетала Элис, — там такая толпа! Добрая половина жителей Биксби...

— Что ты такое говоришь, милая? — притворно удивился жених и тоже выглянул наружу. Потом откинулся на спинку сиденья, довольно улыбнулся и заметил: — Я бы сказал, что даже больше половины...

— Что они здесь делают? — паниковала Элис.

— Наверное, пришли посмотреть на свадьбу, — ответил Натан, ободряюще похлопывая невесту по руке.

— Натан... — Элис уже взяла себя в руки и грозно посмотрела на своего жениха. — Это твои проделки, да?

— Ну ладно, не сердись, — сдался он. — Стелла Пенс спросила, может ли она пригласить на свадьбу нескольких твоих старых друзей, ну и я ей разрешил. А что мне было делать? Хотя, честно говоря, я не ожидал, что их будет так много.

— Не думаю, что все они — мои «старые друзья», — саркастически заметила Элис.

— Не злись, пожалуйста, — попросил Натан. — Начинается новая жизнь, дорогая моя. Сегодня у нас свадьба, и мы с улыбкой будем принимать поздравления. Ты согласна, любовь моя?

Хмурое лицо Элис просияло.

— Ты прав, дорогой. Начинается новая жизнь, — улыбаясь, она кивнула и протянула к Натану обе руки.

— Вот и хорошо, — с облегчением вздохнул молодой человек, обнимая сияющую от счастья невесту. — А теперь пошли, преподобный Дженкинс, наверное, заждался.

В тот же миг раздался легкий скрип открываемой дверцы, Натан подал руку своей невесте, и нежно-розовое облако выпорхнуло из экипажа. Вид Элис заставил толпу женщин завистливо вздохнуть. Послышались шушуканье и шепот, которые почти сразу заглушили громкие приветственные крики.

— Дорогая, разве это не здорово? — сказала Линн, откуда-то вдруг появившаяся возле Элис.

Элис повернулась к сияющей радостью подруге.

— Ты знала об этом? — тихонько спросила невеста.

— На моей свадьбе кое о чем говорили... — уклончиво ответила Линн и замолчала, с обожанием глядя на Реда. Потом она опять повернулась к Элис и спросила: — Ты ведь не сердишься, правда? Не сердись, очень тебя прошу. Натан так счастлив, а я и правда думаю, что большинство жителей Биксби искренне рады за вас.

Элис улыбнулась и обняла Линн.

— Мне бы очень хотелось, чтобы ты была права, Линн. Но в любом случае я так счастлива, что ничто не может испортить мне настроения.

Натан, услышав эти слова, склонился к уху Элис и тихонько сказал:

— Я рад слышать это, дорогая, потому что нам предстоит встретиться лицом к лицу с двумя очаровательными дамами — Лилиан Андервуд и Марвел Диксон.

— Ох, только не это! — простонала Элис, с мольбой глядя на Натана.

— Не беспокойся, — успокоил ее жених. — Они не скажут ни слова, уверяю тебе.

Элис подняла на Натана полный сомнения взгляд,

но не успела она произнести и слова, как он взял ее за руку и куда-то повел.

— Преподобный Дженкинс подождет еще минутку, — прошептал капитан на ухо своей невесте. — Тут один молодой человек ждет не дождется встречи с тобой. Он проделал немалый путь...

Натан вел Элис, улыбаясь и кланяясь приветствующим их горожанам, пока не свернул за угол храма, в котором через считанные минуты должно состояться их бракосочетание. Удивленная женщина, не возражая, позволяла вести себя, не обращая внимания на громкие приветствия. На заднем дворе храма спиной к ним стоял молодой мужчина. Когда Натан и Элис подошли поближе, он повернулся, и женщина с радостным криком бросилась в его объятия.

— Том! — вскричала она.

Том обнял сестру. Она крепко прижалась к нему, позабыв о своем подвенечном наряде.

— Элис! Дорогая сестренка! — промолвил Том, готовый при виде Элис расплакаться, как мальчишка. — Поверить не могу, что это ты. Я ведь думал, что больше не увижу тебя.

Элис целовала и обнимала его, и по лицам обоих текли слезы счастья. Придя в себя после столь неожиданной встречи, Элис повернулась к Натану:

— Это ты, да, любимый? Ты позаботился о том, чтобы Том был сегодня с нами?

— Конечно, он, — широко улыбнулся Том. — Натан много хлопотал за меня, ускорил мое освобождение и даже прислал денег на дорогу.

— Натан, не знаю, как благодарить тебя, — целуя жениха, прошептала Элис.

— Не стоит благодарности, дорогая, — ответил Натан, вытирая слезы с ее щек. — Ты случайно не забыла, зачем мы здесь? Я сгораю от нетерпения, ожидая, когда ты наконец станешь моей супругой и я смогу насладиться брачной ночью. Дорога к алтарю настолько затянулась, что я боюсь состариться, прежде чем стану твоим мужем.

Они подошли к парадному входу в храм в тот самый миг, когда на пороге появился преподобный Дженкинс с молитвенником в руках.

— Заходите, заходите, — пригласил он, улыбаясь жениху и невесте. — Всех гостей прошу садиться на свои обычные места.

Шум в толпе стих, и все устремились в церковь. Когда площадь перед храмом опустела, Элис обратилась к брату:

— Том, это самый счастливый день в моей жизни, и я хочу, чтобы ты повел меня к алтарю.

Том счастливо улыбнулся, склонил голову и предложил Элис руку.

— А где Натан? — вдруг спохватилась невеста, с беспокойством озираясь по сторонам.

— Он ждет тебя у алтаря, — рассмеялся Том. — Как только преподобный Дженкинс пригласил всех войти, Натан первым взлетел по ступенькам. У тебя, Элис, самый пылкий и нетерпеливый жених из всех, каких я в жизни видал.

— Ты совершенно прав, Том. И знаешь, я самая счастливая женщина на свете, — с улыбкой сказала Элис и прижалась к плечу брата, который повел новобрачную в церковь, бережно поддерживая ее.

Стелла Пенс, Линн и несколько других молодых женщин постарались, чтобы церемония бракосочетания навсегда запомнилась Натану и Элис, да и всем жителям Биксби тоже. Они украсили храм цветочными гирляндами, а возле алтаря расставили вазы с белыми лилиями.

Элис, оказавшись рядом с Натаном у алтаря, слушала проповедь священника и благодарила бога за то, что однажды грозовой ночью он привел Натана в ее дом.

«Воистину, неисповедимы пути Твои, господи, — думала она. — Ведь только Тебе мы обязаны своим счастьем».

Вопрос отца Дженкинса прервал размышления Элис:

— Берешь ли ты, Элис Афина, этого мужчину в законные мужья?

Элис подняла глаза на Натана и поразилась тому, что в такой серьезный момент он улыбается. Потом она увидела, как его губы беззвучно зашевелились:

— Афина?

— Да, — ответила Элис священнику и Натану одновременно.

— Берешь ли ты, Натан Баффингтон, эту женщину в законные супруги?

Удивленная Элис легонько сжала руку Натана, привлекая его внимание, и одними губами спросила:

— Баффингтон?

Натан пожал плечами и точно так же беззвучно ответил:

— Фамильное имя.

Священник кашлянул, прочищая горло, и повторил:

— Берешь ли ты, Натан...

— Да! — громко перебил его Натан, чем вызвал волну приглушенного хихиканья.

Преподобный Дженкинс осуждающе нахмурился.

— Позже я хочу поговорить с вами обоими о серьезности церковных обрядов, — пронзительным шепотом заявил священник.

Натан и Элис смиренно потупили глаза. Прозвучали слова клятвы, и Натан надел Элис на палец бабушкино кальцо.

— Вскоре получишь другое, — шепнул он ей на ухо.

— Объявляю вас мужем и женой, — провозгласил священник и с улыбкой добавил: — Можете поцеловать вашу жену.

Натан прижал к себе Элис и припал к ее губам в столь долгом и страстном поцелуе, что преподобному

Дженкинсу снова пришлось громко прочищать горло, чтобы вернуть к действительности новобрачных. Элис и Натан отпрянули друг от друга и под строгим взглядом священника опустили головы.

Но вместо того, чтобы в последний раз благословить молодоженов, отец Дженкинс развернул их лицом к своим прихожанам и громко объявил:

— Я рад, что первым могу представить вам мистера и миссис Натан Уэллесли.

Воцарившуюся в храме тишину внезапно нарушила Марвел Диксон.

— Вы ошиблись, преподобный отец, — пронзительно взвизгнула старая дева. — Его зовут Уэллс. Нат Уэллс.

— Боюсь, что не правы вы, мисс Диксон, — весело откликнулся священник. — Его фамилия Уэллесли. Натан Уэллесли.

— Натан Уэллесли, техасский рейнджер? — неожиданно громко прозвучал в тишине шепот Хирама Ричмана.

— Натан Уэллесли из *тех самых Уэллесли*? — одновременно с владельцем магазина спросила Лилиан Андервуд.

Схватив Элис за руку, Натан вместе с женой поднялся на возвышение и встал рядом со священником.

— Думаю, — с улыбкой начал он, — что настало время открыть всем нашу тайну. Наверное, вы еще не забыли, как года два назад банда Росаса ограбила банк в Биксби. Кое-кто из вас знает, что брат Элис, Том Карлайл, обвинялся в пособничестве бандитам. Он уехал из дома, оставив сестру одну, и этот его поступок — очень похожий на бегство — только подтверждал его вину. Я хочу, чтобы вы знали, что Том Карлайл был полностью оправдан. Более того, он оказал блюстителям порядка неоценимую помощь — благодаря ему мне, Реду Хилларду и Уиллу Джонсону удалось уничтожить шайку опасных преступников. Никогда больше они не побеспокоят ни вас, ни кого бы то ни было в

Техасе. Нас, техасских рейнджеров, направили в Биксби, дабы мы расправились с преступниками, которые вот-вот должны были вернуться за деньгами, которые якобы хранились в доме Элис Грэхем. Так оно и произошло. В борьбе с грабителями помогла нам также моя невеста... — Натан посмотрел на Элис и поправился: — Я хотел сказать — моя жена. Она рисковала собственной жизнью... Меня направили охранять ее...

Натан замолчал, но вскоре продолжил:

— Теперь вы знаете правду. Но есть еще одна новость, которую я хотел бы вам сообщить. В следующее воскресенье мы приглашаем всех на крестины нашего сына Колина Джозефа Грэхема Уэллесли. Надеюсь, вы разделите с нами радость по поводу этого семейного события.

Все головы, как по команде, повернулись туда, где с Колином на руках стояла Мэри Эллен Дженкинс. Она ласково улыбнулась и шепнула малышу, чтобы он помахал всем ручкой. Колин не дал себя уговаривать и, к восторгу присутствующих, радостно замахал сразу двумя руками.

Ред наклонился к Уиллу и сказал:

— Это объявление заставит их поломать голову.

— Разумеется, Натан — мастер загадывать загадки, — расплылся в улыбке Уилл. — На крестинах яблоку негде будет упасть. Вот увидишь.

Под звуки свадебного марша новобрачные рука об руку спустились с возвышения, и Натан повел жену к выходу.

— После всего этого вы еще хотите разговаривать со мной, миссис Уэллесли? — спросил он.

Элис грозно глянула на мужа, взяла его под руку и заявила:

— Непременно, мистер Уэллесли. Нам предстоит весьма серьезный разговор.

Натан улыбнулся и ответил Элис страстным взглядом.

— И вы все еще любите меня, миссис Уэллесли? — осведомился он.

— Сильнее любить невозможно, — ответила Элис с сияющим от счастья лицом.

И они вышли на залитую солнцем церковную площадь.

Эпилог

— Элис! — позвал Натан, с трудом протискиваясь в узкую дверь. В руках он держал огромный пакет, перевязанный крест-накрест толстой бечевкой. — Иди скорей. Мы получили еще один свадебный подарок.

— Еще? — удивилась Элис, выбегая из спальни. — От кого?

— От Эрика, — весело объявил Натан. Положив пакет на стол, он побежал на кухню за ножом. Аккуратно разрезая бечевку, чтобы не повредить содержимое посылки, он приговаривал: — Надеюсь, это то, о чем я давно мечтаю. — Развернув бумагу, он нетерпеливо заглянул внутрь. На лице у него медленно расцвела улыбка. — Элис, ты только посмотри. — Он сорвал остатки бумаги и поставил на стол картину, написанную маслом. Это был семейный портрет. На картине художник изобразил молодую очень красивую женщину, которая сидела на стуле, держа на коленях златокудрого малыша, и молодого мужчину, который стоял позади женщины и с гордостью взирал на свое семейство.

— Ой, Натан, — восторженно прошептала Элис, отступая на шаг, чтобы получше видеть картину. — Это же мы!

Натан кивнул, любуясь ребенком в центре портрета.

— Это самая прекрасная вещь, которую я когда-либо видела, — выдохнула Элис. Она разглядывала тщательно выписанные детали женского платья. — Ты мне говорил, что Эрик художник, но я и не подозревала, что он так талантлив.

Натан только покачал головой в ответ. Он был поражен не меньше Элис.

— Как мы отблагодарим его? Натан, давай поедем к ним следующей весной. Я хочу познакомиться с Кирстен и...

— Следующей весной?! — перебил ее Натан. — Я не собираюсь ехать в Миннесоту следующей весной. Мне надо посеять сорго. Я намерен собрать приличный урожай.

Элис громко расхохоталась. Она все еще удивлялась, насколько изменился Натан, став землевладельцем.

— Ладно, мистер Сорго, — пошутила она. — А что, если соберемся в гости этой зимой?

— Вообще-то можно, я не возражаю, — скривился Натан, — но ты действительно хочешь ехать зимой в Миннесоту?

Элис зябко поежилась при мысли о зиме.

— Тогда, может, лучше пригласить Эрика и Кирстен к нам?

Она опять взглянула на картину и на сей раз заметила маленькую медную пластинку, прибитую к раме.

— Ой, смотри. — Она коснулась пальцем полированной меди. — Кажется, Эрик дал картине название.

Натан наклонился, чтобы прочитать надпись, выгравированную на пластинке. Потом повернулся к Элис и с любовью посмотрел на нее.

— Да... И это прекрасное название.

— Ну и как она называется? — спросила Элис, поднимаясь на цыпочки, чтобы заглянуть Натану через плечо.

Натан обнял и поцеловал ее.

— Он назвал картину «Дар страсти». Разве он не прав, дорогая?

Литературно-художественное издание

Джейн Киддер

ПАДШИЙ АНГЕЛ

Редакторы *И. Безрукова, Б. Давыдова*
Художественный редактор *А. Мусин*
Технические редакторы *Н. Носова, Г. Дегтяренко*
Корректор *Е. Дмитриева*

Налоговая льгота — общероссийский классификатор продукции ОК-005-93, том 2; 953000 — книги, брошюры

Подписано в печать с готовых диапозитивов 10.12.99.
Формат 84x108 1/32. Гарнитура «Таймс». Печать офсетная.
Усл. печ. л. 22,68. Уч.-изд. л. 18,86.
Тираж 7 000 экз. Заказ № 4533.

ЗАО «Издательство «ЭКСМО-Пресс»
Изд. лиц. № 065377 от 22.08.97
125190, Москва, Ленинградский проспект, д. 80, корп. 16, подъезд 3.
Интернет/Home page — www.eksmo.ru
Электронная почта (E-mail) — info@ eksmo.ru

Отпечатано в ГИПП «Нижполиграф».
603006, Нижний Новгород, ул. Варварская, 32.

«НАСЛАЖДЕНИЕ»

СОВРЕМЕННЫЙ ЖЕНСКИЙ РОМАН

О минутах блаженства слагают поэмы, о наслаждении мечтают наяву и во сне... Серия современных романов – о женской любви и пропасти разочарований, о безумных восторгах и подлом предательстве, о вечном сладостном поединке мужчин и женщин, охваченных всепоглощающей страстью.

В ЭТОЙ СЕРИИ ВЫХОДЯТ КНИГИ ТАКИХ АВТОРОВ, КАК:

Д.Коллинз, В.Кауи, Д.Дейли, Н.Робертс, С.Боумен, Б.Брэдфорд.

Все книги объемом 500-600 стр., золотое тиснение, красочная обложка, твердый переплет.

«ДЕТЕКТИВ ГЛАЗАМИ ЖЕНЩИНЫ»

Героини этих книг – женщины, они – в самом центре опасных, криминальных интриг. Киллеры, телохранители, частные детективы и... страстные любовницы. Они с честью выходят из всех передряг, которые готовит им злодей-случай. Эти представительницы слабого пола умеют смотреть смерти в лицо и способны посрамить даже самых матерых преступников. Ибо их оружие – ум, непредсказуемость и... женская слабость.

Все книги объемом 400-500 стр., твердая, целлофанированная обложка, шитый блок.

Наталья КОРНИЛОВА
Криминальный цикл «ПАНТЕРА»

Когда смерть смотрит в упор, уйти от нее невозможно. Но сотруднице детективного агентства, красавице Марии, удается обмануть костлявую и с честью выйти из очередной переделки. Словно пантера, она умеет неподвижно сидеть в засаде, драться в кромешной тьме, переносить нечеловеческую боль. И если схватка с бандитами для нее обычное дело, то поединок с маньяком-убийцей выдержит не каждый... Что же помогает ей оставаться во всех схватках победительницей? Эту тайну знает она одна...

«Пантера»
«Пантера: ярость и страсть»
«Пантера: за миг до удара»
«Пантера: одна против всех»

Дмитрий ЩЕРБАКОВ
Криминальный цикл «НИМФОМАНКА»

Публичные дома, воровские притоны, особняки «авторитетов», вокзалы и гостиницы – в этом мире приходится существовать и отчаянно бороться за выживание бандиту Северу и его подруге Миле. Они стремятся к нормальной человеческой жизни, но болезнь Милы, требующая «секса» на грани смертельного риска, не дает им вырваться из кровавого криминального хоровода. Вновь и вновь, как в кошмарном сне – сексуальные «сеансы», отчаянные схватки с подонками самых разных мастей, погони... И только чистая, подлинная любовь помогает им оставаться людьми.

«Нимфоманка»
«Нимфоманка: беспощадная страсть»
«Нимфоманка: любовь путаны»
«Нимфоманка-4»

Все книги объемом 500-600 стр., твердая, целлофанированная обложка, шитый блок.